W0351398

Zu diesem Buch

Dieser Roman, den der berühmte italienische Autor selbst als einen seiner besten bezeichnete, hat nach seinem Erscheinen sofort die Moralwächter auf den Plan gerufen. Brillant verteidigte sich Moravia gegen den Vorwurf der Pornographie: das Sexuelle sei eine Tatsache, sagte er in einem Interview; ein Schriftsteller, der nicht von ihm rede, sei wie ein Staatsbürger, der in einer Demokratie nicht von Politik spreche. In seinem mitreißenden Roman prangert Moravia die «noia» als Krankheit unserer Zeit an. Jene metaphysische Langeweile, der Lebensüberdruß – das etwa, was Sartre mit dem «Ekel» meint – hindert die Menschen daran, Kontakt zu Realität und Umwelt zu finden. – Eine alternde, wohlhabende Witwe lebt in einer Welt abstrakter Werte. Ihr Sohn Dino, ein Maler, verachtet seine Mutter, ihr Geld, die verlogene bürgerliche Gesellschaft, das sinnlose Dasein. Eines Tages zerschneidet er mit einem Rasiermesser ein fast fertiges Bild, da es für ihn «nichts mehr gibt, was zu malen sich lohnt». In diesem Zustand lernt er die siebzehnjährige Cecilia kennen, ein in den Tag hineinlebendes Mädchen, halb Kind, halb femme fatale. Dino verfällt ihr. Aber Cecilia vermag die Liebe nur als eine Art körperlichen Wohlbefindens zu begreifen. In der Eifersucht, der Dino bald verfällt, in den Wonnen seines seelischen Schmerzes, fängt er jedoch wieder an zu leben. Während er sich nach einem mißglückten Selbstmordversuch von Cecilia trennt, beginnt die «noia» von ihm zu weichen. Dieser erregende Roman wurde mit Catherine Spaak, Bette Davis und Horst Buchholz verfilmt und lief in Deutschland unter dem Titel «Die Nackte».

Alberto Moravia wurde am 28. November 1907 in Rom als Sohn eines aus Mähren eingewanderten Architekten geboren. In seiner Jugend fesselte ihn eine schwere Krankheit jahrelang ans Bett, und so wurde er von einem Privatlehrer erzogen. Nach seiner Genesung begann er 1925 zu schreiben. Sein Roman «Gli indifferenti» («Die Gleichgültigen», 1929; rororo Nr. 570) wurde von den Faschisten ebenso verboten wie die Novelle «La mascherata» (1941), eine getarnte satirische Darstellung der Diktatur. In seiner Heimat verfemt, ging er als Zeitungskorrespondent nach Griechenland, England, China, Rußland und Amerika. Der Knabenroman «Agostino» (1944) erhielt den ersten italienischen Literaturpreis, der nach der Befreiung des Landes verliehen wurde. 1951 wurde der Autor zum erstenmal für den Nobelpreis vorgeschlagen. 1952 erhielt er den Premio Strega. Als rororo-Taschenbücher erschienen von Alberto Moravia: «Gefährliches Spiel» (Nr. 331), «Die Römerin» (Nr. 513), «Cesira» (Nr. 637), «Die Mädchen vom Tiber» (Nr. 673), «Römische Erzählungen» (Nr. 705), «Inzest» (Nr. 1077), «Ich und Er» (Nr. 1666), «Das Paradies» (Nr. 1850) und «Ein anderes Leben» (Nr. 4083).

Gesamtauflage der Werke von Alberto Moravia in den rororo-Taschenbüchern: Über 1,5 Millionen Exemplare.

Alberto Moravia

La Noia

Roman

rororo

Rowohlt

Titel der Originalausgabe «La Noia»
Aus dem Italienischen übertragen von PERCY ECKSTEIN
und WENDLA LIPSIUS
Umschlagentwurf Dieter Ziegenfeuter

1.– 30.	Tausend	September 1966
31.– 50.	Tausend	Dezember 1966
51.– 65.	Tausend	November 1967
66.– 73.	Tausend	August 1969
74.– 80.	Tausend	August 1970
81.– 85.	Tausend	Juni 1972
86.– 90.	Tausend	Oktober 1973
91.– 95.	Tausend	April 1975
96.–100.	Tausend	August 1976
101.–105.	Tausend	Dezember 1977

Veröffentlicht im Rowohlt Taschenbuch Verlag GmbH,
Reinbek bei Hamburg, September 1966,
mit freundlicher Genehmigung des Verlages Kurt Desch
Gesamtdeutsche Rechte beim Verlag Kurt Desch GmbH,
München · Wien · Basel
«La Noia» © Casa Ed. Valentino Bompiani & Co., Mailand, 1960
Gesetzt aus der Linotype-Cornelia
und der Baskerville (Bauersche Gießerei)
Gesamtherstellung Clausen & Bosse, Leck/Schleswig
Printed in Germany
580-ISBN 3 499 10876 3

Prolog

Ich erinnere mich genau, wie das war, als ich aufhörte zu malen. Eines Abends, nachdem ich acht Stunden unablässig in meinem Atelier gewesen war, bald fünf oder zehn Minuten arbeitend, bald eine oder zwei Stunden auf dem Diwan ausgestreckt und zur Decke emporstarrend, zerdrückte ich plötzlich, wie von einer Inspiration erfaßt, meine letzte Zigarette in dem bis zum Rand mit Stummeln angefüllten Aschenbecher, vollführte einen katzenartigen Sprung von dem Lehnstuhl, auf dem ich kauerte, packte ein Radiermesser, dessen ich mich bisweilen bediente, um die Farben abzuschaben, und zerschnitt die Leinwand, an der ich arbeitete, bis nur noch Fetzen davon übrig waren. Dann zog ich aus einem Winkel eine leere Leinwand von derselben Größe hervor und stellte sie statt der zerfetzten auf die Staffelei.

Gleich darauf bemerkte ich freilich, daß all meine sozusagen schöpferische Energie sich in diesem wütenden und im Grunde durchaus vernünftigen Zerstörungsakt erschöpft hatte. Ich war während der letzten zwei Monate pausenlos und hartnäckig mit jenem Bild beschäftigt gewesen. Wenn ich es jetzt mit Messerstichen vernichtete, so bedeutete das im Grunde, daß ich es vollendete, vielleicht in negativer Weise, was die äußeren Resultate anging, die mich aber wenig interessierten, doch in positiver, was meine Inspiration betraf. Die Zerstörung dieses Bildes war etwas wie der Schluß eines Gesprächs, das ich seit langer Zeit mit mir selbst führte. Es hieß so viel, wie endlich den Fuß auf festen Grund setzen. Die leere Leinwand, die jetzt auf der Staffelei stand, war also nicht nur irgendeine noch ungebrauchte Leinwand, sondern eben die eine Leinwand, die ich am Ende einer langen inneren Arbeit dort hingestellt hatte. In dem Bemühen, das Gefühl einer Katastrophe loszuwerden, das mich an der Kehle gepackt hatte, dachte ich, daß mit dieser Leinwand, die so ähnlich allen anderen Stücken Leinwand war und doch für mich eine solche Bedeutung besaß, ein neues, freies Leben für mich beginnen könne, als wären keine zehn Jahre vergangen, als sei ich noch immer fünfundzwanzig, wie zu jener Zeit, da ich das Haus meiner Mutter verlassen hatte und in das Atelier in der Via Margutta gezogen war, um mich nach Belieben der Malerei widmen zu können. Andererseits war es auch möglich und sogar sehr wahrscheinlich, daß diese leere Leinwand, die jetzt auf der Staffelei stand, eine nicht minder intime und notwendige Entwicklung symbolisierte, die aber völlig negativ war, jene Entwicklung nämlich, die mich in kaum fühlbaren Übergängen zur künstlerischen Impotenz geführt hatte. Und daß diese zweite Vermutung zutreffender war, schien aus der Tatsache hervorzugehen, daß die Langeweile mich bei der Arbeit während der letzten sechs Monate mehr und mehr begleitet und daß ich ihr schließlich mit der Zerstörung des Bildes ein Ende bereitet hatte – etwa so, wie Kalkablagerungen schließlich ein Rohr verstopfen und den Wasserdurchfluß völlig verhindern können.

Ich denke, an diesem Punkte dürfte es angebracht sein, ein paar Bemerkungen über die Langeweile zu machen, ein Gefühl, von dem ich auf den folgenden Seiten noch oft zu sprechen haben werde. So weit meine Erinnerung zurückreicht, habe ich immer an der Langeweile gelitten. Man muß sich aber über die Bedeutung dieses Wortes einig werden. Für viele Menschen ist die Langeweile ganz einfach das Gegenteil von Unterhaltung; ich könnte sogar sagen, daß sie ihr in gewisser Hinsicht ähnelt, da sie Zerstreuung und Vergessen nach sich zieht, wenn auch von einer sehr besonderen Art. Für mich ist die Langeweile eine Art Ungenügen oder Unangemessenheit oder Spärlichkeit der Realität. Um einen Vergleich zu gebrauchen: Wenn ich mich langweile, macht mir die Wirklichkeit stets den Eindruck, den eine zu kurze Decke einem Schläfer in einer Winternacht macht. Zieht er sie über die Füße, so friert er auf der Brust, zieht er sie zur Brust empor, friert er an den Füßen. So gelingt es ihm niemals, richtig einzuschlafen. Oder ein anderer Vergleich: Meine Langeweile ähnelt der wiederholten geheimnisvollen Unterbrechung des elektrischen Stromes in einer Wohnung. Einen Moment ist alles klar und augenfällig, die Sessel, die Diwane, die Schränke, die Konsolen, die Bilder, die Vorhänge, die Teppiche, die Fenster, die Türen: einen Augenblick später ist alles nichts als Leere und Finsternis. Oder dritter Vergleich: Meine Langeweile könnte als eine Krankheit der Gegenstände definiert werden. Sie verlieren plötzlich jede Vitalität, so als sähe man in Sekunden eine Blume von der Knospe zum Verblühen und zum Staub übergehen.

Die Langeweile entsteht in mir aus dem Gefühl der Absurdität einer Wirklichkeit, die, wie gesagt, unzureichend ist, das heißt, die mich nicht von ihrem wirklichen Dasein zu überzeugen vermag. Zum Beispiel kann es mir geschehen, daß ich mit einer gewissen Aufmerksamkeit ein Glas ansehe. Solange ich mir sage, daß dieses Glas ein Behältnis ist, zu dem Zweck, eine Flüssigkeit aufzunehmen und an die Lippen zu führen, scheint es mir, als hätte ich zu ihm eine Beziehung, die ausreicht, an seine Existenz und demzufolge auch an meine eigene zu glauben. Es kann aber auch geschehen, daß das Glas in der zuvor beschriebenen Art seinen Lebenssinn einbüßt und sich mir als etwas Fremdes darbietet, zu dem ich keinerlei Beziehung habe, das mir – mit einem Wort – als völlig absurder Gegenstand erscheint. Dann ergibt sich aus dieser Absurdität die Langeweile, die, letzten Endes, nichts anderes ist als mangelnde Fähigkeit zur Kommunikation und die Unmöglichkeit, sich von diesem Zustand zu befreien. Unter der Langeweile an sich würde ich weniger leiden, wenn ich mir nicht sagte: Obwohl ich keinerlei Beziehung zu dem Glas habe, könnte es eine solche Beziehung durchaus geben; das heißt, jenes Glas existiert in irgendeinem unbekannten Paradies, in dem die Gegenstände keinen Augenblick aufhören, Gegenstände zu sein. Die Langeweile besteht also sowohl in meiner Unfähigkeit, ihr aus eigener Kraft zu entweichen, als auch in dem theoretischen Wissen, daß ich dank irgendeinem Wunder ihr vielleicht doch entweichen könnte.

Ich sagte schon, daß ich mich immer gelangweilt habe; jetzt füge ich noch hinzu, daß es mir erst in verhältnismäßig neuerer Zeit gelungen ist, mit ausreichender Klarheit zu verstehen, was diese Langeweile in Wirklichkeit ist. Als Kind und in meiner Knabenzeit habe ich an der Langeweile gelitten, ohne mir sie erklären zu können, wie einer, der dauernd Kopfschmerzen hat, sich aber nicht entschließen kann, zum Arzt zu gehen.

Besonders als ich noch ein Kind war, nahm die Langeweile Formen an, die mir und der Umwelt völlig unklar waren, und ich konnte niemandem erklären, wie ich mich eigentlich fühlte. Meine Mutter schrieb mein schlechtes Befinden gesundheitlichen Störungen oder ähnlichen Ursachen zu, so wie das Weinen ganz kleiner Kinder auf das Durchbrechen der Zähne zurückgeführt wird. Es widerfuhr mir in jenen Jahren, daß ich plötzlich zu spielen aufhörte und ganze Stunden regungslos und wie verblödet vor mich hin starrte, überwältigt von diesem Unbehagen, das ausgelöst wurde durch das, was ich mit dem Verwelken der Dinge bezeichnet habe, also durch das vage Wissen, daß zwischen mir und der Umwelt keinerlei Beziehung bestand. Wenn in solchen Augenblicken meine Mutter das Zimmer betrat und mich dasitzen sah, stumm, bleich vor Leiden und regungslos, und wenn sie mich fragte, was ich hätte, antwortete ich regelmäßig: «Ich langweile mich.» So suchte ich mit einem klaren und engen Ausdruck einen weiten und dunklen Gemütszustand zu erklären. Meine Mutter nahm dann meine Erklärung ernst, beugte sich zu mir herab, küßte mich und versprach mir, mich noch am selben Nachmittag ins Kino zu führen. Das heißt, sie stellte mir Zerstreuung in Aussicht, die, wie ich nun schon gut wußte, keineswegs das Gegenteil der Langeweile und auch kein Mittel gegen sie war. Ich tat, als erfüllte mich der Vorschlag mit Freude, empfand aber dieselbe Langeweile, die meine Mutter zu verscheuchen suchte, wenn ihre Lippen sich auf meine Stirn drückten, ihr Arm sich um meine Schultern legte und sie mir das Kino als wunderbares Rettungsmittel pries. Ich hatte in diesem Augenblick keinerlei Beziehung, weder zu diesen Lippen und diesen Armen noch zum Kino. Wie aber hätte ich meiner Mutter erklären sollen, daß es kein Mittel gegen die Langeweile gab, an der ich litt? Ich habe schon bemerkt, daß diese Art der Langeweile vor allem in einer mangelnden Fähigkeit zur Kommunikation besteht. Da ich dann auch mit meiner Mutter keine Verbindung hatte, und mich von ihr ebenso getrennt fühlte wie von allem übrigen, war ich genötigt, auf das Mißverständnis einzugehen und sie zu belügen.

Ich übergehe die Katastrophen, die mir meine Langeweile während der Knabenzeit verursachte. Mein miserables Abschneiden in der Schule wurde auf sogenannte «Konzentrations-

Schwäche» zurückgeführt, das heißt auf eine angeborene Unfähigkeit, diese oder jene Materie aufzunehmen, und ich selbst akzeptierte diese Erklärung in Ermangelung einer besseren. Jetzt aber weiß ich mit Sicherheit, daß die schlechten Noten, die ich am Ende jedes Schuljahres einheimste, ein einziges Motiv hatten: die Langeweile. Ich spürte deutlich und mit dem gewohnten tiefen Unbehagen, daß ich keinerlei Beziehung besaß zu dem riesigen Durcheinander von athenischen Staatsmännern und römischen Kaisern, von südamerikanischen Flüssen und asiatischen Gebirgen, von den Elf-Silbern Dantes und den Hexametern Vergils, von algebraischen Operationen und chemischen Formeln. Diese ungeheure Menge von Wissensstoff ging mich nichts an oder ging mich nur soweit etwas an, als ich ihre fundamentale Unsinnigkeit feststellte. Aber, wie gesagt, ich bekannte mich weder vor mir selbst noch vor anderen zu diesem rein negativen Gefühl; ich sagte mir vielmehr, ich dürfe es nicht haben, und litt darunter. Ich erinnere mich, daß mir schon damals dieses Leiden den Wunsch eingab, es zu definieren und zu erklären. Aber ich war ein Junge mit der ganzen Pedanterie und dem Ehrgeiz eines Jungen. Das Ergebnis war daher das Projekt einer Weltgeschichte unter dem Gesichtspunkt der Langeweile, von der ich aber nur die ersten Seiten wirklich schrieb. Diese Weltgeschichte unter dem Aspekt der Langeweile beruhte auf einer sehr einfachen Idee: Nicht der Fortschritt, die biologische Evolution, ökonomische Faktoren, noch irgendeines von den Motiven, die von den Historikern der verschiedenen Schulen für gewöhnlich angeführt werden, waren die Triebfedern der Geschichte, sondern die Langeweile. Von dieser großartigen Entdeckung hochbegeistert, ergriff ich die Dinge bei der Wurzel: Im Anfang war also die Langeweile, gemeinhin Chaos genannt. Gott, der Langeweile überdrüssig, schuf Erde und Himmel, Wasser, Tiere und Pflanzen, Adam und Eva. Die aber langweilten sich ihrerseits im Paradies und aßen von der verbotenen Frucht. Gott wurde ihrer überdrüssig und vertrieb sie aus dem Paradies. Kain, von Abel gelangweilt, erschlug ihn. Noah, der sich langweilte, erfand den Wein. Wiederum waren die Menschen dem lieben Gott langweilig geworden, und er zerstörte die Welt durch die Sintflut. Auch die aber wurde ihm bald dermaßen langweilig, daß er es wieder schönes Wetter werden ließ. Und so weiter. Die großen

Reiche der Ägypter, Babylonier, Perser, Griechen und Römer erwuchsen aus der Langeweile und brachen unter der Langeweile wieder zusammen. Die Langeweile des Heidentums rief das Christentum hervor, die Langeweile des Katholizismus den Protestantismus. Europa war so langweilig geworden, daß die Menschen auszogen, Amerika zu entdecken. Die Langeweile des Feudalismus führte zur Französischen Revolution, die des Kapitalismus zur russischen. Alle diese hübschen Ideen wurden auf einer Art Generalplan verzeichnet, und dann begann ich mit großem Eifer, die Geschichte zu schreiben. Genau erinnere ich mich nicht mehr, aber ich glaube, ich kam nicht über die sehr eingehende Schilderung der Langeweile Adams und Evas im Paradies und des hierdurch verursachten Sündenfalles hinaus. Dann wurde mir meinerseits das ganze Projekt langweilig, und ich ließ es liegen.

Ich litt an der Langeweile von meinem zehnten bis zu meinem zwanzigsten Jahr wohl noch mehr als in jedem anderen Lebensalter. Ich bin im Jahre 1920 geboren, so daß meine Jugend unter der schwarzen Flagge des Faschismus verlief. Dieser aber war ein politisches Regime, das die Unmöglichkeit einer Kommunikation zum System erhoben hatte, sowohl zwischen dem Diktator und den Massen als auch zwischen den Bürgern untereinander und zwischen ihnen und dem Diktator. Die Langeweile, die doch mangelnde Beziehung zu den Dingen ist, lag während des ganzen Faschismus geradezu in der Luft, die man atmete. Zu dieser sozialen Langeweile kam dann noch die Langeweile, die durch den sexuellen Drang verursacht wurde, der, wie das in jenem Alter der Fall zu sein pflegt, mir die Beziehung zu denselben Frauen unmöglich machte, mit denen ich meinen Trieb glaubte ausleben zu können. Dafür rettete mich die Langeweile vor dem Bürgerkrieg, der kurze Zeit später Italien während zweier Jahre verwüstete. Das aber kam so: Ich war bei einer in Rom liegenden Division eingerückt. Kaum wurde der Waffenstillstand verkündet, da zog ich meine Uniform aus und ging heim. Später wurde ein Aufruf erlassen, wonach alle Soldaten bei Todesstrafe zu ihren Truppenteilen zurückzukehren hatten. Mit dem charakteristischen Gehorsam gegenüber den Behörden – das waren in jenem Augenblick die Faschisten und die Deutschen –, riet mir meine Mutter, die Uniform wieder anzuziehen und mich zu melden. Sie wollte mich retten; in Wirklichkeit aber trieb sie mich der Deportation und vielleicht dem Tod in einem nazistischen Konzentrationslager entgegen, wie es vielen meiner Kriegskameraden ergangen ist. Was mich rettete, war nichts weiter als die Langeweile, das heißt, die Unmöglichkeit, irgendeinen Zusammenhang zwischen mir und jenem Aufruf, zwischen mir und der Uniform, zwischen mir und den Faschisten herzustellen, jene Langeweile, an der ich zwanzig Jahre lang gelitten hatte und die jetzt in meinen Augen das große Reich des Fascio und des Hakenkreuzes als nichtexistierend erscheinen ließ. Trotz der Bitten meiner Mutter flüchtete ich aufs Land, in die Villa eines Freundes, und verbrachte dort die ganze Zeit des Bürgerkrieges mit Malen – eine Art wie jede andere, die Zeit totzuschlagen. Damals wurde ich zum Maler, das heißt, ich hoffte ein für allemal, den Zusammenhang mit der Wirklichkeit auf dem Weg des künstlerischen Ausdrucks wiederherstellen zu können. In der ersten Erleichterung, die mir meine Begeisterung für die Malerei verschaffte, redete ich mir ein, daß meine Langeweile bisher nichts anderes gewesen sei als die Langeweile eines Künstlers, der nicht weiß, daß er ein solcher ist. Das war ein Irrtum; aber für eine Weile lebte ich in der Illusion, das Heilmittel gefunden zu haben.

Am Ende des Krieges kehrte ich zu meiner Mutter zurück, die inzwischen eine große Villa an der Via Appia gekauft hatte. Wie gesagt, hoffte ich, die Malerei habe die Langeweile endgültig überwunden. Aber ich merkte bald, daß dies nicht der Fall war. Ich litt also wieder unter der Langeweile, trotz meiner Malerei; ja, da die Langeweile automatisch das Malen unterbrach, legte ich mir über die Intensität und Häufigkeit der Anfälle meines alten Leidens erst jetzt richtig Rechenschaft ab, weit genauer als zu den Zeiten, da ich noch nicht gemalt hatte. Das Problem der Langeweile präsentierte sich also von neuem in unveränderter Stärke. Ich begann, mich nach Motiven dafür zu fragen, und gelangte auf dem Weg der Ausschließung zu dem Schluß, daß ich mich vielleicht darum langweilte, weil ich reich war, und daß ich mich, wenn ich arm wäre, weniger langweilen würde. Diese Folgerung war damals nicht so klar und bewußt wie jetzt, da ich sie zu Papier gebracht habe. Es handelte sich auch weniger um eine Folgerung, als um den fast manischen Verdacht, es könne ein unbezweifelbarer, wenngleich unklarer Zusammenhang zwischen der Langeweile und dem Geld bestehen. Ich will mich bei jener höchst unangenehmen Periode meines Lebens nicht lange aufhalten. Da ich mich langweilte, und da ich, wenn ich mich langweilte, nicht malte, begann ich, die Villa meiner Mutter und die Annehmlichkeiten des dortigen Lebens aus ganzer Seele zu hassen. Ich gab der Villa die Schuld an meiner Langeweile und der hieraus sich ergebenden Unfähigkeit zu malen. Und ich sehnte mich danach wegzugehen. Da es sich aber, wie gesagt, nur um einen Verdacht handelte, gelang es mir nicht, meiner Mutter klar zu sagen, was ich ihr hätte sagen sollen: «Ich will nicht mit dir leben, weil du reich bist, weil der Reichtum mich langweilt, weil die Langeweile mich am Malen hindert.» Statt dessen versuchte ich instinktiv, unerträglich zu sein und ihr dadurch meinen Wegzug aus der Villa zu suggerieren, in gewissem Sinne aufzuzwingen. Ich erinnere mich an jene Tage als an eine Zeit ewiger schlechter Laune, hartnäckiger Feindseligkeit, obstinater Ablehnung, beinahe krankhafter Antipathie. Nie habe ich meine Mutter schlechter behandelt als in jener Zeit, und so kam zu der bedrückenden Langeweile auch noch mein Mitleid für sie hinzu, die sich meine Unfreundlichkeit in keiner Weise erklären konnte. Vor allem aber litt ich unter einer Art Lähmung aller meiner Fähigkeiten, so daß ich mir stumm, apathisch und dumpf vorkam, lebendig in mir selber eingemauert – als befände ich mich in einem undurchdringlichen, erstickenden Gefängnis.

Mein Aufenthalt in der Villa und mein daraus sich ergebender Gemütszustand hätten sich wahrscheinlich noch sehr hingezogen, wenn meine Mutter nicht glücklicherweise geglaubt hätte, in meiner Langeweile ein Gefühl wiederzuerkennen, ähnlich dem, durch das ihre Beziehungen zu meinem Vater zerstört worden waren. So ist jetzt der Augenblick gekommen, ein wenig von meinem Vater zu erzählen, und sei es auch nur, weil er mir auf dem Weg der Langeweile vorausgegangen ist.

Mein Vater also war, soweit ich das rekonstruieren konnte, ein geborener Vagabund, das heißt einer von den Männern, die daheim allmählich verstummen, den Appetit einbüßen, kurz, allen Lebenswillen verlieren, ein wenig wie jene Vögel, die das Eingeschlossensein in einem Käfig nicht ertragen. Kaum aber befinden sie sich auf Deck eines Schiffes oder in einem Zugabteil, da gewinnen sie ihre ganze Vitalität zurück. Er war hochgewachsen, athletisch, blauäugig und blond wie ich, nur daß ich nicht besonders gut aussehe, weil ich vorzeitig kahl geworden bin und ein eher graues, düsteres Gesicht habe. Er aber war ein schöner Mann, wenigstens nach den Lobpreisungen meiner Mutter, die ihn unbedingt hatte heiraten wollen, obwohl er ihr dauernd wiederholte, daß er sie nicht liebe und sie so schnell wie möglich verlassen würde. Ich hatte ihn nur wenige Male gesehen, denn er war ständig auf Reisen. Als ich ihn zuletzt sah, waren seine blonden Haare fast grau geworden, und sein Jünglingsgesicht war von feinen tiefen Falten durchfurcht; aber er trug noch seine flotten Schmetterlingskrawatten und die schachbrettartig gemusterten Anzüge seiner Jugendzeit. Er kam und ging, das heißt er floh vor meiner Mutter, mit der er sich langweilte, und kehrte wieder zu ihr zurück, wahrscheinlich um sich für eine neue Flucht mit Geld zu versorgen, denn er hatte keinen Pfennig, wenngleich er sich theoretisch mit «Import und Export» beschäftigte. Am Ende kam er nicht mehr wieder. Ein Sturm auf der japanischen Binnensee brachte ein Fährboot mit etwa hundert Passagieren zum Kentern, und mein Vater ertrank mit ihnen. Was er in Japan zu suchen hatte, ob er für seinen «Import und Export» dort war oder aus anderen Gründen, habe ich nie erfahren. Nach meiner Mutter, die eine Vorliebe für wissenschaftliche oder so klingende Definitionen hatte, war mein Vater von «Dromomanie» befallen, das heißt von Bewegungsmanie. Dieser Manie, so bemerkte sie nachdenklich, war vielleicht seine Passion für die Briefmarken zuzuschreiben, für diese kleinen farbigen Dokumente der Vielfalt und Weite der Welt, von denen er eine schöne Sammlung angelegt hatte, die von der Witwe noch immer aufbewahrt wurde. Auch war er in Geographie sehr tüchtig gewesen, dem einzigen Fach, mit dem er sich in der Schule wirklich beschäftigt hatte. Während meine Mutter in dieser «Dromomanie» meines Vaters einen rein individuellen und im Grunde belanglosen Charakterzug erblickte, konnte ich nicht umhin, eine Art brüderlichen Mitgefühls für diese unglückliche, halbverblaßte Gestalt zu empfinden, die immer blasser wurde, je mehr Zeit verstrich. Ich glaube, an meinem Vater – zumindest was die Beziehungen zu meiner Mutter anging – einige Züge zu entdecken, die ich mit ihm gemeinsam hatte. Aber es waren nur äußerliche Züge, wie ich erkannte, wenn ich genauer nachdachte. Gewiß hatte auch mein Vater an Langeweile gelitten, aber bei ihm hatte sich dieses Leiden durch ein fröhliches Vagabundieren in der Welt gelöst. Mit anderen Worten, seine Langeweile war die übliche Langeweile gewesen, wie man sie für gewöhnlich versteht, die nach nichts weiter verlangt als nach Erleichterung durch neue und seltene Sensationen. Mein Vater hatte wirklich an die Welt geglaubt, zumindest an die der Geographie, während ich es nicht einmal fertigbrachte, an ein Glas zu glauben.

Jedenfalls nahm es meine Mutter nicht so genau und vermutete hinter meiner Langeweile denselben oberflächlichen Überdruß, der die Beziehungen zu ihrem Mann schwierig gemacht hatte. «Leider bist du mehr nach deinem Vater geschlagen als nach mir», sagte sie schließlich eines Tages kurzerhand. «Ich weiß, wenn es euch erwischt, bleibt nichts anderes übrig, als euch wegzuschicken. Verreise also, fahr hin, wohin du willst, und wenn es vorbei ist, komm wieder!»

Erleichtert antwortete ich sogleich, daß es keineswegs meine Absicht sei, zu verreisen. Reisen interessierte mich nämlich gar nicht. Ich wollte nur von daheim fort und auf eigene Rechnung leben. Meine Mutter wandte ein, daß es absurd sei, auf eigene Rechnung leben zu wollen, während ich doch die große Villa, die wir bewohnten, zur Verfügung hätte, in der ich ohnehin tun und lassen könnte, was ich wollte. Ich aber war nun fest entschlossen, die Gelegenheit zu ergreifen, und antwortete heftig, ich gedächte am nächsten Tag und keine Stunde später wegzugehen. Da begriff meine Mutter, daß es mir ernst war. Sie beschränkte sich darauf, mit erprobter Bitterkeit zu wiederholen, sie erkenne in meiner Antwort sogar den Ton meines Vaters wieder. Ich möge also tun, was mir beliebe, und wohnen, wo es mir passe.

Blieb noch die Geldfrage. Wie gesagt, waren wir reich, und ich hatte bis dahin über einen nahezu unbeschränkten Kredit verfügt. Ich hob vom Bankkonto meiner Mutter jedesmal Geld ab, wenn ich etwas brauchte. Aber meine Mutter, die vorhersah, daß sie mit mir dieselben Erfahrungen machen würde wie mit meinem Vater, dem sie zwar immer genug Geld für seine Fluchten gegeben hatte, aber doch nicht so viel, daß er lange wegbleiben konnte, kündigte mir trocken an, sie wolle mir von jetzt an einen Monatswechsel aussetzen. Ich erwiderte, daß ich mir nichts Besseres wünschte. Und als sie mir ärgerlich-reuig die Summe nannte, die sie mir anzuweisen gedachte, erklärte ich sogleich, die Hälfte davon genüge. Meine Mutter, auf Diskussionen von der Art gefaßt, wie sie seinerzeit zwischen ihr und meinem Vater ausgefochten worden waren, dem das Geld nie genügte, wunderte sich über meine unerwartete Bescheidenheit. «Aber mit so wenig wirst du kaum leben können, Dino», rief sie fast gegen ihren Willen. Ich antwortete, das sei meine Sache. Und um mir nicht den Anstrich eines Asketen zu geben, fügte ich hinzu, ich hoffte sehr bald von dem Ertrag meiner Malerei leben zu können. Mir schien, als blicke mich meine Mutter ungläubig an. Wie ich wußte, hielt sie nichts von meinen künstlerischen Fähigkeiten. Wenige Tage später fand ich ein Atelier in der Via Margutta und zog mit meiner Habe dorthin.

Natürlich brachte der Wohnungswechsel keinerlei Veränderung meines Gemütszustandes mit sich. Ich meine damit: Nach dem Verblassen der ersten, mit jeder Veränderung verbundenen Erleichterung fing ich wieder an, mich fallweise zu langweilen wie zuvor. Ich habe gesagt «natürlich»; dies darum, weil ich hätte vorhersehen können, daß die Langeweile nicht mit einem einfachen Wohnungswechsel verschwinden würde. Zudem war ich ja nicht darum reich, weil ich in der Via Appia wohnte, sondern weil ich über eine bestimmte Summe Geldes verfügte. Daß ich von diesem Gelde keinen Gebrauch machen wollte, änderte im Grunde nur wenig. Auch gewisse reiche Geizhälse geben nur einen kleinen Teil ihrer Einkünfte aus und leben armselig; deswegen würde niemand daran denken, sie für arm zu halten. Auf den ersten Gedanken oder, besser gesagt, die erste fixe Idee, daß meine Langeweile und die daraus folgende künstlerische Unfruchtbarkeit auf das Leben bei meiner Mutter zurückzuführen sei, folgte langsam und schrittweise eine zweite, noch schlimmere Manie: die Unmöglichkeit, auf den Reichtum zu verzichten. Reich sein war wie blaue Augen oder eine Adlernase haben. Eine geheime Vorherbestimmung verband den Reichen mit seinem Geld und färbte sogar seinen Entschluß, keinen Gebrauch davon zu machen. Mit einem Wort, ich war kein Armer, der reich gewesen war, sondern ich war ein Reicher, der sich den anderen und sich selbst gegenüber so verhielt, als sei er arm.

Daß dies so war, bewies ich mir dann auf folgende Weise: Was tut ein wirklich Armer, fragte ich mich, wenn er kein Geld hat? Er verhungert. Und was würde ich in einem ähnlichen Fall tun? Ich würde meine Mutter um Hilfe angehen. Und wenn ich dies nicht täte, würde man mich deshalb noch lange nicht für einen Armen halten, sondern bloß für einen Verrückten. Aber mein Fall war, wie ich sogleich überlegte, kein Extremfall. Er war ein Mittelfall; denn ich ließ mich ja von meiner Mutter erhalten. Nur daß ich die Summe auf das unbedingt Notwendige beschränkte. Verglichen mit den echten Armen befand ich mich also in der bevorzugten und unanständigen Lage des reichen Spielers: Der eine kann unbegrenzt verlieren, der andere nicht. Vor allem aber kann der Reiche wirklich «spielen», das heißt sich amüsieren, während der Arme nur versuchen kann zu gewinnen.

Es ist schwierig, zu sagen, was ich empfand, wenn ich über diese Dinge nachdachte: ein Gefühl jämmerlicher Verhextheit, gegen das ich ohnmächtig war, denn ich konnte nicht wissen, wie, wann oder wo die Zauberei ausgeübt wurde, deren Bann mich gefangenhielt. Manchmal dachte ich an das Wort des Evangeliums: «Es ist leichter, daß ein Kamel durch ein Nadelöhr geht, als daß ein Reicher in den Himmel kommt.» Und ich fragte mich, was das eigentlich bedeutete, reich zu sein. War man reich, weil man über viel Geld verfügte? Oder weil man einer reichen Familie entstammte? Oder weil man in einer Gesellschaft lebte, die den Reichtum über alle anderen Güter stellte? Oder weil man an den Reichtum glaubte, reich zu werden wünschte oder verlorenem Reichtum nachtrauerte? Oder weil man, wie das mein Fall war, nicht reich sein wollte? Je mehr ich darüber nachdachte, desto schwieriger schien es mir, das Gefühl der Vorherbestimmung näher zu erklären, das mir der Reichtum gab. Es versteht sich, daß ich dieses Gefühl nicht gehabt hätte, wenn es mir gelungen wäre, mich von meiner ursprünglichen fixen Idee zu befreien, wonach sowohl die Langeweile vom Reichtum abhing als auch die künstlerische Unfruchtbarkeit. Aber alle unsere Überlegungen, auch die vernünftigsten, entspringen einer dunklen Gegebenheit des Gefühls. Und von Gefühlen kann man sich nicht so leicht befreien wie von Ideen. Ideen kommen und gehen, aber die Gefühle bleiben.

Hier wird man einwenden, daß ich, alles in allem, nichts weiter war als ein gescheiterter Maler, der – was ungewöhnlich sein mochte – von seinem Scheitern wußte. Das war alles. Aber das stimmt nur bis zu einem gewissen Punkt. Sicher war ich gescheitert, doch nicht darum, weil ich außerstande gewesen wäre, Bilder zu malen, die anderen Leuten gefallen hätten, sondern weil ich spürte, daß meine Bilder es mir nicht gestatteten, mich selber auszudrücken, mir die Illusion einer Beziehung zu den Dingen zu geben. Mit einem Wort: sie hinderten mich nicht daran, mich zu langweilen. Nun hatte ich aber im Grunde doch zu malen begonnen, um der Langeweile zu entfliehen. Da ich mich also weiter langweilte, warum malte ich dann noch?

Wenn ich mich recht erinnere, verließ ich die Villa meiner Mutter im März 1947. Weniger als zehn Jahre später zerstörte ich, wie schon erzählt, mein letztes Bild und beschloß, nicht mehr zu malen. Sogleich befiel mich die Langeweile, die die Ausübung der Malerei bisher in gewissem Maße in Schach gehalten hatte, mit unerhörter Heftigkeit. Ich habe bereits bemerkt, daß diese Langeweile im Grunde ein Fehlen der Beziehungen zu den Dingen ist; in jenen Tagen kam es mir vor, als sei sie auch ein Fehlen der Beziehungen zu mir selber. Ich weiß, diese Dinge sind schwer zu erklären. Ich will mich daher auf einen Vergleich beschränken: In den Tagen nach meinem Entschluß, die Malerei aufzugeben, kam ich mir beinahe so vor wie ein aus verschiedenen Gründen unerträgliches Individuum, das ein Reisender beim Antritt einer langen Fahrt in seinem Abteil antrifft. Das Abteil ist von alter Bauart, ohne Verbindung zu den anderen Abteilen des Zuges. Der Zug hält erst am Schluß der Reise. Der Fahrgast ist also genötigt, bis zum Ende der Fahrt mit seinem unangenehmen Gefährten beisammen zu bleiben. Die Langeweile hatte in jenen Jahren auch unterhalb der Oberfläche meines Malerberufes mein Leben tief zerfressen. Sie hatte nichts darin heil gelassen, so daß ich, ohne es selber zu bemerken, als ich das Malen aufgab, zu einer Art Ruine oder Trümmerrest geworden war. Nun bestand aber, wie ich ausgeführt habe, der Hauptaspekt der Langeweile in der praktischen Unmöglichkeit, mit mir selbst beisammen zu sein, der einzigen Person auf der Welt, die ich andererseits in keiner Weise loswerden konnte.

Eine außerordentliche Unruhe beherrschte mein Leben in jenen Tagen. Nichts von dem, was ich tat, gefiel mir oder schien mir wert, getan zu werden; andererseits konnte ich mir auch nichts ausdenken, das mir Freude machen, das heißt, mich auf die Dauer hätte beschäftigen können. Ich tat nichts anderes, als mein Atelier zu betreten und unter irgendeinem nichtigen Vorwand wieder zu verlassen, um nicht darin bleiben zu müssen: Ich kaufte Zigaretten, die ich gar nicht brauchte, trank einen Kaffee, auf den ich gar keinen Appetit hatte, erwarb eine Zeitung, die mich nicht interessierte, besuchte eine Bilderausstellung, für die ich keinerlei Neugier empfand – und so weiter. Dabei spürte ich, daß diese Beschäftigungen nichts anderes waren als hektische Verkleidungen der Langeweile, und ich fühlte dies so deutlich, daß ich mitunter die begonnenen Dinge nicht zu Ende führte und – statt die Zeitung zu kaufen, den Kaffee zu trinken oder die Ausstellung zu besuchen – schon nach wenigen Schritten umkehrte und in das Atelier zurückging, aus dem ich wenige Minuten zuvor davongeeilt war. Aber im Atelier wartete natürlich die Langeweile auf mich, und alles begann von neuem.

Ich griff zu einem Buch. Ich besaß eine kleine Bibliothek und bin immer ein guter Leser gewesen. Bald aber ließ ich das Buch fallen. Romane, Essays, Gedichte, Dramen – die ganze Weltliteratur enthielt nicht eine einzige Seite, die meine Aufmerksamkeit zu fesseln vermochte. Und warum hätte sie das auch tun sollen? Die Worte sind Symbole für Dinge, und zu den Dingen hatte ich ja in den Momenten der Langeweile keinerlei Beziehung. Ich ließ also das Buch sinken oder schleuderte es in einem Wutanfall in eine Ecke und nahm meine Zuflucht zur Musik. Ich hatte einen ausgezeichneten Plattenspieler, ein Geschenk meiner Mutter, und etwa hundert Platten. Aber wer da behauptet, daß die Musik eine so große Wirkung ausübt, daß sie selbst einen zerstreuten Menschen sozusagen mit Gewalt zum Zuhören zwingt, sagt etwas Unwahres. In Wirklichkeit weigerten sich meine Ohren nicht nur zuzuhören, sondern überhaupt zu hören. Und wenn ich dabei war, eine Platte auszuwählen, lähmte mich der Gedanke: Welche Musik kann in einem Augenblick der Langeweile angehört werden? So schloß ich den Plattenspieler, warf mich auf den Diwan und begann darüber nachzudenken, was ich unternehmen könnte.

Vor allem traf mich der Umstand, daß ich absolut nichts tun mochte, dabei aber glühend wünschte, etwas zu tun. Was immer ich mir vorstellte, war sozusagen mit seinem siamesischen Zwilling verbunden, nämlich mit dem Gegenteil – der Absicht, nichts zu unternehmen. So spürte ich, daß ich keine Leute sehen, aber auch nicht allein sein wollte; daß ich nicht daheimbleiben, aber auch nicht ausgehen wollte; daß ich nicht reisen, aber auch nicht in Rom bleiben wollte; daß ich nicht malen, aber auch nicht ohne Malen leben wollte; daß ich nicht wachen, aber auch nicht schlafen wollte; daß ich nicht lieben, aber auch nicht ohne Liebe sein wollte – und so weiter. Ich sage: Ich spürte das. Besser jedoch müßte ich sagen: Ich empfand Widerwillen, Ekel und Abscheu.

Mitunter fragte ich mich in diesen Phrenesien der Langeweile, ob ich nicht etwa zu sterben wünschte. Die Frage war durchaus vernünftig, da mir das Leben doch so unerfreulich erschien. Dann aber bemerkte ich erstaunt, daß mich zwar das Leben nicht freute, daß ich aber auch nicht sterben wollte. Die gekoppelten Alternativen, die wie in einem düsteren Ballett vor meinem Geist vorbeizogen, machten also nicht einmal halt vor der Wahl zwischen Leben und Tod. In Wirklichkeit, so dachte ich manchmal, wollte ich nicht etwa sterben, sondern nur nicht so weiterleben, wie ich lebte.

1. Kapitel

Nachdem ich in das Atelier in der Via Margutta gezogen war, gelang es mir, den unvernünftigen und beinahe abergläubischen Widerwillen zu überwinden, den mir die Villa in der Via Appia einflößte, und ich konnte halbwegs normale Beziehungen zu meiner Mutter aufnehmen. Einmal in der Woche ging ich zum Mittagessen zu ihr, denn ich wußte, daß ich sie um diese Tageszeit allein antreffen würde. Ich blieb dann ein paar Stunden und führte die üblichen Gespräche, die ich auswendig kannte und die sich auf die einzigen zwei Dinge bezogen, für die sich meine Mutter interessierte: Botanik – das heißt die Blumen und Pflanzen, die sie in ihrem Garten zog – und Geschäfte, denen sie sich sozusagen seit ihrem Vernünftigwerden widmete. Meine Mutter hätte es gern gehabt, wenn ich häufiger und auch zu anderen Tageszeiten zu ihr gekommen wäre, zum Beispiel während sie ihre Freunde oder Leute ihres Kreises empfing. Aber nach ein paar Einladungen, die ich mit Entschiedenheit ablehnte, schien sie sich mit der Seltenheit meiner Besuche abgefunden zu haben. Natürlich war ihre Resignation nur erzwungen und konnte bei der ersten Gelegenheit wieder verschwinden. «Eines Tages wirst du draufkommen», sagte sie und sprach dabei von sich selber in der dritten Person, was sie immer dann tat, wenn sie ein starkes Gefühl zu verbergen wünschte, «daß deine Mutter nicht eine beliebige Dame ist, der man einen Höflichkeitsbesuch abstattet, und daß deine wirkliche Wohnung hier ist und nicht in der Via Margutta.»

An einem solchen Tag, kurze Zeit nachdem ich mit dem Malen aufgehört hatte, begab ich mich zu dem üblichen wöchentlichen Mittagessen in das Haus meiner Mutter. In Wirklichkeit war es ein etwas ungewöhnliches Mittagessen: Auf diesen Tag fiel nämlich mein Geburtstag. Meine Mutter hatte mich für den

Fall, daß ich dies vergessen sollte, noch am Morgen daran erinnert, indem sie mir am Telefon in ihrer seltsamen pedantischen und zeremoniellen Weise sagte: «Heute wirst du fünfunddreißig Jahre alt. Ich gratuliere dir auf das herzlichste und wünsche dir alles Gute.» Gleichzeitig ließ sie mich wissen, daß sie für mich eine «Überraschung» bereit habe.

Gegen Mittag bestieg ich also meinen alten, klapprigen Wagen und fuhr durch die Stadt mit dem üblichen Gefühl des Unbehagens und Widerwillens, das immer weiter zunahm, je mehr ich mich meinem Ziele näherte. Mein Herz war von schwerer Beklemmung erfüllt, als ich schließlich in die Via Appia einbog und zwischen Zypressen, Pinien und Ziegelruinen an den rasenbewachsenen Böschungen dahinfuhr. Das Gartengitter meiner Mutter befand sich rechts auf halber Höhe der Via Appia, und ich suchte es wie gewöhnlich mit den Blicken, fast hoffend, dank irgendeines Wunders nichts mehr zu finden und geradewegs bis zu den Castelli weiterfahren und dann nach Rom zurückkehren zu können. Aber da war es, dieses Gartengitter, weit aufgerissen, eigens für mich, um mich im Vorbeifahren – wie es mir vorkam – aufzuhalten und zu verschlingen. Ich bremste, vollführte eine brüske Wendung und fuhr mit einem dumpfen, weichen Hüpfen der Räder in die kiesbestreute Zufahrt ein und zwischen zwei Reihen Zypressen hindurch. Der Weg stieg bis zur Villa, die am Ende sichtbar war, sanft an. Dann schaute ich auf die kleinen schwarzen, staubigen, gelockten Zypressen und auf die niedrige rote Villa, die sich unter grauen Wolken – gleich Wattebäuschen – duckte, und ich fühlte wieder jenes niederschmetternde Entsetzen, das mich jedesmal überkam, wenn ich meine Mutter besuchte: Ich glich einem Menschen, der die Absicht hat, einen Akt wider die Natur zu begehen, als hätte ich mich angeschickt, während ich diesen Weg herauffuhr, sozusagen in den Schoß zurückzukehren, aus dem ich geboren war. Ich versuchte, dieses unangenehme Gefühl der Regression zu verscheuchen, indem ich aus Leibeskräften das Horn betätigte, um meine Ankunft anzukündigen. Dann vollführte ich einen halben Kreis auf dem Kies, hielt meinen Wagen auf dem Vorplatz an und sprang hinaus. Fast sofort öffnete sich ein Fenster im Erdgeschoß, und ein Dienstmädchen erschien auf der Schwelle.

Ich war ihr nie zuvor begegnet. Meine Mutter hatte es sich

in den Kopf gesetzt, die Villa mit einem Personal in Ordnung zu halten, das kaum für eine Fünfzimmerwohnung ausgereicht hätte. Deshalb war sie genötigt, die Bediensteten oft zu wechseln. Hochgewachsen, mit kräftigen und robusten Hüften und Brüsten, hatte dieses Mädchen seltsam kurze, schlechtgeschnittene Haare, ähnlich denen von Strafgefangenen oder Rekonvaleszenten. Auf dem blassen, etwas sommersprossigen Gesicht lag ein schläfriger Ausdruck, vielleicht verursacht durch eine enorme schwarzgeränderte Brille, die ihre Augen verdeckte. Mir fiel besonders ihr Mund auf. Er hatte die Form einer zerdrückten Blume und war zart geranienrot. Ich fragte sie, wo meine Mutter sei, und sie fragte ihrerseits mit sehr sanfter Stimme: «Sind Sie der Herr Dino?»

«Ja.»

«Die gnädige Frau ist im Garten bei den Glashäusern.»

Ich setzte mich in diese Richtung in Bewegung, nicht ohne vorher einen erstaunten Blick auf ein anderes Auto zu werfen, das auf dem Vorplatz neben dem meinen stand. Es war ein Sportwagen, niedrig und robust, mit einem metallisch-blauen Schiebedach. Hatte meine Mutter noch jemanden zum Mittagessen eingeladen? Indem ich diese unerfreuliche Möglichkeit bedachte, ging ich auf dem mit Ziegeln gepflasterten Fußpfad um die Villa herum, beschattet von dreieckigen, quadratischen und kreisförmigen Hecken und ballförmig, pyramidisch und kegelförmig beschnittenen Sträuchern. Ein breiterer, gerader Weg unter einer Pergola aus weißlackiertem Eisen, die von Weinranken umschlungen war, schnitt den Garten in zwei Teile. Er führte von der Villa bis zum Ende des Besitzes. Dort waren etliche Gewächshäuser an die Umfassungsmauer gebaut, deren Fensterscheiben funkelten. Auf halbem Weg zwischen der Villa und den Gewächshäusern sah ich unter der Pergola meine Mutter. Sie ging allein dahin und wandte mir den Rücken zu. Für einen Augenblick verzichtete ich darauf, sie anzurufen, und betrachtete sie.

Sie ging langsam, sehr langsam – wie jemand, der sich an dem freut, was er sieht, und darum so lange wie möglich bei seiner Betrachtung verweilt. Meine Mutter hatte ein zweiteiliges türkisblaues Kleid an, mit unten sehr enger und an den Schultern sehr weiter Jacke. Der Rock war äußerst eng, fast wie ein Handschuh. Sie trug immer sehr eng anliegende Kleider, die ihre kleine Gestalt noch schlanker, steifer und puppenhafter erscheinen ließen. Ihr großer Kopf saß auf einem langen, nervösen Hals, ihre Haare waren blond, gekreppt und immer sehr sorgfältig onduliert. Von weitem schon sah man an ihrem Hals die Perlen ihrer Kette – so groß waren sie. Meine Mutter liebte es, sich mit auffälligen Juwelen zu schmücken: massige Ringe, die um ihre zarten Finger tanzten, riesige Armbänder, behängt mit Amuletten und Anhängern, die aussahen, als müßten sie jeden Augenblick von den knochigen Gelenken gleiten, Nadeln, die zu reich für ihren mageren Busen waren, Ohrringe, zu groß für ihre häßlichen, verknorpelten Ohren. Wieder einmal bemerkte ich mit einem Gefühl, gemischt aus Vertraulichkeit und Ärger, daß die Schuhe, die sie an den Füßen, und die Handtasche, die sie unter dem Arm trug, zu groß zu sein schienen. Schließlich entschloß ich mich zu rufen: «Mama!»

Mit einem für sie bezeichnenden Mißtrauen blieb sie plötzlich stehen, als hätte ihr jemand die Hand auf die Schulter gelegt. Darauf drehte sie sich nur mit dem Oberkörper herum, ohne die Beine zu bewegen. Ich sah ihr scharfes Gesicht, die ausgehöhlten Wangen, den verkniffenen Mund, die lange, gerade Nase und die gläsernen blauen Augen, die mich schräg anstarrten. Dann lächelte sie, wandte sich ganz um und kam auf mich zu, den Kopf gesenkt, die Augen auf den Boden geheftet. Wie pflichtgemäß sagte sie: «Grüß dich! Und alle meine besten Wünsche!» Obgleich dies mit zärtlichen Absichten gesagt war, konnte ich nicht umhin, zu bemerken, daß der Klang ihrer Stimme wie immer trocken und krächzend war, fast wie bei einer Krähe. In meiner Nähe angelangt, wiederholte sie: «Meine herzlichsten Glückwünsche», und ich drückte ihr einen Kuß auf die Wange. Nebeneinander gingen wir auf das Ende des Weges zu. Sogleich deutete meine Mutter auf das Weinlaub, das die Pergola bedeckte, und fragte: «Weißt du, was ich gerade besichtige? Meine Weintrauben. Schau her!»

Ich hob den Blick und bemerkte, daß die Trauben alle mehr oder weniger angenagt und ausgesaugt aussahen.

«Die Eidechsen!» erklärte meine Mutter in dem seltsamen intimen, zärtlichen und zugleich wissenschaftlichen Ton, den sie immer anschlug, wenn sie von ihren Blumen oder Pflanzen sprach. «Diese Mistviecher klettern an den Pfählen der Pergola hinauf und fressen die Beeren. Sie verderben mir die ganze Pergola, denn die dunkelroten Trauben zwischen den grünen Ranken sehen wunderschön aus, aber wenn die Trauben halb angenagt sind, ist dieser Effekt beim Teufel.»

Ich sagte irgend etwas über ein Deckengemälde von Zuccari in einem römischen Palast, auf dem das gleiche Motiv – eine goldene Pergola mit dunkelroten Trauben und grünen Ranken – zu sehen ist, und sie fuhr fort: «Unlängst ist, ich weiß selbst nicht wie, eine Henne der Nachbarn in meinen Garten geraten. Eine von diesen Eidechsen saß auf der Pergola und fraß natürlich an meinen Trauben. Plötzlich rutschte sie aus und fiel herunter. Denk dir, sie kam nicht einmal bis zum Boden. Die Henne schnappte sie in der Luft und fraß sie auf. Trank sie richtig.»

Ich sagte: «Dann mußt du dir also Hühner halten. Die werden die Eidechsen fressen, und deine Trauben werden dann in Ruhe gelassen werden.»

«Mein Gott, die Hühner ruinieren ja alles, wo sie hinkommen! Da behalte ich lieber die Eidechsen!»

Wir setzten unseren Rundgang durch den Garten fort, gingen den Weg unter der Pergola entlang, bis zu der Umfassungsmauer, und schritten dann die Front der Glashäuser ab. Meine Mutter beugte sich nieder, ergriff eine während der Nacht aufgeblühte Blume und hielt sie zwischen zwei Fingern in der Hand. Darauf geriet sie mit völlig verglasten Augen vor einer kleinen Terrakottavase in Verzückung – das ist das rechte Wort –, aus der eine Pflanze, die aussah wie eine grüne, haarige Schlange, bis zur Erde hinabreichte, so daß man sich wunderte, sie nicht zischen zu hören. Dann wieder lieferte sie mir in trocken-lehrhafter Art eine Menge botanischer Informationen, gewonnen aus der genauesten Lektüre von Handbüchern der Blumenpflege wie auch aus langen Gesprächen mit den beiden Gärtnern, die sehr gut bezahlt und daher ungemein geduldig waren und denen sie während der ganzen Zeit der Arbeit im Garten ihre Gegenwart aufnötigte. Die Liebe meiner Mutter zu Blumen und Pflanzen war das einzig Poetische an ihrem sonst völlig prosaischen Leben. Gewiß, manchmal liebte sie mich, und der Vermehrung unseres Vermögens widmete sie eine unglaubliche Leidenschaft. Aber in den Geschäften wie in ihrem Verhältnis zu mir überwog ihr autoritärer, skrupelloser, interessierter und mißtrauischer Charakter. Die Blumen und Pflanzen hingegen liebte sie völlig interessefrei, hingebungsvoll und ohne Nebenabsichten. Und meinen Vater, wie hatte sie den geliebt? Wie gewöhnlich kam mir auch jetzt wieder der Gedanke, daß mein Vater und ich einander wenigstens in einem Punkt ähnelten: Wir wollten nicht mit meiner Mutter zusammen leben. Ich fragte sie brüsk: «Apropos, kannst du mir sagen, warum mein Vater immer davonlief, fort von dir?»

Ich sah sie die Nase rümpfen, wie sie das immer tat, wenn ich von meinem Vater sprach. «Was heißt hier apropos?»

«Das ist unwichtig. Antworte auf meine Frage!»

«Dein Vater lief nicht vor mir davon», erwiderte sie nach einem Augenblick mit kalter Würde. «Er reiste gern, das war alles. Aber sieh diese Rosen an, sind sie nicht herrlich?»

Ich sagte in peremptorischem Ton: «Ich möchte, daß du mir von meinem Vater erzählst. Wenn es wahr ist, daß er nicht vor dir davonlief, warum bist du dann nicht mit ihm gereist?»

«Vor allem mußte jemand in Rom bleiben und sich um unsere Interessen kümmern.»

«Du meinst deine Interessen.»

«Die Interessen der Familie! Und dann paßte mir seine Art zu reisen nicht. Ich reise gern mit allen Bequemlichkeiten – an Orte, wo es gute Hotels gibt und Leute, die ich kenne. Zum Beispiel nach Paris, London, Wien. Er aber hätte mich Gott weiß wohin geschleppt, nach Afghanistan oder nach Bolivien. Ich kann Unbequemlichkeiten und exotische Länder nicht vertragen.»

Ich beharrte: «Aber warum lief er von daheim fort? Oder, wie du dich ausdrückst, warum reiste er? Warum blieb er nicht bei dir?»

«Weil er nicht gern zu Hause war.»

«Und warum war er nicht gern zu Hause? Langweilte er sich da?»

«Ich habe mir nie die Mühe gegeben, das herauszubekommen. Ich weiß nur, daß er traurig wurde, nicht mehr redete, nie mehr ausging... Zuletzt war ich es selbst, die ihm das Geld gab und ihm sagte: Nimm das, geh; es ist besser, wenn du gehst.»

«Glaubst du nicht, daß er geblieben wäre, wenn er dich geliebt hätte?»

«Tja», antwortete sie ruhig mit ihrer unerfreulichen Stimme, und es war ihr offenbar angenehm, die Wahrheit zu sagen. «Aber er liebte mich nicht.»

«Warum hat er dich dann geheiratet?»

«Ich war es, die ihn heiraten wollte. Er hätte vielleicht darauf verzichtet.»

«Er war arm, nicht? Und du warst reich?»

«Ja, er hatte keinen Heller. Er war aus guter Familie. Das ist aber auch alles.»

«Glaubst du nicht, daß es eine Geldheirat war?»

«O nein! Dein Vater war nicht an Geld interessiert. Darin war er wie du. Er hatte zwar immer Geld nötig, aber er maß ihm keine Wichtigkeit bei.»

«Weißt du, warum ich dir alle diese Fragen nach meinem Vater stelle?»

«Das weiß ich wirklich nicht.»

«Weil mir der Gedanke gekommen ist, daß ich ihm wenigstens in einem Punkt ähnlich bin. Auch ich laufe unausgesetzt vor dir davon.»

Ich sah, wie sie sich bückte und mit einer kleinen Schere, die ich bisher nicht bemerkt hatte, sauber eine rote Blume abschnitt. Dann richtete sie sich wieder auf und fragte: «Was macht deine Arbeit?»

Bei dieser Frage fühlte ich, wie sich plötzlich meine Kehle zuschnürte; es entstand ein Gefühl grauer, eisiger Niedergeschlagenheit. In immer weiter sich verbreitenden Wellen schien es von mir auszugehen, wie dies in der Natur der Fall ist, wenn sich eine Wolke zwischen die Sonne und die Erde schiebt. Mit einer Stimme, die gegen meinen Willen erstickt klang, antwortete ich: «Ich male nicht mehr.»

«Was heißt das, du malst nicht mehr?»

«Ich habe beschlossen, mit der Malerei aufzuhören.»

Meine Mutter hatte niemals Sympathie für meine Tätigkeit empfunden, vor allem, weil sie nichts davon verstand – was sie aber ungern hörte und zugab –, dann aber auch, weil sie nicht zu Unrecht vermutete, daß mich die Malerei ihr entfremdet hatte. Wieder einmal mußte ich ihre Selbstbeherrschung bewundern. Jemand anderer an ihrer Stelle hätte sich wenigstens eine gewisse Genugtuung anmerken lassen. Sie aber nahm die Mitteilung gleichmütig entgegen. «Und warum», so fragte sie nach einem Augenblick im Ton träger, fast mondäner Neugier, «hast du beschlossen, mit der Malerei aufzuhören?»

Wir waren inzwischen fast bis zur Villa gelangt. Ein Geruch nach Küche, nach ausgezeichneter Küche, lag in der Luft. Gleichzeitig fühlte ich, wie meine Verzweiflung zunahm, statt abzunehmen, obwohl ich mir wütend vorsagte: Jetzt geht es vorüber, jetzt geht es vorüber! Da tauchte eine Erinnerung in mir auf: Ich sah mich selber als fünfjähriges Kind, wie ich mit einem blutigen Knie verzweifelnd schluchzend durch einen anderen Garten lief und mich in die Arme meiner Mutter warf. Und meine Mutter beugte sich über mich und sagte mit ihrer häßlichen Krähenstimme: «Nicht weinen! Laß sehen! Nicht weinen, weißt du denn nicht, daß Männer nicht weinen?» Ich blickte meine Mutter an, und zum erstenmal seit langer Zeit schien es mir, als verspürte ich ein Gefühl der Zuneigung für sie. Folglich sagte ich: «So.» Als Antwort auf ihre Frage benutzte ich das kürzeste Wort, das ich finden konnte, denn ich schämte mich meiner Verzweiflung und wollte sie mir nicht anmerken lassen.

Aber ich erkannte sogleich, daß es nichts half, «so» zu sagen. Das jammervolle Gefühl hörte deswegen nicht auf, eine Gänsehaut überlief mich, und es kribbelte mich an den Haarwurzeln. Die ganze Welt ringsum schien durch mein Gefühl farblos und sinnlos geworden zu sein. Dann wehte ein leiser Windhauch jenen Geruch nach guter Küche in meine Nase, und fast fühlte ich den Drang, mich schluchzend in die Arme meiner Mutter zu werfen, wie mit fünf Jahren – in der Hoffnung, von ihr ebenso wegen des Abbruchs meiner Malerei getröstet zu werden wie damals wegen meines zerschundenen Knies. Völlig unerwartet sagte ich plötzlich: «Übrigens habe ich vergessen, dir mitzuteilen, daß ich das Atelier aufgebe, da es ja nun keinen Zweck mehr für mich hat. Ich kehre zu dir zurück.» Einen Augenblick verstummte ich, verblüfft über meine eigenen Worte, die auszusprechen ich zuvor nicht die mindeste Absicht gehabt hatte und die mir von Gott weiß woher zugeflogen waren. Dann wurde mir klar, daß ich jetzt keine Rückzugsmöglichkeit mehr hatte, und fügte gezwungen hinzu: «Vorausgesetzt, daß du mich willst.»

Ungeachtet des Staunens, in das mich mein eigener Vorschlag gestürzt hatte, konnte ich nicht umhin, zum zweitenmal die Beherrschungskunst meiner Mutter zu bewundern, jene

Fähigkeit, die sie in ihrer mondänen Sprache «die Form» nannte. Ich hatte ihr etwas gesagt, worauf sie seit Jahren wartete, das einzige vielleicht, das ihr wirklich Freude machen konnte; aber auf ihrem ausgetrockneten, hölzernen Gesicht, in ihren gläsernen Augen wurde keinerlei Regung sichtbar. Langsam antwortete sie mit einer noch unangenehmeren Stimme als sonst, fast im Ton einer Frau, die in einem Salon auf ein völlig gleichgültiges Kompliment erwidert: «Natürlich will ich. In diesem Hause wirst du immer mit offenen Armen aufgenommen werden. Wann würdest du also kommen?»

«Heute abend oder morgen früh.»

«Besser morgen früh, da habe ich Zeit, dir dein Zimmer vorbereiten zu lassen.»

«Also dann morgen früh.»

Nach diesen Worten sprachen wir eine ganze Zeit hindurch nichts mehr. Ich fragte mich, was mir zugestoßen sei und ob vielleicht meine wahre Berufung darin bestehe, daheim bei meiner Mutter zu bleiben, die Langeweile hinzunehmen, unser Vermögen zu verwalten und reich zu sein. Meine Mutter ihrerseits schien jetzt die Phase des Staunens und der Freude über den unerhofften Sieg überwunden zu haben. Wie man aus dem nachdenklichen Ausdruck ihres bewegungslosen Gesichts ersehen konnte, war sie schon dabei, diesen Sieg zu organisieren und Pläne für meine und ihre Zukunft zu entwerfen. Schließlich sagte sie in beiläufigem Ton: «Ich weiß nicht, ob es deine Absicht war, aber auf jeden Fall ist es ein gutes Vorzeichen, daß du dich gerade heute an deinem Geburtstag entschlossen hast, wieder hierher zurückzukehren. Ich habe dir heute früh gesagt, ich hätte eine Überraschung für dich. Sie soll für beide Anlässe zusammen gelten.»

Ich fragte obenhin: «Was ist das denn für eine Überraschung?»

«Komm mit mir, ich zeige sie dir.»

Grausam sagte ich: «Heute wollen wir auf jeden Fall nur einen der beiden Anlässe feiern: meine Rückkehr nach Hause. Das ist das wahre heutige Fest.»

Bemerkte meine Mutter meinen Sarkasmus? Oder merkte sie nichts davon? Sicher ist, daß sie keine Antwort gab. Sie ging mir voraus, rings an der Mauer der Villa entlang bis zum Vorplatz. Dort sah ich sie auf den neben meinem Auto geparkten schönen Sportwagen zuschreiten und dann stehenbleiben, eine

Hand auf der Motorhaube, ungefähr in der Haltung eines Fotomodells für eine Autofabrik. «Du hast mir einmal gesagt», erklärte sie, «daß du gern einen sehr schnellen Wagen hättest. Zuerst hatte ich daran gedacht, dir einen richtiggehenden Rennwagen zu kaufen, aber die sind zu gefährlich, und so habe ich dieses Kabriolett gewählt. Der Vertreter hat mir versichert, es sei das allerletzte Modell; es ist erst vor wenigen Monaten herausgekommen. Es macht seine zweihundert Kilometer in der Stunde.»

Langsam trat ich näher und fragte mich dabei, wieviel der Wagen kosten mochte, den meine Mutter mir schenken wollte. Es war eine ausländische Marke mit Luxuskarosserie. Ich wußte, daß diese Art Autos sehr teuer war. Meine Mutter sprach jetzt von dem Wagen in demselben sachkundigen, gelösten, leicht neugierigen, fast liebevollen Ton, mit dem sie von den Blumen in ihrem Garten redete. «Mir gefällt besonders das hier», sagte sie und wies auf das Armaturenbrett mit dem schwarzen Hintergrund, auf dem die vernickelten Knöpfe und Hebel funkelten wie Diamanten auf dem schwarzen Samt des Juweliers, «deswegen allein hätte ich den Wagen gekauft. Dann gefällt er mir, weil er die Solidität eines schönen Paars robuster, handgearbeiteter Schuhe für lange Wanderungen hat. Eine beruhigende Solidität. Willst du ihn also ausprobieren? Wir haben noch Zeit, vor dem Essen eine kleine Rundfahrt zu unternehmen – ein paar Minuten, nicht länger, denn es gibt einen Gang, der nicht aufgewärmt werden kann. Die Köchin legt großen Wert darauf, daß du ihn kostest, sie hat ihn eigens für dich gemacht.»

Ich betrachtete verträumt den Wagen und murmelte: «Wie du willst.»

«Ja, probiere ihn, auch weil ich dem Vertreter den Kauf bestätigen muß.»

Ich sagte nichts, öffnete den Wagenschlag und stieg ein. Meine Mutter setzte sich neben mich, und während ich den Motor anließ und die Schaltung betätigte, sagte sie in ihrem üblichen intimen und zugleich neutralen Ton: «Der Vertreter hat mir versichert, daß das Verdeck im Winter keinen noch so leisen Lufthauch durchläßt. Im übrigen gibt es eine Heizung. Im Sommer läßt sich das Dach zurückschlagen. Es ist hübscher, ohne Dach zu fahren.»

«Ja, es ist hübscher.»

«Gefällt dir die Farbe? Mir schien sie sehr schön, so daß ich gar keinen anderen Wagen mehr sehen wollte. Der Vertreter hat mir gesagt, der Lack sei nach einem zwar kostspieligen, aber sehr wirkungsvollen Verfahren metallisiert.»

Ich sagte aufs Geratewohl: «Er ist sehr heikel.»

«Wenn er sich abgenützt hat, läßt du ihn erneuern.»

Der Wagen gab ein dunkles Brummen von sich, ähnlich wie ein Rennauto; dann ließ ich ihn um den Vorplatz herumfahren und schließlich die Zufahrtsstraße entlang. Es war ein sehr starker und gleichzeitig sanfter Wagen, wie ich feststellen konnte, denn er schoß bei dem geringsten Druck auf den Gashebel buchstäblich davon. Wir durchfuhren das Parktor, und ich konnte nicht umhin, mich an das Gefühl zu erinnern, das ich kurz zuvor auf der Fahrt nach der Villa gehabt hatte: wieder in den Schoß zurückzukehren, der mich geboren hatte. Und jetzt? Jetzt war ich drin und würde ihn wohl nie mehr verlassen.

Gleich hinter der Gartentür wandte ich mich nach rechts und fuhr die Via Appia entlang, in der Richtung nach den Castelli. Der trübe Schirokkotag hatte um den Monte Cavo eine Art schwarzen, ungewissen Ring von Gewitterwolken gelegt. Längs der Via Appia schien alles – Pinien, Zypressen, Ruinen, Hekken, Felder – trüb von Staub und sommerlicher Gluthitze. Inzwischen hörte meine Mutter nicht auf, das Loblied des Autos zu singen, doch in beiläufiger und mondäner Art, als entdeckte sie nach und nach seine Vorzüge. Ohne ein Wort zu sprechen, fuhr ich die Via Appia bis zur Gabelung entlang, wandte mich dann nach links, fuhr sehr schnell bis zur Via Appia Nuova hinab, umfuhr das Verkehrslicht und kehrte um.

«Wie findest du den Wagen?» fragte meine Mutter in dem Augenblick, als wir wieder die Via Appia erreichten.

«Er scheint mir in jeder Hinsicht ausgezeichnet! Übrigens kannte ich ihn schon.»

«Aber wenn es doch ein neues, kaum vor einem Monat herausgekommenes Modell ist –»

«Ich meine, ich kannte schon Wagen dieser Marke.»

Da war das Gartentor wieder, die Zypressenallee, die Villa am Ende des Vorplatzes. Ich hielt an, zog die Handbremse, blieb einen Augenblick regungslos und schweigend sitzen, wandte mich dann plötzlich zu meiner Mutter um und sagte: «Danke!»

Sie antwortete: «Ich habe den Wagen hauptsächlich darum gekauft, weil er mir so gut gefiel. Wenn ich ihn nicht für dich gekauft hätte, hätte ich ihn für mich selbst gekauft.»

Mir war, als erwarte sie noch etwas – wenigstens nach dem unzufriedenen und fordernden Ausdruck ihres Gesichtes zu urteilen. Ich sagte von neuem: «Er gefällt mir wirklich sehr gut – danke!» Und indem ich mich vorbeugte, berührte ich mit den Lippen die trockene und rauhe Puderschicht auf ihrer mageren Wange. Vielleicht um sich nicht anmerken zu lassen, welche Freude ihr meine zärtliche Geste verursachte, sagte sie: «Der Vertreter hat mir ans Herz gelegt, auch ja die Instruktionen für Fahrt und Pflege zu lesen, die in diesem Heft enthalten sind.» Sie öffnete eine Klappe im Armaturenbrett und zeigte mir ein gelbes Heft. «Es sind nämlich empfindliche Maschinen, die leicht Schaden nehmen können.»

«Ich werde es lesen.»

«Dieser Wagen ist auch für große Touren geeignet. Wenn es Herbst wird, kannst du damit zum Beispiel nach Spanien oder Frankreich fahren.»

«Das werde ich im Frühjahr tun. Diesen Herbst nicht.»

«Gewiß, auch im Frühjahr. Der Wagen hat einen sehr großen Kofferraum. Darin haben drei Koffer bequem Platz.»

Jetzt schien meine Mutter wirklich befriedigt, so sehr, daß ein wenig von ihrer «Form» geschwunden war und man deutlich ihre Zufriedenheit erkennen konnte, etwas ganz Ungewöhnliches. Während wir den Vorplatz überquerten, wies meine Mutter auf den langen, schmalen, geraden Weg zwischen Lorbeerhecken, an dessen entferntem Ende ein kleines, einstöckiges rotes Haus zu sehen war. «Dein Atelier», sagte sie. «Es ist unverändert geblieben – wie es war. Nichts ist berührt worden. Wenn du willt, kannst du auch morgen dort zu malen anfangen.»

«Aber ich habe dir doch gesagt, daß ich beschlossen habe, nicht mehr zu malen.»

Sie gab keine Antwort. Vielleicht hatte sie mir das Atelier nur gezeigt, damit ich erneut versicherte, ich hätte auf die Malerei verzichtet. Inzwischen waren wir beim Hauseingang angelangt. Meine Mutter ging mir voraus in das Vestibül und sagte dabei in autoritärem Ton: «Jetzt wasch dir die Hände, denn das Mittagessen ist sofort fertig.»

Sie öffnete eine kleine Tür, die in einen zur Küche führenden Korridor mündete, und verschwand. Ich suchte durch eine andere Tür das Badezimmer auf. Zwischen den vier blauen Wänden betrachtete ich mich automatisch im Spiegel über dem Waschtisch, während meine Hände sich unter dem warmen Wasserstrahl mit Seifenschaum füllten. In diesem Augenblick öffnete sich hinter mir die Tür, und ich erblickte im Spiegel den Kopf mit den zu kurzen und schlechtgeschnittenen Haaren des Stubenmädchens.

Ohne mich umzuwenden, musterte ich sie im Spiegel und fragte: «Wie heißen Sie?»

«Rita.»

«Ich habe Sie hier noch nie gesehen.»

«Ich bin erst seit einer Woche hier.»

Ich beugte mich vor und seifte mir das Gesicht ein, obwohl das gar nicht nötig war. Ich hatte das Gefühl, von bedrückenden Gedanken beschmutzt zu sein. Während ich mich wusch, hörte ich Ritas sanfte Stimme, die meldete: «Das Handtuch habe ich hierher gehängt.» Als ich wieder aufblickte, sah ich, daß das Mädchen sich zurückgezogen hatte. Ich verließ das Badezimmer und begab mich durch den Vorraum in den Salon, oder vielmehr in die vier oder fünf Salons verschiedener Größe, die das Erdgeschoß der Villa einnahmen.

Diese Zimmer gingen mit Bogendurchbrüchen oder flügellosen Türen ineinander über, so daß sie beinahe einen einzigen Raum bildeten, und waren in völlig unpersönlicher Art eingerichtet – mit üppigen und langweiligen Möbeln, die ausschließlich nach ihrem Handelswert gekauft worden waren. Man konnte sicher sein, daß sich hier nicht ein einziger Gegenstand befand, der nicht der teuerste seiner Kategorie gewesen wäre oder wenigstens zu den teuersten gehört hätte. Meine Mutter besaß keinen kultivierten Geschmack und keine sonderliche Liebe zum Schönen. Ihr Kriterium bei fast jedem Kauf war der Preis. Je höher er war, desto mehr überzeugte er sie, daß der betreffende Gegenstand jene Qualitäten der Schönheit, des Raffinements und der Originalität besitze, die sie auf andere Weise nicht bemerkt hätte. Natürlich warf meine Mutter keineswegs ihr Geld zum Fenster hinaus, im Gegenteil, sie war immer sehr achtsam, und des öfteren hörte ich sie in einem Geschäft ausrufen: «Nein, das ist viel zu teuer, das ist ja unmöglich!» Aber ich wußte, daß solche Ausrufe sich auf ihre eigenen finanziellen Möglichkeiten bezogen und nicht auf den Wert des betreffenden Gegenstandes, von dem sie gar nichts verstand. Auch wenn ein Ding für sie unbezahlbar war, blieb es für sie begehrenswert, weil es teuer war.

Das Ergebnis dieser Art Wahl bestand, wie gesagt, in einer Sammlung von Möbeln ohne Charakter und ohne Intimität, die aber robust und imponierend wirkten, weil meine Mutter nicht nur dem Geldwert, sondern auch der Solidität und dem Volumen große Bedeutung beimaß; denn diese beiden Qualitäten vermochte sie zu beurteilen und einzuschätzen. Daher: breite Diwane, enorme Sessel, riesige Lampenschirme, massive Tische, schwere Vorhänge, monumentale Aufsätze. Alles in diesen Räumen vermittelte die Vorstellung von substanziösem Luxus und solider Qualität. Überall im Halbdunkel glitzerten die Reflexe des spiegelnden Fußbodens, der sorgfältig abgestaubten Holzflächen, des polierten Messings und Silbers. Sauberkeit war ein anderes Kennzeichen dieses Hauses. Schließlich bemerkte ich wie gewöhnlich da und dort große Vasen voll ein wenig begräbnishafter Blumenbuketts, die meine Mutter, wie ich wußte, jeden Morgen eigenhändig in den Glashäusern zusammenstellte.

Ich wurde mir darüber klar, daß ich alle diese Dinge mit anderen Augen betrachtete als vorher, weniger zerstreut und nicht so uninteressiert – als wollte ich feststellen, welche Wirkung sie jetzt auf mich ausübten, nachdem ich beschlossen hatte, wieder bei meiner Mutter zu leben. Und ich entdeckte in mir eine Art feigen und mit Widerwillen durchsetzten Wohlbehagens – wie angesichts einer alten Versuchung, die zwar siegreich, aber deshalb doch nicht minder widerwärtig geblieben ist. Ich ging auf den antiken Spiegel in schwerem Rahmen zu, der im Hintergrund des Salons über einer Konsole hing, betrachtete mich darin und empfand plötzlich das Bedürfnis, mich zu beschimpfen, ich wußte selber nicht, ob mit Haß oder mit Freude: «Idiot!» Fast gleichzeitig hörte ich ein Rascheln.

Ich wandte mich um und erblickte das Stubenmädchen Rita, das wenige Schritte von mir entfernt neben einer fahrbaren Hausbar stand und mich durch die dicken, schwarzumrandeten Brillengläser fragend anstarrte. Ich wollte herausbekommen, ob sie mich gehört hatte, und blickte in ihr bleiches, schläfriges Gesicht, kam aber nicht dahinter. Nach einem Augenblick des Schweigens sagte sie: «Die gnädige Frau kommt sofort herunter. Sie hat mir aufgetragen, Ihnen inzwischen einen Aperitif anzubieten. Was wünschen Sie?»

Wieder fragte ich mich, ob in ihrer Stimme jene Ironie liege, die auf ihrem Gesicht nicht zu erkennen war. Aber nein, es war eine ernste oder zumindest künstlich-ernste Stimme. Ich sagte, ich wünschte einen Whisky, und sie ergriff eine Flasche, goß etwas Whisky in ein Glas, fügte einen kleinen Eisblock und Wasser hinzu und reichte mir das Glas mit der Frage: «Wünschen Sie sonst noch etwas?»

Ich verneinte und sah, wie sie sich lautlos auf ihren Schuhen mit Filzsohlen entfernte. Dann ließ ich mich mit meinem Whiskyglas in einem der tiefen Sessel nieder, entzündete eine Zigarette und begann zu überlegen. Warum hatte ich mich vorhin vor dem Spiegel beschimpft? Schließlich dachte ich: Die Gefahr dieser Komödie um den Verlorenen Sohn, die ich hier spiele, besteht offenbar darin, daß ich – ohne darauf gefaßt gewesen zu sein und ganz gegen meinen Willen – unvermuteten Versuchungen von ziemlich skandalöser Art erliege. Mit anderen Worten: Ich bin ein Verlorener Sohn besonderer Sorte, der in dem Augenblick, da er sich in die Arme seines alten Vaters wirft, die Versuchung verspürt, diesem Vater (in meinem Falle war es die Mutter) einen Fußtritt zu versetzen. Und der, kaum daß er das Festmahl verzehrt hat, es in einem Winkel des Gartens wieder erbricht. Ich hatte keine Zeit, diese interessante Betrachtung noch weiterzuspinnen, denn plötzlich erschien meine Mutter und fragte:

«Hat dir Rita etwas zu trinken gegeben?»

«Ja, danke. Wer ist eigentlich diese Rita?»

«Ja, sie ist neu; sie hatte ausgezeichnete Empfehlungen. War vorher bei Amerikanern, die abgereist sind. Eigentlich ist sie etwas wie ein Kindermädchen, aber da hier keine Kinder sind, habe ich ihr gesagt: Mein liebes Kind, ich muß Sie zum Stubenmädchen degradieren. Es steht Ihnen frei, darauf einzugehen oder nicht. Natürlich ist sie darauf eingegangen. Klar, bei der Arbeitslosigkeit.» Meine Mutter sprach weiter von Rita, auch nachdem wir das Speisezimmer betreten hatten, wo Rita neben dem Büfett stand, ein Spitzenhäubchen auf dem Kopf und die ovale Schürze vorgebunden. Ich hätte am liebsten zu meiner

Mutter gesagt: «Paß doch auf, du sprichst von Rita, und Rita ist hier!» Dann blickte ich in das verschlafene, bebrillte Gesicht des Mädchens, und plötzlich war ich völlig sicher, daß sie mich beobachtet hatte, als ich mich vor dem Spiegel einen Idioten schimpfte. Eigentlich mißfiel mir der Gedanke nicht; es war, als hätte sich von jenem Augenblick an zwischen Rita und mir eine Art von Spießgesellschaft herausgebildet. Ich setzte mich; meine Mutter tat desgleichen und sagte: «Rita, Herr Dino ist mein Sohn und wird ab morgen früh hier wohnen. Vergessen Sie nicht: Wenn jemand am Telefon nach einem Herrn namens Dino verlangt, dann ist das also mein Sohn.»

Wir saßen einander jetzt an einem kleinen, runden Tisch gegenüber, in einem Zimmer, das nicht groß war, aber eine sehr hohe Decke aufwies. Unsere Hände ruhten auf einem florentinischen Spitzentischtuch, vor uns hatten wir deutsches Porzellan, flankiert von englischem Silber und französischen Kristallgläsern. Hinter dem Stuhl meiner Mutter leuchteten im Schatten die Intarsien einer holländischen Kredenz, hinter mir stand, wie ich wußte, ein venezianisches Büfett. Die Fenstertür nach dem Garten war weit geöffnet, doch die Vorhänge waren zugezogen, denn meine Mutter liebte es nicht, daß ihr – wie sie sich ausdrückte – irgendein Gärtner die Bissen im Mund nachzählte. Sie goß mir aus einer Glas- und Silberkaraffe Wein ein und sagte dann zu Rita, sie möge auftragen. Das Mädchen nahm vom Büfett eine Porzellanschüssel auf einem Tablett und trat damit zu meiner Mutter. Doch die sagte trocken: «Servieren Sie zuerst dem Herrn Dino.»

«Warum? Zuerst kommst du!»

«Nein, ich ...»

«Rita, servieren Sie zuerst der gnädigen Frau.»

Meine Mutter sagte: «Aber ich esse ja beinahe nichts», und mit der Löffelspitze tat sie eine Kleinigkeit auf ihren Teller. Rita trat zu mir, und jetzt wußte ich, was ich im Garten gerochen hatte: eine Makkaronipastete. Meine Mutter sagte: «Ich weiß, daß du das gern ißt. Ich habe es eigens für dich machen lassen.»

Mit masochistischem Vergnügen sagte ich: «Gut, gut, gut», und nahm mir eine riesige Portion auf den Teller. Nun aß ich schon für gewöhnlich nicht viel, diese Art von Gerichten aber aß ich gar nicht. Ich konnte mich nicht des Gedankens erwehren, daß dies zur Komödie vom Verlorenen Sohn gehörte. Plötzlich brach ich in Gelächter aus. Beunruhigt fragte meine Mutter: «Warum lachst du?»

Ich antwortete: «Mir ist eingefallen, daß ich irgendwo einmal eine Parodie auf das Gleichnis vom Verlorenen Sohn gelesen habe, weißt du, auf die Geschichte aus der Bibel.»

«Nämlich?»

«In der Bibel kehrt der Verlorene Sohn heim, und sein Vater empfängt ihn mit allen Ehren und schlachtet für ihn ein fettes Kalb. In jener Parodie nun flieht das Kalb, kaum daß der Sohn zurückgekehrt ist, da es sein Schicksal ahnt. So warten alle auf das Kalb. Das Kalb läßt lange auf sich warten, entschließt sich aber dann doch zur Rückkehr. Um die Rückkehr des fetten Kalbes zu feiern, schlachtet der erfreute Vater den Verlorenen Sohn und wirft ihn dem Kalb vor.»

Wie ich wußte, glaubte meine Mutter an nichts, außer an das Geld. Aber sie hielt bekanntlich auf «die Form», und dies führte sie unter anderem dazu, sich als «praktizierend» zu geben und alle religiösen Dinge mit Respekt zu behandeln. Sie machte also ein starres Holzgesicht und sagte mit unangenehm berührter Stimme: «Du weißt, es gefällt mir nicht, wenn du heilige Dinge verspottest.»

«Das tue ich doch gar nicht, im Gegenteil! Was bedeutet denn meine Rückkehr anders als die Aufopferung des Sohnes – das wäre ich – zugunsten des fetten Kalbes, nämlich aller dieser Dinge?» Und ich deutete auf die reichen Möbel des Raumes.

«Ich verstehe dich nicht.» In ihrer Art besaß meine Mutter einen gewissen Sinn für Humor, der freilich ein wenig düster und automatisch war. So fügte sie nun, ohne zu lächeln, hinzu: «Jedenfalls gibt es nach dieser Pastete wirklich ein Kalb – ob fett oder mager, weiß ich nicht.»

Ich sagte nichts und verschlang meine Portion mit einer Mischung aus Freude und Reue. Ich hatte tatsächlich Hunger, und die Pastete war ausgezeichnet; aber zugleich war ich wütend darüber, daß es mir so schmeckte. Ich hob dann den Blick zu meiner Mutter und bemerkte, daß sie mich mißbilligend ansah. Sie sagte: «Du solltest besser kauen. Die Verdauung beginnt im Mund.»

«Wie unappetitlich! Wer hat das gesagt?»

«Alle Ärzte sagen das.»

Über die beiden gekreuzten, ringgeschmückten Hände hinweg, auf die sie das Kinn stützte, starrten mich ihre blauen, glasartigen, völlig ausdruckslosen Augen in nicht zu definierender Weise an. Hastig leerte ich meinen Teller, und meine Mutter sagte mit ihrer kalten, mißtönenden Stimme: «Servieren Sie nochmals dem Herrn Dino!» Rita, die inzwischen mit dem Rücken an der Kredenz hinter dem Stuhl meiner Mutter gestanden hatte, nahm von neuem die Schüssel und bot mir an. Ich ergriff das Besteck mit einer Hand, und ließ die andere dort, wo sie war, auf dem Tischrand. Da fühlte ich, wie Rita mit der Hand, die die Schüssel hielt, leicht gegen die meine drückte, in einer Art, die sehr wohl absichtlich sein konnte. Ich hielt mich nicht lange bei dieser Mutmaßung auf und begann wieder zu essen. Schließlich fragte ich in abwesendem Tonfall: «Was tust du eigentlich so für gewöhnlich?»

«Wie meinst du das?»

«Ich meine genau das, was ich sage: Was tust du für gewöhnlich?»

«Ach, immer dasselbe Leben, das du ja kennst.»

«Ja, aber in allen diesen Jahren, die ich fortgewesen bin, habe ich dich nie gefragt, was du tust. Jetzt, vielleicht weil ich im Begriff bin zurückzukommen, erfaßt mich die Neugier. Wer weiß, vielleicht ist inzwischen alles anders geworden.»

«Ich habe Änderungen nicht gern. Es freut mich, wenn ich daran denke, daß ich jetzt genauso lebe, wie ich vor zehn Jahren gelebt habe und wie ich auch in weiteren zehn Jahren leben werde.»

«Ich weiß aber trotzdem nicht, wie du eigentlich lebst. Wir wollen einmal sehen: Um wieviel Uhr wachst du morgens auf?»

«Um acht.»

«So früh? Ich habe dich doch schon oft um neun angerufen, und man hat mir gesagt: Die gnädige Frau schläft noch!»

«Ja, manchmal schlafe ich länger – wenn ich am Abend spät ins Bett gekommen bin.»

«Und wenn du wach bist, was tust du dann? Frühstücken?»

«Natürlich.»

«In deinem Zimmer oder im Speisezimmer?»

«In meinem Zimmer.»

«Im Bett oder an einem Tischchen?»

«An einem Tischchen.»

«Was nimmst du zum Frühstück?»

«Ein Glas Orangensaft, Tee und Toast, wie immer.»

«Und was tust du nach dem Frühstück?»

«Da bade ich.» Meine Mutter antwortete auf meine Fragen in leicht indigniertem Ton, zugleich würdevoll und erstaunt, als hätte ich bezweifelt, daß sie wirklich frühstücke und sich wasche.

«Badest du oder duschst du?»

«Ich bade.»

«Wäschst du dich allein oder läßt du dir vom Stubenmädchen helfen?»

«Das Stubenmädchen kontrolliert die Temperatur des Wassers und schüttet das Salz hinein, und wenn das Bad fertig ist, hilft sie mir, mich an den Stellen zu waschen, die ich allein nicht erreiche.»

«Und dann?»

«Dann steige ich aus dem Wasser, trockne mich ab und ziehe mich an.»

«Hilft dir das Stubenmädchen auch beim Anziehen?»

«Sie hilft mir bei den Strümpfen, bei den Kleidern nicht, die ziehe ich gern allein an.»

«Sprichst du mit dem Mädchen, während du badest und dich anziehst?»

Meine Mutter begann plötzlich, fast wider Willen, nervösgereizt zu lachen. «Du bist aber sonderbar mit deinen Fragen, weißt du das? Und wenn ich nun keine Lust hätte, dir zu antworten? Mein intimes Leben ist etwas, das nur mich allein angeht.»

«Ich habe ja nicht gefragt, was du denkst, sondern nur, was du tust. Versuche, mich zu verstehen. Ich komme nach fast zehnjähriger Abwesenheit nach Hause zurück. Da ist es doch begreiflich, daß ich mich zunächst zurechtfinden möchte. Also, sprichst du mit dem Stubenmädchen oder nicht?»

«Natürlich spreche ich mit ihr. Sie ist ja kein Automat, sondern ein menschliches Wesen.»

«Wann legst du deinen Schmuck an? Bevor du dich anziehst oder nachher?»

«Ganz zuletzt.»

«In welcher Reihenfolge? Ich meine: was zuerst und was nachher?»

«Weißt du, woran du mich erinnerst? An die Polizisten in den Kriminalromanen, wenn sie ein Verbrechen aufklären wollen.»

«Ich muß wirklich etwas aufklären.»

«Was?»

«Das weiß ich selbst nicht, irgend etwas. Also, in welcher Reihenfolge legst du deinen Schmuck an?»

«Erst die Ringe und Armbänder, dann die Halskette und dann die Ohrringe. Bist du jetzt zufrieden?»

«Was tust du, wenn du angezogen bist?»

«Dann gehe ich hinunter und erteile der Köchin Anweisungen für den Tag.»

«Das heißt, du schreibst die Speisenfolge für das Mittag- und Abendessen auf?»

«Ganz richtig.»

«Und dann?»

«Dann gehe ich in den Garten, pflücke Blumen, trage sie ins Haus und stelle sie in die Vasen. Oder ich unterhalte mich mit den Gärtnern. Mit einem Wort, ich kümmere mich um den Garten.»

«Und nach dem Garten, was tust du dann?»

Ich bemerkte, wie sie mich anblickte. Dann antwortete sie fast feierlich: «Ich gehe ins Arbeitszimmer und beschäftige mich mit der Administration.»

«Jeden Tag?»

«Ja, jeden Tag! Es ist immer etwas zu tun.»

«Was zum Beispiel?»

«Nun, ich schreibe, oder ich empfange Leute.»

«Das heißt, es besuchen dich Advokaten, Börsenagenten, Vertrauensleute und dergleichen?»

Plötzlich begann sie wieder zu lachen, diesmal aber auf wohlgefällige und fast sinnliche Art, ein Zeichen, daß ich einen empfindlichen Punkt berührt hatte: «Glaubst du vielleicht, daß das keine Arbeit ist, was ich da tue? Es ist natürlich etwas anderes als Malerei, aber doch eine anstrengende Arbeit, die mich den ganzen Vormittag und manchmal auch den Nachmittag über in Anspruch nimmt.»

«Na, es ist doch gut, sich zu beschäftigen, nicht?»

«Manchmal habe ich sogar einen Schmerz hier im Genick.»

«Du solltest dich mehr schonen.»

Meine Mutter sah mich ein Weilchen an, vielleicht mit Zärtlichkeit. Dann sagte sie mit ihrer krächzenden Stimme: «Ich tue das für dich, damit dein Vermögen erhalten bleibt und noch wächst.»

«Mein Vermögen? Nein, das deine.»

«Wenn ich tot bin, wird es dir gehören.»

«Du bist noch sehr jung. Ich werde sicher vor dir sterben. Vor Langeweile. Also sagen wir: unser Vermögen. Wie steht es denn mit unserem Vermögen? Wie ist es damit?»

«Weißt du, daß du wirklich sonderbar bist? Gut steht es, dank meiner Mühe. Freilich, wenn ich nicht wäre, hätten wir heute keine Lira mehr.»

«Wir sind also sehr reich, nicht wahr?»

Auf diese Frage gab meine Mutter keine Antwort, sondern beschränkte sich darauf, mich mit hölzernem Gesicht und gläsernen Augen anzustarren. Schließlich sagte sie: «Rita, was stehen Sie da wie ein Stock? Warum sehen Sie nicht nach, ob der zweite Gang fertig ist?»

Ich bemerkte, wie sich Rita aus einer Art Verträumtheit riß und hinausging. Sogleich sagte meine Mutter: «Ich bitte dich, ich habe dir das immer gesagt, sprich nicht von Geldangelegenheiten in Gegenwart der Dienstboten!»

«Warum nicht? Ja, wenn ich von Obszönitäten gesprochen hätte. Aber Geldangelegenheiten? Sind Geldangelegenheiten etwa obszön?»

Meine Mutter schüttelte mit gesenktem Blick den Kopf, so als schöbe sie mein Argument beiseite, ohne sich erst auf eine Diskussion darüber einzulassen. Dann sagte sie: «Das Personal ist arm und es ist nicht richtig, vor Armen vom Reichtum zu sprechen.»

«Aber du willst nie, daß wir von Geld sprechen, auch dann nicht, wenn wir allein sind. Du machst immer gleich so ein gewisses Gesicht – man möchte sagen, du nimmst Anstoß, als spräche ich nicht von Geld, sondern von sexuellen Dingen.»

Neuerliches Kopfschütteln: «Nein, ich spreche sogar gern davon – zur rechten Zeit und am rechten Ort. Und jetzt, da du wieder hier leben wirst, müssen wir sogar davon reden. Nach dem Essen wollen wir ins Arbeitszimmer hinübergehen, und ich werde dir alle Informationen geben, die du wünschst.»

In diesem Augenblick erschien Rita und brachte eine ovale

Schüssel, auf der verschiedene Häufchen Gemüse lagen und in der Mitte zahlreiche Scheiben des Kalbfleisches, von dem meine Mutter gesprochen hatte. Irgendein Teufel des Trotzes trieb mich, obenhin zu sagen: «Du hast mir aber noch nicht auf meine Frage geantwortet: Sind wir sehr reich oder nicht?»

Diesmal beschränkte sie sich nicht auf ein Schweigen als Antwort. Unter dem Tisch spürte ich ihren Fuß, der den meinen suchte und dann kräftig drauftrat. Zu Rita sagte sie: «Servieren Sie dem Herrn Dino. Ich esse kein Fleisch.»

Der Fuß meiner Mutter auf dem meinen flößte mir geradezu ein Gefühl der Verzweiflung ein. Sie fußelte mit mir, wie das Liebespaare zu tun pflegen; aber wir waren Mutter und Sohn, und das Band, das uns verknüpfte, war nicht die Liebe, sondern das Geld. Andererseits konnte ich dieses Band nicht verleugnen, ohne auch das Band der Blutsverwandtschaft zu verleugnen, das ihm zugrunde lag. So war also nichts zu machen: Ob ich wollte oder nicht, ich war reich. Und mich zu weigern, es zu sein, kam auf dasselbe hinaus, wie es zu akzeptieren.

Meine Verzweiflung nahm jedoch jetzt eine unerwartete Richtung. Rita reichte mir die ovale Schüssel mit dem Kalbfleisch und beugte dabei den blühenden Busen und das sommersprossige, verschlafene Gesicht mit dem schönen, geranienfarbenen Mund zu mir herab. Ich aber drehte im Schutz der Schüssel meine auf dem Tisch liegende Hand um, ergriff ihr Handgelenk und glitt dann bis zum Arm hinauf. Als ich mich mit der anderen Hand bedient hatte, legte ich die Gabel zurück und fragte von neuem kalt: «Sind wir also reich oder nicht?» Zum zweitenmal fühlte ich, wie der Fuß meiner Mutter auf den meinen trat. Da sagte ich: «Einen Augenblick, Rita.»

Gehorsam reichte mir Rita zum zweitenmal die Schüssel. Ich ergriff wieder die Gabel und machte mich daran, mir Fleisch und Gemüse auf den Teller zu häufen. Gleichzeitig glitt meine andere, herunterhängende Hand an Ritas Bein bis zur Hüfte hinauf. Unter meiner Hand spürte ich durch das dicke Kleid hindurch die Beinmuskeln beben – wie die eines Pferdes, das von seinem Herrn gestreichelt wird. Auf ihrem Gesicht aber war nichts zu bemerken. Schließlich entfernte sie sich. Mir war, als erhaschte ich einen flüchtigen Blick des Einverständnisses durch ihre Brille, und ich mußte denken, daß ich mich schon jetzt, noch ehe ich in das Haus meiner Mutter zurückgekehrt war, in einer schlimmeren Lage befand als zehn Jahre vorher. Damals hätte ich niemals daran gedacht, ein Dienstmädchen zu tätscheln. Meine Mutter nahm den Fuß von dem meinen, genau im selben Augenblick, in dem ich die Hand von Ritas Hüfte nahm, und diese Gleichzeitigkeit wirkte seltsam, so als handelte meine Mutter im Einverständnis mit mir. Indem ich die unterbrochene Konversation wiederaufnahm, fragte ich: «Du arbeitest also täglich bis ein Uhr und noch länger?»

«Täglich, mit Ausnahme des Sonntags.»

«Was tust du am Sonntag?»

«Ich gehe in die Messe.»

«In welche Kirche?»

«San Sebastiano.»

«Was tust du in der Kirche?»

«Was alle Leute tun: Ich höre die Messe!»

«Beichtest du auch manchmal?»

«Natürlich beichte ich. Und kommuniziere.»

«Und der Geistliche absolviert dich nach der Beichte?»

«Ich habe nie sonderlich schwere Sünden zu beichten», sagte meine Mutter mit einer Art Koketterie. «Weißt du, was mir Don Luigi manchmal sagt? ‹Gnädige Frau, Sie hören dort auf, wo andere gerade erst anfangen!› Was soll ich denn in meinem Alter schon für Sünden begehen?» Und sie sah mich an, als wollte sie sagen: Ich habe seit langem auf das einzige verzichtet, das mich sündigen lassen könnte.

Ich schwieg ein Weilchen und begann dann von neuem: «Zurück zu deinem Tageslauf! An den Wochentagen arbeitest du also bis Mittag. Was tust du dann?»

«Ich esse zu Mittag.»

«Allein?»

«Ja, zu Mittag esse ich fast immer allein. Manchmal, aber selten, behalte ich den Advokaten zum Essen da, wenn wir nicht fertig geworden sind und nachmittags weiterarbeiten müssen.»

«Was ist das für ein Advokat? De Santis?»

«Ja, er ist immer noch mein Anwalt.»

«Und nach dem Mittagessen?»

«Nach dem Mittagessen mache ich einen Spaziergang durch den Garten.»

«Und dann?»

«Dann lege ich mich nieder.»

«Das heißt, du schläfst?»

«Nein, ich schlafe nicht, ich ziehe nur die Schuhe aus und lege mich mit den Kleidern aufs Bett. Ich schlafe nicht, ich hänge meinen Gedanken nach.»

«An was denkst du?»

Sie lachte wieder nervös und irgendwie verschämt, ganz in der Art eines jungen Mädchens, das versucht ist, von seiner Liebe zu sprechen. «Es kommt darauf an. Weißt du, woran ich in diesen Tagen denke?»

«Nein, woran denkst du?»

«Ich denke an einen kleinen Palast am Lungotevere Flaminio, der zu verkaufen ist. Ein ausgezeichnetes Geschäft, schon wegen des Baugrundes. Leider kann ich es mir im Augenblick nicht gestatten, aber ich denke trotzdem daran. Andere Male wieder denke ich an Dinge, die ich mir leisten kann, zum Beispiel so etwas.» Sie streckte die Hand aus und zeigte mir einen Ring mit einem großen Smaragd, umgeben von Brillanten. «Ich habe lange das Pro und Kontra überlegt, mich schließlich entschlossen und den Ring gekauft.»

«Und nachdem du dich ausgeruht hast, was dann?»

«Was soll denn eigentlich dieses ganze Verhör?»

«Ich sagte dir doch schon: Ich möchte mich hier nur orientieren.»

Widerstrebend erklärte sie: «Ich tue allerlei, zum Beispiel mache ich Besuche.»

«Bei wem?»

«Je nachdem. Es gibt immer irgendwelche Empfänge oder Cocktailparties, und dann habe ich ja auch Freundinnen.»

«Hast du viele Freundinnen?»

«Ich bin noch immer mit beinahe allen meinen Schulkolleginnen befreundet», sagte meine Mutter, plötzlich nachdenklich. «Später habe ich mich mit kaum jemandem mehr angefreundet, wer weiß warum.»

«Was machst du mit deinen Freundinnen?»

«Was sollen wir denn schon machen? Was man eben tut, wenn man beisammen ist. Wir plaudern, trinken Tee oder Martini und spielen.»

«Was spielt ihr?»

«Bist du aber lästig! Bridge oder Canasta oder auch Poker. Manchmal, am Abend, organisiere ich hier Bridge- oder Canasta-Turniere.»

«Ach ja, ich erinnere mich. Wohltätigkeitsturniere, nicht? Zu wessen Gunsten?»

«Das letzte veranstaltete ich zugunsten der Kriegsblinden.»

«Die Kriegsblinden! In gewissem Sinn sind wir alle Kriegsblinde, nicht?»

«Jetzt verstehe ich dich wirklich nicht. Wenn das ein Scherz sein soll, so scheint er mir nicht sehr geschmackvoll.»

«Macht nichts. Und zur Schneiderin gehst du auch?»

«Da ich schließlich nicht nackt herumlaufe, muß ich ja wohl zur Schneiderin gehen. Ach ja, gut, daß du mich daran erinnerst: Morgen ist Modenschau bei der Fanti.»

«Ah, die Fanti! Noch immer! Stirbt sie denn nie?»

«Die Arme! Warum sollte sie denn sterben? Nein, sie denkt gar nicht daran zu sterben; übrigens erinnert sie sich noch an dich; wie du ein Kind warst und mich zu ihr begleitetest. Sie fragt mich immer, was du tust und wie es dir geht, und sie hofft, daß du heiratest und deine Frau zu ihr schickst.»

«Und was tust du am Abend?»

«Zum Abendessen kommen oft Leute. Manchmal habe ich Gesellschaften von sechs oder acht Personen zu Tisch, und andere kommen später. Oder ich gehe ins Theater oder ins Kino, mit Freunden, immer mit denselben. Am häufigsten aber sehe ich mir das Fernsehprogramm an.»

«Ah, du hast einen Fernsehapparat angeschafft? Das wußte ich ja gar nicht.»

«Habe ich dir das nicht erzählt? Ich hab ihn oben in einem kleinen Salon. Meist kommt eine benachbarte Familie, und wir schauen gemeinsam zu, oder ich sitze ganz allein davor. Das Fernsehen gefällt mir. Man braucht nicht auszugehen, kann in einem bequemen Sessel sitzen und zugleich etwas anderes tun. Denk dir, ich habe jetzt wieder zu stricken angefangen, was ich seit Jahren nicht mehr getan habe. Ich stricke einen Pullover.»

«Und was tust du nach dem Fernsehen?»

«Da gehe ich ins Bett! Was sollte ich denn sonst tun?»

«Na, du könntest lesen, zum Beispiel.»

«Ja, lesen, das schon; ich lese, damit ich schläfrig werde. Jetzt zum Beispiel lese ich gerade einen recht interessanten Roman.»

«Von wem?»

«An den Verfasser erinnere ich mich nicht. Es ist ein amerikanischer Roman. Er behandelt das Leben in einer kleinen Stadt.»

«Wie heißt er?»

Ich sah, daß sie ein unsicheres Gesicht machte, und fügte hastig hinzu:

«Ich habe ganz vergessen, daß du dich nie an die Namen der Verfasser und die Titel der Bücher erinnerst, die du gelesen hast. Ist's nicht so?»

Ich hatte in einem fast zärtlichen Ton gesprochen. Offenbar freute sie schon die Tatsache, daß ich mich an irgend etwas erinnerte, das sie betraf. Sie lächelte bescheiden: «Das ist nicht wahr. Nur, wie soll man sich denn an alle Namen erinnern? Und mir liegt ja hauptsächlich daran, die Zeit totzuschlagen. Ein Autor oder ein anderer – das kommt für mich aufs gleiche hinaus.»

«Sehr richtig. Trinkst du noch immer Kamillentee, ehe du einschläfst?»

«Daran erinnerst du dich? Ja, ich trinke ihn.»

«Bringt man ihn dir ins Zimmer? Stellt man ihn auf dein Nachtkästchen?»

«Ja, auf das Nachtkästchen.»

Plötzlich verstummte ich, mit einem Gefühl der Sättigung und der Sinnlosigkeit. Ich hätte, wie ich mir sagte, meine Mutter noch stundenlang ausfragen können, ohne daß dabei irgend etwas herausgekommen wäre. Ihr Leben und sie selbst war an jenem Punkt völliger Bedeutungslosigkeit angelangt, der am Ende etwas wie ein törichtes und unerforschliches Mysterium ist. Schließlich fragte meine Mutter: «Ist das Verhör jetzt zu Ende? Oder willst du wissen, was ich träume, wenn ich schlafe?»

«Ich bin ganz zufrieden.»

Neuerliches Schweigen. Dann sagte meine Mutter unerwartet: «Deine Mutter ist eine alleinstehende Frau, hat niemanden außer dir und ist glücklich, daß du zu ihr zurückkehrst.»

Ich erkannte, daß sie gerührt war, weil sie von sich in der dritten Person sprach. Auch ich wollte ihr etwas Liebevolles sagen, aber mir fiel nichts ein. Zum Glück servierte mir Rita in diesem Augenblick die Schüssel mit einer sehr komplizierten

Süßspeise, die ich zu bewundern vorgab: «Was für eine schöne Süßspeise!»

«Ja, das ist immer deine Lieblingsspeise gewesen.»

Ich bediente mich. Wie ich bemerkte, hielt sich Rita jetzt etwas vom Tisch entfernt. Ich wußte nicht recht, ob sie dies aus Abneigung oder aus jener besonderen Art von Koketterie tat, die Abneigung nur vorspiegelt. Meine Mutter hatte die Süßspeise nicht angerührt und sah mich die ganze Zeit, während ich aß, starr an. Zuletzt gab sie Rita ein Zeichen, das ich nicht verstand. Das Mädchen verschwand und kam gleich darauf mit einem Sektkübel wieder, in dem sich eine Flasche Sekt befand.

«Jetzt wollen wir auf dein Wohl trinken!»

Ich sah, wie Rita mit Bewegungen, die auf lange Übung schließen ließen, die Flasche aus dem Kübel hob, das Silberpapier ablöste und den dicken Pfropfen fast ohne Knall entfernte. Sie füllte den Sekt in unsere beiden Gläser und zog sich dann hastig zurück, als wollte sie den festlichen Ritus nicht durch ihre Gegenwart stören.

Da stand ich also, ein Sektglas in der Hand, meiner Mutter gegenüber, die sich ebenfalls erhoben hatte und mit mir anstieß. Da ich nicht wußte, was ich sagen sollte, sagte ich: «Meinen herzlichsten Glückwunsch!»

Meine Mutter begann zu lachen: «Das muß doch ich zu dir sagen! Du vergißt, daß du Geburtstag hast und nicht ich!»

Ich konnte nicht umhin zu antworten: «In Wirklichkeit ist das dein Fest. Ich male nicht mehr, ich komme wieder in dein Haus zurück. Folglich, meinen Glückwunsch!» Und ich stieß wieder mit meiner Mutter an, die tat, als hätte sie meine letzten Worte nicht gehört. Nachdem sie getrunken hatte, setzte sie das Glas auf den Tisch nieder und bemerkte: «Er ist nicht kalt genug.»

«Findest du? Mir kommt er recht gut vor!»

«Ja, aber er ist nicht genügend gekühlt worden.»

Sie ergriff von neuem ihr Glas und leerte es bis zur Neige. Dann drückte sie auf die Tischklingel. Rita erschien von neuem. Meine Mutter sagte auch ihr, der Sekt sei nicht genügend gekühlt, ohne darauf eine Antwort zu erhalten oder zu erwarten. Schließlich fügte sie hinzu, wir wollten den Kaffee im Arbeitszimmer nehmen. Das Mittagessen war damit zu Ende.

Wir verließen also das Speisezimmer und begaben uns in das Arbeitszimmer meiner Mutter, einen großen Raum, der eine ganze Ecke des Erdgeschosses einnahm. Ich betrat diesen Raum nicht gerne, denn er war, wie ich oft dachte, eine Art Tempel einer Religion, die gewiß nicht die meine war. In einem großen Ledersessel mit vergoldeten Borten sitzend, vor sich einen großen Barockschreibtisch aus geschnitzter Eiche und hinter sich Regale mit wenigen Büchern und vielen Aktenstößen, gab sich meine Mutter dort, allein oder in Gesellschaft ihrer Vertrauensleute, den für sie ergreifenden Riten der zu erledigenden Geschäfte hin. Auch heute folgte ich ihr widerwillig, und sobald wir in dem Arbeitszimmer waren, konnte ich mich nicht enthalten zu fragen: «Warum hier? Hätten wir nicht auch in den Salon gehen können?»

Meine Mutter schien mich nicht zu hören. Ich sah, wie sie sich hinter dem Schreibtisch niederließ und mir bedeutete, mich ihr gegenüber auf den Sessel zu setzen, der sonst für ihre geschäftlichen Gesprächspartner bestimmt war. Dann kramte sie in ihrer Handtasche, brachte einen Schlüssel zum Vorschein, schob ihren Sessel ein wenig zurück, öffnete eine Schublade und entnahm ihr ein langes, schmales schwarzes Heft, das aussah wie ein kirchlicher oder doch irgendwie mit Religion verknüpfter feierlicher Gegenstand. Es war aber – wie ich mich plötzlich erinnerte – das Heft, in dem in schöner Ordnung alle unsere Besitztümer verzeichnet waren. Meine Mutter schloß die Lade, legte das Heft vor sich hin, sah mich einen Moment mit völlig gläsernem Blick starr an und sagte dann: «Du hast mich vorhin gefragt, ob wir reich seien, und ich habe es vorgezogen, dir nicht zu antworten, weil das Stubenmädchen in der Nähe war. Aber ich freue mich trotzdem, daß du diese Frage gestellt hast. Und jetzt will ich dir alle Informationen geben, die du haben möchtest, schon darum», fuhr sie in vernünftigem Tonfall fort, «weil ich es begrüßen würde, wenn du mir bei der Verwaltung behilflich wärst und dich so weit einarbeitest, daß du mich in vielen Dingen vertreten kannst. Da du nicht mehr malst, wirst du ja nun Zeit genug dazu haben.»

Ich erzitterte bei diesen letzten Worten. Mit welcher Heiterkeit, welcher inneren Freude hatte meine Mutter den Satz gesprochen: «Da du nicht mehr malst.» Sie kam nicht auf die Idee, daß sie ebensogut hätte sagen können: Da du nicht mehr lebst. Mit Anstrengung fragte ich, ohne jeden Wunsch, sie zu ärgern: «Also sind wir nun reich?»

Sie schwieg einen Augenblick lang und blickte mich mit seltsamer Feierlichkeit an. Dann beugte sie sich zu mir vor, senkte die Stimme und sagte: «Nein, Dino, wir sind nicht reich, sondern sehr reich. Dank deiner Mutter bist du heute ein sehr reicher Mann.»

«Was heißt das: sehr reich?»

«Sehr reich heißt mehr als bloß reich.»

«Aber nicht gerade ungeheuer reich?»

«Nein, nicht gerade ungeheuer reich.»

Meine Mutter redete nun in etwas zerstreuter Art weiter. Sie hatte eine randlose Brille mit Goldbügeln aufgesetzt und blätterte in ihrem schwarzen Buch. «Du wirst das am besten aus den Zahlen ersehen. Na, wo hab ich's denn nur? Ah, hier! Ersehen, meine ich, was es bedeutet, sehr reich zu sein.»

Ich begriff, daß sie mir jetzt genaue Angaben machen wollte, und empfand dagegen plötzlich eine unüberwindliche Abneigung. Lebhaft rief ich: «Nein, ich bitte dich, ich will durchaus nicht wissen, was es heißt, sehr reich zu sein! Ich glaub dir's aufs Wort!»

Meine Mutter hob den Blick von ihrem Heft, nahm die Brille ab und schaute mich an. «Du mußt aber alles wissen, schon um mir, wie ich eben sagte, bei der Verwaltung helfen zu können.»

Ich war gerade im Begriff, ihr heftig zuzurufen: «Ich will dir aber nicht bei der Verwaltung helfen!», als zum Glück Rita mit dem Kaffeetablett erschien. Beim Anblick Ritas schien sich meine Mutter in sich selber zurückzuziehen, fast wie ein Priester, der einen Ungläubigen herankommen sieht. Mit einem Knall schloß sie das Heft und sagte: «Gießen Sie den Kaffee ein, Rita!» Während Rita, neben mir stehend, den Kaffee in die Täßchen goß, fragte ich mich, wie ich dieser unerträglichen Sache entgehen konnte: der Erklärung, was «sehr reich sein» bedeutete. Rita war in meiner nächsten Nähe und streifte jetzt, absichtlich oder unabsichtlich, mit dem Bein meine Knie. Dann wandte sie sich mir zu und reichte mir meine Tasse. Fast instinktiv machte ich eine Bewegung mit dem Arm. Die Tasse fiel auf die Untertasse um, und der Kaffee ergoß sich über meine helle Hose, so daß ich die warme Nässe auf der Haut spürte. Ich tat, als sei ich bestürzt, und rief: «Donnerwetter, meine Hose!»

«Aber, Rita, warum geben Sie nicht besser acht!» rief vorwurfsvoll meine Mutter, die nichts gesehen und verstanden hatte.

Ich beeilte mich zu sagen: «Rita kann nichts dafür. Es war meine Schuld. Aber meine Hose hat jetzt Kaffeeflecken.»

Rita sagte: «Das ist nicht schlimm. Es war nicht einmal Zukker drin. Ich hole etwas Wasser und wasche den Flecken aus.»

Diese Lösung war meiner Mutter nicht recht, die sogleich mit ihrer unangenehmen Stimme in autoritärem Ton protestierte: «So geht das nicht! Man putzt nicht Flecken auf dem Körper! Herr Dino wird die Hose ausziehen, Sie waschen den Flekken heraus und bügeln dann die Hose.»

Ich schaute zu Rita hin, die neben dem Tisch stand und einen Ausdruck unterwürfiger Geduld aufwies. Dann fragte sie in ernstem Tonfall: «Zieht der Herr Dino die Hose gleich aus, oder soll ich warten?»

«Kaffeeflecken soll man sofort auswaschen», sagte meine Mutter. «Es wird besser sein, du ziehst sie gleich aus, Dino.»

«Aber doch nicht hier im Salon?»

Ich sah, wie Rita den Kopf abwandte, vielleicht um ein Lächeln zu verbergen. Meine Mutter sagte: «Geh in dein Zimmer hinauf, zieh die Hose aus und gib sie Rita. Du kannst dann den Schlafrock anziehen, der im Schrank hängt, und wieder herunterkommen. Inzwischen bereite ich ein paar Schriftstücke vor, die ich dir zeigen möchte.»

Wir gingen also, Rita und ich, wobei sie mir, fast laufend, vorauseilte und dabei sagte: «Dieses Zimmer ist immer abgeschlossen gewesen, und ich möchte wenigstens die Fenster öffnen.» Ich folgte ihr und dachte dabei mit einem gewissen Staunen, daß sich alles nach bestimmten, niemals schriftlich niedergelegten, aber unausweichlichen Regeln solcher Mägdesituationen abspielte: die Mutter, die dem Sohn den Vorwand liefert, sich mit dem Stubenmädchen abzusondern; das Stubenmädchen, das mit dem Sohn ins Bett geht, wobei beide so tun, als nähmen sie den von der Mutter gelieferten Vorwand ernst; das Stubenmädchen zugleich erregt und servil-ehrgeizig; der Sohn ebenfalls erregt und in seiner Rolle als Herr irgendwie gedemütigt. Unter solchen Betrachtungen erreichte ich den zweiten Stock und schritt auf mein Zimmer zu, wohin Rita mir vorausgeeilt war. Ich sah sie, wie sie sich aus dem Fenster beugte und die Laden öffnete. Als sie sich umwandte, das Gesicht gerötet von der Anstrengung, von dem schnellen Lauf und vielleicht auch von innerer Verwirrung, sagte ich trocken: «Warten Sie einen Augenblick draußen, ich rufe Sie gleich.»

Kaum hatte sie das Zimmer verlassen, als ich ans Fenster trat und ein Weilchen, an den Fensterrahmen gelehnt, verträumt auf den Garten hinunterblickte, der sich zu meinen Füßen ausbreitete. Ich habe wenig Neigung, mich an Vergangenes zu erinnern oder an den Orten meiner Vergangenheit in Rührung zu geraten. Heute aber hatte ich beschlossen, nach zehnjähriger Abwesenheit wieder mit meiner Mutter zusammen zu leben, und konnte daher nicht umhin, meinen gegenwärtigen Gemütszustand mit dem vor zehn Jahren zu vergleichen. Während ich also das geometrische Muster des Gartens und dann die schönen Empiremöbel des Zimmer betrachtete – alles war unverändert geblieben –, spürte ich eine Art schäbiger Erleichterung bei dem Gedanken, daß im Grunde auch ich mich nicht verändert hatte. Nein, ich hatte mich nicht verändert. Und jetzt kehrte ich zu meiner Mutter zurück und würde meine alten Gewohnheiten von vor zehn Jahren wiederaufnehmen. Und vielleicht würde ich ganz langsam auch wieder zu malen beginnen – dort drüben, in dem Atelier im Hintergrund des Gartens, das ebenfalls unverändert geblieben war. Als ich seinerzeit in die Via Margutta zog, hatte ich dadurch eine Weile das Vertrauen zu meiner Arbeit wiedergefunden; wer mochte wissen, ob mich nicht auch die Rückkehr in die Villa meiner Mutter wenigstens für eine kurze Zeit inspirieren und mir die Illusion geben würde, ich sei ein Maler. Das Leben war ja im Grunde nichts anderes als ein dauernder Wechsel der Lage, wie in einem unbequemen Bett, in dem man nicht lange auf ein und derselben Seite schlafen kann. Als aber mein Blick auf das Bett fiel und ich sah, daß es nicht überzogen war und eine zusammengerollte Matratze aufwies, wie dies eben in unbewohnten Zimmern der Fall ist, wurde ich mir plötzlich darüber klar, daß diese Unveränderlichkeit der Dinge und meiner selbst nicht so positiv war, wie ich einen Augenblick lang geglaubt hatte. Es hatte sich nichts geändert, aber ich würde von neuem der Verzweiflung gegenüberstehen, die mich seinerzeit von hier hatte fliehen lassen; denn auch sie war unverändert geblieben. Nein, im wesentlichen hatte sich nichts geändert;

aber da die Zeit nicht spurlos vergeht, hatte sich doch alles ein wenig verschlechtert. Während meine Mutter unten im Salon auf mich wartete, um mir mit den Dokumenten in der Hand zu erklären, was es bedeutete, reich zu sein, wartete Rita hinter der Tür darauf, daß ich sie hereinrief und ansprang. Diese beiden Dinge schienen sehr weit voneinander entfernt, waren aber in Wirklichkeit durch einen geheimen Mechanismus miteinander verbunden. Diesen Mechanismus kannte ich nicht. Seine Existenz hatte ich immer vermutet, aber nie hatte ich ihn mit solcher Klarheit wie jetzt wahrgenommen. Ich befand mich ein wenig in der Haltung eines Menschen, der im Schaufenster einer Fluglinie den Querschnitt durch einen Flugzeugmotor mit seinen zahlreichen komplizierten Bestandteilen erblickt. Jetzt war es der Mechanismus der Verzweiflung, der mich, da ich wieder mit meiner Mutter leben würde, vom Geld zur Ohnmacht, von der Ohnmacht zur Langeweile und von der Langeweile zu Rita oder einem ähnlich jämmerlichen Abenteuer treiben mußte. Infolgedessen war es besser, in das Atelier in der Via Margutta zurückzukehren, wo die Verzweiflung wenigstens in der leeren Leinwand ihren Ausdruck finden konnte, die ich nie bemalen würde.

An diesem Punkt hörte ich ein diskretes, aber deutlich ungeduldiges und vertrauliches Kratzen an der Tür; und ehe ich mir noch Rechenschaft darüber ablegen konnte, was ich tat, hatte ich meinen Gürtel aufgeschnallt, die Hose ausgezogen, die Matratze heruntergeworfen und mich auf dem Bett ausgestreckt. Dann rief ich Rita, sie möge hereinkommen.

Sie erschien sogleich, vergewisserte sich mit einem raschen Blick, daß ich auf dem Bett lag, wandte sich um und schloß die Tür. Ich blieb regungslos und spürte nur die Stelle, wo die Begierde das Blut einströmen ließ. Ich starrte auf meinen Leib – die Augen unbewegt, das Kinn an die Brust gepreßt –, wie eine aufgebahrte Leiche den eigenen Körper anzustarren scheint, der schon hergerichtet und zum Abtransport auf den Friedhof bereit ist. Rita war inzwischen an das Bett getreten, stand aufrecht dort und schien mich durch ihre kritische Brille zu mustern, wie einen niegesehenen und des Studiums werten Gegenstand. Da streckte ich den Arm aus, ergriff ihre herabhängende Hand und zog daran, wie man die Zügel eines weniger widerstrebenden als schüchternen Tieres anzieht; und ich fühlte, daß ihr ganzer Leib dieser Hand folgte. Ich leitete die Hand zur Mitte meines Körpers und gab sie frei, sobald sie sich geschlossen hatte. Rita stand jetzt regungslos da, ein wenig vorgebeugt, und ihr Gesicht oberhalb der beiden schwarzen Ringe der Brille war rot angelaufen. Dann sagte sie mit einer sonderbaren, langsamen und erfreuten Stimme: «Was für eine Sauerei!» Ich staunte, denn das waren dieselben Worte, die ich auch gesprochen hätte, wenn ich dem Gefühl – gemischt aus Widerwillen und Erregung – hätte Ausdruck verleihen wollen, das ich in diesem Augenblick empfand.

Ich seufzte tief und fragte zuletzt leise, ohne sie anzusehen: «Warum bist du hierhergekommen?»

Sie zuckte die Schultern und sagte nichts. Sie schien außerstande zu sprechen.

«Um mir den Fleck auszuputzen? Schön, dann putze ihn aus. Worauf wartest du?»

Ich sah sie zusammenfahren, als hätte ich sie ins Gesicht geschlagen. Widerstrebend öffnete sie die Finger, einen nach dem anderen, und entschwand aus meinem Blickfeld. Offenbar hatte sie sogleich das Zimmer verlassen, denn ich hörte das Geräusch der sich öffnenden und schließenden Tür. Sobald ich sicher war, daß sie sich entfernt hatte, sprang ich aus dem Bett und machte den Schrank auf. Wie ich gehofft hatte, hing dort neben dem seidenen Schlafrock, den ich auf Rat meiner Mutter hätte anziehen sollen, in seinem Zellophansack der einzige Anzug, den ich nicht mitgenommen hatte, als ich von hier auszog: mein Smoking. Ich nahm die Hose und zog sie an. Sie paßte mir recht gut, vielleicht war sie mir etwas weit, denn vor zehn Jahren war ich ein wenig dicker gewesen. Die Küche meiner Mutter war reicher und nahrhafter als die der bescheidenen Gasthäuser, die ich bis heute besucht hatte. Ich blickte mich im Spiegel an. Mit meiner Jacke aus braunem Hanf über der schwarzen Hose sah ich aus wie ein arbeitsloser Kellner. Leise öffnete ich die Tür, stellte fest, daß niemand da war, lief hastig die Treppe hinunter, suchte dann durch den Korridor unter Vermeidung des Salons das Vorzimmer auf und trat von dort auf den Vorplatz hinaus.

Die beiden Wagen, der alte und der neue, standen nebeneinander vor dem Haus. Der wolkenbedeckte Himmel, die Bäume, die Villa – das alles spiegelte sich in der glänzenden Karosserie des neuen Wagens. Der alte sah daneben trübe aus. Es war die gleiche Trübe, so sagte ich mir, ohne es selbst zu wollen, mit der mir die Langeweile für gewöhnlich die Welt ringsum verhüllte. Ich riß ein Blatt aus meinem Notizbuch und schrieb darauf: «Danke, aber ich behalte doch lieber meinen alten Wagen. Dein liebevoller Sohn Dino.» Diesen Zettel schob ich unter den Scheibenwischer, dorthin, wo die Polizisten ihre Strafmandate schieben. Dann bestieg ich mein Auto, ließ den Motor an und fuhr davon.

2. Kapitel

Im Haus der Via Margutta, in dem ich wohnte, hatte auf dem Korridor des Erdgeschosses, zwei Türen von der meinen entfernt, ein alter Maler namens Balestrieri sein Atelier. Ich war ihm oft begegnet, hatte ein paar Worte mit ihm gewechselt, verkehrte aber nicht mit ihm. Wie viele Männer, die an nichts anderes als an Frauen denken, war Balestrieri von fast verletzender Kälte seinem eigenen Geschlecht gegenüber, ohne Rücksicht auf Stellung und Alter. Offenbar sah er in jedem Mann einen möglichen Rivalen. Balestrieri war klein und hatte sehr breite Schultern und sehr große Füße, zwei Fehler, die er nicht zu verbergen suchte, sondern sogar noch hervorhob, indem er enorme karierte Sportsakkos und veraltete, glänzende, spitz zulaufende Schuhe trug. Das Gesicht Balestrieris hatte etwas von einer Karnevalsmaske oder von dem pompejanischen Satyr: silberhelle Haare, ein feuerrotes Gesicht, kohlschwarze Augenbrauen, großer Mund, spitzes Kinn. Der Ausdruck dieses Gesichts enthielt etwas Törichtes, Kindisches und zugleich Unruhiges. Von Balestrieri behaupteten einige ältere Maler, die ihn gut kannten, er sei ein Erotomane und habe in seiner Jugend zu malen begonnen, um unter dem Vorwand der Malerei Frauen in sein Atelier zu locken. In der Folgezeit aber war ihm sozusagen die Gewohnheit des Malens verblieben, was für ihn vornehmlich das Malen von Frauenakten bedeutete. Balestrieri war ein wohlhabender Mann; er lebte nicht von seiner Arbeit, stellte nie aus und malte in gewissem Sinne für sich allein. Seine Freunde hatten mir erzählt, er hänge so an seinen Bildern, daß er in den seltenen Fällen, in denen er eines verschenkte, davon eine Kopie anfertigte und die statt des Originals weggab. Was die Qualität seiner Arbeit betraf, so waren sich alle darüber einig, ihn als miserablen Maler zu bezeichnen.

Ein- oder zweimal hatte ich aus Neugier versucht, vom Hof aus durch das große Fenster seines Ateliers etwas von seinen Bildern zu erspähen. Was ich entdecken konnte, waren große, dunkle Leinwände, auf denen mit Mühe enorme nackte Frauenkörper mit übertrieben mächtigen Formen und in wenig natürlichen Haltungen zu erkennen waren.

Das Atelier Balestrieris erhielt unablässig den Besuch zahlreicher Frauen. Durch die Scheiben meines Fensters konnte ich sie über den Hof kommen und durch die Tür zum Korridor des Erdgeschosses verschwinden sehen. Ich wußte, daß sie zu Balestrieri gingen, denn in den beiden anderen Ateliers wohnten Maler mit ihren Familien, die überdies keine Modelle brauchten, weil sie abstrakt malten. Die Frauen Balestrieris sprachen für einen sehr vielseitigen Geschmack. Es gab da junge und reife, Frauen aus dem Volk und Damen, Mädchen und Verheiratete, blonde und schwarze, magere und fette, kleine und große. Man sah, daß Balestrieri es wie alle Don Juans nicht sehr genau nahm und als Sammler von Abenteuern mehr auf Quantität als auf Qualität aus war. Sehr selten unterhielt Balestrieri das, was man ein Verhältnis nennt, also eine dauerhafte Beziehung zu einer einzigen Frau; und auch wenn er das tat, brach er deshalb doch die anderen, minder wichtigen Abenteuer nicht ab. In den ersten Jahren meines Lebens in der Via Margutta hatte mich die Figur und das Leben Balestrieris dermaßen neugierig gemacht, daß ich ihn ein wenig bespitzelte und sogar eine Statistik der Frauen anlegte, die ihn besuchten: bis zu fünf verschiedene Frauen im Monat, also alle sechs Tage eine neue, mit einer Frequenz von zirka zwei Besuchen am Tag. Als ich Balestrieri zum erstenmal sah, war er fünfundfünfzig Jahre alt; zu der Zeit, als sich die Dinge abspielten, von denen ich hier erzähle, war er also fünfundsechzig. Und doch hatte ich in diesen zehn Jahren keinerlei Änderung in seinen Lebensgewohnheiten bemerkt: Er empfing immer noch ungefähr die gleiche Zahl von Frauen – als ob für ihn die Zeit nicht verginge.

Genaugenommen gab es doch eine gewisse Veränderung, aber nicht durch Abnahme der weiblichen Besuche, wie man hätte erwarten mögen, sondern eher durch Zunahme. Der Erotismus Balestrieris, den ich oft mit einem Vulkan in dauernder, aber stummer Tätigkeit verglichen hatte, erfuhr um das dreiundsechzigste Lebensjahr des Malers eine Art paroxystischer Phase. Die Zahl der Frauen, die durch den Hof gingen und an der Tür des alten Mannes klopften, schien tatsächlich noch zu steigen; außerdem bemerkte ich, daß es jetzt fast immer ziemlich junge Mädchen waren. Gleich vielen lasterhaften Menschen neigte Balestrieri mit den Jahren immer mehr zu den Halbwüchsigen. Richtiger als von einer paroxystischen Phase seiner Geschlechtlichkeit wäre es vielleicht, von einer wahrscheinlich unbewußten Fixierung auf einen einzigen Frauentypus zu sprechen, unter Ausschluß aller anderen. Mit einem Wort: Ohne es selber zu merken, hörte Balestrieri um diese Zeit auf, der Don Juan und Frauensammler zu sein, der er bisher immer gewesen war, und widmete sich zum erstenmal einer einzigen Frau, oder wollte dies wenigstens tun. Die zahlreichen Mädchen ungefähr desselben Alters waren nichts anderes als stets besser gelungene Versuche zu einem Typus, der unmerklich immer klarer umrissen wurde. Und wirklich: Eines Tages hörte der Zustrom junger Mädchen zu dem Atelier Balestrieris auf und machte einer einzigen Besucherin Platz. Für sie waren alle anderen nur Vorbereitung gewesen: sie stellte die Quintessenz ihrer Vorgängerinnen dar.

Ich hatte die Möglichkeit, sie mit einer gewissen Aufmerksamkeit zu beobachten – wenn schon aus keinem anderen Grund, dann darum, weil ich fast sofort bemerkte, daß sie ihrerseits mich beobachtete. Sie war nach der damaligen Mode in der Art einer kleinen Tänzerin gekleidet: mit einer leichten, lockeren Bluse und mit einem sehr kurzen, weiten Rock, der aussah, als sei er von einer Krinoline gehalten. So wirkte sie wie eine auf den Kopf gestellte Blume, wie eine schwankende Blütenkrone, die auf den Staubgefäßen einhergeht. Sie hatte ein rundes Kindergesicht – das Gesicht eines Kindes, das zu rasch gewachsen und zu früh in die Erfahrungen einer Frau eingeweiht worden ist. Sie war blaß, mit einem leichten Schatten unter den Backenknochen, der die Wangen hager erscheinen ließ. Dichtes schwarzes Haar umgab das ganze Gesicht. Der kleine Mund, von kindlicher Form und ebensolchem Ausdruck, ließ an eine Knospe denken, die vorzeitig auf einem Ast gewachsen ist, ohne sich zu öffnen; an den Mundwinkeln wies er zwei Falten auf, die mir besonderen Eindruck machten, da von ihnen der intensive Eindruck von Dürre ausging. Die Augen waren das Schönste an ihr: groß und dunkel und gleichfalls von kindlicher Form unter einer etwas vortretenden Stirn. Ihr Blick war ohne Unschuld, undefinierbar abwesend, indirekt und ungewiß.

Im Gegensatz zu den anderen Frauen Balestrieris, die mit gesenktem Kopf geradewegs das Atelier des alten Malers aufzusuchen pflegten, überquerte dieses Mädchen den Hof mit einer Langsamkeit, die einstudiert wirkte; sie ließ sich sozusagen von der trägen Bewegung ihrer Hüften vorwärtstreiben. Man hatte zwar nicht den Eindruck, daß sie widerwillig zu Balestrieri ging, aber es schien, als suche sie dort gleichzeitig etwas anderes, ihr selbst Unbekanntes. Fast immer hob sie beim Überqueren des Hofes den Blick zu meinem Atelier, und wenn ich hinter den Scheiben sichtbar war, was oft vorkam, da ich meine Staffelei nahe am Fenster stehen hatte, begleitete sie ihren Blick unweigerlich mit einem Lächeln. Ich wußte mir dieses Lächeln lange Zeit nicht recht zu deuten, denn es wirkte so vage, daß man darüber im Zweifel sein konnte, ob es absichtsvoll war. In der Folge jedoch, als ich ihr aus größerer Nähe auf dem Korridor begegnete, mußte ich mich davon überzeugen, daß dieses Lächeln wirklich mir galt und daß sie ihm eine sehr klare Bedeutung beimaß.

Diese ihre stumme Aufforderung flößte mir ein dunkles Gefühl des Widerwillens ein, das ich zu erklären versuchen will. Vor allem habe ich keine Neigung zu Abenteuern, besonders dann nicht, wenn mir das Abenteuer, wie in diesem Fall, von dem weiblichen Teil suggeriert und geradezu aufgenötigt wird. Im Gegenteil, die Beharrlichkeit dieses Lächelns weckte in mir fast den ärgerlichen Impuls, es nicht zu erwidern und so zu tun, als hätte ich nichts bemerkt. Außerdem gefiel mir das Mädchen auch gar nicht. Ich hatte immer nur für fertige Frauen etwas übrig gehabt; diese Kleine aber schien höchstens siebzehn und sah manchmal aus, als sei sie fünfzehn, so zart war ihre Gestalt, so kindlich ihr Gesicht. Und dann gab es noch eine dritte, wirksamere Ursache meines Widerwillens, wenn auch wenig klar und definierbar. Das Gefühl der Übelkeit, das mich bei der Vorstellung befiel, mich ihr nähern, sie ansprechen und, als unausweichliche Folge, mit ihr ins Bett gehen zu sollen, rührte nicht von einer direkten körperlichen Abneigung her. Das Mädchen gefiel mir nicht, das stimmte, aber es war mir auch nicht widerwärtig. Wovor mir ekelte, war die Vorstellung des Erlebnisses, dem ich entgegengehen würde, wenn ich ihrer Aufforderung nachkam. Es war, so dachte ich, dasselbe Gefühl der Übelkeit und Angst, das wahrscheinlich alle Menschen an der Schwelle einer unbekannten und dunklen Wirklichkeit empfinden, oder auch an der Schwelle einer Wirklichkeit, der sie seit langer Zeit gewohnheitsmäßig aus dem Weg gegangen sind. Es war ein Gefühl, das mich erstaunte, weil dieses so unbedeutend aussehende kleine Mädchen dergleichen ganz und gar nicht rechtfertigen konnte.

Wenn man sich langweilt, ist es nicht leicht, dauernd an etwas Bestimmtes zu denken. Für mich war die Langeweile eine Art Nebel, in dem mein Denken sich unablässig verirrte und nur zeitweise irgendeine Einzelheit der Wirklichkeit erkannte. Ich glich einem Menschen, der in dichtem Nebel bald eine Häuserecke, bald die Gestalt eines Passanten, bald irgend etwas anderes wahrnimmt, das gleich darauf wieder verschwunden ist. Im Nebel der Langeweile nun hatte ich das Mädchen und Balestrieri gesehen, doch ohne ihnen irgendwelche Wichtigkeit beizumessen, und ich wurde unausgesetzt wieder von ihnen abgelenkt. Deshalb konnte es geschehen, daß ich wochenlang die Existenz dieser beiden vergaß, die doch wenige Schritte von mir entfernt miteinander ins Bett gingen. Ab und zu fielen sie mir ein, und ich dachte dann beinahe erstaunt: «Sieh da, die gibt's noch immer, und sie gehen weiter zusammen ins Bett!»

Ich hatte Balestrieri so sehr vergessen, daß ich nach meiner Flucht aus der Villa meiner Mutter bei der Rückkehr in mein Atelier keinen Augenblick auf die Idee kam, der Leichenwagen, den ich von einem Café aus in der Via Margutta vor meinem Haustor stehen sah, könne auf irgend jemanden warten, den ich kannte.

Es war ein schwarz-goldener Leichenwagen mit den üblichen Goldengeln an den vier Ecken und dem üblichen Rappengespann, aber noch ohne Blumen. Ich ging also um den Wagen herum, der den Eingang versperrte, und betrat den Vorplatz des Hauses. Und da ich wie gewöhnlich niedergeschlagenen Blickes vorwärtsschritt, rannte ich mit der Stirn gegen die Unterkante des Sarges, der in diesem Augenblick von vier Männern auf den Schultern zu dem Wagen getragen wurde. Ich sprang beiseite, während die vier Leichenbestatter mir vorwurfsvoll-erstaunte Blicke zuwarfen. Dann zog der Sarg an mir vorüber, gefolgt von nur zwei Personen: einem jungen Mann mit pockennarbigem, brutalem Gesicht in einem blauen Leinenanzug und einer Frau, die ihm den Arm reichte, von der ich aber nichts weiter sehen konnte, weil sie von Kopf bis Fuß in schwarze Schleier gehüllt war. Der junge Mann ließ mich an Balestrieri denken, vielleicht, weil auch er ein rotes Gesicht und sehr schwarze Brauen hatte. Im selben Augenblick hörte ich die Hausbesorgerin eine Bemerkung über die Plötzlichkeit gewisser Todesfälle machen; sie nannte in diesem Zusammenhang den Namen des alten Malers. So erfuhr ich, daß Balestrieri gestorben war, wohl am Tage zuvor, und daß die Frau in Schwarz seine Witwe war, von der er seit vielen Jahren getrennt lebte, und der junge Mann im blauen Leinenanzug beider Sohn.

Wie gesagt, war ich von der Langeweile in diesen Tagen so sehr abgelenkt worden, daß ich nicht nur die Existenz Balestrieris, sondern auch die des Mädchens vergessen hatte, obwohl es mich doch irgendwie interessierte. Gar nicht verwundert stellte ich fest: Ich war zwar die beiden letzten Tage in meinem Atelier, doch ohne zu wissen, daß drei Türen von mir entfernt Balestrieri krank gewesen und gestorben war, daß man bei ihm Totenwache gehalten, ihn in den Sarg gelegt und weggetragen hatte. Vielleicht, so dachte ich, war mir sogar von irgend jemandem Balestrieris Krankheit mitgeteilt worden, und ich hatte, verloren in meiner Langeweile, nur nicht zugehört – so wie es mir manchmal ging, wenn ich die Überschriften der Zeitungen las und einen Augenblick später entdeckte, daß ich nicht mehr wußte, was sie besagten. Es hatte des Sarges bedurft, oder besser gesagt, des schmerzhaften Schlages meiner Stirn gegen diesen Sarg, damit ich mich an die Existenz des Malers erinnerte, im selben Augenblick, da ich von seinem Tod erfuhr.

Balestrieris Tod war im übrigen nicht so einfach gewesen, wie es auf den ersten Blick erscheinen konnte. Noch am selben Tag rekonstruierte ich aus den Anspielungen der Hausbesorgerin, vor allem aber aus den wesentlich deutlicheren Bemerkungen einiger Freunde, die ich im Café traf, das Ende des alten Malers. Demnach sollte Balestrieri in einem sehr kuriosen Augenblick gestorben sein, nämlich während des Liebesspiels mit dem Mädchen, das mir so oft zugelächelt hatte. Dieses Spiel, so hieß es, sei nicht die normale Form der Liebe gewesen, nicht jener der Fortpflanzung dienende Akt, sondern eine erotische Deformation oder Spezialität. Balestrieri sei also nicht so sehr durch die Liebe als solche getötet worden, als vielmehr durch die Art, in der er sich zu vergnügen versucht hatte. Die Hausbesorgerin wollte jedoch keine näheren Auskünfte hierüber geben und beschränkte sich auf entrüstete Andeutungen. Hingegen ergingen sich die Freunde im Café in allerlei Einzelheiten, als wären sie im Augenblick von Balestrieris Tod in seinem Atelier zugegen gewesen. Wie ich endlich herausbrachte, handelte es sich bei alldem ausschließlich um Vermutungen. Gewiß war nur, daß Balestrieri unter den Augen des erschrokkenen Mädchens einen Anfall erlitten hatte und gestorben war. Da das Mädchen seine Geliebte gewesen war, da er halbnackt auf dem Bett gefunden wurde, und da das Mädchen im Schlafrock mit nichts darunter zur Hausbesorgerin gelaufen war, schien es sicher, daß sich der plötzliche Tod des Malers in einer unzweideutigen Situation ereignet hatte. Diejenigen aber, die an das alles nicht glaubten, erklärten, das Mädchen sei eben deshalb im Schlafrock gewesen, weil es als Modell fungierte, und Balestrieri habe im Sommer meistens in Unterhemd und Badehose gemalt. Zugunsten des Gerüchts, der Tod sei während eines Liebesaktes erfolgt, wurde das Wort des herbeigerufenen Arztes angeführt: «Wenn dieser Mann sich darüber im klaren gewesen wäre, daß man in seinem Alter gewisse Dinge nicht mehr tut, könnte er noch am Leben sein.» Andere wieder behaupteten, der Arzt habe sich nach der Untersuchung Balestrieris darauf beschränkt, zu dem Mädchen zu sagen: «Fräulein, Sie haben ihn umgebracht», wobei er jedoch sogleich hinzugefügt habe: «Besser gesagt, Sie haben ihm dabei geholfen, sich umzubringen.» Niemand aber vermochte anzugeben, wer dieser Arzt gewesen war.

Am selben Tag fand ich, als ich von der Mahlzeit in einem kleinen Gasthaus der Via Margutta zurückkehrte, in meinem Atelier ein Paket mit einem Brief meiner Mutter vor. In ihrem Briefchen gab mir meine Mutter eine Lektion in gutem Betragen: «Das nächste Mal lauf nicht gleich davon, sondern verabschiede dich wenigstens von mir.»

Das Paket enthielt die Smokingjacke und die helle Hose, die

die brave Rita entfleckt und gebügelt hatte. Ich warf alles auf den Fußboden, streckte mich auf dem Diwan aus und entzündete eine Zigarette. Wie gewöhnlich litt ich heftig an Langeweile, und ich wunderte mich darüber, daß die anderen dies nicht bemerkten und sich keine Rechenschaft darüber ablegten, wie wenig ihre Welt in Wirklichkeit für mich existierte. Statt dessen fuhren sie fort, genau wie meine Mutter, sich mir gegenüber so zu verhalten, als langweilte ich mich nicht. Während ich rauchte, begann ich allmählich wieder über meine Lage nachzudenken, die sich offenbar von Tag zu Tag ein wenig verschlechterte. Zuletzt fragte ich mich, was mir noch zu tun übrigbliebe, da ich auf die Malerei verzichtet und es doch nicht fertiggebracht hatte, das Geld meiner Mutter anzunehmen. Ich wurde mir klar darüber, daß da wenig zu machen war, jedenfalls im Sinne einer Handlung, die eine wesentliche Veränderung hätte herbeiführen können. Aber es blieb mir immer noch das übrig, was viele Menschen in einer unhaltbaren Lage tun: sie akzeptieren und sich anpassen. Im Grunde, so dachte ich, ähnele ich dem Sproß einer heruntergekommenen Adelsfamilie, der sich darauf versteift, weiter im luxuriösen Stil seiner Vorfahren zu leben. An dem Tag, an dem er die Lage akzeptiert, die ihm bisher unerträglich schien und die doch die normale Lage zahlloser Menschen ist, wird er aufhören zu leiden und erkennen, daß alles, was auf einem gewissen Niveau unerträglich erscheint, auf einem anderen Niveau keineswegs unerträglich ist. Was mich so heftig leiden machte, war ja nicht so sehr die Langeweile als die Vorstellung, ich könnte oder müßte ohne Langeweile leben. Mit anderen Worten: Ich gehörte einer sehr adeligen und sehr alten Familie an, die sich in früheren Zeiten nie gelangweilt, die immer direkte und konkrete Beziehungen zur Wirklichkeit unterhalten hatte. Diese Familie mußte ich vergessen und endgültig die Lage akzeptieren, in der ich mich befand. Aber war es denn möglich, in der Langeweile zu leben, das heißt, ohne jede Beziehung zu etwas Realem, und doch nicht zu leiden? Darin lag das ganze Problem.

Unter solcherlei Gedanken wurde ich müde, und ich verfiel in einen schweren Schlaf, mit dem Gefühl, eher zu ertrinken als zu schlafen. Ich hatte einen sehr deutlichen Traum: Ich stand vor der Staffelei, die Palette in der einen, den Pinsel in der anderen Hand. Auf der Staffelei befand sich die gewohnte leere Leinwand, daneben aber – sonderbar, da ich seit Jahren keine figurativen Bilder mehr gemalt hatte – stand ein Modell. Es war eine junge Frau mit einem klugen, bebrillten Gesicht, das an Rita erinnerte, mit einem sonderbar flachen Körper ohne Volumen, auf dessen blutloser Weiße wie bei einer Leiche die beiden Flecken der Brustwarzen, großen, dunklen Geldstücken ähnlich, und das schwarze Dreieck der Scham zu sehen waren. Meine Hand mit dem Pinsel bewegte sich auf der unsichtbaren Oberfläche der Leinwand hin und her. Ich arbeitete sorgfältig, konzentriert und sicher. Das Bild machte gute Fortschritte, das Modell regte sich nicht und hätte wirklich wie eine Tote wirken können, wenn nicht die Brille gefunkelt und ein vielleicht ironisches Lächeln um die Mundwinkel gespielt hätte. Endlich war das Bild fertig, und ich trat ein paar Schritte zurück, um es in Ruhe zu betrachten. Welche Überraschung! Die Leinwand war leer, weiß, sauber, kein Frauenakt war darauf. Ich hatte zweifellos gearbeitet, aber hervorgebracht hatte ich nichts. Bestürzt griff ich eine beliebige Tube, spritzte Farbe auf meine Palette, tauchte den Pinsel ein und machte mich wütend wieder über die Leinwand her. Nichts! Die Leinwand blieb weiß. Das Mädchen lächelte inzwischen immer spöttischer über meine vergeblichen Anstrengungen, behielt aber dabei den verlogenen und klugen Ausdruck bei, den ihr die große, in Schildpatt gefaßte Brille verlieh. Eine Hand legte sich auf meine Schulter. Balestrieri, ein väterliches Lächeln auf dem roten Gesicht, nahm mir Pinsel und Palette aus der Hand, stellte sich vor die Leinwand und kehrte mir den Rücken. Er trug ein Unterhemd und Badehose. Seine Aufmachung ließ mich an Picasso denken, zwischen dem und Balestrieri ich plötzlich eine gewisse Ähnlichkeit entdeckte. Ich starrte auf seinen Nacken, über den das dichte weiße Haar hinabwallte, und ich stellte fest, daß Balestrieri malte, während mir das nicht möglich gewesen war. Dann war Balestrieris Bild fertig. Balestrieri war fort, und ich stand vor dem Bild. Ich wußte nicht, ob es schön oder häßlich war; jedenfalls aber war es gemalt. Die Leinwand war nicht mehr weiß und leer, sondern bedeckt mit Pinselstrichen und Farben. Plötzlich packte mich eine wilde Wut, ich ergriff das Schabmesser, mit dem ich Farben abzukratzen pflegte, und stach damit in die Leinwand, heftig und methodisch, so daß sie ihrer ganzen Höhe nach in Stücke geschlitzt wurde. Aber, Entsetzen! Ich hatte nicht die Leinwand zerstochen, sondern den Körper des Modells, der jetzt aus einer großen Zahl von Wunden blutete. Diese Wunden begannen auf der Brust und zogen sich in feinen Strichen bis zu den Beinen hinunter. Aus ihnen quoll das Blut, rot und reichlich; es bildeten sich Blutbäche, die zusammenliefen. Der Körper des Mädchens, das bei alldem weiterlächelte, war mit einem blutigen Netz überzogen, und ich stach noch immer heftig und methodisch zu – bis ich mit einem unartikulierten Aufschrei erwachte.

Es war ein bewölkter Tag, und das Atelier war in ein schwaches graues, trauriges Licht getaucht. Ich sprang vom Diwan. Dann stürzte ich, als wüßte ich nicht, was ich tat, zur Tür hinaus auf den Korridor. Er war leer, die vier Türen waren geschlossen. Schließlich bemerkte ich bei näherem Zusehen, daß die Tür zu Balestrieris Atelier nur angelehnt war. Ohne zu überlegen und weiter wie automatisch handelnd, ging ich auf diese Tür zu, stieß sie auf und trat ein.

Ich hatte nie zuvor das Atelier des alten Malers betreten und glaubte mich jetzt der Illusion hingeben zu können, nur die Neugier veranlasse mich zu diesem Besuch. Die Vorhänge waren herabgelassen, das Atelier lag in fast völligem Dunkel. Eine Stehlampe mit rotem Schirm und einem Fuß aus geschnitztem, vergoldetem Holz stand brennend auf einem Tisch, über dem eine Decke aus purpurfarbenem Damast lag. Bei dem blutfarbenen Licht dieser Lampe konnte ich erkennen, daß sich das Atelier Balestrieris von dem meinen sehr unterschied. Vor allem war es viel größer und hatte eine Innentreppe zu einem hölzernen Umgang, auf den zwei Türen mündeten. Während mein Raum wirklich aussah wie ein Maleratelier, nur notdürftig möbliert und in großer Unordnung, hatte der Raum Balestrieris, wie ich sogleich mit einem dunklen Gefühl des Widerwillens feststellte, eine altmodische Einrichtung in der Art eines bürgerlichen Salons vor vierzig oder fünfzig Jahren. Niemand hätte vermutet, daß hier ein Maler gewohnt hatte, wären nicht die berühmten Aktbilder gewesen, die die Wände bedeckten und bis zur Decke hinaufreichten. Außerdem stand in gutem Licht unweit des Fensters eine monumentale Staffelei mit einem unvollständigen Gemälde. Besonderen Eindruck machte mir die Düsterkeit der größtenteils antiken oder falsch-antiken Möbel im Renaissancestil. Die Wände unterhalb der Bilder waren mit rotem Damast tapeziert. Auf dem Fußboden lagen übereinander zahlreiche Perserteppiche, die dichte dunkle Muster aufwiesen. Ich schloß die Tür hinter mir, sah mich um und sog den eigentümlichen, zugleich an Tod und Haushalt erinnernden Geruch ein, der in der Luft lag. Langsam näherte ich mich der Staffelei. Das unvollendete Bild dort mußte jenes sein, auf dem Balestrieri unmittelbar vor dem Tod seine junge Geliebte dargestellt hatte. Ich gestehe, daß mich Neugier erfaßte, zu sehen, wie sie gebaut war. Als ich vor der Staffelei stand, überkam mich ein Gefühl ungläubiger Enttäuschung. Balestrieri hatte nämlich mit Kohle ein Bild skizziert, das ich nur schwer mit jenem zarten Körper und mit dem kindlichen Gesicht, das mir so oft zugelächelt hatte, in Zusammenhang bringen konnte. Es war einer dieser übertriebenen Akte, zudem in etwas gewaltsamer Stellung, nämlich mit hinter dem Nacken verschränkten Händen und gebeugten Knien, so daß die Brüste und die Hüften, diejenigen Teile des weiblichen Körpers also, die Balestrieri offenbar bevorzugt hatte, besonders deutlich hervortraten. Vor allem fielen mir die Breite der Hüften und die Schwere der Brüste auf, die ich bei dem Modell nicht beobachtet hatte. Hingegen konnten die schmale Taille, die zarten Schultern und die Arme ihr gehören. Bezeichnenderweise hatte es Balestrieri nicht für nötig befunden, das Gesicht zu zeichnen; infolgedessen war für mich jede Identifizierung unmöglich.

Lange Zeit hindurch besah ich das Bild und stellte fest, daß Balestrieri wirklich ein sehr schlechter Maler gewesen war, auch im Sinne der naturalistischen Traditionen, an die seine Art, wenn auch sehr unbestimmt, gemahnte. Schließlich wandte ich mich dem Atelier zu und begann die an den Wänden hängenden Bilder in Augenschein zu nehmen. Wie gesagt, waren es durchweg weibliche Akte, zumeist in unnatürlichen, krampfhaften Posen. Als erstes stellte ich fest, daß Balestrieri, obzwar ein miserabler Maler, doch sehr genau und bis zur Pedanterie sorgfältig in den Kleinigkeiten gewesen war. Man sah, er hatte sich nicht auf die Inspiration verlassen, sondern ein wenig nach Art der alten Meister immer wieder in mehreren Schichten ein und dieselbe Einzelheit überarbeitet, um ganz sicher sein zu können, alle ihre Möglichkeiten zu erschöpfen. Das Resultat aber war der typische fotografisch-geschleckte Naturalismus, wie er sich auf den Bildern in den sogenannten Kunstausstellungen der Galerien, die für ein breites Käuferpublikum bestimmt sind, breitmacht. Es war andererseits offensichtlich, daß es sich hier um in ihrer Art perfekte Produkte handelte, von jener häßlichen Perfektion, die für die Pornographie bezeichnend ist. Mit anderen Worten, die Welt Balestrieris war eine konkrete, auf ihre Weise logische Welt, ohne Brüchigkeit und ohne Infektion, und es war unwichtig, daß sie dabei ein wenig den Eindruck des Monomanischen erweckte. Balestrieri hatte sich in dieser seiner Welt bis zum Tode wohl gefühlt, ohne sie je zu bezweifeln und ohne jeden Versuch, aus ihr herauszufinden. Vielleicht war er eine Art von Narr; aber ein Narr, dessen Narrentum in der Illusion bestand, eine Beziehung zur Wirklichkeit zu haben; als sei er also durchaus vernünftig, wie seine Bilder es bezeugten. Ich hingegen, so mußte ich mir sagen, war vielleicht vernünftig, doch bestand meine Vernunft in der tiefen Überzeugung, daß eine solche Beziehung zur Realität unmöglich sei. Ich war demnach ein Vernünftiger, der sich für närrisch hielt.

Unter solchen Erwägungen sah ich mir die Bilder eines nach dem anderen an und fand keines darunter, auf dem ich die Züge des Mädchens mit dem Kindergesicht wiedererkannt hätte. Ich sagte mir: Es ist wohl wirklich so, daß Balestrieri seine kleine Geliebte nie gemalt und sich nur darauf beschränkt hat, mit ihr ins Bett zu gehen – also das genaue Gegenteil dessen, was man angesichts seines vorgeschrittenen Alters vermutet hätte. Ich war gerade dabei, wieder zu gehen, als mich ein Geräusch von oben veranlaßte, den Blick zu heben. Das Mädchen Balestrieris kam in diesem Augenblick aus einer der beiden Türen, die auf den Umgang führten, und schritt ohne Eile die Treppe herunter. Offenbar hatte sie meine Anwesenheit nicht bemerkt, denn sie hielt die Augen zu Boden gesenkt. Eine ihrer Hände glitt die Balustrade abwärts, die andere preßte ein umfangreiches Paket gegen die Brust.

Am Fuß der Treppe blickte sie endlich auf und schien zu erschrecken, als sie mich beim Tisch in der Mitte des Ateliers stehen sah. Das dauerte jedoch nur einen Augenblick; gleich darauf breitete sich über ihr rundes Gesicht eine friedliche Heiterkeit, als sei die Begegnung für sie nicht überraschend, sondern als hätte sie sich seit langem darauf vorbereitet. Etwas verlegen sagte ich: «Ich wohne in dem Atelier nebenan, vielleicht haben Sie mich schon gesehen. Ich bin nur hereingekommen, um einen Blick auf die Bilder zu werfen.»

Sie antwortete, indem sie ihr Paket vorwies: «Und ich bin gekommen, um meine Sachen zu holen, bevor das Atelier wieder vermietet wird. Ich war sein Modell, er hat mir den Schlüssel gegeben, und so konnte ich herein.»

Ich bemerkte, daß ihre Stimme ohne einen Akzent war, der es gestattet hätte, ihren Geburtsort oder die Gesellschaftsklasse zu erraten, der sie angehörte. Es war eine farblose, neutrale Stimme, von einer Exaktheit und Sparsamkeit des Tonfalls, daß man den Eindruck vorsichtiger Zurückhaltung daraus gewann. Da ich nicht wußte, was ich noch sagen sollte, fragte ich auf gut Glück: «Sie haben Balestrieri oft aufgesucht?»

«Ja, fast jeden Tag.»

«Wann ist er denn gestorben?»

«Vorgestern abend.»

«Waren Sie dabei, als er starb?»

Sie sah mich einen Moment mit ihren großen, dunklen Augen an, die so wirkten, als ob sie gar nichts sähen, sondern die Dinge nur reflektierten. «Ihm wurde schlecht, während ich ihm Modell stand.»

«Malte er Sie?»

«Ja.»

Ich konnte nicht umhin, überrascht auszurufen: «Aber wo ist die Leinwand, auf der er Sie gemalt hat?»

Sie deutete auf die Staffelei: «Da!»

Ich wandte mich um, betrachtete flüchtig die Leinwand und dann längere Zeit das Mädchen. In dem Halbdunkel, das ihre Umrisse aufzulösen und zu verschlucken schien, machte ihre Gestalt einen eher noch zarteren und kindlicheren Eindruck als sonst – mit dem weiten Rock über den dünnen Beinen, der zarten Brust und dem bleichen, von den großen, dunklen Augen fast aufgezehrten Gesicht. Ungläubig fragte ich: «Haben Sie wirklich für diese Zeichnung Modell gestanden?»

Sie ihrerseits schien erstaunt über mein Staunen: «Ja, warum? Gefällt es Ihnen nicht, wie er mich gezeichnet hat?»

«Ich weiß nicht recht – aber sicher ist es Ihnen nicht ähnlich.»

«Er hat meinen Kopf nicht gezeichnet, das tat er immer erst

zuletzt. Woher wollen Sie wissen, daß das Bild mir nicht ähnlich ist?»

«Ich meine, was Balestrieri da gezeichnet hat, scheint mir nicht Ihr Körper zu sein.»

«Meinen Sie? Er ist es aber.»

Ich empfand die ganze Sinnlosigkeit dieser pseudokünstlerischen Diskussion über eine Zeichnung wie diese und obendrein über eine Frage der Ähnlichkeit. Aber obwohl ich mich schämte, wie einer stillschweigenden Spießgesellschaft, die ich hätte ablehnen müssen, konnte ich doch nicht umhin, lebhaft zu antworten: «Das ist nicht möglich! Das kann ich nicht glauben!»

«Meinen Sie?» sagte sie von neuem. «Aber ich bin so gebaut!» Sie legte ihr Paket auf den Tisch, trat an die Staffelei, besah einen Augenblick lang die Leinwand und sagte dann, indem sie sich umwandte: «Vielleicht ist die Zeichnung etwas übertrieben, aber im großen und ganzen sehe ich wirklich so aus.»

Ich weiß nicht warum, doch als ich sie so neben der Leinwand stehen sah, kam mir mein Traum vom Nachmittag wieder in den Sinn. Ganz obenhin fragte ich: «Hat Balestrieri nur diese Zeichnung von Ihnen gemacht, oder hat er auch noch ein anderes Bild von Ihnen gemalt?»

«Ach, er hat mich sehr oft gemalt!» Sie hob den Blick zu der Wand und begann auf einige Bilder zu deuten: «Das da bin ich, und das auch, und das dort hinten, und das hier.» Abschließend fügte sie hinzu: «Er hörte nie auf, mich zu malen. Stundenlang mußte ich ihm Modell stehen.»

Plötzlich empfand ich den Drang, schlecht über Balestrieri zu sprechen, vielleicht, um ihr eine etwas persönlichere, teilnehmendere Bemerkung zu entreißen. So sagte ich also: «Soviel Mühe für ein so dürftiges Ergebnis!»

«Wieso?»

«Weil Balestrieri ein miserabler Maler gewesen ist – oder eigentlich überhaupt kein Maler.»

Sie reagierte in keiner Weise und beschränkte sich auf den Ausspruch: «Ich verstehe nichts von Malerei.»

Ich beharrte: «In Wirklichkeit war Balestrieri nichts weiter als ein Mann, dem die Frauen sehr gefielen.»

Sie stimmte mir mit Überzeugung zu: «Ah, das ja!»

Inzwischen hatte sie ihr Paket wieder aufgenommen und sah mich fragend an, als wollte sie sagen: «Soll ich jetzt gehen, da du gar nichts tust, mich zurückzuhalten?» Mit einer Sanftmut in der Stimme, die mich selber überraschte, da ich sie nicht beabsichtigt hatte, schlug ich vor: «Würden Sie einen Augenblick in mein Atelier mitkommen?»

Ich sah, wie sich ihr Gesicht sofort in naiver Hoffnung erhellte: «Wollen Sie, daß ich Ihnen Modell stehe?»

Ich wurde verlegen. Es war nicht meine Absicht gewesen, sie anzulügen; aber sie legte mir jetzt einen Vorwand nahe, der mich doppelt demütigte: nicht nur, weil er ein Vorwand, sondern weil er der letzte aller Vorwände war, zu dem ich meine Zuflucht genommen hätte – der Vorwand des Malers, der ein hübsches Mädchen in sein Atelier einlädt. Mit einem Wort, dieser Vorwand wäre eines Balestrieri würdig gewesen. Etwas ärgerlich fragte ich: «Hat auch Balestrieri Sie das erste Mal in sein Atelier eingeladen unter dem Vorwand, Sie malen zu wollen?»

Ernsthaft antwortete sie: «Nein, ich ging zu ihm, um Zeichenunterricht zu nehmen. Dann wollte er mich auch malen; aber erst später.»

Für sie war also das Porträt kein Vorwand. Wirklich sagte sie sogleich: «Ich habe jetzt nichts zu tun. Wenn Sie wollen, kann ich Ihnen bis zur Zeit des Abendessens Modell stehen.»

Ich fragte mich, ob ich ihr erklären sollte, daß ich ein Maler war, der nicht mehr malte, und daß ich auch, als ich noch malte, nie figurative Bilder gemacht hatte. Dann aber würde ich nach einem anderen Vorwand suchen müssen, um sie in mein Atelier zu locken. Infolgedessen sagte ich leichthin und unklar: «Gut, gehen wir zu mir hinüber.»

«Zu dieser Stunde saß ich immer für Balestrieri», teilte sie mir erleichtert und zufrieden mit und nahm ihre Sachen vom Tisch auf. «Er malte jeden Tag von vier bis sieben.»

«Und am Vormittag?»

«Auch am Vormittag, von zehn bis eins.»

Inzwischen hatten wir uns auf die Tür zu in Bewegung gesetzt. Ich war mir darüber im klaren, daß sie jetzt zum letztenmal das Atelier sah, in dem sie einen großen Teil ihres Lebens verbracht hatte, und ich erwartete, daß sie, vielleicht aus Mitleid mit dem alten Maler, der sie so sehr geliebt hatte, etwas sagen oder sich wenigstens umwenden würde. Sie beschränkte sich jedoch darauf, einen Blick auf die Wände zu werfen und mich zu fragen: «Jetzt, da er tot ist, was wird da mit den Bildern geschehen?»

Grausam antwortete ich: «Man wird versuchen, sie zu verkaufen. Dann, wenn sich herausgestellt hat, daß niemand sie haben will, wird man sie in irgendeinem Keller verstauen.»

«In irgendeinem Keller?»

«Ja. Man wird sie wegwerfen.»

«Es gibt doch eine Frau, von der er getrennt lebte. Sie wird die Bilder erben.»

«Ein Grund mehr sie wegzuwerfen.»

Sie sagte nichts, verhielt sich gleichgültig und zurückhaltend. Jetzt schritt sie mir auf dem Korridor voran. Wenn man sie von hinten sah, das große Paket unter dem Arm und mit diesen Schritten, die unsicher und zögernd wirkten, in Wahrheit aber von machtvoller, sinnlicher Entschiedenheit waren, hätte man meinen mögen, sie übersiedle einfach. Ja, sie ging von dem Atelier Balestrieris zu meinem über. Nichts weiter. Ich holte sie ein, öffnete die Tür und sagte: «Sie sehen, hier ist alles ganz anders als bei Balestrieri.»

Sie gab keine Antwort, als fände sie keinen Unterschied zwischen meinem Atelier und dem ihres toten Liebhabers. Sie trat ganz einfach an den Tisch, stellte ihr Bündel darauf ab, wandte sich um und fragte: «Wo ist das Badezimmer?»

«Dort. Diese Tür.»

Ich sah sie auf das Bad zuschreiten und darin verschwinden. Ich ging zum Diwan, brachte die Kissen in Ordnung, auf denen ich am Nachmittag geschlafen hatte, und sammelte dann die zahlreichen Zigarettenstummel auf, die ich auf den Fußboden geworfen hatte. Bei dieser Beschäftigung dachte ich an das Mädchen und fragte mich, ob sie mir gefiel und ob ich Lust hatte, das zu tun, was sie von mir erwartete. Dabei stellte ich fest, daß ich gar keine Lust dazu hatte. Schließlich nahm ich mir vor, sie noch etwas über Balestrieri und ihre Beziehungen zu ihm auszufragen und dann fortzuschicken.

Ich war so ruhig und so versunken im Bewußtsein dieser meiner Ruhe, daß ich den Vorwand der Malerei ganz vergaß, den das Mädchen mir geboten und den ich akzeptiert hatte. Deshalb überraschte es mich, als sich die Badezimmertür öffnete und das Mädchen auf der Schwelle erschien. Sie war völlig nackt, drückte ein Handtuch mit beiden Händen gegen den Busen und ging auf den Zehenspitzen. Als ich sie sah, mußte ich mir sagen, daß Balestrieri tatsächlich nicht sehr übertrieben hatte, als er sie mit jenen üppigen Formen zeichnete, die meinen Unglauben geweckt hatten. Dieses Mädchen besaß wirklich einen prächtigen, vollen, soliden, dunkelfarbenen Busen, der mit dem sonstigen Oberkörper nicht übereinstimmte, sozusagen gegen ihn abgesetzt schien; denn dieser Oberkörper war zart und mager wie der eines halben Kindes. Auch die Taille war kindhaft, unglaublich schmal und biegsam. Aber die kompakten und kräftigen Hüften zeigten dieselbe Reife wie der Busen. Beim Gehen schob sie die Brüste vor und zog den Bauch ein. Ihre Augen starrten beinahe gierig auf die Staffelei vor dem Fenster. Als sie vor der Leinwand angekommen war, sagte sie, ohne sich umzudrehen, mit ihrer ausdruckslosen, trockenen und präzisen Stimme: «Wo soll ich mich hinstellen?»

Ich fragte mich, ob sie in diesem Augenblick nicht unaufrichtig war, und mußte sogleich zugeben, daß dies nicht der Fall war. Sie nahm ihre Rolle als Modell ernst, auch wenn sie vielleicht vermutete, daß das Ganze nur ein Vorwand für etwas anderes sein mochte. Aber ihr Gehirn schien, wie ich mir sagte, irgendwie unfähig, eine Sache mit der anderen zu verbinden, und dies gestattete ihr, aufrichtig zu sein. Ich bemerkte ruhig: «Sie brauchen sich nirgends hinzustellen.»

Erstaunt wandte sie sich um: «Warum nicht?»

Ich erklärte: «Es tut mir leid, aber ich bin auf den Vorwand des Malens etwas leichtfertig eingegangen. In Wirklichkeit male ich schon seit einer ganzen Weile nicht mehr. Und als ich noch malte, malte ich keine Modelle. Ich bedaure wirklich ...»

Ohne irgendeine Kränkung an den Tag zu legen, sagte sie in neutralem Ton: «Aber Sie haben mir doch gesagt, ich solle Ihnen Modell stehen?»

«Na ja. Betrachten wir es als ungesagt.»

Langsam, wie um der Sache keine Bedeutung beizumessen, nahm sie das Handtuch, das sie bisher an die Brust gedrückt hatte, warf es sich über die Schulter und wickelte es dann um den Körper. Hierauf näherte sie sich schüchtern und mißtrauisch dem Diwan, als wäre sie von mir eingeladen worden, dort Platz zu nehmen, während ich in Wirklichkeit nichts dergleichen gesagt hatte. Sie setzte sich an die äußerste Ecke, so weit wie möglich von mir entfernt. Ein Augenblick des Schweigens folgte. Dann erschien auf ihren Kinderlippen das Lächeln, mit dem sie mich für gewöhnlich begrüßt hatte, wenn ich ihr auf dem Korridor begegnet war. Etwas befangen sagte ich: «Wer weiß, was Sie jetzt von mir denken.»

Sie schüttelte verneinend den Kopf, antwortete aber nicht. Mit ihrem ausdruckslosen Blick betrachtete sie mich: Ihre Augen schienen mir wiederum wie zwei dunkle Spiegel, die die Wirklichkeit reflektierten, ohne sie zu verstehen, vielleicht sogar ohne sie wahrzunehmen. Meine Befangenheit wuchs. Es war klar, daß sie nicht weggehen wollte und von mir den zweiten Teil des Programms – nennen wir es so – erwartete. Auf der Suche nach einem Gesprächsthema fiel mir natürlich wieder Balestrieri ein. «Seit wann kannten Sie Balestrieri?» fragte ich.

«Seit zwei Jahren.»

«Wie alt sind Sie eigentlich?»

«Siebzehn.»

«Erzählen Sie mir bitte, wie Sie Balestrieri kennenlernten.»

«Warum?»

Ich überlegte einen Augenblick und sagte dann: «Es interessiert mich.»

Langsam sagte sie: «Ich habe Balestrieri vor zwei Jahren kennengelernt. Im Hause einer Freundin.»

«Wer war diese Freundin?»

«Ein Mädchen, das Elisa heißt.»

«Wie alt ist diese Elisa?»

«Zwei Jahre älter als ich.»

«Und was tat Balestrieri im Hause Elisas?»

«Er gab ihr Zeichenunterricht, so wie mir.»

«Wie ist diese Elisa?»

Summarisch antwortete sie: «Sie ist blond!»

Ich glaubte mich an eines der vielen Mädchen zu erinnern, die ich über den Hof hatte gehen sehen. So fragte ich: «Blond mit blauen Augen, langem Hals, ovalem Gesicht und fleischigen Lippen?»

«Ja, das ist sie. Kennen Sie sie?»

«Nein, aber ich habe sie ein paarmal zu Balestrieri kommen sehen, kurz bevor Sie hier erschienen. Nahm Elisa ihre Zeichenstunden daheim oder im Atelier?»

«Daheim und auch im Atelier, je nach den Tagen.»

«Sie haben mir noch nicht erzählt, was an dem Tag geschah, an dem Sie Balestrieri bei Elisa kennenlernten.»

«Da geschah nichts.»

«Gut, da geschah nichts. Aber dann gab Balestrieri auch Ihnen Zeichenstunden. Wie kam es dazu?»

Sie sah mich an und antwortete nicht. Ich beharrte: «Haben Sie mich gehört?»

Endlich entschloß sie sich, ihr Schweigen zu brechen: «Warum wollen Sie das alles wissen?» fragte sie.

«Ich sagte doch, daß es mich interessiert», erwiderte ich in dem Bewußtsein, die Unwahrheit zu sagen – oder vielmehr eine Unwahrheit, die im selben Augenblick, da ich sie aussprach, zur Wahrheit wurde.

Sie schaute in die Luft, wie eine Schülerin beim Aufsagen einer Lektion vor dem Lehrer. Dann erklärte sie: «Ich sah Balestrieri mehrmals bei Elisa, denn ich war mit ihr befreundet und ging oft zu ihr. Eines Tages bat ich ihn, auch mir Zeichenunterricht zu geben, aber er sagte, das sei ihm nicht möglich.»

Ich hatte immer gedacht, Balestrieri sei hinter allen Frauen hergewesen, die ihm begegneten. Ich fragte: «Was glauben Sie, warum Balestrieri das ablehnte?»

«Ich weiß nicht. Er hatte eben keine Lust.»

«Vielleicht war er in Elisa verliebt.»

«Das glaube ich nicht!»

«Warum hatte er dann keine Lust?»

Sie antwortete in einem endgültigen Ton: «Erst dachte ich, Elisa hätte ihm abgeraten, doch dann merkte ich, daß Elisa gar nichts von der Sache wußte. Er wollte nicht; das war alles. Ich vermutete, er wollte mich nicht in seinem Atelier haben, und schlug ihm deshalb vor, mir Stunden in meiner Wohnung zu geben. Aber auch das lehnte er ab. Er wollte eben einfach nicht.»

«Und Sie? Warum legten Sie so großen Wert auf Balestrieris Lektionen?»

Sie zögerte, und dann sah ich ihr blasses Gesicht erröten; nacheinander traten da und dort leichte Farbflecken auf. «Ich hatte mich in ihn verliebt – oder vielmehr glaubte ich das.»

«Und er reagierte darauf nicht? Warum nicht?»

«Das weiß ich nicht.» Wieder zögerte sie; schließlich, als hätte sie endlich ihre Hemmung überwunden, löste sich ihre Redeweise, wurde freier, weniger zurückhaltend, wenngleich noch immer sparsam im Ausdruck: «Ich glaube, ich gefiel ihm nicht, das ist alles. So ging es zwei oder drei Monate lang weiter, er wich mir jetzt geradezu aus, und ich litt darunter. Zu jener Zeit war ich richtig verliebt in ihn. Schließlich wandte ich einen Trick an.»

«Einen Trick?»

«Ja. An einem Tag, an dem Elisa, wie ich wußte, zu ihm gehen sollte, lud ich Elisa zum Mittagessen ein. Ich sagte ihr, Balestrieri habe telefoniert, um ihr abzusagen, und ging dann selber hin.»

«Und wie nahm Balestrieri die Sache auf?»

«Erst wollte er mich fortschicken. Dann wurde er freundlicher.»

«An diesem Tag gingt ihr zusammen ins Bett, was?»

Sie errötete wieder in derselben sonderbaren Art und nickte wortlos.

«Und Elisa?»

«Elisa hat nie erfahren, daß ich damals an ihrer Stelle zu Balestrieri gegangen bin. Aber sie und er trennten sich kurze Zeit darauf.»

«Sind Sie noch mit Elisa befreundet?»

«Nein, wir sehen uns nicht mehr.»

Schweigen folgte. Ich machte mir klar, daß ich das Mädchen beinahe einem Polizeiverhör unterzog, das sie gutwillig über sich ergehen ließ, und ich fragte mich, was ich denn eigentlich wissen wollte. Es war klar, daß mich nicht so sehr die Fakten interessierten als die Hintergründe dieser Fakten. Was aber waren diese Hintergründe? Unvermittelt fragte ich: «Warum haben Sie sich eigentlich in Balestrieri verliebt?»

«Was meinen Sie damit?»

«Ich meine, warum gerade in Balestrieri, einen alten Mann, der der Vater ihres Vaters hätte sein können?»

«Es gibt keine Gründe, warum man sich verliebt. Man verliebt sich eben und basta.»

«Es gibt immer und für alles Gründe.»

Sie blickte mich an und schien auf dem Diwan näher gekommen zu sein. Oder war das nur eine optische Täuschung, zurückzuführen auf dieses Verhör, durch das sie mir bekannter und erkennbarer wurde? Schließlich sagte sie halblaut, wobei sie sich ein wenig vorbeugte und mich starr ansah: «Er hatte eine große Anziehung für mich.»

«Was für eine Art Anziehung?»

Sie sagte nichts und beschränkte sich darauf, mich anzuschauen. «Also?» fragte ich.

«Na, ich kann's Ihnen ja sagen, Balestrieri hatte eine gewisse Ähnlichkeit mit meinem Vater, und als ich jünger war, empfand ich eine wahre Leidenschaft für meinen Vater.»

«Eine Leidenschaft?»

«Nun ja, ich träumte nachts von ihm.»

Wieder schwiegen wir, dann fragte ich weiter: «Warum wollte, Ihrer Meinung nach, Balestrieri zunächst nichts von Ihnen wissen?»

«Ich hab's Ihnen ja schon gesagt: Ich gefiel ihm nicht.»

«Das ist keine Erklärung. Es gibt eine Menge Gründe, warum einem jemand nicht gefällt.»

«Er wird solche Gründe schon gehabt haben, doch ich kenne sie nicht.»

«Aber Sie könnten sie zu erraten suchen. Glauben Sie, daß Balestrieri nichts von Ihnen wissen wollte, weil Sie ihm zu jung waren?»

«Nein, das nicht.»

«Oder weil er für Sie ein ähnliches Gefühl empfand wie Sie für ihn, das heißt, daß er Sie ein wenig für eine Tochter ansah?»

«Ich glaube nicht. Davon hätte er mir etwas gesagt.»

Ich verstummte einen Augenblick und dachte angestrengt nach. Mir war jetzt klar, daß ich das Mädchen nach Balestrieri fragte, um etwas über mich selbst zu erfahren. Auch ich hatte bisher ihre Annäherungsversuche zurückgewiesen; und auch in mich schien sie verliebt zu sein. «Oder glauben Sie», fragte ich, «daß Balestrieri Angst hatte, Sie kennenzulernen?»

«Angst, warum Angst?»

«Angst, weil er vorhersah, was dann wirklich geschehen ist, nämlich, daß er sich in Sie verlieben würde. Manchmal macht die Liebe Angst.»

«Mir macht sie keine Angst.»

«Sie haben mir meine Frage nicht beantwortet. Ging Ihnen Balestrieri aus dem Weg, weil er Angst hatte?»

«Nein, er hatte keine Angst. Im Gegenteil, jetzt fällt mir ein, daß er mir einmal sagte: Ohne deinen Trick hätte ich dich nie beachtet. Du gefielst mir nicht.» Nach einer kleinen Pause fügte sie hinzu: «Das ist alles. Mehr weiß ich nicht.»

Ich begriff, daß ich in der bisherigen Richtung nicht ans Ziel kommen würde und versuchte es jetzt anders. Brüsk fragte ich: «Aber dann verliebte er sich in Sie, oder?»

«Ja.»

«Sehr?»

«Ja, sehr.»

«Warum?» Ich sah, wie sie sich vorneigte und mich anschaute. Jetzt war sie mir wirklich näher gerückt. Das war keine optische Illusion mehr: Ihre Knie berührten die meinen. Sie sagte: «Das weiß ich nicht.»

«Sprach er Ihnen denn nie von seiner Liebe?»

«Ja, er sprach davon.»

«Und was sagte er?»

Sie schien nachzudenken. Dabei schwankte sie in meine Richtung, als wollte sie umfallen. Oder besser gesagt: Ihr in das Handtuch gewickelter Körper schien ein volles Gefäß, das sich zu mir neigte, damit ich die Möglichkeit hätte, davon zu genießen. Schließlich antwortete sie: «Ich erinnere mich nicht mehr, was er sagte. Ich erinnere mich nur, was er tat.»

«Und was tat er?»

«Zum Beispiel weinte er.»

«Er weinte?»

«Ja, plötzlich nahm er seinen Kopf zwischen die Hände und brach in Tränen aus.»

Ich dachte an Balestrieri, wie ich ihn immer gesehen hatte: alt zwar, aber robust, mit breiten Schultern, stämmigen Beinen und einem Gesicht voll Lebenskraft unter dem weißen Haar. Ich konnte nicht umhin, Bestürzung zu empfinden. «Warum weinte er?» fragte ich.

«Das weiß ich nicht.»

«Sagte er Ihnen nicht, warum er weinte?»

«Nein, er sagte nur, es sei um meinetwillen.»

«Vielleicht war er eifersüchtig?»

«Nein, er war nicht eifersüchtig.»

«Aber Sie gaben ihm Grund zur Eifersucht?»

Sie sah mich einen Moment schweigend an, als hätte sie nicht verstanden, dann antwortete sie knapp: «Nein.»

«Er weinte schweigend vor sich hin, ohne etwas zu sagen?»
«Nein, er sagte immer etwas.»
«Sehen Sie! Und was sagte er?»
«Zum Beispiel, daß er ohne mich nicht leben könne.»
«Ach, das war also der Grund, warum er weinte. Er hätte gern ohne Sie gelebt und war dazu nicht imstande.»
Pedantisch korrigierte sie: «Nein, er sagte nur, er könne ohne mich nicht leben. Daß er ohne mich leben wollte, sagte er nie. Im Gegenteil, als ich ihn einmal verlassen wollte, versuchte er, Selbstmord zu begehen.»
Ich war verblüfft über die Unterschiedslosigkeit ihres Tons, ob sie mir nun etwas Nebensächliches erzählte oder ob sie mir enthüllte, Balestrieri habe sich ihretwegen das Leben nehmen wollen. Ich fragte: «Er versuchte, Selbstmord zu begehen? In welcher Art?»
«Mit diesen Pillen, die man bei Schlaflosigkeit nimmt. Ich weiß nicht mehr, wie sie heißen.»
«Wurde er krank?»
«Er war ein paar Tage krank, aber dann ging es vorüber.»
«Litt Balestrieri an Schlaflosigkeit?»
«Ja, er nahm Pillen dagegen. Manche Nacht schlief er nur ein bis zwei Stunden.»
«Warum?»
«Warum er nicht schlief? Das weiß ich nicht.»
«Ihretwegen?»
«Er behauptete immer, alles sei meinetwegen.»
«Und erklärte er nicht, wieso Sie an allem schuld sein sollten?»
«Ja, wenn ich jetzt darüber nachdenke, fällt es mir ein. Er sagte, ich sei seine Droge.»
«Das ist ein ziemlicher Gemeinplatz, finden Sie nicht?»
«Was ist das – ein Gemeinplatz?»
«Etwas wenig Originelles, was jeder sagen könnte.»
Neuerliches Schweigen. Schließlich begann ich wieder: «Aber warum wirkten Sie wie eine Droge auf Balestrieri?»
Sie antwortete mit der Gegenfrage: «Warum stellen Sie mir eigentlich alle diese Fragen?»
Ich antwortete ehrlich: «Weil irgend etwas an dieser Geschichte zwischen Balestrieri und Ihnen meine Neugier weckt.»
«Was denn?»

«Das weiß ich nicht genau. Darum stelle ich Ihnen ja alle diese Fragen – um herauszubekommen, warum ich das eigentlich tue.»

Sie lächelte nicht und betrachtete mich wieder aufmerksam, fast ausdruckslos. Dabei beugte sie sich zu mir herüber, so daß ich den warmen und einfachen Duft ihres Körpers zu riechen vermeinte. Zuletzt erklärte sie: «Ich denke, ich war für Balestrieri insofern eine Droge, als er mich immer brauchte. Er sagte einmal, die Dosis, die ihm genügt habe, genüge ihm jetzt nicht mehr.»

«In welcher Art brauchte er Sie?»

«In jeder.»

«In der Art, daß er mit Ihnen ins Bett gehen wollte?»

Sie schaute mich an und sagte nichts. Ich wiederholte die Frage. Da schien sie sich zu entschließen und antwortete mit Präzision: «Ja, in dieser Art.»

«Tatet ihr das oft?»

«Am Anfang ein- oder zweimal in der Woche, dann jeden zweiten Tag, dann täglich und zuletzt zweimal am Tag. Da hörte ich auf.»

«Warum?»

«Er hätte es unausgesetzt getan», sagte sie, offenbar zutraulicher geworden, «er ließ mich posieren, hörte schließlich auf zu malen und wollte mich haben. So ging das den ganzen Tag.»

«War er nie gesättigt?»

«Er wurde müde, das schon. Manchmal fühlte er sich auch schlecht. Aber genug hatte er nie.»

«Und Ihnen gefiel das?»

Sie zögerte und bemerkte dann: «Einer Frau mißfällt es nie, wenn ein Mann ihr zeigt, daß er sie liebt.»

«Aber liebte er Sie wirklich? Oder brauchte er Sie mehr aus Gewohnheit, aus Lasterhaftigkeit, eben wie man eine Droge braucht?»

Sie antwortete beinahe mit Wärme: «Nein, er liebte mich wirklich.»

«Wie zeigte er das zum Beispiel?»

«Wie soll ich das erklären? Solche Dinge fühlt man.»

«Nichts weiter?»

«Nur um ein Beispiel anzuführen – er wollte mich heiraten.»

«Aber er war doch schon verheiratet, nicht?»

«Ja, aber er behauptete, er habe Mittel und Wege, um eine Scheidung zu erlangen.»

«Und wären Sie darauf eingegangen?»

«Nein.»

«Warum nicht?»

«Ich weiß nicht, es hätte mir gewiß nicht gepaßt, ihn zu heiraten.»

«Sie liebten ihn also nicht?»

«Ich habe ihn nie geliebt.» Sie brach ab, als seien ihr Bedenken gekommen, und setzte dann hinzu: «Vielleicht liebte ich ihn in der ersten Zeit, als ich ihn eben erst kennengelernt hatte.»

Ein langes Schweigen folgte. Sie saß sehr nahe bei mir, mit vorgeneigtem Oberkörper, den Blick auf mich geheftet. Das Ganze erweckte in mir von neuem den Eindruck, als sei sie ein Gefäß, eine schöne Vase mit zwei Henkeln, schlank und gewölbt und voll Begierde, ihren Inhalt über mich auszugießen und mich darin zu ertränken. Schließlich sagte ich: «Ich habe Sie nach allen Regeln der Kunst verhört. Sie werden ein wenig müde sein.»

Sie beeilte sich zu antworten: «O nein, Sie haben mich gar nicht ermüdet. Im Gegenteil.»

«Was heißt – im Gegenteil?»

«Im Gegenteil, es hat mir Freude gemacht», sagte sie nach einem Augenblick. «Es ließ mich an eine Menge Dinge denken, an die ich sonst nie denke.»

«Denken Sie nie an Balestrieri?»

«Nein.»

«Auch nicht heute, da sie ihn weggetragen haben?»

«Nein. Heute noch weniger als an anderen Tagen.»

«Warum weniger als an anderen Tagen?»

Sie sah mich an und sagte nichts. Ich wiederholte meine Frage.

Schließlich antwortete sie schlicht: «Weil ich heute immer nur an Sie gedacht habe. Ich habe mir das Begräbnis aus der Ferne angesehen, dann konnte ich nicht widerstehen und lief hierher in das Atelier. Ich hatte Angst bekommen, man könnte das Schloß geändert haben.»

«Und dann?»

«Dann hätte ich keinen Vorwand mehr gehabt, Sie zu sehen.»

Ich tat, als legte ich diesem Geständnis kein Gewicht bei, und fragte: «Immerhin hat Balestrieri doch für Sie etwas bedeutet?»

«Ja, gewiß.»

«Was?»

Sie dachte ein Weilchen nach und sagte dann: «Das weiß ich nicht. Er hat bestimmt etwas für mich bedeutet, aber da ich nie darüber nachgedacht habe, weiß ich nicht, was.»

«Denken Sie doch jetzt darüber nach!»

«Das kann ich nicht. Ich kann überhaupt nicht vorsätzlich über einen Menschen oder eine Sache nachdenken. Entweder kommt der Gedanke von selbst oder ich denke eben nicht.»

«Woran würden Sie in diesem Augenblick von selbst denken?»

«An Sie.»

Ich schwieg einen Moment, entzündete eine Zigarette und sagte dann mit Überlegung: «Na, haben Sie keine Angst, ich bin mit meinem Verhör zu Ende. Während also Balestrieri für Sie wenig oder nichts bedeutete, waren Sie für ihn etwas sehr Wirkliches und Wichtiges. Etwas, ohne das er nach seiner Aussage nicht leben konnte. Etwas, das er als eine Art Droge bezeichnete.»

«Ja.»

«Anders ausgedrückt – für Balestrieri waren Sie nicht nur etwas sehr Reales, sondern geradezu die einzige Realität, die zählte. Er beging sogar einen Selbstmordversuch, als Sie die Absicht äußerten, ihn zu verlassen. Er beging diesen Versuch, weil Sie durch Ihr Weggehen ihm das entzogen hätten, was für ihn wirklich war.»

Sie sah mich freundlich und höflich, aber keineswegs überzeugt an, wie ein kleiner Junge die Mutter ansieht, die ihm eine Strafpredigt hält, ehe sie ihm ein Stück Kuchen gibt: Die Strafpredigt ist ihm gleichgültig und unverständlich, und er wartet geduldig auf ihr Ende, um in den Besitz des Kuchens zu gelangen. Immerhin sagte sie: «Ja, das stimmt. Jetzt, wenn ich daran zurückdenke, erinnere ich mich, daß er oft sagte, ich sei alles für ihn.»

«Sehen Sie! Mit einem Wort – Balestrieri war zwar ein unglücklicher Liebhaber und ein miserabler Maler, aber in gewissem Sinne doch beneidenswert.»

«Warum?»

«Weil er zu irgendwem sagen konnte: Du bist alles für mich!»

Wiederum schwieg sie, als sei ihr die Bedeutung meiner Worte unklar und als sei sie auch nicht sehr neugierig darauf, sie zu verstehen. Ihr kam es auf den Kuchen an, nicht auf die Predigt. Ich begann von neuem: «Jetzt aber Schluß mit Balestrieri! Sprechen wir endlich von uns beiden.»

Darüber schien sie in ihrer sehr diskreten, fast unmerklichen Art erfreut zu sein. Ihr Gesicht schob sich ein wenig vor, um Eifer und Aufmerksamkeit zu bekunden, und noch unmerklicher verschoben sich ihre Hüften auf dem Diwan, um sich weiter zu nähern. «Seit mindestens drei oder vier Monaten», begann ich, «sehen wir uns auf dem Korridor oder auf dem Hof, und bei jeder solchen Begegnung blickten Sie mich an und lächelten auf eine – sagen wir – bedeutungsvolle Art. War das nicht so? Wenn es nicht so war, widersprechen Sie mir ruhig – dann war mein Eindruck eben falsch.»

Sie sagte nichts und beschränkte sich darauf, mich anzuschauen, als erwarte sie das Ende meiner Rede und als interessiere sie alles gar nicht, was dazwischenlag. Ich sprach weiter: «Sie antworten mir nicht, woraus ich schließe, daß ich mich nicht geirrt habe. Was Sie von mir wollen, scheint mir völlig klar. Entschuldigen Sie, wenn ich etwas brutal bin. Seit vier oder fünf Monaten wollen Sie mir zu verstehen geben, daß Sie geneigt sind, mit mir das zu treiben, was Sie mit Balestrieri getrieben haben. Zumindest habe ich die Sache so aufgefaßt. Wenn ich mich geirrt habe, sagen Sie es mir bitte.»

Neuerliches Schweigen. Ihr Gesicht schien jetzt etwas wie schüchterne Genugtuung darüber auszudrücken, daß sie so gut verstanden worden war. Ich sprach weiter: «Balestrieri sagte Ihnen, daß Sie alles für ihn seien. Und es war ihm ernst damit. Ich befinde mich nun leider in der entgegengesetzten Lage – für Balestrieri waren Sie alles, für mich sind Sie nichts.»

Ich hielt einen Augenblick inne, sah sie an und konnte nicht umhin, ihren Gleichmut zu bewundern. Bescheiden die Augen niederschlagend, sagte sie: «Wir kennen uns ja auch erst seit einer halben Stunde.»

Ich beeilte mich, zu erklären: «Bitte, mißverstehen Sie mich nicht! Es ist nämlich unmöglich, daß Sie alles oder auch nur viel für mich bedeuten können – in dem Sinn, den man diesem Satz im allgemeinen zu geben pflegt. Gewiß, wir kennen uns erst seit einer halben Stunde. Aber es handelt sich hier um etwas ganz anderes. Bitte, versuchen Sie, mir zu folgen, auch wenn meine Erklärungen Sie nicht interessieren sollten. Also – ich habe Sie hierhergebeten unter dem Vorwand, Sie malen zu wollen, stimmt's?»

«Ja.»

«Es war wirklich ein Vorwand, also eine Lüge. Abgesehen davon, daß ich keine menschlichen Figuren, überhaupt keine erkennbaren Dinge gemalt habe, habe ich Sie auch insofern belogen, als ich heute gar kein Maler mehr bin, schon seit einiger Zeit nicht mehr. Ich bin kein Maler, weil ich nichts zu malen habe – das heißt, weil ich keine Beziehung zu irgend etwas Wirklichem besitze.»

Sie antwortete starrköpfig: «Aber das ist doch nicht so wichtig, ob Sie mich porträtieren oder nicht.»

Ich mußte lachen. «Ich verstehe», sagte ich. «Sie sehen keinen Zusammenhang zwischen der Tatsache, daß ich nicht mehr male und dem, worauf es Ihnen ankommt. Und doch gibt es einen solchen Zusammenhang. Hören Sie mich an – ich habe schon gesagt, daß Sie nichts für mich sind, aber ich wiederhole, Sie dürfen diesem Satz keinerlei gefühlsmäßige Bedeutung beimessen. Mit anderen Worten: Sie bieten sich mir an, wie sich jeder Gegenstand anbietet. Nehmen wir ein Beispiel – dieses Glas dort auf dem Tisch hat weder Ihre schönen Augen noch Ihren wunderbaren Busen, noch Ihre gerundeten Hüften. Wenn ich von ihm Gebrauch machte, würde es mich nicht küssen und umarmen; aber trotzdem bietet es sich mir nicht weniger an als Sie. Es bietet sich an ohne Scham, ohne Reserven, ohne Bosheit, ohne Berechnung, ganz wie Sie. Und ich muß es abweisen, so wie ich Sie abweise, weil dieses Glas mir nichts bedeutet. Ich habe das Glas als Beispiel genommen, aber es könnte auch jedes andere Ding sein, sogar etwas mit den Sinnen nicht Wahrnehmbares.»

«Aber warum bedeutet es Ihnen nichts?» fragte sie mit leiser, schüchterner Stimme, anscheinend fast mehr um das Glas besorgt als um sich.

Ich antwortete kurz: «Das erklären zu wollen, würde etwas

weit führen und wäre wohl obendrein zwecklos. Sagen wir, das Glas ist nichts für mich, weil ich keinerlei Beziehung zu ihm habe.»

Sie widersprach, indem sie diesmal für sich selber sprach: «Aber man stellt solche Beziehungen her, glauben Sie nicht? Es passiert doch fortwährend, daß man Beziehungen zu Personen anknüpft, die man vorher nicht gekannt hat.»

Ich fragte: «Sehen Sie diese Leinwand dort auf der Staffelei?»

«Ja.»

«Es ist eine leere Leinwand, auf der ich nichts gemalt habe. Und doch ist dies das einzige Bild, das ich signieren kann.» Ich erhob mich, trat an die Staffelei heran, nahm einen Stift und schrieb meinen Namen auf eine Ecke der Leinwand. Sie folgte mir mit den Blicken, während ich zu der Leinwand ging und wieder zurückkam, sagte aber nichts. Als ich mich niedersetzte, begann ich von neuem: «Die einzige Beziehung, die zwischen mir und einer Frau bestehen kann, ist das Nichts, also die Beziehung, die bisher zwischen mir und Ihnen bestanden oder, besser gesagt, nicht bestanden hat. Verstehen Sie mich recht – ich bin nicht etwa impotent. Aber in der Praxis ist es so, als ob ich impotent wäre, und Sie können mich so ansehen.»

Ich hatte mit schneidender Entschiedenheit gesprochen, um ihr begreiflich zu machen, daß da nichts mehr zu sagen war. Sie aber saß weiterhin schweigend und regungslos da, als erwartete sie noch etwas. Ein wenig gereizt sagte ich: «Wenn ich nichts für Sie empfinde, das heißt keine Beziehung zu Ihnen habe, wie könnte ich da mit Ihnen ins Bett gehen? Es wäre ein mechanischer, ganz äußerlicher, völlig zweckloser und völlig langweiliger Akt. Folglich ...»

Ich beendete den Satz nicht und sah sie bedeutungsvoll an, als sagte ich: Es bleibt dir also nichts anderes übrig, als zu gehen! Diesmal schien sie endlich zu verstehen. Langsam und zögernd, widerstrebend und wohl noch mit der Hoffnung, ich würde sie zurückhalten und in meine Arme nehmen, erhob sie sich von dem Diwan. Aber ich nahm sie nicht in meine Arme, und schließlich stand sie vor mir. «Entschuldigen Sie!» sagte sie demütig. «Und wenn Sie mich als Modell brauchen sollten, können Sie mich immer anrufen. Ich schreibe Ihnen meine Telefonnummer auf.»

Ich sah sie zum Tisch gehen, und während sie mit einer Hand das Tuch an die Brust drückte, mit der anderen etwas auf ein Stück Papier schreiben. «Ich habe Ihnen noch gar nicht gesagt, wie ich heiße. Ich heiße Cecilia Rinaldi. Ich habe es hier hingeschrieben, mit Adresse und Telefonnummer.»

Sie richtete sich empor und ging auf Zehenspitzen zum Badezimmer. Ihr Handtuch wirkte fast wie ein Abendkleid, das ihre Schultern und Arme frei ließ, ihre Hüften umhüllte und hinten wie eine Schleppe herabfiel. Sie verschwand und schloß die Tür hinter sich. Dabei glitt das Handtuch von ihr herunter, und ich sah sekundenlang zwischen Tür und Mauer den Körper, den Balestrieri so oft gemalt hatte und der unter den Kleidern nicht zu erraten war.

So sonderbar es klingt – kaum war sie verschwunden, da begann ich an Balestrieri zu denken. Ich erinnerte mich, wie der alte Maler sie monatelang abgewiesen hatte und ihr ausgewichen war, in einer Art animalischer Angst oder in einem Vorgefühl dessen, was sie für ihn werden würde. Und ich fragte mich: Was wäre geschehen, wenn er damals nicht nachgegeben hätte, als sie an Stelle Elisas bei ihm erschien, und wenn er weiterhin festgeblieben wäre? Wahrscheinlich lebte Balestrieri dann noch, denn zweifellos war das Mädchen in nicht allzu indirekter Weise die Ursache seines Todes geworden. Warum also hatte er sie nicht weiter abgewiesen, wie er das zu Beginn getan hatte? Anders ausgedrückt – was hatte Balestrieri dahin gebracht, ein Schicksal zu akzeptieren, über das er sich vermutlich, wenn auch undeutlich, im klaren war? Mit einem Wort – war es überhaupt möglich, seinem Schicksal zu entgehen? Und wenn nicht – half es, zu wissen, was man tat? Gab es gar keinen Unterschied zwischen einem im Zustand der Unbewußtheit hingenommenen Schicksal und einem, das sehenden Auges bewußt erlebt wird?

Als ich jetzt an den Selbstmordversuch Balestrieris zurückdachte, veranlaßt durch den Entschluß Cecilias, ihn zu verlassen, glaubte ich zu verstehen, daß der alte Meister am Ende einen zweiten, besser gelungenen Selbstmordversuch begangen hatte, indem er seine Beziehung zu Cecilia bis zum Ende weiterführte. Der erste Versuch war also auf die Befürchtung zurückzuführen, Cecilia werde ihn verlassen und ihn dadurch hindern, den zweiten zu unternehmen.

Während ich über diese Dinge nachdachte, wunderte ich mich, daß ich darüber nachdachte. Oder vielmehr: Ich wunderte mich, daß mich nicht müßige Neugier zu diesen Überlegungen trieb, sondern ein bestürzendes Gefühl faszinierter Anziehung, als ging mich die Geschichte Balestrieris unmittelbar an, als sei das Schicksal des alten Malers irgendwie mit meinem eigenen verknüpft. Ich erkannte, daß ich nur aus diesem Grunde so viele Fragen an Cecilia gerichtet hatte. Sonst wäre ich, statt sie auszufragen, vielleicht doch mit ihr ins Bett gegangen. Aber ich hatte sie nicht angerührt, ich hatte sie verhört mit einer nicht zu sättigenden Neugier, die dann ja auch wirklich ungesättigt geblieben war. Ich hatte ihr erklärt, der Hauptzweck meiner Fragen sei, herauszubekommen, warum ich sie ausfragte. Das war kein Spiel mit Worten gewesen. Ich hatte eine Menge Dinge erfahren, aber aus meiner Unzufriedenheit schloß ich, daß mir das, was mir wirklich wichtig gewesen wäre, entgangen war.

In meine Überlegungen vertieft, hatte ich gar nicht recht bemerkt, daß Cecilia inzwischen aus dem Bad gekommen und zum Diwan getreten war. Ich fuhr zusammen, als sie sagte: «Also – leben Sie wohl! Ich gehe.»

Mühsam erhob ich mich, reichte ihr die Hand und murmelte mechanisch: «Auf Wiedersehen!» Sie sagte halblaut: «Machen Sie sich nicht die Mühe, mich zu begleiten», und zum letztenmal erblickte ich ihre großen, dunklen Augen, die mich regungslos anstarrten. Ich sah, wie sie ihr Paket vom Tisch nahm und zur Tür ging – mit einer Langsamkeit, die mir diesmal nicht berechnet schien; es war, als sei sie durch ein festes und zähes Band mit mir verknüpft und habe Schwierigkeiten, sich in der entgegengesetzten Richtung zu bewegen. Vor allem fiel mir das leichte Wogen des breiten, kurzen Rockes und das graziöse Sich-Wiegen des Oberkörpers auf, der über dem Rock saß wie ein Reiter auf seinem Pferd. In diesen beiden Bewegungen, der rotierenden des Rockes und der wiegenden des Oberkörpers, drückte sich eine unbewußte Koketterie aus, die vielleicht gerade darum so stark und unwiderstehlich wirkte. Ich folgte ihr mit dem Blick, bis sie durch die Tür verschwunden war. Dann entzündete ich eine Zigarette und trat an das große Fenster.

Der Hof lag verlassen in jenem trüben, schwachen Licht, dem man die späte Stunde und den Schirokkotag ansah. Die hohen

Fenster des Hauses gegenüber waren zum Teil schon erleuchtet. Akanthusbüsche von einem beinahe schwarzen Dunkelgrün umsäumten die kalkige Weiße des Hofes. Wie gewöhnlich hielten sich dort zahlreiche Katzen auf, in einer geheimnisvollen Ordnung, die durchaus nicht zufällig wirkte. Einige kauerten mit unter den Leib gezogenen Pfoten, andere saßen da, den Schweif um die Beine geringelt, andere wieder gingen vorsichtig auf und ab, die Nase am Boden, den Schwanz steif emporgereckt. Es gab da schwarz-weiß gefleckte, graue, rein weiße, rein schwarze, gestreifte und gelbe Katzen. Ich blickte sie aufmerksam an, wie ich das oft tat. Diese Art, die Zeit totzuschlagen, war nicht schlechter als irgendeine andere. Dann erschien Cecilia, ihr dickes Paket unter dem Arm. Sie ging langsam, gesenkten Kopfes, zwischen den Katzen hindurch, die ihr nicht auswichen. Ich bemerkte, daß sie zu mir heraufsah, doch diesmal ohne zu lächeln. Ich hob eine Hand, wollte die Zigarette aus dem Mund nehmen. Statt dessen jedoch gab ich ihr ein klares Zeichen, umzukehren, indem ich auf die Tür zum Korridor wies. Sie deutete mit den Augen ein «Ja» an, und ohne ihren langsamen, schleppenden Schritt zu beschleunigen, kehrte sie ruhig um, wie jemand, der etwas vergessen hat, von dem er weiß, daß er es ohne weiteres wiederfinden wird. Ich zog die Vorhänge des Fensters zu und setzte mich auf den Diwan.

3. Kapitel

Seit jenem Tag kam Cecilia zu mir: erst ein paarmal in der Woche, dann jeden zweiten Tag und schließlich, als wir uns schon einen Monat kannten, jeden Tag. Cecilias Besuche fanden immer zur selben Zeit statt und verliefen stets auf dieselbe Weise, so daß die Beschreibung eines Besuches auch für alle anderen gilt. Cecilia kündigte ihr Kommen durch einmaliges Klingeln an, so kurz, daß ich oft zweifelte, es wirklich gehört zu haben. Aber gerade diese Ungewißheit bestätigte mir, daß sie es war. Ich ging öffnen, Cecilia warf mir die Arme um den Hals, und wir küßten uns. An diesem Punkte muß ich sagen, daß Cecilia, so erfahren sie war, nicht zu küssen verstand. Der Kuß ist doch wohl ein sozusagen symbolischer Kontakt, in dem der Genuß letztlich mehr psychologischer als sinnlicher Art ist; und Psychologie war, wie man sehen wird, nicht gerade Cecilias starke Seite. Oder einfacher: Cecilia vermochte nicht, mich richtig zu küssen, weil unsere Beziehung nicht so war, daß sie in einem Kuß ihren Ausdruck finden konnte. Jedenfalls waren Cecilias Küsse träge, kühl und formlos wie die eines Kindes, das rasch im Wind gelaufen ist und nun eilends seinen Vater küßt. Andererseits enthüllte sich beim Küssen Cecilias Doppelnatur, die zugleich kindlich und frauenhaft war. Während sie mir nämlich ohne rechte Hingabe ihren Mund bot, der sich dem meinen nicht öffnete, fühlte ich zugleich, wie ihr Körper sich gegen den meinen wölbte und wie sie mir mit ihrem Leib einen spürbaren, trockenen Stoß versetzte, in dem sich die fordernde Natur ihrer Liebe kundgab. Dieser erste Kuß war nur ganz kurz, denn ich empfand dabei kein Vergnügen und brach ihn sogleich ab. Dann machte sich Cecilia aus meinen Armen frei, legte Handtasche und Handschuhe auf den Tisch, trat ans Fenster, zog die Vorhänge zu und entkleidete sich –

stets auf dieselbe Art und an derselben Stelle, nämlich zwischen dem Diwan und einem Sessel, auf den sie ihre Kleider legte.

Ich hatte Cecilia im Juli kennengelernt, als sie die sommerliche Kleidung trug, die ich schon beschrieben habe: die lockere Hemdbluse und den weiten, kurzen Tänzerinnenrock. Später, im Herbst, als es anfing, kühler zu werden, trug sie einen langen grünen Wollpullover über einem sehr engen schwarzen Rock, der ihr bis an die Knie reichte. Als erstes also streifte Cecilia den Pullover über den Kopf und verblieb einen Augenblick mit erhobenen Armen und unsichtbarem Gesicht. Dann zog sie, immer mit der gleichen energischen Bewegung, den Pullover völlig aus und legte ihn auf den Sessel. Sie war jetzt bis zur Taille nackt, denn trotz der Rauheit der Wolle trug sie nichts unter dem Pullover. Scheinbar ohne Eitelkeit, als stellte sie eine unbestreitbare Tatsache fest, erklärte sie, ihre Brust benötige keinerlei Halt. Ich vermutete allerdings, daß sie doch aus Eitelkeit handelte: Sie wollte mit ihrem prächtigen Busen prunken, ihn mir sozusagen hinknallen, sobald der Pullover abgestreift war. Das Sichtbarwerden ihres Busens minderte im übrigen nicht den Eindruck der Unreife, der von ihr ausging. Dieser volle und blühende Busen schien nun einmal nicht zu dem zarten Körper zu gehören; und dieser Eindruck war besonders stark, wenn Cecilia sich umwandte. Ich sah nur den mageren weißen Rücken eines halbwüchsigen Mädchens, und der Busen, der zwischen Arm und Rippen sichtbar wurde, schien irgendwie selbständig und aus einem wärmeren, dunkleren, reiferen Fleisch zu sein als der übrige Körper.

Wenn sie mit dem Pullover fertig war, wandte sich Cecilia ein wenig zur Seite, griff sich mit beiden Händen an den Rock und öffnete den Reißverschluß. Der Rock fiel, und sie trat ein paarmal drauf – genauso ungeduldig, wie sie sich den Pullover vom Kopf gerissen hatte. Dann nahm sie den Rock auf und legte ihn gleichfalls auf den Sessel. Sie trug jetzt nur noch die intimeren Kleidungsstücke am Leibe: den Strumpfbandgürtel über den Hüften, das Höschen über dem Bauch, die Strümpfe über den Beinen. All das aber war bereits völlig durcheinander, als hätte Cecilia beim Entkleiden diesen Dingen jegliche Funktion genommen: das Höschen schien zerdrückt und zusammengerollt, der Strumpfbandgürtel hing auf einer Seite herab, zwei von den vier Strumpfbändern hatten sich gelöst, von den Strümpfen war der eine noch hochgezogen, der andere baumelte unter dem Knie. Es war das eine frauenhafte Unordnung, die sonderbar mit der kindlichen Unschuld und Ausdruckslosigkeit des Gesichtes kontrastierte. In der Tat, Cecilia wirkte immer zwiespältig.

Diese Zwiespältigkeit offenbarte sich besonders auch in dem Kontrast zwischen dem oberen und dem unteren Teil ihres Körpers. Es gibt Unterschiede des Gewichts, die dem Blick sogleich erkennbar sind: Ein Gegenstand aus Blei zum Beispiel erscheint den beobachtenden Blicken schwerer als ein gleichgroßer aus leichterem Material. Von der Taille abwärts machte der Körper Cecilias den Eindruck, als sei er aus einem sehr dichten und schweren Material. Wie kräftig war zum Beispiel der Ansatz der Beine, verglichen mit dem Ansatz der Arme an den Schultern! Wie sehr unterschied sich die zarte Magerkeit des Oberkörpers von den kraftvollen Hüften und der mächtigen Muskulatur der Schenkel! Cecilia war eine Halbwüchsige von der Taille aufwärts, eine Frau von der Taille abwärts, und man mußte bei ihrem Anblick an gewisse dekorative Ungeheuer denken, wie sie auf den antiken Fresken zu sehen sind: Sphinxe oder Harpyien, deren unentwickelte Brüste sich grotesk über einem mächtigen Bauch und zwei mächtigen Beinen erheben.

Auch die Art, wie sich Cecilia während des Liebesaktes verhielt, spiegelte den Kontrast zwischen ihren zwei Naturen, der kindlichen und der frauenhaften, wider. Ich habe über ihre Art oftmals nachgedacht und bin zu dem Schluß gelangt, daß Cecilia zu keinem Gefühl und vielleicht nicht einmal zu wahrer Sinnlichkeit fähig war. Sie hatte nur Appetit auf das Geschlechtliche, ohne sich dessen aber voll bewußt zu sein. Infolgedessen ließ sie sich gänzlich passiv treiben. In meinen Armen wurde sie zum Kind, das gehorsam den Mund aufsperrt, wenn sich die Mutter mit dem Löffel nähert. Die poetische und rührende Kindlichkeit des blassen, runden Gesichts stand in beständigem Kontrast zu der Härte und Gier, mit der sie sich selber und mir zusetzte, damit ich zum Höhepunkt gelangte und sie das dann bis ins letzte auskosten konnte. Ihre Bewegungen nahmen in dem Maße, in dem Rhythmus und Intensität sich steigerten, an Häufigkeit zu und erinnerten dann an die Präzision eines einmal ausgelösten Mechanismus, den aufzuhalten weder in ihrer noch in meiner Macht lag: Diese anfangs trägen, kaum merkbaren Bewegungen schienen zuletzt wie die eines Kolbens, der sich unermüdlich mit automatischer Kraft bewegt. Ihr Gesicht aber blieb regungslos, entspannt, ruhig, bar jeder Leidenschaft, kindlicher denn je mit den gesenkten Lidern und dem halbgeöffneten kleinen Mund. Nicht viel mehr als eine leichte Rötung am Oberteil der Wangen ließ erkennen, daß Cecilia nicht schlief, sondern wach war und empfand, was mit ihr geschah.

Diese Art Ablösung von Cecilias Seele war besonders in den Augenblicken bemerkbar, in denen sie plötzlich und scheinbar grundlos aus ihrer mechanischen Passivität aufschreckte und meine Zärtlichkeiten erwiderte. Vielleicht kann man sagen: Die zeugende Liebe ist immer keusch; fast niemals aber sind es die Praktiken des Liebesspiels. Die Art nun, in der Cecilia physisch mit mir umging, war völlig keusch, eben weil sie so sonderbar automatisch und unbewußt war. Während einer Umarmung zum Beispiel setzte Cecilia sich auf und beugte sich mit dem Mund zu mir herab, als wollte sie weinen; doch dieser plötzliche Impuls hatte etwas Schlafwandlerisches, als handelte Cecilia in einem Traum, also im Zustand völliger Unbewußtheit. Nachdem sie sich ausgetobt oder, besser gesagt, nachdem sie alle Möglichkeiten der Situation erschöpft hatte, warf sich Cecilia von neuem in meine Arme, die Augen geschlossen, den Mund halb geöffnet, und wieder hatte ich den seltsamen Eindruck einer Schlafenden, die etwas Sinnloses getan hat und dann wieder in Schlummer versunken ist.

Nach dem Höhepunkt, der sie wie ein kleiner epileptischer Anfall erschütterte, dabei aber die apathische Regungslosigkeit ihres Gesichtes nicht veränderte, lag Cecilia erschöpft da – einen Arm um den Kopf geschlungen, den anderen vom Diwan herabhängend und das Gesicht zur Schulter gewandt. Einen Augenblick lang lächelte Cecilia mich an, und das war vielleicht der schönste Moment unserer Liebe. Aber auch dieses sanfte Lächeln, in dem die Süße der befriedigten Lust aufzufluten und zu ersterben schien, nahm ihr nicht ihre kindhafte Zweideutigkeit. Zwar lächelte Cecilia mich an, doch schien sie mich dabei nicht zu sehen. Es machte eher den Eindruck, als lächelte sie sich selber zu. Losgelöst, ja irgendwie einsam, stellte dieses Lächeln doch die äußerste Phase der Kommunikation, ja der beinahe völligen physischen Vereinigung dar. Gleich danach lagen wir als zwei ganz verschiedene Menschen auf dem Diwan, voneinander getrennt und genötigt, miteinander zu sprechen.

An diesem Punkte jedoch bemerkte ich, daß in ihr an die Stelle des erotischen Appetits – der mich zwar scheinbar gar nicht direkt betraf, doch von mir Gebrauch machte – Gleichgültigkeit getreten war. Wenn ich Gleichgültigkeit sage, meine ich damit nicht eine kalte und sich abwendende Haltung. Nein, Cecilias Gleichgültigkeit mir gegenüber war in diesem Augenblick einfach ein völliges Fehlen jeder Beziehung, sehr ähnlich dem Zustand, der mich so leiden ließ und den ich Langeweile nannte. Nur litt Cecilia, zum Unterschied von mir, keineswegs darunter, ja sie schien sich dieses Zustandes gar nicht bewußt zu sein. Anders ausgedrückt: Mit jener Ablösung von den Dingen, die mir wie eine unerträgliche Veränderung eines ursprünglich ganz anderen Zustandes vorkam, war sie wohl schon geboren worden – als sei das, was sich mir wie eine Art von Krankheit darstellte, bei ihr etwas Normales und Gesundes.

Wie gesagt, man mußte miteinander sprechen. Die Intimität der physischen Liebe, die ich eben erlebt hatte, gab mir den Wunsch nach einer anderen, wahreren Intimität der Gefühle ein. Ich wußte, dies konnte nur auf dem Weg über das Wort erreicht werden. Also versuchte ich, mit ihr zu reden. Da Cecilia von sich aus nie ein Gespräch führte, sondern sich hauptsächlich darauf beschränkte, Fragen zu beantworten, erkundigte ich mich nach ihr und ihrem Leben. So erfuhr ich, daß sie das einzige Kind ihrer Eltern war und mit ihnen in einer Wohnung im Stadtteil Prato wohnte; daß ihr Vater Geschäftsmann war; daß sie bei den geistlichen Schwestern erzogen worden war, keinen Verlobten hatte – und derlei Dinge mehr. In solcher Aufzählung scheinen das summarische Mitteilungen zu sein, wie man sie über jedes Mädchen von Cecilias Alter und sozialer Herkunft erfahren kann; aber es waren die einzigen Informationen, die ich aus ihr herausbrachte, und auch das nur mit erheblichen Schwierigkeiten. Sicher wollte mir Cecilia nichts verheimlichen. Aber sie wußte das wenigste von dem, was ich sie fragte, oder sie war außerstande, mir eine genauere Beschreibung zu geben. Man hätte sagen können, daß sie niemals etwas beobachtet, das heißt, niemals sich selbst und ihre Umwelt näher betrachtet hatte. Meine Fragen versetzten sie in die Lage eines Menschen, der über Dinge Auskunft geben soll, auf die er nicht geachtet hat. Es gibt ein Spiel, bei dem man einer Person eine Minute lang ein Bild zeigt und dann die Aufzählung aller darauf dargestellten Gegenstände fordert. Mit diesem Spiel testet man die Beobachtungsgabe der betreffenden Person. Cecilia hätte dabei sicher eine besonders schlechte Note erhalten, denn sie schien nie irgend etwas bemerkt oder beachtet zu haben, obwohl sie vor dem Bild ihres eigenen Lebens viele Jahre verbracht hatte. Ihre Mitteilungen waren nicht nur schematisch, sondern auch ungenau: als stünde es für sie nicht unbedingt fest, daß sie wirklich das einzige Kind war, daß ihre Eltern wirklich dort und dort wohnten, daß ihr Vater tatsächlich Geschäftsmann war und daß sie selbst bei den geistlichen Schwestern eine Erziehung genossen hatte. Nichts scheint uns ja je ganz sicher, was nie unsere Neugier geweckt hat, mag es auch in nächster Nähe und leicht zu beobachten sein. Selbst wenn Cecilia mir auf eine Frage eine exakte Antwort gab, blieb ich doch immer irgendwie im Zweifel, denn ihre Redeweise war so kühl und farblos, daß sie die Folge einer unüberwindlichen Unaufmerksamkeit zu sein schien.

Da ihre Familie und ihr Milieu mich nicht allzusehr interessierten, kam ich zuletzt notwendigerweise auf Balestrieri zurück. Er schien mir, wie ich schon erklärt habe, in irgendeiner dunklen Weise mit meinen Beziehungen zu Cecilia verknüpft zu sein. Im übrigen änderte sich Cecilias lakonische Redeweise auch nicht, wenn sie von Balestrieri sprach; doch dies entmutigte mich nicht. Im Gegenteil, ihre Zurückhaltung, was den alten Maler betraf, verstärkte meinen verzweifelten Wunsch, mehr und mehr über ihn zu erfahren. Und wieder wurde mir klar: wenn ich sie über die Vergangenheit und über Balestrieri ausfragte, fragte ich sie über die Zukunft und über mich selber aus.

Inzwischen waren zwei Monate seit dem Tag verstrichen, an dem Cecilia zum erstenmal mein Atelier betreten hatte. Ich begann, mich jetzt darüber zu wundern, daß Balestrieri für sie eine so heftige Leidenschaft hatte empfinden können und daß Cecilia für ihn die Frau des Schicksals gewesen war – in der verhängnisvollen Bedeutung, die dieses Wort haben kann und für gewöhnlich nicht hat. Es fiel mir schwer, daran zu glauben, denn abgesehen von ihren sexuellen Fertigkeiten, die sie aber mit vielen Mädchen ihres Alters teilte, schien mir Cecilia im höchsten Grade unbedeutend und außerstande, eine so zerstörerische Leidenschaft auszulösen. Mehrmals habe ich über die geistige Qualität nachgedacht, die aus ihrer Redeweise sprach, und ich bin zu dem Schluß gekommen, daß sich in ihr eine große Einfachheit kundgab, aber nicht die Einfachheit des gesunden Menschenverstandes, der ja immer etwas Schlichtes an sich hat, sondern die trübe, rätselhafte und unzulängliche Vereinfachung, die auf jene psychische Amputation zurückgeht, die in der Unaufrichtigkeit besteht – und sei es auch nur der unbewußten und ungewollten. Cecilia machte dauernd den Eindruck einer Lügnerin. Besser noch, sie schien der Wahrheit nicht fähig zu sein. Das brauchte keineswegs auf bewußter Verlogenheit zu beruhen. Um die Wahrheit sagen zu können, muß man ja doch eine Beziehung zu irgend etwas besitzen. Cecilia jedoch hatte zu nichts eine Beziehung. Log sie bewußt – und wie man sehen wird, war sie dazu sehr wohl imstande –, gewann man beinahe den Eindruck, als sei Cecilia nun endlich aufrichtig, wenn auch sozusagen auf negative Art. In jeder Lüge ist wegen des bißchens Beziehung zur Realität und damit zur Wahrheit auch etwas Echtes enthalten.

Wie war also Balestrieri dazu gekommen, sich so rettungslos in Cecilia zu verlieben? Oder vielmehr: Was war zwischen den beiden vorgefallen, daß dieser unbedeutende Charakter Cecilias bei ihm eine solche Leidenschaft hatte auslösen können? Ich wußte, wie unmöglich es ist, über die Liebesangelegenheiten anderer Leute ein Urteil abzugeben; aber schließlich war ich doch an die Stelle Balestrieris im Leben Cecilias getreten, das heißt, auch ich hatte die Droge gekostet, von der Balestrieri gesprochen hatte. So konnte ich nicht umhin, mich dauernd darüber zu wundern und dabei ein gewisses Mißbehagen zu empfinden – wie bei einer angekündigten, aber ausgebliebenen Gefahr –, daß diese Droge auf mich keine Wirkung ausübte.

Ich fragte also Cecilia des langen und breiten und gewissermaßen nach jeder Richtung tastend aus, ohne selbst genau zu wissen, wohin ich zielte. Hier ein Beispiel eines solchen Gesprächs: «Hat dir Balestrieri nie gesagt, warum er dich liebte?»

«Ach, schon wieder diese Fragerei! Immer Balestrieri!»

«Also sag mir: Hat er dir nie erklärt, warum er dich liebte?»

«Nein. Er liebte mich und Schluß!»

«Ich habe mich nicht klar ausgedrückt. Für die Liebe gibt es keine Gründe, nicht wahr? Man liebt und Schluß. Gut. Aber die Art der Liebe, die hat schon Gründe. Man liebt ohne Grund, aber ob man traurig oder freudig liebt, ruhig oder unruhig, mit Eifersucht oder mit Vertrauen, dafür gibt es immer ein Motiv. Balestrieri hat dich sozusagen maniakalisch geliebt. Das hast du mir jedenfalls zu verstehen gegeben. Für ihn warst du eine Art Laster, eine Droge, wie er es nannte, etwas, ohne das man nicht leben kann. Warum aber diese Manie?»

«Das weiß ich nicht.»

«Du bist doch nicht die Art von Frau, die eine solche Leidenschaft wecken kann, wenigstens scheint mir das so.»

«Mir scheint das auch so», sagte sie, ohne einen Schatten von Ärger oder Ironie, mit Demut und Aufrichtigkeit.

«Wenn ich dir sagen soll, was ich denke, jetzt, da ich dich näher kenne, verstehe ich Balestrieri und seine Leidenschaft immer weniger. Nach allem, was du mir über deine Beziehungen zu Balestrieri erzählt hattest, war ich der Meinung, du seist eine schreckliche Frau, eine von denen, die einen Mann zugrunde richten können. Aber du scheinst mir ein durchaus normales Mädchen zu sein. Ich bin fast sicher, daß du eine recht gute Gattin abgeben würdest.»

«Glaubst du?»

«Ja, du machst diesen Eindruck.»

«Auch ich glaube das im Grunde.»

«Wie erklärst du dir also jene Leidenschaft oder, besser, die Art jener Leidenschaft für dich?»

«Ich weiß es nicht.»

«Versuche, ein wenig darüber nachzudenken.»

«Ich weiß wirklich nicht! Offenbar war er eben so veranlagt.»

«Nämlich?»

«So, daß er nicht anders als in dieser Art lieben konnte.»

«Das stimmt nicht. Jahrelang habe ich Balestrieri unablässig die Frauen wechseln sehen. Nur mit dir ist geschehen, was geschehen ist.»

Langes Schweigen. Dann sagte sie aufrichtig und voll guten Willens: «Stelle mir eine präzise Frage und ich werde dir antworten.»

«Was verstehst du unter einer präzisen Frage?»

«Eine Frage nach etwas Körperlichem, Materiellem. Du fragst mich immer nach Gefühlen, nach dem, was man denkt oder nicht denkt, und darauf weiß ich keine Antwort.»

«Etwas Körperliches? Nun gut, also sag mir: Wußte Balestrieri deiner Meinung nach, daß seine Beziehungen zu dir ihm gesundheitlich schadeten?»

«Ja, das wußte er.»

«Was sagte er darüber?»

«Er sagte: Früher oder später gehe ich drauf dabei! Ich sagte ihm, dann möge er doch achtgeben, aber er meinte, es sei ihm egal.»

«Es war ihm egal?»

«Ja.» Dann, mit unbestimmtem Ausdruck, als sei sie bemüht, sich an etwas zu erinnern: «Jetzt, da ich daran denke, fällt mir ein Tag ein, an dem wir beisammen waren, da sagte er: Weiter, weiter, weiter! Mach weiter, ohne Rücksicht auf mich, auch wenn ich protestiere und mich schlecht fühle und du mir den Tod bringst – ja, wirklich!»

«Und du?»

«Damals maß ich seinen Worten kein Gewicht bei. Er sagte ja viel in dieser Art. Aber du hast mich jetzt daran erinnert.»

«Glaubst du also, daß er dich liebte, weil du ihm den Tod bringen würdest, das heißt, weil er sich deiner bediente, um sich umzubringen?»

«Das weiß ich nicht. Darüber habe ich nie nachgedacht.»

So näherte ich mich immer wieder der Wahrheit, oder glaubte zumindest, mich ihr zu nähern. Dennoch blieb ich stets unzufrieden. Der Gedanke war verlockend, daß Cecilia nur ein beliebiges Mädchen sei, wie es viele gab, und daß nur Balestrieri in ihr etwas gesehen habe, was gar nicht in ihr war. Das hätte unter anderem die Tatsache erklärt, daß ich – im Gegensatz zu Balestrieri – für Cecilia nichts weiter zu empfinden vermochte als eine einfache physische Anziehung. Aber ich wußte selbst nicht, warum mich diese Schlußfolgerung unbefriedigt ließ. Sie erklärte alles, aber auch wieder nichts. Ungelöst blieb jedenfalls die Frage nach dem Kontrast zwischen Cecilias schlichter Belanglosigkeit und der Leidenschaft, die sie zu entfachen vermocht hatte.

Inzwischen bemerkte ich, daß ich mich mit Cecilia zu langweilen begann, das heißt, daß ich wieder in dem Zustand von Fremdheit und Ablösung war, in dem ich mich befunden hatte, ehe ich sie kennenlernte. Wenn ich sage, daß ich mich mit Cecilia langweilte, könnte das vielleicht die Vermutung erwekken, Cecilia sei langweilig gewesen. Aber wie ich schon erklärt habe, handelte es sich nicht um Langeweile in dem Sinn, den man für gewöhnlich diesem Wort zuschreibt. Cecilia war nicht langweilig, aber ich langweilte mich – und ich wußte dabei, daß ich sehr wohl die Möglichkeit gehabt hätte, mich nicht zu langweilen: wenn es mir kraft irgendeines Wunders gelungen wäre, meine Beziehung zu ihr realer zu gestalten. Statt dessen spürte ich, wie diese Beziehung von Tag zu Tag lockerer und unbestimmter wurde.

Ich erkannte diese Veränderung unserer Beziehung vor allem daran, daß ich die physische Liebe – die einzige zwischen Cecilia und mir mögliche Art der Beziehung – jetzt anders beurteilte, als ich sie anfangs beurteilt hatte. Anfangs war sie mir als etwas durchaus Natürliches vorgekommen; ich hatte den Eindruck, die Natur übertreffe sich darin selbst und werde menschlich, ja allzu menschlich. Jetzt hingegen fiel mir dabei vor allem der Mangel an Natürlichkeit auf, als handelte es sich um eine der Natur zuwiderlaufende, also künstliche und absurde Sache. Gehen, Sitzen, Sichausstrecken, Emporsteigen, Heruntersteigen – kurz, jede körperliche Bewegung –, das alles schien mir eine innere Notwendigkeit und damit Natürlichkeit zu besitzen. Die physische Liebe hingegen wirkte auf mich wie etwas Extravagant-Gewaltsames, für das der menschliche Körper nicht geschaffen war und das daher Anstrengung und Mühe erforderte. Alles, so dachte ich, ließ sich mit Grazie und Harmonie ausführen – nur dies nicht. Auch das schien mir hinzuweisen auf die Unzulänglichkeit und Absurdität des physischen Vorgangs. Es war dann nur ein Schritt von dieser Absurdität bis zur Absurdität der ganzen Cecilia. Wie gewöhnlich zerstörte die Langeweile also zuerst meine Beziehung zu den Dingen und dann die Dinge selbst; sie machte sie für mich sinnlos und unverständlich. Das Neue bestand diesmal nur darin: Cecilia gegenüber, die zu einem absurden Objekt wurde, löste meine Langeweile – vielleicht auf Grund der physischen Gewohnheit, die ich angenommen hatte und vorläufig keineswegs aufgeben wollte – nicht nur Kälte und Gleichgültigkeit bei mir aus, sondern sie ging über diese Gefühle oder, besser gesagt, über diesen Mangel an Gefühlen hinaus und verwandelte sich in Grausamkeit.

Aber Cecilia war nicht bloß ein Glas, sondern ein Mensch. Zwar hörte sie in dem Augenblick, als ich mich mit ihr langweilte, zu existieren auf, wie jeder andere Gegenstand, aber natürlich wußte ich dabei, daß sie ein Mensch war. Wenn mir infolge der Langeweile ein Glas unverständlich und absurd vorkam, packte mich manchmal der heftige Wunsch, es zu Boden zu schleudern und in Stücke zu brechen, um so eine Bestätigung für seine wirkliche Existenz zu haben. Wenn ich mich mit Cecilia langweilte, überkam mich das Bedürfnis, sie zu zerstören, oder wenigstens sie zu quälen, damit sie litt. Ich hatte die Vorstellung, daß es mir so vielleicht gelingen könnte, die Beziehung wiederherzustellen, die durch die Langeweile unterbrochen war.

Ich erinnere mich genau, wie sich diese meine Grausamkeit zum erstenmal kundtat. Eines Nachmittags zog sich Cecilia aus und näherte sich dann dem Diwan, auf dem ich sie erwartete. Sie ging auf den Zehenspitzen, drückte die Brust heraus und hielt die Hüften ein wenig zurück. Auf ihrem Gesicht lag jener etwas verlegene, gespannte und feierliche Ausdruck eines Menschen, der eine gewohnte und gerade darum stets wiederholte Handlung wie einen Ritus ausführen will. Ich sah sie kommen und dachte mir, daß ich sie nicht nur nicht begehrte – obwohl ich wußte, daß ich später automatisch in einen hinlänglichen Zustand von Erregung geraten würde –, sondern daß es mir nicht einmal gelingen wollte, sie als etwas zu empfinden, das mich in irgendeiner Weise anging. Während dieser Überlegung – sie hatte schon ein Knie auf den Diwan geschoben – bemerkte ich plötzlich, daß die Vorhänge des Fensters halb offengeblieben waren. Das weiße Licht des Schirokkotags war mir unangenehm; außerdem waren jenseits des Hofes ein paar Fenster, von denen aus die Leute, wenn sie wollten, in das Atelier hereinsehen konnten. Ich sagte also ganz obenhin: «Bitte schließe die Vorhänge.»

«Ah, die Vorhänge», sagte sie. Gehorsam wie zumeist wandte sie mir den Rücken zu und ging, immer auf den Zehenspitzen, zum Fenster. Ich sah ihr zu, wie sie die seltsamen Formen ihres halb kindlichen, halb frauenhaften Körpers durch das Atelier trug. Da kam mir plötzlich, zum erstenmal seit ich sie kannte, der Impuls zur Grausamkeit. Dieser Impuls führte mich zurück in die Zeit meiner Kindheit, zu dem einzigen Vorfall in meinem Leben, bei dem ich bewußt grausam gewesen war. Ich besaß in jenen Jahren eine Perserkatze, die ich sehr liebte, mit der ich mich aber oftmals langweilte, besonders wenn ich die Spiele und Intelligenzproben erschöpft hatte, deren das Tierchen fähig war. Die Langeweile inspirierte mich schließlich zu einem Gefühl der Grausamkeit, und das zog das folgende Spiel nach sich: Ich legte eine bestimmte Menge roher Fische, die der Katze sehr schmeckten, auf einen Teller. Den Teller stellte ich in eine Ecke des Zimmers. Dann nahm ich das Tier, ließ es an den Fischen riechen, trug es in die gegenüberliegende Ecke und ließ es dort frei. Sogleich schoß die Katze in Richtung auf die Fische los und verriet ihre Gier von der Schwanzspitze bis zur Nase. Sobald sie aber in der Mitte des Zimmers angelangt war, stand ich bereit, packte sie blitzschnell und trug sie zum Ausgangspunkt zurück. Dieses Spiel, wenn man es so nennen kann, wiederholte ich, bis die Katze allmählich begriff, daß sie das Opfer eines geheimnisvollen Fluches war, und ihre Haltung entsprechend änderte. Bei den ersten Sprüngen war sie gierig, hastig, selbstsicher gewesen. Nun wurde sie vorsichtiger, als hoffte sie, meiner Überwachung zu entgehen, indem sie sich platt gegen den Boden drückte und die Pfoten vorsichtig bewegte. Es sah aus, als sei sie bemüht, sich unsichtbar zu machen. Schließlich beschränkte sich die Arme darauf, die Bewegung nach vorwärts, in der Richtung zum Teller, nur anzudeuten. Schlau und traurig, wollte sie damit ohne allzu große Anstrengung feststellen, ob mein grausamer Wille noch immer am Werk sei. Darauf jedoch änderte sich plötzlich alles. Die Katze begann zu sprechen! Ich meine damit: Sie wandte den Kopf zurück, sah mir in die Augen und gab ein langes, sehr ausdrucksvolles Miauen von sich, das zugleich klagend und vernünftig wirkte und zu besagen schien: «Warum tust du mir das an? Warum tust du mir das an?» Dieses beredsame Miauen hatte sofort zur Folge, daß ich mich schämte. Ich glaube mich zu erinnern, daß ich sogar errötete. Ich nahm die Katze auf den Arm, trug sie zu dem Teller und ließ sie in Frieden ihre Fische fressen.

Als ich jetzt Cecilia sah, wie sie gefügig auf den Zehenspitzen zum Fenster ging, kam mir in den Sinn, mit ihr das grausame Spiel zu erneuern, das ich mit der Katze getrieben hatte. Auch sie war an den Diwan getreten, um ihren Appetit zu befriedigen. Gleich der Katze hatte auch sie von Kopf bis Fuß diesen Appetit kundgegeben. Wenn ich jetzt mit ihr so zu spielen gedachte, wie ich mit der Katze gespielt hatte, war ich mir allerdings vollkommen im klaren über meine Beweggründe: Ich wollte, wie gesagt, durch meine Grausamkeit die von der Langeweile unterbrochene Beziehung zu den Dingen wiederherstellen.

Cecilia war unterdessen zum Fenster gegangen, hatte die Vorhänge zugezogen und kam jetzt wieder zum Diwan. Ihr Gesicht, das für einen Augenblick den eifrigen Ausdruck einer Dienerin angenommen hatte, die – wenngleich nackt – den Befehl ihres Herrn ausführt, zeigte nun von neuem jene Pose der rituellen Vorbereitung auf die Liebe. Noch immer auf den Zehenspitzen, kam sie um die Staffelei herum zum Diwan und schickte sich an, ihn zu besteigen. Ich aber hielt sie zurück, indem ich sagte: «Entschuldige bitte, aber ich kann bei solchen Gelegenheiten keine offenen Türen vertragen. Bitte mach die Badezimmertür zu.»

«Du bist heute aber schwierig», murmelte sie. Immerhin ging sie, folgsam wie immer, quer durch das Atelier. Ich sah, wie sie sich im Halbdunkel entfernte. Sorgfältig schloß sie die Tür und kam dann wieder; sie wirkte wie ein Phantom, denn im Schatten wirkten ihre Augen größer und tiefer, ihre Brüste schwerer und dunkler. Diesmal hielt ich sie nicht schon in dem Augenblick an, als sie das Knie auf den Diwan setzte, sondern erst, als sie sich ein wenig atemlos neben mir ausstreckte. «Entschuldige nochmals, aber du mußt mir den Gefallen tun, das Telefon abzuschalten. Gestern hat es gerade im schönsten Augenblick zu schrillen begonnen. Ich ging nicht hin, das ist wahr, aber das Läuten ist mir schrecklich auf die Nerven gegangen.»

Ich sah, wie sie mich einen Moment lang anblickte. Dann sagte sie halblaut und fast ohne Vorwurf: «Nummer drei!», erhob sich von neuem, ging zum Telefon und zog die Schnur aus der Leitung, wobei sich sekundenlang mitten im Zimmer ihr Profil gegen das Licht abzeichnete. Wieder kam sie mit erwartungsvollem Gesichtsausdruck zum Diwan zurück. Ich wartete, bis sie ganz in der Nähe war, und rief dann mit gemachter

Naivität: «Was bin ich doch zerstreut! Cecilia, mein Schatz, tu mir noch einen Gefallen. Auf dem Fensterbrett liegt mein Zigarettenetui. Bitte sei so gut.»

Sie sagte nichts und warf mir nur einen langen, erstaunten Blick zu. Aber sie gehorchte zum viertenmal, ging zum Fenster, nahm die Zigaretten und kehrte zu mir zurück.

«Da sind deine Zigaretten», sagte sie mit freudiger Ungeduld, warf mir das Etui ins Gesicht und war drauf und dran, sich selber auf mich zu werfen. Aber ich fing sie im letzten Moment ab. «Und die Streichhölzer?» fragte ich.

«Uff!» Neuer Gang durch das Zimmer, immer auf den Zehenspitzen. Doch als sie jetzt wiederkam, schien der rituelle Ausdruck auf ihrem Gesicht leicht verändert durch Schatten des Zweifels und der Demütigung. Sie warf mir die Zündhölzer ins Gesicht, wie sie dies mit den Zigaretten getan hatte, doch statt auf den Diwan zu kommen, blieb sie in einiger Entfernung stehen und meinte: «Sag mir gleich, ob du noch etwas brauchst, solange ich noch stehe.»

«Ja», log ich, «ich möchte, daß du in die Küche gehst und den Gashahn abdrehst. Ich habe den Eindruck, als hätte ich ihn offengelassen.»

«Und dann?»

«Dann ist da noch etwas, um das ich dich bitten wollte. Geh ins Wohnzimmer und schalte die Türklingel ab. Es könnte uns jemand stören.»

Ich erwartete, daß sie gehorchen würde, aber sie setzte sich auf einen Stuhl und schlang die Arme um ein Bein. So zusammengekauert hockte sie in einer betrübten und fragenden Haltung da und blickte mich schweigend an. Erstaunt fragte ich: «Was hast du denn? Warum tust du nicht die Dinge, um die ich dich gebeten habe?»

Sie antwortete nicht sogleich. Schließlich fragte sie vorsichtig: «Diese beiden Dinge oder noch andere?»

«Nur diese beiden.»

Sie schüttelte sich mit einem leichten Seufzer und begann eine neuerliche Wanderung durch die Wohnung, zuerst in die Küche, dann ins Vorzimmer. Als sie wiederkam, fragte ich mich, wie lange ich mein grausames Spiel noch würde fortsetzen können. Und ich bemerkte, daß auf ihrem Gesicht noch immer der Ausdruck von Erwartung und Begierde lag. Das ist ihre Liebe, dachte ich, die einzige Liebe, deren sie fähig ist! Und diese Liebe bin ich im Begriff umzubringen... Aber als sie sich neben mir ausgestreckt hatte, konnte ich mich nicht enthalten zu sagen: «Es tut mir leid, aber du mußt nochmals aufstehen. Ich möchte einen Aschenbecher. Es ist mir unangenehm, die Asche auf den Boden zu werfen.»

Diesmal tat sie das genaue Gegenteil von dem, was in den fernen Jahren meiner Kindheit die Katze getan hatte. Die Katze hatte gesprochen, wie ein menschliches Wesen, vernünftig, fast hätte ich gesagt: christlich. Der Schmerz, den ich ihr zugefügt, hatte sie bis zur Höhe der Menschenähnlichkeit erhoben. Cecilia aber vollführte angesichts derselben Grausamkeit eine Geste von tierischer Unterwürfigkeit, stumm und mitleiderwekkend. Statt nochmals aufzustehen, wie ich sie geheißen hatte, kuschelte sie sich enger an mich, verbarg ihr Gesicht zwischen meiner Schulter und dem Ohr und schlang ihre Arme um mich. So bat sie mich schweigend – gleich einem Tier, dem die Sprache versagt ist –, sie nicht länger zu quälen, was auch immer mich dazu veranlassen konnte. Diese demütige Umarmung war traurig, flehend und wirkte im gleichen Maße tierhaft instinktiv, wie das Miauen der Katze vernünftig-menschlich gewirkt hatte. Es hatte auch dieselbe Wirkung auf mich. Ich schämte mich plötzlich meiner Grausamkeit, die im Leiden eines anderen den Beweis für dessen Wirklichkeit suchte. Und ohne mit meinen absurden Bitten fortzufahren, erwiderte ich ihre Umarmung. Sofort spürte ich, wie ihr Körper, der nur auf dieses Signal gewartet zu haben schien, sich plötzlich ganz anders an den meinen drückte, nicht mehr flehend, sondern gierig. Und ihr Leib versetzte mir den gewohnten ungeduldigen Stoß, wie um mich wissen zu lassen, daß sie bereit sei. Indem ich an die Fische meiner Katze dachte, sagte ich mir, mehr belustigt als gelangweilt: Jetzt beginnt die Mahlzeit!

Von jenem Tag verblieb mir der Widerwille gegen die Grausamkeit als bezeichnendes Symptom für meinen Mangel an Beziehung zu Cecilia. Zugleich hatte ich Angst, in Zukunft auf schlimmere Grausamkeiten zu verfallen, auf schändlichere und nicht mehr gutzumachende. Dies war eine erste Warnung gewesen, und ich begriff: Wenn in meinem Verhältnis zu Cecilia die Langeweile und deren Auswirkung andauerte, würde ich tatsächlich in Sadismus abgleiten. Der Umstand, daß die animalisch-leidvolle Umarmung Cecilias meinen Grausamkeitsanfall beendet hatte, durfte in mir keine Illusionen wecken. In Wirklichkeit hatte ich nicht deshalb aufgehört, sie zu quälen, weil ich Mitleid mit ihr und Scham vor mir selber empfand, sondern weil sie mit dieser Umarmung eingestanden hatte, daß sie litt. Zu diesem Eingeständnis jedoch hatte ich sie bringen wollen, um durch den Anblick ihres Kummers meine eigene Langeweile zu verscheuchen. Auf dieser Straße aber mußte ich, indem sich meine Sensibilität immer weiter verhärtete, wie gesagt beim Sadismus landen, das heißt bei der Umwandlung der Langeweile in einen lasterhaften Mechanismus. Die Langeweile flößte mir Schrecken ein, aber sie hatte etwas Sauberes und Wesentliches an sich. Sadismus hingegen war mir vor allem wegen seiner Unwahrhaftigkeit widerwärtig. Ein Sadist gibt nämlich immer vor, sein Opfer zu bestrafen, während er in Wirklichkeit Genuß an dem Leiden empfindet, das er unter dem Vorwand der Bestrafung verursacht. Außerdem ekelte mich vor der Erregung, die der Sadismus verursacht und die um so unsauberer ist, je keuscher sie tut. Bis der Augenblick kommt, in dem der Sadist jede Verlogenheit abstreift und sich dem Liebesakt überläßt, der sich auf diese Weise als nichts anderes erweist als eine Art von Droge.

Zum Glück jedoch bin ich von Natur aus kein grausamer Mensch. Jene erste Episode der Grausamkeit Cecilia gegenüber blieb auch die letzte. Hingegen sagte ich mir, ich müsse mich von Cecilia trennen, ehe es zu spät sei. Ich bedauerte, dies tun zu müssen, weniger um meinetwillen, da ich mir ja einbildete, sie nicht zu lieben, als um ihretwillen, da ich sie für verliebt hielt – wenn auch auf ihre schweigende, ausdruckslose Weise. Warum ich so sicher war, sie nicht zu lieben, wohl aber von ihr geliebt zu werden, wäre schwer zu sagen. Über Cecilia, das heißt über ihren Körper, verfügen zu können, wann und wie ich wollte, gab mir die Illusion, sie bis auf den Grund zu besitzen, also eine Beziehung zu ihr zu haben, die weiterhin fortzusetzen nutzlos gewesen wäre. So hatte ich die Überzeugung gewonnen, sie nicht zu lieben. In analoger Weise war ich sicher, von Cecilia geliebt zu werden, weil ich sie stets so fügsam, so hingebungsvoll bereitwillig fand. Auf Grund einer sehr verbreiteten männlichen Eitelkeit schrieb ich ihre Fügsamkeit der Liebe zu; freilich hätte mich die unartikulierte, automatische Art dieser Liebe zumindest mißtrauisch machen müssen. Ich glaubte demnach, daß die Trennung von Cecilia für mich eine Erleichterung bedeuten, daß sie hingegen darunter leiden würde. Also schob ich die Trennung hinaus und wartete auf einen Vorwand, der die Sache für sie so wenig verletzend und schmerzlich wie möglich machen sollte.

4. Kapitel

Ich hatte mich bereits an dem Tag, an dem die Episode, die ich erzählt habe, vorgefallen war, dazu entschlossen, Cecilia zu verlassen. Diesen Entschluß faßte ich ganz plötzlich, kaum daß Cecilia gegangen war. Dann aber ließ ich, wie gesagt, ein paar Wochen verstreichen, um den rechten Vorwand für die Trennung zu finden. Nie litt ich so wie in dieser Zeit an meiner Langeweile, die sich jetzt für mich in der Person meiner kleinen Freundin verkörperte. Ich erinnere mich, daß ich jedesmal einen tiefen Seufzer kaum erträglicher Ungeduld ausstieß, wenn ich die Türklingel in der bekannten kurzen und zurückhaltenden Art läuten hörte. Alles, was dann nach dem Eintritt Cecilias in das Atelier geschah, war für mich in eine träge, kühle Trübsal getaucht, die weder durch die gewohnte Operation der Entkleidung noch durch Küsse oder sonstige Zärtlichkeiten durchbrochen werden konnte. Cecilia geizte nicht mit allerlei erotischen Reizmitteln, und am Schluß des eintönigen Ritus, zu dem unsere Liebesbeziehung geworden war, erfolgte jedesmal ihre epileptische Verkrampfung; aber auch das ließ mich kalt. Nackt oder bekleidet, im Dunkeln oder in vollem Licht: Cecilia schien in meinen Augen jeden Tag mehr ihre Konsistenz als Person, ja als erkennbares Wesen überhaupt einzubüßen. Zur Grausamkeit wollte ich nicht zurückkehren, die ohne Zweifel unserer Beziehung wenigstens vorübergehend wieder Realität verliehen hätte, und so sah ich also den Tag kommen, an dem ich Cecilia wie einen Gegenstand behandeln würde, den man nicht mehr braucht. Das heißt: Ich würde sie dann verlassen, ohne ihr oder mir einen plausiblen Grund dafür zu liefern. Ich mußte also den Vorwand finden, ehe es zu spät war.

An einem dieser Vormittage suchte ich meine Mutter auf, die ich seit meiner Flucht nicht mehr wiedergesehen hatte. Ich fuhr also meinen alten, klapprigen Wagen in der Richtung der Via Appia. Da war sie, die alte heidnische und christliche Straße, die heutzutage bei den reichen Leuten so sehr in Mode ist! Da waren ihre von Grün überquellenden Mauern, ihre Gartentore, ihre zwischen Bäumen verborgenen Villen. Da waren die in langen Reihen angepflanzten Zypressen, die einsamen Pinien, die grasbewachsenen Straßenränder, die Ruinen aus roten Ziegeln mit ihren weißen Marmorfragmenten. Dann öffnete sich zwischen zwei Pilastern die gepflegte, kiesbedeckte Zufahrt zu dem Vorplatz, umgeben von Lorbeer und Steineichen, und dahinter erschien die niedrige rote Villa.

Diesmal war es nicht Rita, die mir öffnete, das Mädchen mit der Brille und dem verschlafenen Gesicht, sondern ein dicker, glatzköpfiger Majordomus mit fettem Sakristan-Gesicht, in gestreifter Arbeitsjacke. Er redete mich mit «Herr Marchese» an und teilte mir mit, daß die «Frau Marchesa» daheim sei. Ich fuhr bei diesem Adelstitel zusammen, der mir ganz neu war, und begab mich in das Arbeitszimmer. Meine Mutter saß an ihrem Schreibtisch, in irgendwelche Papiere vertieft, eine Brille auf der Nase und eine lange Zigarettenspitze zwischen den Zähnen. Nach dem rituellen Kuß auf die hagere, trockene Wange fragte ich: «Was soll denn dieser Titel eines Marchese, mit dem mich dein Diener angesprochen hat? Und wo kommt der Diener plötzlich her? Was ist aus Rita geworden?»

Meine Mutter nahm die Brille ab und fixierte mich einen Moment, ohne zu sprechen, mit ihren blauen, gläsernen Augen. Dann sagte sie mit der unangenehmsten Stimme, über die sie verfügte: «Die Rita habe ich weggejagt, weil sie eine durch und durch verdorbene Person war.»

«Was hat sie denn getan?»

«Sie trieb es mit allen Männern», sagte meine Mutter, «nicht einen ausgenommen, im Haus und auswärts in einem Umkreis von etlichen Kilometern! Eine Nymphomanin!»

«Wer hätte das gedacht? Sie machte einen so ernsthaften Eindruck!»

Wieder schwieg meine Mutter, als wollte sie warten, bis in mein Gemüt die Heiterkeit zurückgekehrt war, die für die nachfolgende Mitteilung nötig war. «Was den Titel betrifft, so hat mich vor einiger Zeit ein Spezialist in Heraldik aufgesucht und mir erklärt, daß unsere Familie eigentlich adelig ist und daß wir Marchesi sind. Es scheint, daß die Familie deines Vaters vor hundert Jahren aus irgendwelchen Gründen den Titel abgelegt hat. Ich lasse jetzt die nötigen Nachforschungen anstellen; wir werden zweifellos bald das Recht haben, den Titel wieder zu führen. Mir schien es einfach schade, keinen Gebrauch davon zu machen, da wir doch ein Anrecht darauf besitzen.»

Ich antwortete nicht. Der Snobismus meiner Mutter war mir wohlbekannt, und ich hatte seit langem aufgehört, mich darüber zu wundern. Nach einem Augenblick begann sie von neuem, diesmal im Ton des Vorwurfs: «Ich weiß nicht, ob dir klar ist, daß du nach deinem – sagen wir – Verschwinden am Tag deines Geburtstages heute das erste Mal wieder deine Mutter besuchst?»

Ich sagte mit genügend schuldbewußter Stimme: «Du hast recht. Aber ich war sehr beschäftigt.»

Sie fragte: «Hast du wieder angefangen zu malen?»

Ich erwiderte: «Keine Angst! Ich war anderweitig beschäftigt.»

«Angst? Ich habe vor nichts Angst! Es wäre mir sogar lieber, du maltest wieder.»

«Warum?»

«Weil du dann weniger an die Weiber denken würdest», sagte meine Mutter unerwartet und in höchst unangenehmer Art. Dann schaute sie mir ins Gesicht und fragte: «Was glaubst du denn? Meinst du, man merkt das nicht?»

«Was denn?»

Meine Mutter gab mir keine direkte Antwort und fuhr fort: «Weißt du, daß du sehr, aber schon sehr mitgenommen aussiehst?»

Das wußte ich. Ich hatte in diesen zwei Monaten ein allzu intensives Liebesleben geführt. Und vor allem hatte ich gar nichts anderes getan. Ich sah also dementsprechend aus. Ich sagte: «Mag sein. Aber ich fühle mich ausgezeichnet.»

«Meiner Meinung nach solltest du ordentlich ausspannen, im Freien sein, Sport treiben, gute Luft atmen. Warum fährst du nicht für einen oder zwei Monate in die Berge?»

«Dazu gehört Geld, und das habe ich nicht.»

Jedesmal, wenn ich meine Armut hervorkehrte, die ja freiwillig und im Grunde fiktiv war, ärgerte sich meine Mutter wie über etwas Unverständliches und im Grunde Unmoralisches. So auch diesmal: «Aber Dino, das dürftest du wirklich nicht sagen!»

«Warum nicht? Wir sind am Fünfzehnten des Monats, und ich habe, glaube ich, noch kaum vierzigtausend Lire von meinem Wechsel übrig.»

«Aber Dino, du hast doch nur darum kein Geld, weil du keins haben willst! Du bist reich, Dino, sehr reich, und es ist sinnlos, daß du den Armen spielst. Du bist reich, und was immer du tust, du bleibst reich.»

Das war genau das, was ich selber dachte. Ich sagte, jede Silbe einzeln betonend: «Wenn du willst, daß ich dich besuche, dann hör auf, mich daran zu erinnern, daß ich reich bin, verstehst du?»

«Aber warum denn? Es ist doch wahr!»

«Ja, aber diese Wahrheit bedrückt mich.»

«Warum bedrückt dich das? Denk doch, wie viele Leute glücklich wären, sich in deiner Lage zu befinden! Mein Junge, warum sollte dich etwas bedrücken, das jeden anderen beglücken würde?»

Die Stimme meiner Mutter klang wirklich betrübt, und ich empfand plötzlich ein Gefühl gereizter Müdigkeit. Ich sagte: «Es gibt Leute, die sind allergisch gegen Erdbeeren, und wenn sie welche essen, bekommen sie rote Flecken am ganzen Körper. So bin ich gegen Geld allergisch und erröte bei dem Gedanken, welches zu haben.»

Ein kurzes Schweigen folgte. Dann sagte meine Mutter im Ton des guten Willens: «Also gut, du bist arm. Aber du bist ein Armer mit einer reichen Mutter. Das wenigstens wirst du doch zugeben?»

«Und weiter?»

«Also leiht dir deine Mutter das Geld, um in die Berge zu fahren, zum Beispiel nach Cortina d'Ampezzo.»

Ich war schon im Begriff, das Wutgeheul auszustoßen, zu dem mich die immer genau vorhersehbaren und konventionellen Ratschläge meiner Mutter mitunter veranlaßten: im Winter Cortina d'Ampezzo, im Sommer der Lido, im Frühling die Riviera. Plötzlich aber fiel mir ein, daß mir meine Mutter, ohne es zu wollen, den Vorwand lieferte, den ich suchte, um mich endgültig von Cecilia zu trennen: Ich würde mir das Geld geben lassen, das für einen Aufenthalt in Cortina notwendig war.

Mit diesem Geld konnte ich Cecilia ein Geschenk machen und ihr gleichzeitig ankündigen, ich müsse meine Mutter ins Gebirge begleiten. Das Geschenk würde ihr die Trennung versüßen, von der ich im übrigen behaupten würde, sie sei nur vorübergehend. Erst später würde ich Cecilia einen Abschiedsbrief schreiben. Also sagte ich in ergebungsvollem Ton: «Gut, es ist recht: Cortina. Also gib mir bitte das Geld!»

Meine Mutter hatte offenbar eine so rasche Kapitulation nicht erwartet. Aus der Fassung gebracht, sah sie mich an und fragte dann: «Wann möchtest du abreisen?»

«Sofort. Heute ist der Fünfzehnte. Also sagen wir am Achtzehnten.»

«Man muß aber im Hotel ein Zimmer bestellen.»

«Ich werde telegrafieren.»

«Und wie lange würdest du bleiben?»

«Vierzehn Tage bis drei Wochen.»

Meine Mutter schien ihr Angebot jetzt zu bereuen. Oder besser gesagt: Sie bereute, wie mir schien, nicht so sehr ihr Angebot als vielmehr die Tatsache, sich keinen Gegenwert dafür gesichert zu haben. Die Gewohnheit des Spekulierens war so stark in ihr, daß sie auch in ihren Beziehungen zu mir nie ganz aufhörte. Unentschlossen sagte sie: «Ich gebe dir natürlich das Geld, das du brauchst. Ich habe es dir versprochen, und meine Versprechungen halte ich.»

«Schön, also dann gib mir's!»

«Hast du es aber eilig! Und wieviel brauchst du überhaupt?»

«Ich rechne mit zwanzigtausend Lire am Tag. Gib mir einstweilen zweihunderttausend Lire.»

«Zwanzigtausend Lire am Tag!»

«Bin ich reich oder nicht – nach deinen eigenen Worten? Dabei will ich gar nicht in einem Hotel ersten Ranges absteigen. Zwanzigtausend Lire am Tag genügen kaum für einen bescheidenen Aufenthalt.»

«Ich habe sie nicht hier», sagte meine Mutter und entschloß sich endlich, meiner Forderung eine verkappte Weigerung entgegenzusetzen. «Ich habe nie Geld hier.»

«Gut», sagte ich und erhob mich, «gehen wir also in dein Zimmer.»

«Ich habe auch dort kein Geld. Gerade heute früh mußte ich eine Zahlung leisten.»

«Dann stell mir einen Scheck aus. Das Scheckbuch hast du doch sicher hier?»

Sonderbarerweise überlegte sie sich's bei diesem vernünftigen Vorschlag plötzlich anders. «Nein, ich gebe dir das Geld doch lieber in bar, denn mit dem Scheckheft bin ich gestern fertig geworden. Gehen wir hinauf.»

Sie erhob sich, und ich folgte ihr. Dabei fragte ich mich nach dem Grund für ihre plötzliche Meinungsänderung. Ich mußte nicht lange warten, bis ich ihn erfuhr. Als wir auf der Treppe waren, sagte meine Mutter, ohne sich umzuwenden: «Übrigens, ich werde dir heute nur eine Anzahlung geben, hunderttausend Lire. Den Rest gebe ich dir morgen. Ich kann dir heute nicht mehr geben, denn das ist alles, was ich im Hause habe.»

Meine Mutter hatte sich's also anders überlegt; den Scheck hätte sie mir auf die ganze Summe ausstellen müssen, während sie mir in bar weniger geben konnte, unter dem Vorwand, nicht mehr zu haben. Warum dieser plötzliche Geiz? Wahrscheinlich, so dachte ich, um die Kontrolle über mich nicht zu verlieren und gleichzeitig etwas im Tausch gegen das Geld von mir zu erlangen. Doch sagte ich nichts und folgte ihr die Treppe hinauf in ihr Zimmer. Es war ein großer, sehr bequemer Raum in modernem Stil, ganz auf Grau und Weiß abgestimmt, mit einer Unzahl von Teppichen und Vorhängen, so daß man den erstikkenden Eindruck gewann, es sei nirgends eine Handbreit Fußboden oder Wand ohne Stoff. Im Halbdunkel, in dem unsere Bilder in den Spiegeln geheimnisvoll und wie schuldhaft verschworen wirkten, öffnete meine Mutter die Tür zum Badezimmer im Hintergrund des Raumes. Ich blieb stehen, wo ich war. Meine Mutter fragte: «Warum bleibst du stehen? Komm ruhig, vor dir habe ich keine Geheimnisse.»

Ich sagte: «Du hast keine Geheimnisse, weil du weißt, daß ich dein Geld nicht will. Wenn ich es wollte, hättest du welche – und was für welche!»

Sie antwortete: «Unsinn! Du bist schließlich mein Sohn, nicht?» Mit diesen Worten betrat sie vor mir das Badezimmer. Es war sehr geräumig, von jener rein dekorativen, zwecklosen Platzverschwendung, die in den Häusern der Reichen häufig den der Körperpflege gewidmeten Räumlichkeiten eigen ist. Zwischen der Wanne und dem Waschbecken gab es mindestens vier Meter Marmorfußboden, und zwischen dem Waschbecken und der

Klosettmuschel ebenso viele Meter gekachelter Wand. Ich sah, wie meine Mutter zur Wand trat, einen der Haken erfaßte, an denen man die Handtücher aufhängt, ihn nach links drehte und dann daran zog. Vier weiße Majolikakacheln öffneten sich gleich einer Schranktür und enthüllten die graue Oberfläche eines stählernen Geldschranks. «Laß sehen», sagte meine Mutter, «laß sehen, versuch du, den Geldschrank zu öffnen.»

Meine Mutter hatte mir vor langer Zeit das Geheimnis des Mechanismus beigebracht, und ich hatte es mir wider Willen gemerkt, vielleicht nur, weil ich ein gutes Gedächtnis besitze. Es widerstrebte mir aber, davon Gebrauch zu machen, besonders unter ihren Augen, wie es einem widerstrebt, den Riten eines Kultes beizuwohnen, an den man nicht glaubt. Ich sagte: «Aber warum denn? Öffne du, was habe ich damit zu tun?»

«Ich wollte nur sehen, ob du dich noch erinnerst», erwiderte meine Mutter fröhlich. Rasch drehte ihre weiße, nervöse, mit schweren Ringen geschmückte Hand ein paar Scheiben des Zifferblatts und öffnete dann. Ich sah etliche Rollen Industrieaktien und einige weiße und gelbe Umschläge. Plötzlich schlug die Stimmung meiner Mutter in Mißtrauen um, und sie warf mir zweifelnde Blicke zu. Betreten schaute ich nieder. Auf dem Porzellan der Schüssel war ein Wattebäuschchen zu sehen. Ich streckte die Hand aus und betätigte die Spülung. Als ich wieder aufblickte, hatte meine Mutter aus dem Kassenschrank einen sehr dicken weißen Umschlag genommen und schob soeben die Kacheln wieder an ihren Platz. Dann sagte sie, indem sie ins Zimmer schritt: «Für heute gebe ich dir fünfzigtausend Lire. Mir ist eingefallen, daß ich die anderen fünfzigtausend brauche, um einen Lieferanten zu bezahlen.»

So reduzierte sie nochmals die Summe, die ich verlangt hatte. Ich hatte damit gerechnet, Cecilia ein Geschenk im Wert von zweihunderttausend Lire zu machen; ich hatte mich damit abgefunden, hunderttausend anzunehmen; aber fünfzigtausend – das schien mir denn doch zu wenig, um unsere Trennung zu vergolden. So protestierte ich mit Festigkeit: «Ich brauche noch heute hunderttausend Lire. Du kannst doch deinen Lieferanten sicher ein anderes Mal bezahlen.»

«Nein, das geht nicht.» Meine Mutter trat zu einer hohen antiken Kommode, wandte mir den Rücken zu und öffnete, wie mir schien, den Umschlag auf der Marmorplatte. Ohne mich von der Mitte des Zimmers wegzurühren, sagte ich: «In diesem Umschlag sind sicher mehr als fünfzigtausend, vielleicht sogar mehr als dreihunderttausend Lire – in diesem Umschlag hast du mindestens eine halbe Million! Warum machst du also diese Geschichten?»

Ohne sich umzuwenden, antwortete sie mir hastig: «Nein, hier sind nur hunderttausend Lire.»

«Dann laß sie mich sehen.»

Brüsk, mit einer unerwarteten Bewegung, wandte sie sich um, verdeckte mit den Schultern das Geld und zeigte mir ein Gesicht, das unter der gewohnten Trockenheit irgendwie gerührt aussah: «Dino», fragte sie, «warum willst du nicht wieder bei deiner Mutter leben? Wenn du hier wärest, könntest du so viel Geld haben, wie du nur willst!»

Das also war der Gegenwert, den meine Mutter von mir verlangte; und es spielte keine große Rolle, daß sie mich nicht einfach vor eine nüchterne Alternative stellte, wie sie das bei einem zahlungsunfähigen Schuldner getan hätte, sondern ihren Vorschlag in die Form einer pathetischen Beschwörung kleidete. Ich fragte: «Was hat denn das jetzt damit zu tun?»

«Ich muß doch feststellen, daß du nur zu mir gekommen bist, um Geld von mir zu verlangen», erklärte meine Mutter, «nachdem ich dich zwei Monate lang nicht gesehen hatte.»

«Ich sagte doch schon, daß ich sehr beschäftigt war.»

«Wenn du hierher zögest, könntest du tun, was du willst. Ich würde mich gar nicht in dein Leben einmischen.»

«Na, gib mir dieses Geld und reden wir nicht mehr davon!»

«Du könntest kommen und gehen, wann du magst. Nachts spät heimkommen. Empfangen, wen du willst – so viele Frauen, wie du Lust hast.»

«Ich will aber niemanden sehen.»

«Damals, als du davonliefst, hattest du vielleicht die Vorstellung, ich würde dich an einem Verhältnis mit Rita hindern. Du irrst. Wäre die Form gewahrt geblieben, hätte ich dich an nichts gehindert.»

Diesmal war ich wirklich höchst verwundert. Meine Mutter hatte also etwas von der Sache zwischen mir und Rita bemerkt, jedoch nichts gesagt, offenbar in der Hoffnung, eine Affäre mit Rita würde meine Beziehungen zur Villa und damit auch zu ihr selbst intensivieren. Wann aber war ihr etwas aufgefallen? Während des Essens? Oder später? Ich hatte plötzlich das unangenehme Gefühl, Unrecht in der Familie begangen zu haben – als wäre ich wieder ein Knabe, und meine Eltern hätten ganz recht, mich auszuschelten. Es gelang mir aber, dieses ungute Gefühl zu überwinden, indem ich dachte: Mein Interesse für Rita ist ja nur durch die Verzweiflung geweckt worden, die mich jedesmal bei einem Besuch in diesem Hause überkommt. So blickte ich ihr gerade ins Gesicht und antwortete böse: «Nein, ich bin nicht wegen Rita davongelaufen, sondern deinetwegen.»

«Meinetwegen? Aber ich tat doch so, als merkte ich nicht, wie du Rita während des Essens betätscheltest!»

Der Satz, und mehr noch der Ton, in dem er gesprochen wurde, versetzte mich in Zorn. «Ja, deinetwegen betätschelte ich Rita – wie du dich ausdrückst!»

«Warum denn? Was habe ich damit zu tun? Jetzt bin ich auch noch daran schuld, daß du die Dienstboten belästigst!»

«Ich habe sie deshalb getätschelt, weil du mich getreten hattest!»

«Was soll das heißen?»

«Du tratest mich, um mir zu verstehen zu geben, daß ich vor dem Personal nicht von Geldsachen reden sollte. Und damit du es nur weißt», ich war jetzt ganz nahe herangetreten und schrie ihr fast ins Gesicht, «damit du es ein für allemal weißt – alle Dummheiten, die ich in meinem Leben begangen habe, habe ich deinetwegen begangen!»

«Meinetwegen?»

«Ganze Jahre meiner Jugend», schrie ich, von immer größerer Wut erfaßt, «habe ich damit verbracht, davon zu träumen, ein Dieb, ein Mörder, ein Verbrecher zu sein – nur um nicht das zu werden, was du aus mir machen wolltest! Danke dem Himmel, daß ich das alles nicht wirklich geworden bin – vielleicht nur mangels der rechten Gelegenheit. Und warum das Ganze? Weil ich mit dir in diesem Hause gewohnt habe!»

Diesmal schien meine Stimme meiner Mutter wirklich Schrekken einzujagen, während sie, solange es sich nur um Worte handelte, in der Regel alles ruhig einsteckte. Ich sah, wie sie mit ratlosem Gesicht den Kopf schüttelte und dazu murmelte: «Wenn das so ist, komm nicht mehr zu mir, dann komm nicht mehr in dieses Haus!»

Ich wurde plötzlich ruhig und sagte: «Nein, ich werde schon

weiter hierherkommen, aber verlange nicht von mir, daß ich dieses Haus liebe!»

«Was hat es denn so Hassenswertes an sich – ist es nicht ein Haus wie jedes andere?»

«Es ist sogar schöner und bequemer als die meisten anderen Häuser.»

«Na also?»

Sie schien jetzt ein wenig erleichtert, da ich sie nicht mehr direkt angriff. Ich antwortete mit einer Gegenfrage: «Auch mein Vater wollte nicht in diesem Hause bleiben. Warum?»

«Dein Vater reiste gern.»

«Wäre es nicht richtiger, zu sagen – er reiste, weil er nicht gern hier war?»

«Dein Vater war dein Vater, du bist du.»

Es war nicht das erste Mal, daß Diskussionen dieser Art zwischen uns stattfanden. Auch wenn ich brüllte und sie verletzte, am Ende machte ich doch immer vor der Wahrheit halt: Dieses Haus war mir widerwärtig, weil es das Haus eines reichen Menschen war. Andererseits drängte mich meine Mutter sozusagen, das auszusprechen, sie provozierte mich dazu; dabei wünschte sie, es in Wirklichkeit nicht zu hören, und es kam immer der Augenblick, da sie sich zurückzog und die Rede auf ein anderes Thema brachte. So auch diesmal. Ich schickte mich gerade an, ihr zu antworten, als sie nervös hinzufügte: «Sag lieber, daß du für dich leben willst, um mehr Freiheit zu haben. Du irrst dich; aber das ist gleichgültig. Da hast du deine hunderttausend Lire.»

Sie reichte mir das Geld, doch als ich die Hand ausstreckte, zog sie die ihre wieder zurück, als wäre sie draufgekommen, daß ich ihr nichts dafür gegeben hatte. Sie sagte: «Apropos, bleib doch wenigstens zum Essen da.»

«Das kann ich nicht.»

«Ich habe ein paar Leute eingeladen, darunter den Minister Triolo und seine Frau. Ein sympathischer, intelligenter, energischer Mann!»

«Ein Minister? Gräßlich! Gib mir dieses Geld!»

Diesmal gab sie es mir wirklich, aber mit einer beinahe wütenden und zugleich zögernden Geste, als wollte sie es im letzten Augenblick doch wieder an sich nehmen. «Dann komm morgen zum Essen», sagte sie. «Wir werden allein sein. Ich gebe dir dann den Rest der Summe. Immer vorausgesetzt, daß du wirklich nach Cortina fährst.»

«Zweifelst du daran?»

«Bei dir kann man nie wissen.»

Meine Mutter schien jetzt ziemlich zufrieden. Das erriet ich aus der Art, wie sie mir voran die Treppe hinabstieg. Sie hielt den Kopf hoch und glitt mit der Hand über das Messinggeländer. Vielleicht, so dachte ich, befriedigte es sie, daß es ihr noch einmal gelungen war, die große Auseinandersetzung zwischen mir und ihr hinauszuschieben – jene Auseinandersetzung, von der jeder Reiche wünscht, sie fände nie statt, weil er sonst seinen Reichtum nicht in Ruhe genießen könnte. Die Befriedigung meiner Mutter war so stark, daß sie im Vorraum ganz meine Weigerung vergaß und mich fragte: «Warum bleibst du nicht wenigstens so lange, bis der Minister kommt? Dann trinkst du einen Aperitif mit ihm und gehst. Er ist ein einflußreicher Mann und kann immer einmal nützlich sein.»

«Mir leider nicht», sagte ich mit einem Seufzer. «Und dann muß ich wirklich fort.»

Meine Mutter beharrte nicht weiter darauf. Sie öffnete die Haustür, trat auf die Schwelle zum Vorplatz und schob dabei, in der feuchten Herbstluft fröstelnd, die Hände unter die Achseln. «Wenn es so weitergeht», sagte sie, zum bewölkten Himmel aufblickend, «kann ich ein Kreuz über meine armen Blumen machen.»

«Also leb wohl, Mama», sagte ich, beugte mich vor und drückte den rituellen Kuß auf ihre nicht minder trockene Wange. Dann lief ich zu meinem Wagen, denn ich sah am Ende der Zufahrt ein anderes Auto herankommen und wollte um jeden Preis eine Begegnung mit den Gästen meiner Mutter vermeiden. Ich setzte mich ans Lenkrad in dem Augenblick, da das andere Auto auf dem Vorplatz erschien und anhielt. Meine Mutter stand jetzt an der Schwelle, in der Haltung einer Hausfrau, die wichtige Gäste empfängt. Ich startete, fuhr los und konnte gerade noch sehen, wie der livrierte Chauffeur ausstieg, die Mütze zog und mit einer tiefen Verneigung den Wagenschlag aufriß. Es war jedoch nicht mehr zu erkennen, wem der Fuß in dem schwarzen Schuh gehörte, der aus dem Wagen zum Vorschein kam.

Es war kurz vor ein Uhr. Rasch fuhr ich die Via Appia entlang und kam kurz vor Ladenschluß auf die Piazza di Spagna. Ich wußte, wo ich das Abschiedsgeschenk für Cecilia kaufen wollte, und betrat einen Taschen- und Schirmladen in der Via Condotti. Dort drängten sich elegante Käuferinnen, die sich bei meinem Eintritt mit einem Anflug von Verwunderung beiseite schoben. Während ich dann in großer Eile eine Krokodilledertasche aussuchte, sah ich in den Spiegel und verstand, warum die übrigen Kunden sich wunderten. Ich sah aus wie ein Vagabund: der Kopf, umgeben von blonden, gelockten, zu langen Haaren, ein Anflug rötlichen Bartes auf den Wangen, ein anthrazitfarbener Pullover, der das krawattenlose Hemd sehen ließ, formlose, abgewetzte Hose von olivgrüner Farbe. Ich machte, vielleicht weil das Lokal niedrig war, einen sehr hochgewachsenen Eindruck, und meine Stirn sah aus wie ein Visier, das sich über die blauen, blutunterlaufenen Augen herabsenkte. Meine Nase war kurz, mein Mund hervortretend. Mit einem Wort, ich wirkte wie eine Art Affe. Während ich mich so betrachtete, begriff ich plötzlich, wieviel Zuneigung mir von meiner Mutter entgegengebracht worden war, als sie mich in diesem Aufzug zusammen mit dem Minister und ihren anderen Gästen zum Mittagessen eingeladen hatte. Dann aber überlegte ich, daß meine Mutter mit ihrem Empfinden für das, was sie «die Form» nannte, wohl gedacht haben mochte, ich sei ganz als Maler gekleidet, das heißt in einer Art Uniform, die eine keineswegs unehrenhafte Stellung in ihrer Gesellschaft anzeigte. Denn in dieser Gesellschaft hatte man das Recht, sich ebenso mit dem Pullover des Künstlers zu bekleiden wie mit dem Zweireiher des Ministers. Bei diesen Gedanken fuhr ich zusammen, als die Verkäuferin mich ansprach und mir die Handtasche reichte. Ich zahlte, ergriff das Paket und ging.

Es war ein Uhr. Verabredet waren Cecilia und ich für fünf Uhr. Seltsam: Solange ich glaubte, daß unsere Beziehung andauern würde, hatte ich nie gemerkt, daß ich auf Cecilia wartete; jetzt aber, da ich beschlossen hatte, mich von ihr zu trennen, war mir das Warten fast unerträglich. Ich tat also alles, was ich bis fünf Uhr tun konnte, mit der größtmöglichen Langsamkeit und hoffte, auf diese Weise die Zeit unfühlbar und schmerzlos hinzubringen. Ich aß in einem Gasthaus der Gegend, benahm mich so, als genösse ich das Essen, und sann zwischen einem Bissen und dem anderen nach. Dann ging ich in eine Bar, trank einen Kaffee und hörte mir einige Schlager aus der Jukebox an. Einen zweiten Kaffee trank ich dann in einer anderen Bar, wo ich, auf einem Hocker sitzend, eine Zeitung von Anfang bis Ende durchlas. Zwanzig Minuten blieb ich auf dem Gehsteig stehen und unterhielt mich mit einem jungen Maler, dessen Namen ich nicht kannte. Dabei simulierte ich Interesse für sein langes Geschimpfe auf die Bilderpreise und auf die Ausstellungen. Aber mit allen diesen Mitteln brachte ich doch nicht mehr als zwei von den vier Stunden herum, die bis zu unserem Stelldichein verstreichen mußten. Mit Beklemmung im Herzen betrat ich schließlich mein Atelier.

Darin fand ich ein klares, sauberes, exaktes Licht, das durch die weißen Vorhänge filtriert wurde und das ich gut kannte. In diesem Licht war mir, als nehme meine Langeweile, also der Mangel an Beziehung zwischen mir und den Dingen, einen äußerst normalen Aspekt an, ohne darum allerdings weniger bedrückend zu sein. Und kaum hatte ich mich auf meinem Sessel vor der leeren Leinwand niedergelassen, die noch immer weiß auf der Staffelei stand, dachte ich sogleich: Ich bin hier, und sie sind dort. «Sie» waren, wie ich wußte, die Dinge rings um mich: die Leinwand auf der Staffelei, der runde Mitteltisch, der Wandschirm in der linken Ecke, der das Bett verbarg, der Terrakottaofen mit seinem Abzugsrohr, die mit Papieren bedeckten Stühle, das Regal mit den Büchern. Sie waren dort, wie ich mir vorsagte, und ich war hier. Zwischen ihnen und mir war nichts, gar nichts – so wie vielleicht im Weltraum zwischen Sternen, die Milliarden von Lichtjahren voneinander entfernt sind, nichts ist.

Ich sagte mir vor: «Ich bin hier und sie sind dort», und erinnerte mich gleich darauf, wie Cecilia tags zuvor auf dem Diwan gelegen hatte, das Gesicht mit den geschlossenen Augen zurückgeworfen und den Leib vorgeschoben. Sie bot sich mir dar in der klarsten und buchstäblichsten Art: wie ein willenloser Gegenstand, der nur den einen Wunsch hat, besessen zu werden. Und ich erinnerte mich auch, daß ich mich näherte und dabei so wie heute dachte: Sie ist dort, und ich bin hier. Nichts befand sich zwischen uns; ich mußte dieses Nichts durchqueren, durchschreiten, anfüllen, indem ich mich über sie warf. Ich entsann mich der Anstrengung, die es mich gekostet hatte, sie zu umarmen und zu nehmen – als hätte ich eine Schranke zu durchbrechen. Da wurde mir plötzlich klar, daß mein Entschluß, mich von ihr zu trennen, nur die endgültige Bestätigung eines schon seit langem herrschenden Zustandes war. Ja, ich würde Cecilia heute verlassen; aber in Wirklichkeit hatte ich sie schon lange verlassen, wenn ich überhaupt jemals eine echte Beziehung zu ihr gehabt hatte.

Unter derlei Betrachtungen schlummerte ich ein, nachdem ich den Sessel mit dem Diwan vertauscht hatte. Mir war, als stürzte ich mit geballten Fäusten und zusammengebissenen Zähnen in einen grenzenlosen Abgrund. Je länger dieser Sturz dauerte, desto mehr nahm mein Körper an Schwere zu. Dann fuhr ich plötzlich auf, mit einem metallischen Geschmack im Mund, als ob ich in eine Eisenstange gebissen hätte. Das Atelier lag fast finster da; in dem grauen Halbdunkel waren die Gegenstände schwarz geworden. Ich sprang vom Diwan und drehte das Licht an. Sogleich wirkte das Fenster schwarz. Da sah ich nach der Weckeruhr auf dem Tisch und stellte fest, daß es sechs Uhr vorbei war. Cecilia hätte um fünf kommen sollen.

Es bedurfte keines großen Aufwandes an Phantasie, um zu begreifen, daß sie heute sicher nicht mehr kommen würde. Das aber war etwas Neues. Cecilia war zwar offenbar jener Gefühle unfähig, die es uns nahelegen, geliebte Menschen nicht leiden zu lassen, doch aus einem ihrer vielen Widersprüche heraus war sie trotzdem immer höchst pünktlich gewesen – als ob sie mich wirklich geliebt hätte; und wenn sie durch irgend etwas verhindert war, unterließ sie nie, mich rechtzeitig zu verständigen. Mithin war ihr Ausbleiben ganz ungewöhnlich und konnte wohl nur auf eine Weise erklärt werden: mit einem Ereignis von solcher Wichtigkeit, daß sie nicht kommen und mich auch nicht verständigen konnte.

Die erste Überlegung, die mir in den Kopf kam, lautete: Nun, bist du nicht froh? Du wolltest sie loswerden, und sie ist nicht gekommen. Um so besser, oder? Doch das war eine sarkastische Überlegung, denn verblüfft stellte ich fest, daß Cecilias Ausbleiben mir nicht nur nicht angenehm war, sondern mich geradezu aus der Fassung brachte.

Ich setzte mich wieder auf den Diwan und begann nachzudenken. Warum brachte mich Cecilias Ausbleiben aus der Fassung? Ich verstand: Während Cecilia bisher, wie gesagt, nichts für mich bedeutet hatte, ließ ihre Verspätung sie jetzt für mich zu etwas werden. Dieses «Etwas» aber verlor ich gerade in dem Augenblick, in dem es Konsistenz gewann, weil Cecilia nicht gekommen war. Stets hatte ich den schmerzlichen Eindruck gehabt, Cecilia sei abwesend, wenn sie sich im Atelier befand und sich an mich drückte. Nun aber war sie in bitterer und dunkler Weise zugegen, da sie nicht da war, und ich wußte, daß sie nicht kommen würde.

Ich versuchte mit größter Klarheit zu denken, obwohl ich fühlte, daß mir dies schwerfiel, weil ich litt: Cecilia war nicht gekommen. Sie hatte sich nicht einmal die Mühe genommen, sich zu entschuldigen. Also liebte sie mich nicht mehr oder nicht mehr genug, um pünktlich zu sein oder mir abzusagen. Also liebte sie mich sehr wenig. Da erinnerte ich mich plötzlich mit großem Staunen, daß Cecilia mir in all den zwei Monaten unseres Verhältnisses nie gesagt hatte, daß sie mich liebte und daß ich sie nie danach gefragt hatte. Natürlich, die Tatsache, daß sie sich mir hingegeben und das Beisammensein mit mir offensichtlich genossen hatte, konnte einer Liebeserklärung gleichkommen. Aber es konnte auch gar nichts bedeutet haben.

Wie bedeutungslos diese körperliche Hingabe war, schien auch daraus hervorzugehen, daß Cecilia sie nicht besonders wichtig fand. Solche Dinge spürt man: Cecilia hatte mir ihren Körper mit derselben barbarisch-unschuldigen Gleichgültigkeit überlassen, mit der ein Wilder einem habgierigen Forschungsreisenden das Amulett aus Edelsteinen überläßt, das er am Halse trägt. Es war, mit einem Wort, als hätte ihr noch nie ein Anbeter klargemacht, wie begehrenswert ein Frauenkörper sein kann. Balestrieri freilich hatte sie angebetet und war an dieser Anbetung gestorben; aber Cecilia schien sich darüber noch heute zu wundern – wie über etwas, das ihr völlig ungerechtfertigt schien.

Plötzlich spürte ich eine Art Stich im Herzen, und mein ganzer Körper zuckte zusammen. Der Stich war durch folgende Überlegung verursacht worden: Ich kann denken, was ich will, jedenfalls ist sie nicht gekommen! Dabei verspürte ich beinahe körperlich die Nichtigkeit jeglicher Reflexion gegenüber der Wirklichkeit ihres Nicht-Kommens. Auf die Uhr blickend, stellte ich fest, daß mehr als eine halbe Stunde seit meinem Erwachen vergangen war; jetzt gab es keine Zweifel mehr, daß Cecilia nicht mehr kommen würde. Und ich hatte auch gar keine

Lust mehr, mir einzureden, ihre Abwesenheit sei mir gleichgültig.

Ich dachte mir: Ihr fehlt etwas. Nur so konnte ich mir ihr Verhalten erklären, ohne sie zu verdächtigen. Also erhob ich mich und ging ans Telefon. Mit dem Gefühl einer Entdeckung stellte ich fest, daß ich noch niemals Cecilia angerufen hatte, nicht ein einziges Mal. Immer hatte sie mich angerufen. Deshalb war mir nie das Bedürfnis gekommen, es meinerseits zu tun. Dies schien mir bezeichnend. Ich hatte mich ebensowenig je der Mühe unterzogen, Cecilia anzurufen, wie ich mich je der Mühe unterzogen hatte, eine wirkliche Beziehung zu ihr herzustellen. Deshalb war unser Verhältnis ein Nichts gewesen, die Langeweile hatte es leicht zerfressen können, und ich war so zu dem Entschluß gebracht worden, das Ganze zu beenden.

Ich wählte die Nummer, worauf Cecilias Telefon lange Zeit in einem geheimnisvollen Schweigen verharrte. Oder, besser gesagt, dieses Schweigen wirkte geheimnisvoll, weil Cecilia durch ihr Fortbleiben für mich etwas Geheimnisvolles erlangt hatte – gleich einem Tier, das sich in seine Höhle verkrochen hat. Auf eine ungewisse Weise – wie ein Spieler, der nach wiederholten Verlusten immer noch zu gewinnen hofft – hoffte ich, daß schließlich Cecilias Stimme doch am Telefon ertönen würde. Statt dessen ereignete sich etwas Seltsames: Das Läuten wurde unterbrochen, irgendwer hob den Hörer ab, aber niemand sprach. Mir war, als hörte ich am anderen Ende des Drahtes etwas wie ein heftiges Atmen, eine Art Geflüster. Ich sagte mehrmals: «Hallo, hallo!» und fragte: «Wer spricht?» Doch daraufhin vernahm ich nur, wie am anderen Ende der Hörer abgehängt wurde. Wütend wählte ich noch einmal dieselbe Nummer, und wieder hörte ich jenes geheimnisvolle Atmen, bis der Hörer von neuem abgehängt wurde. Beim drittenmal läutete der Apparat lange Zeit, ohne daß irgendwer geantwortet hätte.

Ich setzte mich wieder auf den Diwan. Eine ganze Weile war ich so niedergeschmettert, daß ich gar nichts dachte. Klar war mir nur dies: Am selben Tag, an dem ich Cecilia das Ende unserer Beziehung mitzuteilen beabsichtigte, war sie aus mir unbekannten Gründen zum erstenmal nicht zu unserem Stelldichein gekommen und hatte damit selbst, wenigstens für den Augenblick, die Trennung provoziert, die ich ihr vorschlagen wollte. Bei alldem hatte ich das unangenehme Gefühl eines Menschen, der im Dunkeln eine steile Treppe hinabsteigt, auf eine Stufe gefaßt ist und statt dessen auf die Fläche des Treppenabsatzes tritt; er verliert also das Gleichgewicht gerade darum, weil die Stufe, über die er hätte fallen können, nicht da ist.

Nachdenklich erhob ich mich, ging mechanisch zur Tür, öffnete sie und schaute auf den Gang hinaus, fast hoffend, Cecilia werde um die Ecke biegen. Als ich dann nach der entgegengesetzten Seite sah, fiel mein Blick auf die letzte Tür des Korridors, die Tür zum Atelier Balestrieris. Ich mußte daran denken, daß wohl auch Balestrieri wer weiß wie oft hinausgeblickt hatte, um zu sehen, ob Cecilia um die Ecke biege. Ich wußte, daß das Atelier des alten Malers noch nicht wieder vermietet war; es hieß sogar, die Witwe trage sich mit der Absicht, selbst dorthin zu ziehen. Nun hatte Cecilia den Atelierschlüssel am Tag unserer ersten Begegnung auf meinem Tisch liegenlassen. Sie hatte ihn niemals zurückverlangt, und ich hatte ihn in eine Schublade getan – in einer Art Vorgefühl, er könne mir irgendwann dienlich sein. Nun empfand ich plötzlich den Wunsch, den Ort zu besuchen, wo Balestrieri sich mit derselben Ungewißheit herumgequält hatte, unter der ich jetzt selber litt.

Ich ergriff den Schlüssel. Dann lehnte ich meine Tür an, damit Cecilia, falls sie kam, eintreten konnte, und ging zum Atelier Balestrieris. Als ich die falschen, tropfenden Kerzen des Mittellüsters angedreht hatte, schien mir das Atelier unfreundlicher denn je – mit seinen falschen antiken Möbeln und seinem roten Damast. Über den dicken Teppich ging ich zum Tisch und atmete mit Widerwillen die eingesperrte, staubige, leicht übelriechende Luft ein. Der Tisch war massig, im Renaissancestil, mit einer polierten Platte, auf der sich bereits der Staub von zwei Monaten abgelagert hatte. Auf dem Tisch stand das Telefon, daneben lagen Telefonbücher und eine bezahlte grüne Rechnung. Vielleicht, so dachte ich, hatte die Witwe wirklich die Absicht, in diesem Atelier zu wohnen, da sie die Telefonrechnung weiterbezahlte. Dann fiel mein Blick auf ein gebundenes Adreßregister mit marmoriertem Einband. Ich griff danach und blätterte darin. Balestrieris schwarze, dicke, derbe Handschrift ließ mich irgendwie an seine allzu breiten Schultern und seine zu großen Füße denken. Fast auf jeder Seite des Registers gab es zahlreiche weibliche Vornamen ohne Familiennamen: Paola, Maria, Milly, Ines, Daniela, Laura, Sofia, Giovanna usw. Da ich Balestrieris Gewohnheiten kannte, zweifelte ich nicht daran, daß es sich hier um die Namen der gefälligen Mädchen handelte, die ihn so oft besucht hatten, bevor seine große Liebe zu Cecilia ausgebrochen war. Ich blätterte weiter und suchte unter dem Buchstaben C. Da stand der Name «Cecilia» und dahinter die Nummer, die ich vor kurzem vergebens angerufen hatte. Für einen Augenblick starrte ich auf diesen Namen und diese Nummer. Ich dachte an die verschiedenartigen Gefühle, die Balestrieri gehabt haben mußte, als er die Nummer einschrieb und jedesmal, wenn er sie wieder nachschlug, ehe er Cecilia anrief. Zuletzt war wohl das Register nicht mehr notwendig gewesen, weil er die Nummer auswendig wußte. Trotzdem hatte er wahrscheinlich die Seite mit dem Buchstaben C häufig betrachtet, um sich an jenen verhängnisvollen Tag zu erinnern, an dem er Cecilias Namen eingetragen hatte.

Das Telefon auf dem Tisch begann laut zu schrillen.

Ich zögerte zuerst, hob dann ab. Dabei hatte ich die seltsame Vorstellung, gar nicht ich, sondern Balestrieri zu sein, der nun am Telefon die Stimme Cecilias vernehmen würde. Dieses Gefühl erfuhr eine unerwartete Bestätigung, denn ich hörte wirklich die wohlbekannte Stimme, die fragte: «Bist du's, Mauro?» Tatsächlich hatte Balestrieris Vorname Mauro gelautet. Mein Herz stockte, mich erfüllte eine Art beklommener Übelkeit. Ohne Zweifel sprach da Cecilia! Und sie rief nicht mich an, sondern Balestrieri, einen Mann, der tot war und von dem sie wußte, daß er tot war!

Dies alles dauerte nur einen Augenblick. Kaum hörbar sagte ich: «Nein, ich bin Dino», und sogleich verlor die Stimme jede Ähnlichkeit mit der Cecilias, erwies sich vielmehr als völlig anders, als hätte nur meine Beklemmung diese Ähnlichkeit hervorgerufen. In verwirrtem Ton rief die fremde Stimme: «Ach, Verzeihung, spreche ich nicht mit der Wohnung des Herrn Balestrieri?»

«Doch.»

«Und ist Balestrieri nicht da? Wissen Sie, ich bin vier Monate außerhalb Roms gewesen und wollte ihm jetzt guten Tag sagen. Sie sind ein Freund von ihm, nicht wahr?»

«Ja, ich bin ein Freund. Aber wer sind Sie?»

«Ich bin die Milly», antwortete das Mädchen in pathetischem und hoffnungsvollem Ton, als wollte sie dadurch ihre Intimität mit dem alten Maler zu verstehen geben.

«Fräulein Milly, Herr Balestrieri ist verreist.»

«Er ist verreist? Und wissen Sie nicht, wann er zurückkommt?»

«Nein.»

Ich legte den Hörer auf, stand eine Weile regungslos da und hing dem dunklen, unangenehmen Gefühl nach, das dieser Anruf in mir hervorgerufen hatte. Dann spürte ich, daß es in dem Atelier kalt war und daß diese Kälte mir bis in die Knochen drang. Es war eine eigentümliche Kälte, zugleich unrein und tödlich: die Kälte eines Grabes, das zugleich ein Alkoven war, oder eines Alkovens, der zugleich ein Grab war. Ich hatte mich niedergesetzt, um den Anruf zu beantworten – vielleicht aus der Verwirrung heraus, die mich bei der Annahme überkommen hatte, die Stimme Cecilias zu hören. Jetzt erhob ich mich und trat auf den Korridor.

In mein Atelier zurückgekehrt, sah ich nach der Uhr. Und da mir bewußt war, daß ich niemanden mehr erwartete, begriff ich, daß ich auf der Uhr feststellen wollte, wieviel Zeit noch bis zu dem gewohnten Telefongespräch fehlte, das Cecilia jeden Morgen mit mir führte. Gleich darauf wurde mir klar, daß mir dies zum erstenmal passierte und daß Gedanken dieser Art mich von jetzt an immer häufiger heimsuchen würden.

5. Kapitel

Als ich am nächsten Morgen über Cecilias ausgebliebenen Besuch nachdachte, suchte ich mir einzureden, ihre Abwesenheit sei auf Gründe zurückzuführen, die nichts mit unseren Beziehungen zu tun hätten. Noch immer wünschte ich, mich Cecilias zu entledigen; aber die Cecilia, die ich loswerden wollte, war die Cecilia, von der ich glaubte, sie sei in mich verliebt – nicht jedoch die andere, die mich nicht mehr liebte und darum nicht zum Stelldichein gekommen war. Es handelte sich dabei nicht um die «Liebe aus Trotz», die einen den lieben läßt, der einen nicht liebt, und den nicht, der einen liebt. Die Sache war vielmehr so: Die Cecilia, die mich liebte, hatte sich als langweilig erwiesen; die andere Cecilia aber, die mich nicht liebte, war in meinen Augen durch die bloße Tatsache, daß sie mich nicht liebte, immer mehr zu einer Realität geworden. Trotzdem zog ich es vor, mir einzureden, Cecilia liebe mich und ich habe folglich keine Ursache, meinen Entschluß, mich ihrer zu entledigen, aufzugeben. Der Gedanke nämlich, daß sie mir nicht mehr langweilig sein, also Wirklichkeit annehmen könnte, flößte mir im Grunde eine Art Angst ein – als handelte es sich hier um eine Probe, der ich mich nicht gewachsen fühlte.

Inzwischen gab es da ein kleines, aber doch beklemmendes Problem: Sollte ich sie zuerst anrufen oder darauf warten, von ihr angerufen zu werden? Cecilia hatte die Gewohnheit, täglich um dieselbe Zeit zu telefonieren, nämlich gegen zehn Uhr vormittags, um mich zu begrüßen und mir das Stelldichein am Nachmittag zu bestätigen. Ich rechnete auch heute mit ihrem Anruf. Zugleich jedoch befürchtete ich, daß sie nichts von sich hören lassen und ausgehen würde, ehe ich mich meinerseits entschlossen hatte, sie anzurufen. Dann mußte ich den ganzen Tag in der sicherlich sehr schmerzhaften Ungewißheit verbleiben, ob sie kommen würde oder nicht. Auch bei der Frage dieses Anrufes wiederholte sich mein Problem: Ich wollte zuerst von Cecilia angerufen werden, um sie weiterhin als nicht-existent, weil verfügbar, ansehen zu können. Wenn hingegen ich sie anrief, mußte ich an sie als etwas Reales denken, weil sie problematisch war und mir entglitt.

Um drei Uhr nachmittags, als ich am hinteren Ende des Ateliers das Telefon läuten hörte, war ich noch immer in solche Betrachtungen versunken. Es läutete wiederholt, sanft, zudringlich, ironisch, als wollte es sagen, daß nicht meine Gedanken zählten, sondern einzig dieses Läuten. Ich erhob mich, ging hin und hob den Hörer ab. Sogleich hörte ich Cecilias Stimme: «Endlich. Wo warst du denn?»

Ich antwortete mit sehr leiser Stimme: «Ich war im Atelier, aber ich hatte dich nicht gehört.»

Ein Augenblick des Schweigens folgte. Dann sagte sie: «Ich habe dich vormittags nicht angerufen, weil das Telefon gestört war. Wir sehen uns also heute abend zur gewohnten Stunde.»

Ich konnte nicht umhin, lebhaft auszurufen: «Warum bist du denn gestern nicht gekommen?»

Ich erwartete eine aufrichtige oder verlogene, auf jeden Fall aber erklärende Antwort. Statt dessen hörte ich die befremdlichen Worte: «Weil ich nicht konnte.»

«Und warum konntest du nicht?»

«Weil ich zu tun hatte.»

«Gut», sagte ich wütend, denn ich erkannte in dieser Antwort Cecilias charakteristische Fähigkeit, die Wahrheit zu vermeiden und dabei doch nicht zu lügen. «Gut. Wir sehen uns also bald.»

«Ja, bald. Leb wohl!»

Gleich darauf merkte ich, daß der Umstand, von ihr zuerst angerufen worden zu sein, mir nicht die erhoffte Erleichterung verschafft hatte. Ja, sie hatte als erste telefoniert, aber es war ihr trotzdem gelungen, so geheimnisvoll und ungreifbar zu bleiben, als hätte sie sich überhaupt nicht gemeldet. Ihr Anruf hätte Verfügbarkeit, Abhängigkeit und folglich Auslöschung bedeuten sollen, bedeutete jedoch in Wahrheit nichts von alldem. Und es schien mir noch immer nötig, sie zu verlassen – wie ich beschlossen hatte.

Inzwischen aber war es nötig, zu leben, das heißt die zwei Stunden hinzubringen, die mich noch von dem Augenblick trennten, in dem Cecilia im Atelier erscheinen würde. Vielleicht gibt es eine Vorstellung von meiner Ungeduld, daß ich in meiner Verzweiflung sogar auf den Gedanken verfiel, von neuem zu malen. Ich sagte mir: Wenn es mir irgendwie gelingt, die Leinwand anzufüllen, die noch immer auf der Staffelei steht, werde ich zumindest einen Grund mehr haben, mich von Cecilia zu trennen. Ich wußte ja, nur die Malerei konnte imstande sein, die Leere in meinem Leben auszufüllen, die das Ende unserer Beziehung in mir hinterlassen mußte. Aber ein Blick auf die Leinwand dort auf der Staffelei genügte, um zu begreifen, daß es mir unmöglich sein würde zu malen, ja auch nur die Hand zu einem beliebigen Strich zu erheben. In Wirklichkeit hatte ich in diesem Augenblick nur eine einzige und obendrein höchst problematische Beziehung zu einem einzigen Tatbestand, nämlich dem Verhältnis zwischen mir und Cecilia, das ich abzubrechen im Begriff war. Was zum Teufel hätte ich also auf diese Leinwand malen sollen, die ich am Tag der ersten Begegnung zwischen mir und Cecilia mit meiner Unterschrift versehen hatte – als Zeichen, daß die Malerei für mich zu Ende war? Um mich zu trösten, las ich einen Text von Kandinsky, der die leere Leinwand behandelt. «Die leere Leinwand», heißt es darin, «anscheinend wirklich leer, schweigend, gleichgültig. Fast erstaunt. In Wirklichkeit voller Spannungen, mit tausend halblauten Stimmen, schwanger mit Erwartung. Etwas erschrokken, denn sie kann vergewaltigt werden. Aber gefügig. Willig tut sie das, was man von ihr verlangt, und bittet nur um Gnade. Sie kann zu allem führen, aber nicht alles ertragen. Wunderbar ist die leere Leinwand, schöner als viele Bilder...» Plötzlich warf ich das Buch zu Boden und verließ fast laufend das Atelier.

Ich wußte, wohin ich zu gehen hatte. Freilich wußte ich dies nicht mit dem Verstand, wohl aber mit einem Instinkt – sehr ähnlich der Witterung eines Jagdhundes, der einen Geruch durch Wald oder Gestrüpp verfolgt. So verließ ich die Via Margutta und ging die Via del Babuino in der Richtung nach der Piazza di Spagna entlang. Ich eilte an den Geschäften vorbei, drängte mich durch die Menschenmenge, als befürchtete ich, zu spät zu einem Rendezvous zu kommen. So legte ich etwa hundert

Meter zurück, dann sah ich plötzlich vor mir Cecilia. Auch sie ging ziemlich rasch – wie jemand, der weiß, wo er hin will, und Eile hat. Einen Augenblick dachte ich daran, sie einzuholen, schließlich aber verlangsamte ich den Schritt und ging ihr nach. Plötzlich war mir klar, daß sie mir noch nie so wirklich erschienen war wie jetzt, da ich die Absicht hatte, mich von ihr zu trennen. Ich wollte ihre Wirklichkeit genießen und zugleich dahinterkommen, warum sie sich mir erst jetzt enthüllte. Ich musterte Cecilia also aufmerksam und stellte fest, daß sie auf mich wie ein Mensch wirkte, den ich noch nie im Leben gesehen hatte – umgeben von einer so völlig neuen Atmosphäre wie am ersten Schöpfungstag. Die Einzelheiten ihrer Erscheinung schienen durch irgendein Wunder sichtbarer als sonst, ja sozusagen sichtbar aus sich selbst heraus, unabhängig davon, ob ich sie betrachtete oder nicht; die schwarze, leichte Masse ihres Haares, ähnlicher schamlos wildem Gestrüpp als einer gepflegten Frisur, die Haltung des Halses, der nicht zu sehen, aber zu spüren war, zart und zugleich graziös; die Bewegung des grünen, langen, haarigen Pullovers um den Oberkörper, von dem ich wußte, daß er darunter nackt war mit den festen, emporgereckten, der Reibung der rauhen Wolle ausgesetzten Brüsten; der schwarze, enge, kurze Rock, der bei jedem Schritt die beweglichen Rundungen des Gesäßes sichtbar machte. Ihr ganzer Körper, mit einem Wort, schien meine Blicke anzuziehen und sozusagen aufzusaugen, wie ausgedörrter Boden den Regen. Aber über diese Äußerlichkeiten hinaus bemerkte ich zum erstenmal eine sozusagen sekundäre Wirklichkeit, nämlich etwas, das diesen Formen eine Seele verlieh. Worin diese Wirklichkeit bestand, wurde mir alsbald klar: In jedem Teil dieses bewegten Körpers war eine unbewußte und unwillentliche Kraft wirksam, die Cecilia vorwärtszutreiben schien, als wäre sie eine Schlafwandlerin mit geschlossenen Augen und verdunkeltem Geist. Diese Kraft entzog Cecilia mir und machte sie damit für mich wirklich.

Auf der Piazza di Spagna angekommen, ging Cecilia entschlossen auf die Spanische Treppe zu. Ich hielt einen Augenblick inne und sah in die Richtung, wohin sie zu gehen schien. Da erblickte ich bei dem Schirm eines Blumenverkäufers einen Mann, der dort so stand, als erwarte er jemanden. Es war ein junger, hochgewachsener, kräftig aussehender Mann. Zweierlei fiel mir sofort auf: die sehr breiten Schultern, die an athletischen Wuchs denken ließen, und die goldblonden Haare, die wie gebleicht aussahen. Cecilia hatte inzwischen mit gesenktem Kopf das Pflaster der Piazza di Spagna überquert und näherte sich jetzt dem jungen Mann, ohne den Schritt zu beschleunigen, aber mit einem leichten Schwingen der Hüften, das unwiderstehlich und provozierend wirkte. Sie kam zu ihm, blieb stehen und schien ihm die Hand zu geben. In diesem Augenblick machte auch ich rasch ein paar Schritte vorwärts. Cecilia war auf die erste Stufe der Treppe getreten, sah aber trotzdem noch immer kleiner aus als der Mann.

Bald war ich in ihrer Nähe. Cecilia hatte nichts bemerkt und bemerkte mich auch noch nicht, als ich auf Armeslänge an sie herangekommen war. Ich stieg die Treppe empor und ging in nächster Nähe um sie herum, wobei ich sie beinahe streifte. Sie redete und lachte fröhlich mit dem Mann mit dem Wasserstoffsuperoxyd-Haar. Plötzlich fiel der Blick ihrer großen, dunklen Augen auf mich. Aber so unglaublich mir das auch scheinen mochte: sie bemerkte mich noch immer nicht. Ich stellte fest, daß ich diese Dinge registrierte, ohne etwas zu denken. Und ich begriff, daß ich nichts dachte, weil ich litt. Schließlich verbarg ich mich hinter dem Schirm des Blumenhändlers, wenige Schritte entfernt.

Der junge Mann mit dem gebleichten Haar hatte Cecilia jetzt mit betonter Zärtlichkeit untergefaßt und drängte sie sanft auf den Schirm zu, hinter dem ich mich verbarg. Sie blieben stehen. Dann, ohne ihren Arm loszulassen, wählte der junge Mann ein Veilchensträußchen aus einem Blechgefäß und reichte es ihr. Cecilia roch daran, der junge Mann bezahlte den Blumenhändler und ging schließlich, Cecilia noch immer untergefaßt haltend, mit ihr die Treppe empor auf die Kirche Trinità dei Monti zu. Zum erstenmal bemerkte ich, daß der junge Mann einen kurzen grünen Mantel trug, der mir bisher nicht aufgefallen war.

Ich blieb noch eine Weile stehen, wo ich stand, und blickte dem Paar nach – die Treppe hinauf. Ich empfand einen heftigen Schmerz, der mir keine Ruhe ließ, und war zugleich wütend darüber, daß ich ihn empfand. Schließlich begriff ich, daß es mir bei allem Leiden nicht möglich sein würde, mich von Cecilia zu trennen, obwohl ich das noch immer wünschte. Und ich begriff auch, daß ich nur leiden oder mich mit Cecilia langweilen konnte. Bisher hatte ich mich gelangweilt und deshalb die Trennung von ihr gewünscht. Jetzt litt ich und wußte dabei, daß ich mich so lange nicht von ihr würde trennen können, bis ich mich wiederum langweilte.

Diese und ähnliche Betrachtungen mußten mich sehr stark in Anspruch genommen haben, denn plötzlich fand ich mich zu meiner Verwunderung im Atelier wieder. Ich war also, in meine Gedanken gehüllt wie in einen Nebel, ohne es zu bemerken in die Via Margutta zurückgekehrt, hatte mein Atelier betreten und mich auf den Diwan geworfen. Der Wecker auf dem Mitteltisch zeigte halb fünf. Es fehlte demnach nur mehr eine halbe Stunde bis zum Erscheinen Cecilias. Ich aber hatte wirklich nichts anderes mehr zu tun, als auf sie zu warten. Und diese halbe Stunde erschien mir plötzlich unüberwindlich, als sei die Zeit stehengeblieben und hoffe darauf, von mir einen Stoß zu bekommen, um wieder in Schwung zu geraten. In Wirklichkeit war ich bei einem Gedanken stehengeblieben, der sich trotz aller meiner Anstrengungen nicht weiterführen ließ.

Was mich am meisten in Zorn versetzte, war die Tatsache, daß ich zwar Cecilia nicht liebte, aber durch die Umstände genötigt war, die Gefühle eines Liebenden zu haben und mich demgemäß zu betragen. Ich wäre diese Umstände gern losgeworden – so wie ein Ochse versucht, das Joch abzuschütteln, das ihm im Nacken sitzt –, spürte aber, daß mich jede Bewegung nur noch mehr bedrückte und mich zwang, wie ein Verliebter zu handeln – was ich meiner Überzeugung nach nicht war.

Zum Beispiel sagte ich mir: Jetzt ist Cecilia mit ihrem Freund in irgendeinem abgelegenen Winkel der Villa Borghese und macht mit ihm, was sie so oft mit mir gemacht hat. Sie küßt ihn mit ihren Kinderlippen ungeschickt und kalt und versetzt ihm gleichzeitig mit ihrem Leib den gewohnten fordernden Stoß. Gleich darauf aber fragte ich mich: Warum denke ich das alles und warum leide ich darunter? Offenbar, weil ich die beiden zusammen gesehen habe. Diese Tatsache zwingt mich also, auf Cecilia eifersüchtig zu sein und zu leiden.

Ich grübelte mit gesenktem Kopf über das alles nach, und als ich schließlich aufsah, stellte ich fest, daß nur noch wenige Minuten bis zu Cecilias Ankunft fehlten. Da erhob ich mich vom

Diwan, reckte die schmerzenden Gliedmaßen und dachte, daß ich, alles in allem genommen, doch nicht so sicher war, betrogen zu werden. Was hatte ich denn im Grunde gesehen? Ein harmloses Stelldichein an einem keineswegs abgelegenen Ort, das galante, aber keineswegs bedeutungsvolle Geschenk eines Veilchensträußchens und einen Spaziergang auf den Pincio. Solche Dinge ereignen sich jede Stunde und jeden Tag, ohne daß die Beteiligten deshalb schon eine Liebesbeziehung miteinander haben müssen. Freilich war da noch Cecilias Ausbleiben am Vortag. Aber ich mußte mich vor einer Geisteshaltung hüten, die willkürliche Zusammenhänge zwischen weit voneinander entfernten und voneinander unabhängigen Dingen herzustellen strebte. Cecilia war tags zuvor nicht gekommen, das war die eine Tatsache. Ich hatte sie heute nachmittag in Begleitung eines jungen Mannes mit Wasserstoffsuperoxyd-Haar gesehen, das war die zweite Tatsache. Es mußte nun aber nicht sein, daß diese beiden Tatsachen zusammenhingen oder daß sie gar einen Betrug Cecilias bewiesen.

Sonderbar: Cecilias Gestalt war mir, solange ich sie verdächtigte, mich zu betrügen, lebendig und wirklich, wenn auch geheimnisvoll erschienen. Jetzt aber, da ich an ihrem Betrug zweifelte, wurde sie sogleich wieder unwirklich und langweilig, wie in den Tagen zuvor. Und wie in den Tagen zuvor fühlte ich, daß ich sie loswerden müsse, koste es, was es wolle. Zugleich fürchtete ich, nicht die nötige Kraft dazu aufzubringen. Ich stützte also meinen Entschluß durch die Erinnerung an die Grausamkeit, zu der ich kürzlich meine Zuflucht genommen hatte, um nicht völlig der Langeweile anheimzufallen.

Cecilia war pünktlich. Um fünf Uhr hörte ich das bekannte Klingelzeichen, das so typisch für sie war: kurz, zurückhaltend und gleichzeitig intim. Ich ging öffnen und dachte dabei: Sobald ich sie sehe, sage ich ihr, daß ich verreisen muß. Damit werde ich einen Schritt getan haben, der schwer wieder rückgängig zu machen ist, auch wenn ich ihn nachher bereuen sollte. Ich erwartete, daß mir Cecilia gleich nach ihrem Eintritt mit der gewohnten mechanisch-leidenschaftlichen Geste die Arme um den Hals werfen werde, und gedachte diesmal ihre Hände abzufangen, mich aus der Umarmung zu lösen und zu sagen: «Zu allererst muß ich mit dir sprechen!»

Es geschah hingegen das, was ich nicht vorhergesehen hatte und doch im Grunde hätte vorhersehen müssen. Als ich die Tür öffnete, warf mir Cecilia nicht die Arme um den Hals, sondern tat einen Schritt zurück, als wollte sie mich fernhalten, und erklärte: «Zu allererst muß ich dir etwas sagen!»

Das waren, wie ich dachte, fast genau die Worte, die ich hatte gebrauchen wollen, und sogleich kam mir der Gedanke, Cecilia habe die Absicht, mir einen dem meinen ähnlichen Entschluß mitzuteilen, nämlich den einer Trennung. Inzwischen hatte sie sich auf den Diwan gesetzt. Ich setzte mich neben sie und sagte mit lauter, wütender Stimme: «Nein, vor allem anderen mußt du mir einen Kuß geben!»

Gehorsam beugte sie sich vor und drückte mir einen flüchtigen Kuß auf die Wange. Dann zog sie sich zurück und sagte: «Was ich dir mitteilen will, ist das: Von jetzt an können wir uns nicht mehr jeden Tag sehen, sondern nur noch zweimal in der Woche.»

«Und warum?»

«Beruhige dich, ärgere dich nicht», sagte sie, ehe sie mir antwortete.

Meine Stimme hatte wirklich laut und rauh geklungen; ernsthaft böse wurde ich aber erst später, als sie mir das Ganze erklärte. «Ich bin ganz ruhig und nicht ärgerlich», sagte ich. «Ich will nur wissen, warum das so sein soll.»

«Bei mir daheim schimpfen sie schon, weil ich immer zu dir gehe.»

«Hast du deinen Eltern nicht gesagt, daß du Zeichenunterricht bei mir nimmst?»

«Ja, aber nur zweimal in der Woche. Für die anderen Tage muß ich immer wieder Ausreden erfinden, und da sind sie jetzt draufgekommen.»

«Das ist nicht wahr, deine Leute schimpfen nicht. Sie schimpften ja auch nicht, als du täglich zu Balestrieri kamst.»

«Balestrieri war fünfundsechzig Jahre alt, nicht fünfunddreißig wie du; ihm gegenüber waren sie nicht mißtrauisch. Und außerdem kannten sie ihn.»

«Schön, dann stell mich auch deinen Eltern vor.»

«Das werde ich auch tun. Aber zunächst können wir uns nur zweimal in der Woche sehen.»

Wir schwiegen einige Zeit. Ich entdeckte plötzlich, daß ich mich nicht nur nicht von Cecilia trennen wollte, sondern daß ich schon den Gedanken nicht ertrug, sie nur zweimal in sieben Tagen sehen zu können. Dann begriff ich: Ich wäre bereit gewesen, hierauf einzugehen, wenn ich ganz sicher gewesen wäre, daß sie mich nicht belog und daß ihre Eltern ihr wirklich Schwierigkeiten machten. Dessen aber war ich durchaus nicht sicher. Der Gedanke, daß sie mich belog, flößte mir ein beängstigendes Gefühl ein – als entwische sie mir gerade in dem Augenblick, in dem sie, dank ihrer Lüge, in meinen Augen real und begehrenswert wurde. Ich faßte sie bei der Hand: «Sag mir die Wahrheit – du willst nicht mehr zu mir kommen?»

Sie antwortete sofort: «Was fällt dir ein? Ich habe gesagt, daß wir uns von jetzt ab nur zweimal in der Woche sehen können! Das ist alles.»

Ich bemerkte, daß ihre Stimme völlig neutral war – also auf halbem Weg, wie mir schien, zwischen der Wahrheit und der Lüge. Diese Beobachtung hatte ich früher schon mehrmals gemacht; doch ich hatte das als einen Charakterzug Cecilias hingenommen, ohne ihm viel Bedeutung beizulegen. Mit einem Wort: Sie schien immer nur das zu sagen, was sie sagte, nicht mehr und nicht weniger. Das heißt, ohne die mindeste Beteiligung des Gefühls. Die stellte sich, wie ich wußte, im sexuellen Bereich ein – und nur dort. Ich mußte aber unbedingt wissen, ob sie mich belog, denn ich wollte mich noch immer von ihr trennen, und die Lüge hinderte mich daran. Ich beharrte also: «In Wirklichkeit willst du, daß wir uns trennen! Du hast nur nicht den Mut, es mir einzugestehen, sondern willst mich langsam darauf vorbereiten. Heute sagst du: zweimal in der Woche. Morgen wirst du sagen: zweimal im Monat. Und zuletzt: die Wahrheit.»

«Was für eine Wahrheit?»

Mir lagen die Worte auf der Zunge: Daß du einen anderen Liebhaber hast! Aber ich hielt mich zurück. Der Zusammenhang zwischen ihrem Entschluß, mich seltener zu besuchen, und der Begegnung auf der Piazza di Spagna war allzu offenkundig, und es demütigte mich, daß ich ihn akzeptieren sollte. Ich sagte also brüsk: «Na schön. Wie du willst. Von nun an werden wir uns nur zweimal in der Woche sehen. Und jetzt wechseln wir das Thema.»

«Was hast du denn? Warum bist du so verstimmt?»

«Reden wir von etwas anderem! Weißt du, daß ich heute

direkt vor deiner Nase an dir vorübergegangen bin, ohne daß du mich gesehen hast?»

«Wo denn?»

«Auf der Piazza di Spagna. An der Treppe.»

«Um wieviel Uhr?»

«Um vier Uhr herum.»

Ich musterte sie aufmerksam. Ihr Gesicht hatte den gewohnten ungewissen, kindlichen Ausdruck und zeigte keinerlei Bestürzung. «Ach ja», sagte sie. «Ich war mit einem Schauspieler namens Luciani beisammen.»

Auch ihre Stimme ließ nichts Besonderes erkennen. Sie war ausdruckslos, neutral, jenseits von Schuld und Unschuld. Aufs Geratewohl fragte ich: «Warum hat er denn gefärbte Haare?»

«Weil er die Rolle eines blonden Mannes zu spielen hatte.»

«Ihr scheint sehr intim zu sein – nach der Art, wie ihr zusammen gingt.»

Ehrlich neugierig fragte sie: «Was für eine Art?»

Ich fühlte, daß meine Worte nicht ausreichten, die Zärtlichkeit zu beschreiben, mit der sie von dem Schauspieler untergefaßt worden war. «Steh auf», sagte ich.

«Warum denn?»

«Steh auf!»

Sie gehorchte. Da ergriff ich ihren Arm und nötigte sie, ein wenig in dem Atelier hin und her zu gehen, in der Art, wie sie das mit dem Schauspieler getan hatte. «Auf diese Art», sagte ich, indem ich sie freigab.

Sie setzte sich wieder auf den Diwan und schaute mich an. Dann sagte sie: «Er macht das immer so.» Dieser Satz besagte, wie ich dachte, keineswegs, daß sie und der Schauspieler kein Liebespaar waren. Ich fragte: «Kennst du ihn schon lange, diesen Luciani?»

«Seit ein paar Monaten.»

«Siehst du ihn oft?»

«Wir treffen uns dann und wann.»

Ich sah, wie sie sich erhob und den Pullover über den Kopf zog. «Hast du heute eine Verabredung mit ihm gehabt?» fragte ich.

«Ja, er möchte, daß ich beim Film arbeite, und darüber mußten wir sprechen.»

Ich blickte sie von unten her an. Sie hatte den Pullover in

die Höhe gezogen und zeigte die Achselhöhlen mit ihren wenigen langen, weichen, dunklen Haaren. Der Busen war noch bedeckt, und man konnte nur den mageren Oberkörper eines Kindes erblicken. Dann riß sie mit einer heftigen Bewegung den Pullover hoch, und ihr Busen explodierte heraus. Plötzlich war ihr Körper der einer Frau, wenn er auch etwas Graziles und Unreifes bewahrte. Ich dachte mir, daß sie sich entkleidete, um ein ihr peinliches Verhör zu unterbrechen. Ich fragte: «Und wirst du beim Film arbeiten?»

«Das weiß ich noch nicht.»

«Und wohin seid ihr gegangen?»

«Wir sind auf den Pincio gegangen, einen Kaffee trinken.»

Sie hatte sich, nackt bis zum Gürtel, von neuem niedergelassen, als könnte sie mir so besser antworten. Dabei wendete sie die Ärmel des Pullovers sorgfältig wieder um. Ich sagte: «Ich habe euch zum Pincio hinaufgehen sehen, das stimmt. Aber wohnt dieser Schauspieler nicht in der Via Sistina?»

«Nein, er wohnt in Parioli, in der Via Archimede.»

«Und was habt ihr nach dem Kaffee gemacht?»

«Wir sind durch die Villa Borghese gegangen – bis ich mich von ihm trennte, um zu dir zu kommen.»

Ich stellte fest, daß ich sie mit Begierde ansah, und begriff, daß ich sie nicht darum begehrte, weil sie nackt war, sondern weil sie mich anlog. Mein Blick schien ihr aufzufallen, denn sie fragte: «Gehen wir ins Bett?»

Der Gedanke, daß sie mir das vorschlug, um ihre Lüge zu verbergen, machte mich wütend. Ich war sicher: Nur ein Liebhaber konnte den Arm einer Frau so drücken, wie Luciani dies mit ihr getan hatte. Aber auch diesmal vermied ich es, den Namen des Schauspielers zu nennen, sondern schrie nur: «Nein, ich will nicht mit dir ins Bett gehen! Ich will die Wahrheit wissen!»

«Was denn für eine Wahrheit?»

«Die Wahrheit, wie immer sie sein möge!»

«Ich verstehe dich nicht.»

«Gestern bist du nicht gekommen und hast mich nicht einmal verständigt, daß du nicht kommen würdest. Heute willst du deine Besuche bei mir einschränken. Ich will die Wahrheit wissen! Ich will wissen, was hinter alldem steckt.»

«Ich habe dir ja schon gesagt, meine Eltern schimpfen.»

Wieder lag mir das Wort auf der Zunge: «Das ist nicht wahr – du hast ein Verhältnis mit Luciani!» Zugleich aber fühlte ich mich völlig außerstande, das zu sagen. Ich blieb also stumm und finster, die Augen niedergeschlagen. Da spürte ich ihre Hand auf meiner Wange: «Ist es dir sehr unangenehm, mich nicht mehr jeden Tag zu sehen?»

«Ja.»

«Schön, dann werden wir das vergessen und so weitermachen wie bisher. Wir müssen nur vorsichtiger sein. Wir wollen uns zu verschiedenen Stunden des Tages treffen. Ich rufe dich jeweils morgens an, um dir die Zeit zu sagen, wann ich komme. Recht so?»

Geheimnisvollerweise verzichtete Cecilia also darauf, ihre Besuche einzuschränken. Ich war so überrascht, daß ich keinen bösen Gedanken mehr fassen konnte. Es war klar: trotz ihrer Erfahrungen war Cecilia ein junges Mädchen, das vor seinen Eltern Angst hatte; und diese Angst hatte sie zu ihrem ersten Vorschlag veranlaßt. Angesichts meiner Betrübnis und meines Verdachts aber hatte sie ihre Absicht von neuem gewechselt; sie suchte mich zufriedenzustellen. Sie betrog und belog mich also nicht, sie war nur ein einfaches Mädchen ohne Geheimnis, schwankend zwischen der Rücksicht auf ihre Eltern und der auf ihren Liebhaber. Es schien mir jetzt sonderbar, daß ich nicht schon früher auf diese Erklärung gekommen war. Die Art, wie der Schauspieler sie untergefaßt hatte, wurde plötzlich zu einer bedeutungslosen Einzelheit. Vielleicht verhielt er sich wirklich zu allen Frauen so, ganz gleich, wie seine Beziehungen zu ihnen waren. Diese Reflexionen dauerten nur einen Augenblick, dann bemerkte ich etwas Neues: Nicht nur machte es mir keine Freude, daß Cecilia von ihrer ursprünglichen Absicht abgekommen war; ich sah bereits – gleich einer winzigen, aber entschieden schwarzen Wolke inmitten eines blauen Himmels – die alte Langeweile wieder am Horizont erscheinen. «Danke», meinte ich, «aber wenn du willst, können wir uns ja, sagen wir, viermal in der Woche sehen statt siebenmal.»

«Nein, das macht nichts, irgendeine Ausrede werde ich schon finden.»

Sie war wieder zu dem Stuhl gegangen, auf den sie den Pullover gelegt hatte, und begann von neuem, sich zu entkleiden. Ich sah, wie sie mit den Händen nach dem Reißverschluß des

Rockes über den Hüften griff und ihn öffnete. Dabei fragte ich mich, ob die flinken, graziösen Bewegungen, die allmählich ihren Körper entblößten, mir jetzt wieder so langweilig und absurd erschienen wie in der Vergangenheit – jetzt, da ich sicher war, nicht betrogen zu werden. Nach einem Moment der Aufmerksamkeit mußte ich mich davon überzeugen, daß dies wirklich der Fall war. Cecilia, die mir so begehrenswert erschienen war, solange ich sie verdächtigt hatte, mich zu betrügen, war nun, seit ich vom Gegenteil überzeugt war, wieder zu einem bedeutungslosen Gegenstand geworden, der zwar für die oberflächliche Wahrnehmung meiner Sinne existierte, deswegen aber noch nicht wahrhaft wirklich wurde. Und dies alles war wie durch ein sozusagen umgekehrtes Wunder geschehen: durch ein Wunder nämlich, das nicht ein Element des Magischen in die Wirklichkeit einführt, sondern es daraus vertreibt. Ich dachte: Sie ist «ganz da» in diesem Akt des Reißverschluß-Öffnens, ohne jedes Geheimnis, daher nicht-existierend und im voraus besessen, noch ehe die physischen Tatsachen eine oberflächliche Bestätigung für diesen Besitz liefern würden. Ich besaß sie, und daher war sie langweilig. Während dieser Feststellungen entkleidete auch ich mich. Dabei kam ich, meinen Körper betrachtend, nicht um die Befürchtung herum, daß ich so unerregt bleiben würde, wie es nach meinen Überlegungen eigentlich hätte der Fall sein müssen. Dem war jedoch nicht so. Nie hatte ich wie in diesem Augenblick die Macht der Natur bewundert, die mich sozusagen ohne wahre Begierde begehren ließ. Ich war jetzt nackt und legte mich auf den Diwan. Ein wenig glich ich in meinen Gefühlen einem Kranken, der sich auf das Bett des Arztes legt, weil er sich einer von Liebe weit entfernten Prüfung unterziehen muß.

Da ereignete sich etwas Unerwartetes. Cecilia war mittlerweile gleichfalls mit dem Ausziehen fertig geworden. Sie ging wie gewöhnlich auf den Zehenspitzen zum Fenster und zog die Vorhänge zu. Dann lief sie, in derselben vergnügten Art, in der man ans Meer läuft, auf den Diwan zu und warf sich mit einem unartikulierten Triumphschrei schwer und heftig auf mich. Darauf richtete sie sich auf, setzte sich rittlings über mich, der ich auf dem Rücken lag, preßte ihre beiden Handflächen auf meine Schultern und rief: «Sag die Wahrheit! Vorhin hast du geglaubt, ich hätte dich mit Luciani betrogen!»

Ich blickte in ihr erregtes, vor Freude gerötetes Gesicht unter den leichten, gekreppten Haaren, das mir noch nie einen so lebhaften Eindruck gemacht hatte. Und plötzlich war ich vom Gegenteil dessen überzeugt, was ich bisher geglaubt hatte: Ja, Cecilia war eine Lügnerin! Ja, sie hatte mich mit dem Schauspieler betrogen! Das ging unter anderem aus dem triumphierenden Ton ihrer Stimme hervor. In ihrer unwiderstehlichen Naivität erinnerte ihre Stimme an die eines Kindes, das nach einem gelungenen Scherz seinem Freund zuruft: «Sag die Wahrheit, du bist hereingefallen!»

Gleichzeitig sah ich sie von neuem wirklicher denn je und daher begehrenswert mit dem vollen Frauenbusen auf dem mageren Oberkörper einer Halbwüchsigen, mit der schmalen Taille und den kompakten, kräftigen Hüften. Und ich dachte, daß sie mir wirklich und begehrenswert vorkam, eben weil sie mir durch Betrug und Lüge entwischte. Bei dieser Feststellung befiel mich eine beklommene, rachsüchtige Wut. Ich packte sie so heftig an den Haaren, daß sie aufstöhnte, warf sie herum und mich über sie. Für gewöhnlich war der körperliche Besitz nur die Wiederholung einer vorausgegangenen Besitznahme, bestätigte also die Langeweile, die Cecilia unwirklich und absurd werden ließ. Diesmal aber schien, wie ich spürte, der körperliche Besitz meine Unfähigkeit zu einer wirklichen Besitznahme zu bestätigen. Sosehr ich sie mißhandelte, sie an mich preßte, biß und durchdrang, ich besaß Cecilia nicht! Sie war anderswo, Gott mochte wissen, wo! Am Ende fiel ich erschöpft, aber noch immer wütend, zurück und entzog mich ihr wie einer nutzlosen Sache. Mir war, als trüge Cecilia, die jetzt mit geschlossenen Augen neben mir lag, bei aller beruhigten Heiterkeit, wie sie die Befriedigung der Sinne mit sich bringt, einen ironischen Ausdruck im Gesicht. Es war der Ausdruck einer Wirklichkeit, die ich gerade in dem Augenblick, da ich vermeinte, mich ihrer bemächtigen zu können, nicht zu fassen vermochte.

Ich sah Cecilia intensiv an. Sie mußte meinen Blick spüren, denn sie öffnete die Augen und schaute mich ihrerseits an. Dann sagte sie: «Weißt du, daß es heute sehr schön gewesen ist?»

«Ist es nicht immer auf die gleiche Weise schön?»

«O nein, es ist immer verschieden. Es gibt Tage, an denen es nicht so schön ist; aber heute war es schön.»

«Warum war es so schön?»

«Das sind Dinge, die sich nicht erklären lassen. Aber eine Frau spürt, wann es schön ist und wann nicht. Weißt du, wie oft es bei mir dazu gekommen ist?»

«Wie oft?»

Sie hob die Hand mit drei ausgestreckten Fingern, sagte: «Dreimal», schloß die Augen wieder und kuschelte sich an mich. Dabei erschien auf ihrem Gesicht mit den geschlossenen Lidern von neuem der ironische Ausdruck, den ich zuvor bemerkt hatte. Ich dachte: Vielleicht habe ich sie wirklich bis auf den Grund besessen, bis an die Grenzen des Geheimnisses? Aber ich hatte das nicht wissen und daher auch nicht genießen können. Wissen konnte das offenbar nie derjenige, der den anderen in Besitz nahm, sondern immer nur der, der in Besitz genommen wurde. Stärker denn je kam mir das Gefühl der Ohnmacht im Besitz wieder, mochte der körperliche Rapport auch noch so erfüllt sein. Ich hätte gern gefragt: «War es schöner mit mir oder mit Luciani?» Aber wieder war ich unfähig, den Namen des Schauspielers über die Lippen zu bringen. Statt dessen fragte ich, ohne selbst zu wissen, warum: «Ist es wahr, daß Balestrieri in deinen Armen gestorben ist – währenddessen?»

Ein paar flüchtige Falten erschienen auf ihrem Gesicht, ohne daß sie die Augen geöffnet hätte, als sei eine Mücke nahe an ihr vorbeigeflogen. Dann murmelte sie: «Warum willst du denn das wissen?»

«Sag mir, ob es wahr ist!»

Noch immer hielt sie die Augen geschlossen, und ich hatte den Eindruck, eine Schlafwandlerin zu befragen. Sie antwortete: «Nicht gerade so. Ihm wurde schlecht währenddessen – aber er starb erst später.»

«Du sagst nicht die Wahrheit.»

«Warum sollte ich sie nicht sagen? Ich hatte ja eine solche Angst! Ich glaubte, er sei schon tot, aber zum Glück erholte er sich wieder und legte sich ins Bett.»

«Ihr wart also nicht im Bett?»

«Nein.»

«Wo wart ihr denn?»

«Was du alles wissen willst!»

«Wo wart ihr?»

«Auf der Treppe.»

«Auf der Treppe?»

«Ja, er wurde sozusagen alle Augenblicke wild. Wir waren schon vorher in dem kleinen Zimmer, oben im ersten Stock, beisammen gewesen und gingen später ins Atelier hinunter, weil er malen wollte. Ich ging vor ihm. Plötzlich wurde er wieder wild und stürzte sich auf mich. Aber weißt du was?»

«Was denn?»

«Nachdem ihm schlecht geworden war und ich ihm geholfen hatte, sich auf sein Bett zu legen, ruhte er eine Weile regungslos mit geschlossenen Augen. Dann kam er langsam zu sich und – denk dir – gleich wollte er wieder anfangen, zum drittenmal. Aber da wollte ich nicht. Er hatte jetzt ein leichenhaftes Gesicht, und ich bekam es mit der Angst. So verzichtete er dann. Aber er war wütend darüber. Manchmal glaube ich, daß er gestorben ist, weil er so wütend war.»

Balestrieri hatte sich also wirklich umbringen wollen, dachte ich. Mir war, als sähe ich die beiden; ich sah den alten Maler mühsam, beide Hände an der Balustrade, sich Stufe für Stufe die Treppe hinaufschleppen und schließlich auf sein Bett fallen – eine Art Leichnam, der sich dann plötzlich aufrichtet und die Arme nach Cecilia ausstreckt. Meinen Gedanken nachhängend, fragte ich: «Hast du Balestrieri betrogen?»

Wieder zog sie die verärgerte Grimasse, als störte sie eine Mücke. Da wußte ich, daß ich sie in Wirklichkeit gefragt hatte: «Betrügst du mich?» Auch sie schien den wahren Sinn meiner Frage verstanden zu haben, denn sie beschränkte sich darauf, zu murmeln: «Fängst du schon wieder an!»

Ich ließ nicht locker: «Bitte sag mir, hast du ihn betrogen?»

Schließlich antwortete sie: «Warum willst du das wissen? Ja, ich habe ihn gelegentlich betrogen. Er war so langweilig!»

Mir blieb der Atem weg: «Langweilig? Was heißt das, langweilig?»

«Langweilig heißt langweilig.»

«Nämlich?»

«Langweilig!»

Cecilia betrog mich also, dachte ich. Und sie betrog mich, weil ich für sie – genau wie sie für mich – langweilig und nicht existent war. Doch zwischen uns gab es einen Unterschied: Ich wußte, was die Langeweile bedeutete, denn ich hatte mein Leben lang darunter gelitten. Für sie aber war die Langeweile nichts weiter als ein dunkler Antrieb, um die provozierende und unwiderstehliche Bewegung ihrer Hüften anderswohin treiben zu lassen. Ich musterte sie von neuem: Sie lag auf dem Rücken, wie die letzte Umarmung sie gelassen hatte – ohne Scham, aber offenbar im festen Vertrauen, daß ich ihre Hingabe als eine Demonstration ihrer Natürlichkeit und Intimität auffaßte. Und als ich Cecilia so liegen sah, unterlag ich der männlichen Illusion, die im Körperlichen den einzigen wirklichen Besitz erblickt. Ja, dachte ich, Cecilia entgleitet mir, entzieht sich mir. Aber wenn ich sie von neuem nehme, wer weiß, ob es mir dann nicht gelingt, dies Gefühl des Nicht-Besitzes zu annullieren. Ich berührte ihre Lippen mit einem Kuß. Ohne die Augen zu öffnen, sagte sie: «Ich glaube, ich muß jetzt gehen.»

«Warte.»

Und ich nahm sie von neuem, ohne daß sie die Augen aufschlug. Dabei sog sie mich gleichsam auf, in der gewohnt gefräßigen Weise. Dies schien ein letzter Beweis – wenn ein solcher noch nötig war – für die Tatsache, daß sie sich ganz woanders befand und daß alles, dessen ich mich bemächtigte, für sie und folglich auch für mich keinen Wert hatte. Gleich danach aber riß Cecilia die Augen weit auf und sagte: «Jetzt muß ich aber wirklich gehen!»

Sie erhob sich, lief zur Badezimmertür und verschwand dahinter. Allein geblieben, fiel ich in eine Art leerer Reflexion. Ich reflektierte im eigentlichen Sinne des Wortes, das heißt, ich sah im dunklen Spiegel meines Bewußtseins mich selber auf dem Diwan liegen, die Staffelei mit der leeren Leinwand vor dem Fenster, das Atelier und alle die Dinge, die es enthielt. Dann drängte sich ein präziser Gedanke in diese objektive und tote Welt ein und besagte, daß Cecilia nach dem zweiten Mal ungreifbarer denn je geblieben war. Wäre es mir also durch ein Wunder der Natur möglich gewesen, sie nicht zweimal, sondern zweihundertmal hintereinander zu nehmen, so hätte ich mich zuletzt genauso unbefriedigt gefunden wie nach dem ersten Mal. Mit anderen Worten: Ich besaß sie um so weniger, je mehr ich sie nahm – wenn schon aus keinem anderen Grunde, so darum, weil ich dabei die Energie verschwendete, die nötig gewesen wäre, sie wirklich zu besitzen. Das hieß, sie auf eine Art zu besitzen, die ich mir nicht einmal für einen Augenblick vorstellen konnte.

Bei diesem Punkt meiner Reflexion angelangt, hörte ich, wie Cecilia die Badezimmertür öffnete. Da richtete ich mich empor, stützte mich auf die Ellbogen und sagte: «Sieh in dem Schrank dort drüben nach. Ich habe da ein Geschenk für dich!» Ich hörte, wie sie ausrief «Für mich?», mit einem weder überraschten noch sonderlich erfreuten Tonfall. Dann öffnete sie den Schrank, nahm die Handtasche heraus, entfernte das Packpapier und besah sie, jedenfalls vermutete ich das, denn von alldem nahm ich nichts wahr, da ich wieder auf dem Rücken lag und zur Decke starrte. Nach kurzer Zeit aber spürte ich ihre Lippen auf den meinen, in einem ihrer trockenen, kindlichen Küsse. Dann murmelte sie: «Danke!» Später richtete ich mich wieder hoch und stützte mich auf die Ellbogen. Cecilia stand, nun völlig bekleidet, am Mitteltisch und packte ihre verschiedenen kleinen Habseligkeiten sorgfältig aus der alten Tasche in die neue um. Da ließ ich mich wieder in meine ausgestreckte Lage zurückfallen.

6. Kapitel

Ich habe bereits dargelegt, daß Cecilia nicht sehr gesprächig war. Von Natur aus war sie schweigsam. Aber auch wenn sie sprach, gelang es ihr irgendwie immer, schweigsam zu sein, denn ihre Redeweise war bestürzend lakonisch und unpersönlich. In ihrem Mund schienen die Wörter jede reale Bedeutung zu verlieren und zu abstrakten Lauten zu werden, als handelte es sich um Wörter einer fremden, mir unbekannten Sprache. Dieser Eindruck von Abstraktheit wurde noch verstärkt durch das völlige Fehlen jeder dialektartigen oder sozial bedingten Färbung, durch die Abwesenheit aller aufschlußreichen Gemeinplätze und durch die Reduktion des Gespräches auf reine und einfache Feststellungen von unbezweifelbaren Tatsachen, wie zum Beispiel: «Heute ist es heiß.» Ich fragte sie etwa, was sie am Abend zuvor getan hätte, und sie antwortete: «Ich war zum Abendessen zu Hause, dann ging ich mit meiner Mutter ins Kino.» Dabei stellte ich fest, daß die Worte «zu Hause», «Abendessen», «Mutter» und «Kino» in einem anderen Mund das bedeutet hätten, was sie für gewöhnlich bedeuten. Die Art, wie sie ausgesprochen worden wären, hätte erkennen lassen, ob ich belogen wurde oder nicht. In Cecilias Mund aber schienen sie nichts weiter zu sein als abstrakte Laute, hinter denen man unmöglich die Realität der Wahrheit oder der Lüge ausnehmen konnte. Ich habe mich oft gefragt, wie es Cecilia fertigbrachte, zu sprechen und dabei den Eindruck zu erwecken, als sage sie nichts. Und ich gelangte zu dem Schluß, daß ihr nur eine einzige Art gegeben war, sich auszudrücken: durch Sexualität. Die aber war, obzwar originell und kräftig, doch völlig unentzifferbar. Mit dem Mund jedenfalls sagte Cecilia nichts, auch dann nicht, wenn sie über Sexuelles sprach, denn was über ihre Lippen kam, wie aus einer falsch angebrachten Öffnung ohne Tiefe und ohne Resonanz, hatte keinerlei Zusammenhang mit ihrem Innern. Oft, wenn sie nach dem Liebesvorgang neben mir lag, die Beine von sich gestreckt, und ich sie ansah, konnte ich mich nicht enthalten, einen Vergleich zwischen der horizontalen Öffnung ihres Mundes und der vertikalen ihres Leibes zu ziehen und zu bemerken, um wieviel die zweite ausdrucksvoller war als die erste – und zwar gerade in jenen psychologischen Zügen, durch die sich der Charakter eines Menschen kundgibt.

Jedenfalls mußte ich in Erfahrung bringen, was sich hinter jenem Satz verbarg: «Ich war zum Abendessen zu Hause, dann ging ich mit meiner Mutter ins Kino.» Mit einem Wort, ich mußte wissen, ob sich hinter diesen Worten ein wirkliches Abendessen, ein wirkliches Zuhause, eine Mutter und ein Kino – oder ein Stelldichein mit dem blondgebleichten Schauspieler verbarg. So packte mich plötzlich die Manie, Cecilia besser kennenlernen zu wollen, Cecilia, um deren Hintergrund ich mich bisher wenig gekümmert hatte, weil ich der Meinung gewesen war, durch den sexuellen Besitz alles von ihr zu wissen. Zum Beispiel gab es da die Familie: Cecilia hatte mir gesagt, sie sei das einzige Kind und lebe mit ihren Eltern, die nicht viel Geld hätten, weil der Vater krank sei und nicht mehr arbeiten könne. Ich hatte mich mit diesen Mitteilungen zufriedengegeben und war Cecilia geradezu dankbar gewesen, daß sie mir nicht mehr erzählte, denn worauf es mir vor allem ankam, war die Tatsache, daß sie mich im Atelier besuchte und mit mir ins Bett ging. Doch von dem Augenblick an, da ich den Verdacht hegte, betrogen zu werden, wodurch sich Cecilia für mich aus einem unwirklichen und langweiligen Wesen in ein wirkliches und begehrenswertes verwandelte, erfaßte mich die Neugier, mehr von ihrem Familienleben zu erfahren. Ich hegte beinahe die Hoffnung, durch eine vertiefte Kenntnis dieser Dinge zu jenem Besitz zu gelangen, den die erotische Beziehung mir verweigerte. Deshalb begann ich, sie wieder einmal auszufragen, fast in der Art, wie ich sie über die Beziehungen zu Balestrieri verhört hatte. Hier ein Beispiel: «Dein Vater ist krank?»

«Ja.»

«Was fehlt ihm?»

«Er hat Krebs.»

«Was sagen die Ärzte?»
«Sie sagen, daß er Krebs hat.»
«Nein, ich meine, glauben sie, daß er wieder gesund werden kann?»
«Nein, sie sagen, daß er nicht wieder gesund wird.»
«Dann muß er also bald sterben?»
«Ja, sie sagen, daß er bald sterben wird.»
«Tut dir das leid?»
«Was?»
«Daß dein Vater sterben wird.»
«Ja.»
«Das sagst du so einfach hin?»
«Wie soll ich es denn sagen?»
«Aber du hast deinen Vater doch lieb?»
«Ja.»
«Nun gut. Weiter. Wie ist deine Mutter?»
«Was heißt – wie ist sie?»
«Na, ich meine – groß, klein, schön, häßlich, schwarz, blond?»
«Soso. Eine Frau, wie so viele andere.»
«Aber wie sieht sie denn aus?»
«Sie sieht gar nicht aus.»
«Sie sieht gar nicht aus? Was redest du denn da?»
«Ich meine, sie sieht so aus wie alle anderen.»
«Hast du deine Mutter lieb?»
«Ja.»
«Mehr oder weniger als deinen Vater?»
«Das sind zwei verschiedene Dinge.»
«Was meinst du damit – verschieden?»
«Verschieden heißt verschieden!»
«Ja, aber in welcher Art verschieden?»
«Das weiß ich nicht. Verschieden eben.»
«Hat deine Mutter deinen Vater lieb?»
«Ich glaube schon.»
«Bist du dessen nicht sicher?»
«Sie vertragen sich gut, also denke ich, daß sie einander liebhaben.»
«Was tut dein Vater den ganzen Tag?»
«Nichts.»
«Was heißt das – nichts?»
«Nichts heißt nichts.»

«Man sagt leicht, daß jemand nichts tut – aber in Wirklichkeit tut jeder doch eine Menge Dinge. Dein Vater arbeitet also nicht. Was tut er statt dessen?»

«Er tut nichts.»

«Nämlich?»

«Tja, ich weiß nicht. Er sitzt in einem Lehnsessel beim Radio. Täglich macht er einen kleinen Spaziergang. Das ist alles.»

«Ihr wohnt in einer Wohnung im Stadtviertel Prati?»

«Ja.»

«Wieviel Zimmer habt ihr?»

«Das weiß ich nicht.»

«Wieso weißt du das nicht?»

«Ich habe sie nie gezählt.»

«Aber ist die Wohnung groß oder klein?»

«Soso.»

«Das heißt?»

«Mittelgroß.»

«Beschreib sie mir ein wenig.»

«Es ist eine Wohnung, wie es so viele gibt. Da ist nichts zu beschreiben.»

«Aber sie wird doch nicht leer sein, diese Wohnung? Es werden doch wohl Möbel drinstehen?»

«Ja, die üblichen Möbel – Betten, Stühle, Schränke.»

«Was für eine Art von Möbel?»

«Ich weiß nicht. Ganz gewöhnliche Möbel, wie überall anders auch.»

«Nehmen wir zum Beispiel den Salon. Ihr habt doch einen Salon?»

«Ja.»

«Was für Möbel sind da drin?»

«Die üblichen Möbel – Stühle, Tischchen, Sessel, Diwan wie in allen Salons.»

«Was für einen Stil haben diese Möbel?»

«Das weiß ich nicht.»

«Aber die Farbe wirst du doch wissen?»

«Sie haben keine Farbe.»

«Was soll das heißen – keine Farbe?»

«Ich meine, sie haben keine Farbe. Sie sind vergoldet.»

«Ach so! Aber Gold ist doch auch eine Farbe. Und gefällt dir eure Wohnung?»

«Ich weiß nicht, ob sie mir gefällt. Übrigens bin ich ja so wenig daheim.»

Ich könnte in dieser Art ins Unendliche fortfahren. Mir scheint aber, ich habe ein ganz gutes Beispiel von dem gegeben, was ich Cecilias Abstraktheit genannt habe. Vielleicht könnte jemand an diesem Punkte denken, Cecilia sei einfach nur dumm und bar jeder Persönlichkeit gewesen. Aber das stimmt nicht. Daß sie keineswegs dumm war, beweist unter anderem die Tatsache, daß ich nie wirkliche Dummheiten aus ihrem Mund gehört habe. Was ihre Persönlichkeit betraf, so drückte die sich, wie ich erklärt habe, anders aus als in ihren Worten. Ihre Reden wiederzugeben, ohne gleichzeitig ihr Gesicht, ihren Körper zu beschreiben, gleicht ein wenig dem Lesen eines Operntextbuches ohne Musik oder dem Lesen eines Drehbuchs ohne Bilder. Ich wollte nur ein Beispiel unserer Unterhaltung geben, um deutlich zu machen, daß Cecilias Redeweise deshalb so schematisch und blutlos war, weil sie von den Dingen, nach denen ich sie fragte, ebensowenig oder noch weniger wußte als ich. Das heißt: Sie lebte mit ihren Eltern in einer Wohnung im Stadtteil Prati und war die Geliebte Balestrieris gewesen, ohne die Personen und Dinge ihres Daseins je richtig gesehen, geschweige denn beobachtet zu haben. Mit anderen Worten, sie war für sich selber und für die Welt, in der sie lebte, eine Fremde – nicht mehr und nicht weniger als jene Leute, die sie und ihre Welt überhaupt nicht kannten.

Mein Verdacht, daß Cecilia mich betrügt, machte sie mir geheimnisvoll, ungreifbar und somit wirklich, und das brachte mich schließlich auf die Idee, ihre vagen Behauptungen zu kontrollieren – sei es auch nur, um jenen Teil des Geheimnisses zunichte zu machen, der außerhalb der erotischen Beziehung verblieb. So äußerte ich ihr gegenüber eines Tages erneut den Wunsch, ihre Familie kennenzulernen. Mit gewissem Staunen bemerkte ich, daß dieser Wunsch sie keineswegs unangenehm zu berühren schien, obwohl sie doch den Widerstand der Familie vorgeschoben hatte, um unsere Zusammenkünfte einzuschränken. Sie sagte: «Daran habe ich auch gedacht. Meine Mutter fragt mich immer nach dir.»

«Hattest du Balestrieri seinerzeit bei deiner Familie eingeführt?»

«Ja.»

«Haben deine Eltern erfahren, daß du Balestrieris Geliebte warst?»

«Wer weiß?»

«Kam Balestrieri oft in eure Wohnung?»

«Ja.»

«Was tat er dort?»

«Nichts. Er kam zum Mittagessen oder zum Kaffee, und dann gingen wir zusammen in sein Atelier.»

«Habt ihr es jemals in deiner Wohnung miteinander gehabt, Balestrieri und du?»

«Er wollte das, aber ich wollte nicht, denn ich hatte Angst, daß meine Leute etwas bemerken könnten.»

«Und warum wollte er das gerade in deiner Wohnung?»

«Ich weiß nicht. Er hatte das gern.»

«Tatet ihr es nun oder nicht?»

«Ja, ein paarmal.»

«Wo?»

«Daran erinnere ich mich jetzt nicht.»

«Versuch, dich zu erinnern.»

«Ah ja, einmal passierte es in der Küche.»

«In der Küche?»

«Ja, die Mutter war ausgegangen, um irgend etwas einzukaufen, und ich mußte in der Küche bleiben.»

«Konntet ihr denn nicht ins Schlafzimmer gehen, wenn ihr allein in der Wohnung wart?»

«Balestrieri wurde zudringlich, wann und wo es ihn überkam. Es machte ihm Spaß, wenn es an ausgefallenen Orten war.»

«Warum das?»

«Das weiß ich nicht.»

«Aber wie triebt ihr's in der Küche?»

«Stehend.»

Eines Tages überbrachte mir Cecilia eine Einladung ihrer Eltern zum Mittagessen. An diesem Tage ersetzte ich den Pullover und die Samthose durch einen dunklen Anzug, ein weißes Hemd und eine wenig auffallende Krawatte, denn ich wollte als seriöser Zeichenlehrer gekleidet sein. Um die Mittagsstunde machte ich mich auf den Weg nach der Wohnung Cecilias im Stadtteil Prati. Offen gestanden, ich war ungemein neugierig und empfand fast etwas wie Verwirrung, als ich mich zu Cecilia begab. Dies darum, weil jetzt bereits jede Entdeckung über sie, die ich machte oder zu machen glaubte, zu einer nahezu sinnlichen Angelegenheit für mich geworden war – als bedeute die Entdeckung eines neues Aspekts in ihrem Leben, den ich noch nicht kannte, soviel wie eine physische Entdeckung, oder sagen wir: eine Entblößung ihrer Person.

Es machte mir wenig Mühe, die Straße zu finden, eine ruhige, farblose gerade Straße mit nun schon kahlen Platanen an beiden Seiten und Geschäften im Erdgeschoß der gelben und grauen Häuser. Das Tor des Hauses führte in einen großen Innenhof, wo ein paar angepflanzte Palmen inmitten dürrer Hekken ihre gelblichen, kahlen Wipfel bis zu den Girlanden der zum Trocknen aufgehängten Wäsche an den obersten Stockwerken emporreckten. Es gab mehrere Treppen, die mit Buchstaben von A bis F bezeichnet waren. Die Treppe, die zur Wohnung Cecilias emporführte, trug den Buchstaben E. Am Gitter des alten Fahrstuhls hing eine Tafel mit der Aufschrift: «Außer Betrieb, in Reparatur.» So stieg ich zu Fuß viele Treppen in einem matten, kalten Licht empor, von einem Stockwerk zum anderen, wobei ich überall die Schilder an den Türen musterte. Türnummer eins, zwei und drei, Türnummer fünf, sechs, Türnummer sieben, acht, neun, Türnummer zehn, elf, zwölf. Als ich endlich bei Nummer dreizehn im fünften Stock angelangt war und auf die Klingel drückte, dachte ich daran, daß dies die Treppe war, über die Cecilia täglich hinunter- und hinauflief, wenn sie zu mir ging und hierher zurückkehrte. Was hätte ich über diese Treppe erfahren, wenn ich Cecilia danach gefragt hätte? Nichts, weniger als nichts. In ihrer charakteristischen tautologischen Art hätte sie mir geantwortet: «Die Treppe ist eine Treppe.» Das wäre alles gewesen. Und doch hatte sie auf dieser Treppe einen Teil ihres Lebens gelassen: dieses graue Licht, diese Stufen aus weißem Marmor, diese roten Kacheln auf den Absätzen, dieses dunkle Holz der Türen, das alles hätte ihr in der Erinnerung bleiben müssen – so wie sich andere, glücklichere Menschen an die Landschaften erinnern, in denen sie ihre Kindheit und Jugend verbracht haben. Ich war noch mit derlei Gedanken beschäftigt, als ich hinter der Tür einen leichten Schritt vernahm, der jedoch auf den lockeren Kacheln eines alten Fußbodenbelags kräftig widerhallte. Die Tür tat sich auf, und Cecilia erschien auf der Schwelle. Sie trug den gewohnten grünen, haarigen Pullover, der ihr bis über die Hüfte reichte und dessen tiefer dreieckiger Ausschnitt den Ansatz ihres Busens sehen ließ. In dem schwarzen, kurzen und engen Rock drückte sich der Bauch in konzentrischen, tiefen Falten ab. Als ich sie begrüßte, erhob sie sich auf die Zehenspitzen, und schon glaubte ich überrascht, sie wollte mich küssen, was weder zu ihrer Art noch zu dem Ort gepaßt hätte. Aber sie flüsterte mir nur zu: «Vergiß nicht, daß wir heute Unterricht haben und nach dem Essen zusammen in dein Atelier gehen.»

Ich weiß nicht, warum, aber ihr Eifer erschien mir fast verdächtig und brachte mich auf den Gedanken, Cecilia wolle unsere Vereinbarung dazu benutzen, ein anderes Vorhaben zu verbergen.

Das Vorzimmer war so eingerichtet wie in gewissen altmodischen Familienpensionen irgendwelcher Badeorte: Stühle und Tische aus Rohr, in einer Ecke eine Pflanze, in der anderen eine Gipsstatue, die einen Frauenakt darstellte. Stühle und Tische waren abgenutzt, und wo die Statue eine Vertiefung aufwies, war sie grau von Staub, abgesehen davon, daß ihr eine Hand fehlte. Die Pflanze wies nur mehr einige wenige Blätter am Ende eines langen Stengels auf. Ich bemerkte auch, daß die Wände zwar weiß waren, daß man aber dennoch überall Staub vermutete – alten, klebrigen Staub, der sich in den Ecken zu kleinen, dichten und dunklen Spinnetzen zu kondensieren schien. Mir fiel ein, daß dies eine Wohnung war, deren sich mit Recht oder Unrecht jedes Mädchen schämen würde, wenn ihr Liebhaber sie beträte. Jedes Mädchen – doch nicht Cecilia. Sie ging mir mittlerweile durch einen langen, leeren Korridor voraus, öffnete dann eine Tür und bedeutete mir, ihr zu folgen.

Ich erblickte einen großen, rechteckigen Raum mit vier Fenstern an einer einzigen Wand, vor denen gelbliche Vorhänge hingen. Ein paar Stufen und ein Bogen schienen den Raum in zwei Teile zu teilen. In dem größeren Teil befand sich der Salon; dort standen jene Möbel, von denen Cecilia behauptet hatte, sie seien ohne Farbe. In Wirklichkeit war ihre Vergoldung sehr auffällig. Es handelte sich um Louis-Quinze-Möbel: Imitationen, wie sie vor vierzig Jahren in Mode gewesen waren. Gespenstisch umstanden sie runde Tischchen und perlengeschmückte Lampenschirme. Auf den ersten Blick bemerkte ich die weißen Stellen auf dem vergoldeten Stuck, den Schatten von Schmutz auf den geblümten Armlehnen, die Stockflecken auf den kleinen Wandteppichen mit galanten Darstellungen. Der Verfall dieser Wohnung gab sich aber nicht sosehr in dem abgenützten Aussehen des Mobiliars kund, als vielmehr in einigen fast unglaublichen Einzelheiten, die von langer und arger Vernachlässigung zeugten: ein schmaler Streifen Tapetenpapier mit einem Blumenmuster hing zum Beispiel in halber Höhe von der Wand herab und ließ den nackten Kalk darunter sehen; einer der gelben Fenstervorhänge wies einen langen, unregelmäßigen Riß mit zerfetzten Rändern auf, in einer Ecke des Plafonds war sogar ein großes schwarzes Loch zu sehen. Warum sorgten Cecilias Eltern nicht wenigsens dafür, daß der Tapetenstreifen angeklebt, der Vorhang geflickt, die Decke – so gut es ging – in Ordnung gebracht wurde? Und was Cecilia anging: Das also war die Wohnung, die eine Wohnung war, der Salon, der ein Salon war, waren die Möbel, die Möbel waren. Konnte man glauben, daß sie in dieser Wohnung – die in ihrer traurigen Art höchst ungewöhnlich war – lebte, ohne davon je das mindeste bemerkt zu haben? In solchen Gedanken betrat ich hinter Cecilia den kleineren Teil des Raumes, jenseits des Bogens, wo sich eine Speisezimmer-Einrichtung in demselben dunkel-massiven Renaissancestil befand, den ich auch in Balestrieris Atelier bemerkt hatte. Aus einer Fensternische drangen durch die Stille die Rhythmen lebhafter Radiomusik. Vielleicht weil die Stille in dieser Wohnung etwas Vereisendes an sich hatte, bemerkte ich bei diesen Klängen mit einemmal, daß die Wohnung ungeheizt war, obgleich wir uns schon in den ersten Dezembertagen befanden. Cecilia ging mir voraus und sagte: «Papa, darf ich dir meinen Zeichenprofessor vorstellen?»

Cecilias Vater erhob sich mühsam aus dem Sessel, in dem er saß und dem Radio zuhörte. Er reichte mir wortlos die Hand und deutete auf seine Kehle, wie um mir mitzuteilen, daß er durch seine Krankheit die Stimme verloren habe. Ich entsann mich des seltsamen Atemgeräusches, das ich am Telefon vernommen hatte, und begriff jetzt, daß er am Apparat gewesen war und wohl vergebens versucht hatte, meinen Anruf zu beantworten. Ich sah ihn an, wie er sich wieder in den alten, geschwärzten und abgenützten Ledersessel sinken ließ und sich vorbeugte, um das Radio leiser zu stellen. Cecilias Vater mußte ursprünglich das gewesen sein, was man einen schönen Mann nennt – von jener etwas vulgären Hübschheit, die gewissen allzu symmetrischen Gesichtern eigen ist. Von dieser Hübschheit war jetzt freilich nicht mehr viel übrig. Die Krankheit hatte sein Gesicht verwüstet, es hier aufgedunsen, dort eingehöhlt, hier gerötet und da gebleicht. Der Tod saß, wie ich denken mußte, bereits in dem schwarzen Haar, das platt und leblos von ungesundem Schweiß an Schläfen und Stirn geklebt war. Er gab sich auch zu erkennen in der violetten Farbe der Lippen und vor allem in dem erschreckenden Ausdruck der runden Augen. Die Augen schienen Dinge zu sagen, die der Mund verschwiegen hätte, auch wenn er nicht sprachlos gewesen wäre. Diese Augen ließen weniger an eine durch Krankheit hervorgerufene Stummheit denken als an die erzwungene Hilflosigkeit eines gefesselten und geknebelten, in tödlicher Gefahr völlig alleingelassenen Menschen.

Cecilia bat mich, Platz zu nehmen und dem Vater Gesellschaft zu leisten, weil sie in die Küche gehen müsse. Sie sprach mit lauter Stimme und erwähnte ihren Vater wie einen leblosen Gegenstand, über den man nach Belieben verfügen konnte. Ich setzte mich also dem Kranken gegenüber. Und da ich nicht wußte, was ich sagen sollte, begann ich, das künstlerische Talent Cecilias zu loben. Der Vater hörte mir zu und rollte dabei seine erschreckten Augen, als spräche ich nicht von seiner Tochter, sondern stieße gefährliche Drohungen gegen ihn aus. Bisweilen sagte auch er etwas oder versuchte, etwas zu sagen, wie er das damals am Telefon getan hatte. Aber die mehr pfeifenden als artikulierten Laute, die aus seinem Mund kamen, blieben mir unverständlich. Plötzlich, ohne weitere Umstände, erhob ich mich – ungezogen, wie Gesunde dies Kranken gegenüber oft sind –, erklärte, ich müsse mir die Hände waschen, und verließ den Salon.

Was mich zum Hinausgehen getrieben hatte, war noch immer dieselbe Neugier, die mich veranlaßt hatte, Cecilia um die Einführung bei ihren Eltern zu bitten. Sobald ich auf dem Korridor war, ging ich geradewegs auf eine der vier aneinandergereihten Türen zu und öffnete sie. Ich erblickte eine kleine Kammer von eisiger Ärmlichkeit. Sie empfing ihr kaltes, schwaches Licht vom Hof aus durch ein vorhangloses Fenster. Die ganze Einrichtung bestand aus einem schwarzlackierten Eisenbett mit einem darangebundenen geweihten Ölzweig und der roten, fest eingeschlagenen Decke über der dünnen Matratze, aus zwei sogenannten Küchenstühlen mit gelbem Strohboden und einem kleinen Schrank aus rohem Holz. Ich war sogleich sicher, daß dieser halbleere Raum das Zimmer Cecilias war. Dies schloß ich aus dem Geruch, der hier in der Luft lag, einem etwas scharfen weiblichen Geruch, den ich in Cecilias Haar und auf ihrer Haut wahrgenommen hatte. Um ganz sicherzugehen, öffnete ich den Schrank und sah dort wirklich die wenigen, mir wohlbekannten Kleidungsstücke hängen, aus denen die Garderobe Cecilias bestand: da war der Tänzerinnenrock, den sie während des Sommers getragen hatte, als ich sie kennenlernte, da war ein zweiteiliges Kostüm aus grauer Wolle, das sie an kalten Tagen anhatte, ein schwarzer Mantel, den sie am Abend trug, und ein schwarzes Kleid, das man als kleines Abendkleid bezeichnen konnte. In einem Fach lag ein Paket: die Handtasche in weißem Seidenpapier, die ich ihr an dem Tag geschenkt hatte, der unser letzter sein sollte. Ich schloß den Schrank wieder, sah mich um und suchte den Eindruck zu definieren, den dieses Zimmer auf mich machte. Schließlich begriff ich: Es war kahl und armselig, aber von einer natürlichen, fast wilden Kahlheit und Armseligkeit, wie man sie in Höhlen wilder Tiere findet – ja, ich war mehr an eine möblierte Raubtierhöhle erinnert als an eine ärmliche Wohnung.

Ich ging auf den Zehenspitzen hinaus und öffnete die Nachbartür. Hier war es fast völlig dunkel, aber aus den unbestimmten Umrissen eines großen Ehebettes und dem dumpfen Geruch, der hier herrschte – ein Geruch, der ganz anders als der in Cecilias Zimmer war, schwerer und ungesünder –, schloß ich, daß dies das Zimmer der Eltern sein müsse. Ich machte auch diese Tür zu und öffnete die dritte.

Sie führte ins Badezimmer, das mehr einem schmalen Gang glich. Das Fenster, mit geschlossenen Laden, befand sich an dem der Tür entgegengesetzten Ende. An derselben Wand waren hintereinander die Badewanne, das Bidet, die Waschschüssel und die Klosettmuschel aufgereiht. Die Wanne, von altmodischer Form, hatte Rostflecken auf dem alten, gelblichen Email. Die Waschschüssel schien durchzogen von einem Netzwerk feiner schwarzer Sprünge. Schließlich fiel mein angewiderter Blick auf den Innenrand der Klosettmuschel, wo ein dunkelleuchtender Fleck der unzureichenden Spülung widerstanden hatte.

Ich trat an die Waschschüssel, nahm ein kleines Stück Seife aus dem Seifenhalten und begann mir die Hände zu waschen. Dabei erinnerte ich mich an all die Fragen, die ich an Cecilia über ihre Wohnung gerichtet, und an die schematischen und wesenlosen Antworten, die ich von ihr erhalten hatte. Das bestätigte mich in meiner Vermutung: Cecilia hatte mir nichts über ihre Wohnung erzählen können, weil sie sie in Wirklichkeit nie gesehen hatte. Dann ging die Tür auf, und Cecilia trat ein.

Sie sagte: «Ah, da bist du!» und schien keineswegs erstaunt, mich nicht im Salon in Gesellschaft ihres Vaters zu finden, wie sie mir empfohlen hatte. Sie ging hinter mir vorbei, geradewegs auf die Klosettmuschel zu, hob mit beiden Händen den Rock auf und urinierte. Ich sah, wie sie dasaß: die Beine gespreizt, die Brust herausgedrückt, das Gesicht mir zugewandt. Und ich sah vor allem ihre wunderschönen, dunklen, ausdruckslosen Augen, die mich mit der Unschuld eines Tieres anblickten, das sein Bedürfnis verrichtet. Da kam mir von neuem der Gedanke an die Höhle, den ich bei der Besichtigung ihres Zimmers gehabt hatte. Ja, sagte ich mir, diese Wohnung ist herzzerreißend, wenn man daran denkt, daß sie von Menschen bewohnt wird. Sobald man sich aber einbildet, daß hier ein kleines, graziöses, wildes Tier haust – ein Fuchs, ein Marder, ein Wiesel –, wird sie annehmbar und normal. Cecilia war inzwischen fertig. Ich sah, wie sie ihr Gesäß von der Klosettmuschel auf die des Bidets verlagerte, dort niederkauerte und sich des längeren mit einer Hand wusch. Dann erhob sie sich, rieb sich mit einem Handtuch und sagte, indem sie ihren Rock herunterzog: «Tritt ein wenig beiseite, damit ich mich kämmen kann.»

Ich tat, wie sie geheißen hatte. Sie ergriff eine fast haarlose Bürste und einen sehr schmutzigen Kamm, dem etliche Zähne fehlten, und begann, sich energisch zu kämmen. Obenhin sagte ich: «Dein Vater ist wirklich sehr krank. Ich fürchte, die Ärzte haben recht.»

«Womit?»

«Daß er bald sterben wird.»

«Ja, das weiß ich.»

«Wie werdet ihr weitermachen?»

«Weitermachen?»

«Nach seinem Tod.»

«In welcher Beziehung?»

«Wovon werdet ihr leben?»

Sie antwortete hastig, während sie sich mit dem Lippenstift über den Mund fuhr: «Wovon wir bisher gelebt haben.»

«Und wovon habt ihr gelebt?»

«Wir haben ein Geschäft, von dem leben wir.»

«Ein Geschäft? Davon hast du mir nie erzählt.»

«Du hast mich nie danach gefragt.»

«Was verkauft ihr in diesem Geschäft?»

«Schirme, Koffer, Handtaschen, Lederwaren.»

«Und wer steht dort im Laden?»

«Meine Mutter und meine Tante.»

«Bringt dieses Geschäft viel ein?»

Sie beendete das Anstreichen ihrer Lippen und antwortete dann abschließend: «Nein, es bringt wenig ein.»

Ich umfaßte ihre Taille und drückte mich an sie, wobei ich meinen Leib an ihren Rücken preßte. Sie warf mir einen kurzen Blick zu, von dem ich nicht wußte, ob er Überraschung oder Einverständnis bedeutete. Dann ergriff sie einen schwarzen Stift und zeichnete ihre Brauen nach. Ich fragte: «Denkst du denn nie an den Tod?»

Sie begann, die Hüften langsam, aber kräftig von rechts nach links zu bewegen. «Nein, daran denke ich nie», sagte sie.

«Auch nicht, wenn du siehst, in welchem Zustand dein Vater ist?»

«Nein.»

«Aber jeder würde an deiner Stelle daran denken.»

«Mir geht's gut – warum soll ich an den Tod denken?»

«Aber es gibt doch auch die anderen.»

«So heißt es.»

«Wieso? Bist du dessen nicht sicher?»

«Ach, das habe ich nur so gesagt.»

«Glaubst du, daß dein Vater an den Tod denkt?»

«Er schon.»

«Hat dein Vater Angst vor dem Sterben?»

«Das will ich meinen.»

«Aber weiß er, daß er sterben muß?»

«Nein, das weiß er nicht.»

«Und du denkst nie daran, daß er sterben wird?»

«Solange er lebt, auch wenn er krank ist, denke ich nicht an seinen Tod. Daran werde ich an dem Tag denken, an dem er stirbt. Jetzt denke ich nur, daß er krank ist.»

Ich löste mich brüsk von ihr und sagte: «Weißt du, daß ich dich begehre?»

«Das hab ich bemerkt.»

Sie beendete das Bemalen ihrer Brauen, legte den Stift an seinen Platz und drängte mich zur Tür, wobei sie sagte: «Gehen wir, meine Mutter muß schon zurück sein.»

Sie war wirklich zurück. Als wir auf den Korridor hinaustraten, schrie eine durchdringende, unharmonische Stimme, die an das Glockenspiel über der Tür eines Ladens denken ließ: «Cecilia, Cecilia!»

Cecilia ging in Richtung dieser Stimme, und ich folgte ihr. Die Tür der Küche war offen, und die Mutter – im Mantel und mit dem Hut auf dem Kopf – stand vor dem Herd und rührte mit einem Löffel in einem Topf. Die finstere, verrauchte Küche hatte eine ungewöhnliche Form, sie war nämlich dreieckig. Der Herd stand an der Längsseite unter dem Dunstfang, und die Spitze des Dreiecks war dem schmalen, hohen Fenster zugekehrt. Das Fenster war in Wirklichkeit nur ein halbes Fenster und obendrein durch einige davor zum Trocknen aufgehängte Wäschestücke verdunkelt. Die ganze Küche machte einen schmutzigen, unordentlichen Eindruck. Auf dem Fußboden lagen überall Obst- und Kartoffelschalen herum, die Marmorplatte des Tisches war bedeckt mit Paketen und Papierfetzen, im Ausguß türmten sich wirr aufeinandergestapelte schmutzige Teller. Ohne sich umzuwenden, sagte Cecilias Mutter: «Die Teller! Die Teller müssen abgewaschen werden!»

Cecilia antwortete: «Ich werde alles abends abwaschen, das Geschirr von heute und von gestern.»

«Und auch das von vorgestern», erklärte die Mutter. «Das sagst du jeden Tag – bald werden wir keine Teller mehr haben. Heute früh habe ich die fürs Mittagessen abgewaschen, aber die fürs Abendessen mußt du abwaschen, denn ich muß ins Geschäft.»

«Darf ich dir Dino vorstellen, Mama?»

«Oh, Herr Professor, entschuldigen Sie, sehr angenehm, entschuldigen Sie, sehr angenehm.» Das Glockenspiel ihrer Stimme läutete noch eine ganze Weile die beiden Phrasen «sehr angenehm» und «entschuldigen Sie», während ich ihre Hand drückte. Ich sah sie an. Sie war eine Frau von kleiner Statur mit einem müden kleinen Gesicht, in dem etwas verspätet eine lärmende Jugendlichkeit explodiert zu sein schien. Die schwarzen schlichten Augen waren umgeben von feinen Falten und leuchteten in einem ungewissen Licht. Starke Farben, von denen ich nicht sehen konnte, ob sie echt oder künstlich waren, belebten die schlaffen Wangen. Der gemalte, sehr große Mund öffnete sich zu einem strahlenden Lächeln. Wie ich bemerkte, bestand eine Ähnlichkeit zwischen ihr und Cecilia, vor allem in der kindlichen Stirn, die über den Kugelaugen hervortrat, und in der runden Form des Gesichts. Mit ihrer überschwenglichen Stimme rief sie: «Ich wußte ja nicht, daß der Herr Professor schon da ist! Cecilia, begleite den Herrn Professor in den Salon, um die Küche kümmere ich mich schon selbst.»

Auf dem Korridor sagte ich zu Cecilia: «Deinem Vater hast du mich als deinen Zeichenprofessor vorgestellt, deiner Mutter als Dino. Erinnerst du dich denn nicht an meinen Familiennamen?»

Zerstreut gab sie zurück: «Du wirst es nicht für möglich halten, aber ich kenne diesen Namen bis heute nicht. Ich habe dich als Dino kennengelernt und dann nie mehr daran gedacht, dich zu fragen, wie du eigentlich heißt. Wie heißt du also wirklich?»

Ich antwortete: «Na, wenn du es noch nicht weißt, kann das auch so bleiben. Ich werde dir meinen Namen ein anderes Mal sagen.» Ich fühlte mich mit einemmal sozusagen namenlos, weil mich Cecilia offensichtlich lieber so hatte.

«Wie du willst.»

Wir traten in den Salon, und ich fragte Cecilia: «Deine Mutter sieht dir äußerlich sehr ähnlich. Welchen Charakter hat sie?»

«Wie meinst du das?»

«Na ja, ist sie gut oder böse, ruhig oder nervös, großzügig oder kleinlich?»

«Das könnte ich nicht sagen. Darüber habe ich noch nie nachgedacht. Sie hat einen ganz normalen Charakter. Für mich ist sie meine Mutter und damit Schluß.»

«Und er?» fragte ich noch und deutete nach ihrem Vater,

der in seinem Sessel am Radio saß. «Was für einen Charakter hat er deiner Meinung nach?»

Diesmal gab sie mir überhaupt keine Antwort und zuckte nur die Schultern, als hätte ich eine sinnlose Frage an sie gerichtet. Von einer plötzlichen Gereiztheit befallen, packte ich sie am Arm und fragte sie leise: «Was ist denn das für ein schwarzes Loch, dort oben im Plafond?»

Sie hob den Blick und sah das Loch an, als sähe sie es zum erstenmal im Leben.

«Das ist ein Loch. Es ist schon seit einer Weile da.»

«Du siehst also, daß dort ein Loch ist?»

«Warum sollte ich es nicht sehen?»

«Wieso siehst du dann nicht den Charakter deiner Mutter und deines Vaters?»

«Das Loch ist zu sehen, ein Charakter ist nicht zu sehen. Mein Vater und meine Mutter sind Leute, wie es viele gibt. Das ist alles.»

Wir waren jetzt zum Vater getreten, der regungslos Radio hörte. Ich ließ mich ihm gegenüber auf ein Sesselchen nieder und fragte laut: «Wie fühlen Sie sich heute?»

Er fuhr aus seinem Sitz auf und sah mich erschrocken an. Dann sagte er etwas, das ich nicht verstand. Cecilia, die offenbar das Geflüster ihres Vaters ohne Schwierigkeit zu deuten vermochte, erklärte mir: «Er sagt, du brauchtest nicht zu schreien, denn er sei nicht taub.»

Er hatte natürlich recht. Wer weiß, warum ich geglaubt hatte, da er stumm war, sei er auch taub. Ich sagte: «Verzeihen Sie, ich habe Sie nur gefragt, wie Sie sich fühlen.» Er deutete nach dem Fenster und flüsterte etwas, das mir Cecilia verdolmetschte: «Heute ist Schirokko, und an Schirokkotagen fühlt er sich nie sehr gut.»

Ich erkundigte mich: «Warum gehen Sie nicht in Ihr Geschäft? Glauben Sie nicht, daß Sie das zerstreuen würde?»

Ich sah, wie er eine demütig verneinende Geste machte und dann ausführlich antwortete, wobei er auf seine Kehle und sein Gesicht deutete. Cecilia sagte: «Er meint, er könne dort nicht hingehen, denn die Kunden würden erschrecken, wenn sie ihn so verändert sähen, und der Absatz würde darunter leiden. Er sagt, daß er wieder hingehen wird, sobald er sich besser fühlt.»

«Lassen Sie sich behandeln?»

Wieder antwortete er etwas, und wieder übersetzte seine Tochter: «Er macht eine Bestrahlungskur und hofft, bis Ende des Jahres geheilt zu sein.» Ich sah Cecilia an, um festzustellen, welchen Eindruck die traurigen Illusionen ihres Vaters auf sie machten. Aber wie gewöhnlich war diesem runden Gesicht und den ausdruckslosen Augen nichts zu entnehmen. Ich dachte: Cecilia merkt weder, wie nahe ihr Vater dem Tode steht, noch ist es ihr trotz allem, was sie gesagt hat, zum Bewußtsein gekommen, daß er überhaupt krank ist. Oder besser gesagt: Sie weiß davon, wie sie von der Existenz des schwarzen Lochs in der Dekke weiß. Das Loch ist ein Loch, die Krankheit ihres Vaters ist eine Krankheit. In unserem Rücken erklang wie Glockengeläute die Stimme der Mutter: «Es ist angerichtet. Bitte zu Tisch.»

Wir setzten uns an den Tisch, und die Mutter reichte selber die mit Pasta asciutta gefüllte Suppenschüssel herum, wobei sie entschuldigend erklärte, sie habe leider kein Dienstmädchen. Ich betrachtete das Gewirr der roten, fettigen Spaghetti im Suppentopf aus Porzellan und sagte mir, daß auch dieses Essen Ähnlichkeit mit der Wohnung habe; es schien genauso unfrisch und vernachlässigt. Ich aß mit Widerwillen von dem keineswegs wohlschmeckenden Teiggericht und bediente mich dabei einer Gabel mit gelb gewordenem, wackligem Horngriff. Dabei beneidete ich innerlich die drei, besonders aber Cecilia, die mit gutem Appetit speisten. Cecilias Mutter schenkte mir einen Wein ein, der schon beim ersten Schluck nach Essig schmeckte, und als ich um etwas Wasser bat, füllte sie mir in das andere Glas ein abgestandenes, schal schmeckendes Mineralwasser. So unerfreulich das Essen auch war, es wurde noch bei weitem übertroffen durch die Unerfreulichkeit der Konversation, die Cecilias Mutter mit mir machte. Fast sofort war sie logischerweise zu der Annahme gelangt, von den üblichen Gesprächen über das Wetter, neue Filme und dergleichen abgesehen, könne das einzige uns beiden gemeinsame Thema nur Balestrieri heißen, da er ja mein Vorgänger als Cecilias Zeichenlehrer gewesen war. Während ich mich also nach den miserablen Spaghetti gerade damit beschäftigte, ein hartes verbratenes Stück Fleisch und in schlechtem Fett zubereitetes Gemüse hinunterzuwürgen, fragte sie mich mit ihrer aggressiven, schrillen Stimme: «Sie haben doch den Professor Balestrieri gekannt, nicht wahr?»

Ehe ich antwortete, sah ich zu Cecilia hinüber. Auch sie sah mich an, aber mit einem so ungewissen und abwesenden Blick, daß es mir vorkam, als sähe sie mich überhaupt nicht. Trocken sagte ich: «Ja, ein wenig kannte ich ihn.»

«Ein so guter, so sympathischer Mensch, und so intelligent! Ein wahrer Künstler! Sie können sich gar nicht denken, welchen Eindruck mir sein Tod gemacht hat!»

«Ja, freilich», sagte ich aufs Geratewohl, «er war noch gar nicht so alt.»

«Kaum fünfundsechzig, aber er sah aus wie fünfzig! Wir kannten ihn erst seit zwei Jahren, und dabei hatte ich das Gefühl, als seien wir von jeher befreundet gewesen. Er gehörte sozusagen zur Familie. Und wie lieb er Cecilia hatte! Er sagte immer, er betrachte sie wie seine eigene Tochter.»

«Wie seine Enkelin, hätte er sagen sollen», bemerkte ich, ohne zu lächeln.

«Tja, wie seine Enkelin», stimmte die Mutter mechanisch zu. «Denken Sie, er wollte nicht einmal Geld für die Lektionen nehmen! Er sagte immer: Die Kunst bezahlt man nicht! Wie wahr!»

«Vielleicht wollen Sie andeuten», sagte ich mit peinlicher Bosheit, «daß auch ich Cecilia gratis unterrichten sollte?»

«Nein, ich wollte nur sagen, wie gern Balestrieri unsere Cecilia hatte. Bei Ihnen ist das etwas anderes. Für Cecilia hätte Balestrieri sein Leben hingegeben.»

Mir lag auf der Zunge zu sagen: «Er hat sogar für sie sein Leben hingegeben!» Statt dessen fragte ich: «Haben Sie ihn oft gesehen?»

«Oft? Beinahe jeden Tag. Er war hier zu Hause. Bei Tisch gab es immer einen Platz für ihn. Sie dürfen aber nicht glauben, er sei zudringlich gewesen, im Gegenteil.»

«Inwiefern?»

«Er suchte sich immer zu revanchieren. Oft kaufte er dies oder jenes zum Essen ein. Er schickte auch Süßigkeiten, Wein, Blumen. Dabei sagte er: Ich habe keine Familie mehr, dies ist jetzt meine Familie geworden, seht mich wie einen Verwandten an. Der Arme lebte ja allein, getrennt von seiner Frau.»

Jetzt griff Cecilia in das Gespräch ein. «Herr Professor, geben Sie mir Ihren Teller», sagte sie. «Und ihr, Mama und Papa, gebt mir eure.» Sie stellte die vier Teller und die vier Schüsseln aufeinander und verließ das Zimmer. Während des Nachrufs auf Balestrieri, den Cecilias Mutter gehalten hatte, waren des Vaters erschrockene, beschwörende Augen bald auf sie, bald auf mich gerichtet gewesen. Jetzt begann er, zu mir zu sprechen. Ich beugte mich ein wenig vor. Der Kranke öffnete den Mund, doch vermochte ich die heftig hervorgestoßenen Laute nicht zu verstehen. Die Mutter erhob sich, ging zum Büfett und kam mit einem Heft und einem Bleistift wieder. Beides legte sie neben ihren Mann auf den Tisch. «Schreib», sagte sie, «der Herr Professor versteht dich nicht!»

Der Vater fegte aber mit heftiger Geste Heft und Bleistift beiseite und auf den Boden. Die Mutter sagte: «Wir verstehen ihn ja, aber fast kein Außenstehender. Wir haben ihm schon oft gesagt, er solle schreiben, aber er will nicht. Er sagt, er sei nicht stumm. Das stimmt. Aber wenn die anderen ihn nicht verstehen, wäre es besser, er schriebe. Finden Sie nicht?»

Der Vater warf seiner Frau einen wütenden Blick zu und fing wieder an, auf mich einzusprechen. Seine Frau bemerkte mit trauriger und resignierter Stimme: «Er meint, Balestrieri sei ihm nicht sympathisch gewesen.» Sie schüttelte bedauernd den Kopf und fügte hinzu: «Wer weiß, was dieser arme Balestrieri ihm angetan hat.»

Der Mann sagte wieder etwas mit Energie, und seine Frau übersetzte: «Er meint, Balestrieri habe sich hier als der Herr im Hause aufgeführt.»

Ihr Mann sah sie jetzt mit angstbeklommenen Augen an. Dann riß er mit der verzweifelten Emphase eines Stummen, der sich nicht verständlich machen kann, den Mund auf und hauchte mir noch einmal seine unverständlichen Laute ins Gesicht. Ich sah, wie Cecilia, die soeben wieder zurückgekommen war, die Augen zu mir erhob und mich anblickte. Die Mutter sagte: «Mein Mann erzählt absurdes Zeug. Verstehen Sie, was er sagt?»

«Nein.»

Ich hatte den Eindruck, als zögere die Mutter einen Augenblick. Dann erklärte sie: «Er behauptet, daß Balestrieri mir den Hof machte.» Sie sagte das mit sorgenvollem Ausdruck und schaute dabei mit einem intensiven Blick – gemischt aus Trauer, Bitten und Vorwurf – nicht ihren Mann, sondern mich an. Ich wandte mich dem Mann zu und bemerkte, daß der Blick der

Mutter seine Wirkung zu üben begann. Er schien jetzt gedemütigt und beschämt wie ein Hund, der einen Fußtritt erhalten hat. Ein wenig erleichtert sagte die Mutter zu mir: «Balestrieri machte mir gern ein paar Komplimente, scherzte mit mir, spielte mit einem Wort den Galanten. Das war aber auch alles. Das war wirklich alles.» Dann fuhr sie fort, als sei ihr Mann nicht zugegen oder als sei er ein lebloser Gegenstand: «Nein, Herr Professor, mein Mann ist ein braver und guter Mensch, aber in seinem Kopf arbeitet es zuviel. Es arbeitet und arbeitet. Sie sehen ja, was er für Augen macht. Das sind die Gedanken, mit denen er sich den ganzen Tag herumschlägt. Das arbeitet und arbeitet, und zuletzt kommen absurde Ideen heraus.»

Ich blickte nach dem Hausherrn, der nun verbittert und niedergeschlagen dasaß, die bestürzten Augen hierhin und dorthin schweifen ließ und mit den Fingern Brotkrumen zusammenballte. Plötzlich fand ich eine plausible Erklärung für seine so rasch verrauchte Wut: Er hatte entweder gewittert, daß etwas zwischen Balestrieri und Cecilia war, oder zumindest gefühlt, daß Balestrieri für Cecilia nicht nur so väterlich empfand, wie er vorgab. Darin bestand die Beschuldigung, die er seiner Frau ins Gesicht geschleudert hatte. Sie aber war in aller Eile selber an die Stelle der Tochter getreten, indem sie mir erklärt hatte, ihr eifersüchtiger Mann habe sich eingebildet, Balestrieri mache ihr, der Mutter, den Hof.

Blieb nur zu ergründen, warum die Mutter mir den wahren Sinn seiner Worte verheimlichen wollte. Um eine Anklage nicht zu wiederholen, die irrig und unpassend erschien? Weil sie aus der interessierten Großzügigkeit Balestrieris Vorteile gezogen hatte, wenn auch ohne das Verhältnis zwischen ihm und Cecilia zu bemerken? Oder war ihr diese Beziehung immer bekannt gewesen, und sie hatte die Geschenke des Malers in vollem Bewußtsein der Situation angenommen? Ich sagte mir sofort, daß jede dieser drei Hypothesen gleich glaubhaft war, wenn ihnen auch verschiedenes Gewicht beigemessen werden mußte. Während dieser Überlegungen sah ich Cecilia an und erkannte wieder einmal, daß im Grunde alles, was ich während des Besuches bei ihren Eltern entdecken mochte, gar nicht wirklich mit ihr zu tun hatte. Auch im ungünstigsten Fall – angenommen, die Mutter war mit der Tochter im Einverständnis gewesen und hatte daraus materielle Vorteile gezogen – konnte ich nicht behaupten, etwas Endgültiges über Cecilia in Erfahrung gebracht zu haben. Und dies darum, weil Cecilia inmitten ihrer Familie wie eine Schlafwandlerin zwischen den Möbeln ihrer Wohnung lebte – nämlich unter Ausschluß der Umgebung aus dem Bewußtsein.

Das Mittagessen endete auf unerwartete Weise. Nachdem jeder von uns einen kleinen rotgrünen Apfel verspeist hatte, erhob sich der Vater plötzlich und ging – die unsicheren Beine in der breiten, wie leer aussehenden Hose dahinschleppend – aus dem Zimmer. Gleich darauf kam er wieder, in einen zu weiten Mantel gehüllt, das Gesicht zur Hälfte verdeckt von der Krempe eines Hutes, der nicht der seine zu sein schien. Er winkte mir von weitem einen Gruß zu und fügte etwas hinzu, wobei er auf die jetzt von der Sonne erhellten Fenster deutete. «Er sagt, er wolle spazierengehen», erklärte seine Frau und erhob sich ihrerseits. «Ich muß ihn begleiten. Wir gehen ein paar Schritte, dann bringe ich ihn ins Kino und lasse ihn dort, denn unser Geschäft macht um vier Uhr auf. Ach, es ist ein Kreuz, Herr Professor, mit einem Mann in diesem Zustand!» Sie bemerkte noch etwas Ähnliches zu ihrem Mann, der wie eine Vogelscheuche an der Tür stand und auf sie wartete. Dann verabschiedete sie sich von mir, empfahl Cecilia, bei unserem Fortgehen die Tür gut zu schließen, und folgte ihrem Mann hinaus. Bald darauf hörte ich die Stimme aus dem Vorzimmer, die etwas Unverständliches sagte. Hierauf fiel die Wohnungstür ins Schloß, und es wurde still.

Cecilia und ich waren an dem unordentlichen Tisch sitzengeblieben. Nach einer Weile meinte ich: «Und das sind die Eltern, die es nach deinen Worten nicht gern haben, daß wir uns täglich sehen?»

Ohne ein Wort der Erwiderung erhob sie sich und begann abzuräumen. Ich wußte, daß dies ihre Art war, auf unbequeme Fragen zu reagieren. Ich wiederholte die Frage: «Wie soll ich nun glauben, daß so ein Vater und so eine Mutter wirklich geschimpft haben?»

«Warum? Was haben denn mein Vater und meine Mutter Besonderes?»

«Gar nichts Besonderes. Im Gegenteil, etwas sehr Gewöhnliches.»

«Was heißt das?»

«Sie sind Eltern, die mir keineswegs sonderlich streng vorkommen.»

«Aber es ist trotzdem wahr. Sie schimpften, weil wir zu oft zusammenkamen.»

«Vielleicht schimpfte dein Vater – aber deine Mutter bestimmt nicht.»

«Warum nicht meine Mutter?»

«Weil deine Mutter wußte, wie du mit Balestrieri standest. Und wenn sie seinetwegen nicht schimpfte, warum hätte sie meinetwegen schimpfen sollen?»

«Ich hab dir doch schon gesagt, daß sie nichts wußte.»

«Wenn sie nichts wußte, warum hat sie heute die Worte deines Vaters entstellt übersetzt?»

«Wann war denn das?»

«Glaubst du, ich hätte das nicht bemerkt? Dein Vater hat in Wirklichkeit gesagt, daß er Balestrieri nicht leiden konnte, weil er hinter dir her war. Deine Mutter aber hat mir einreden wollen, Balestrieri hätte ihr den Hof gemacht. Stimmt's?»

Sie zögerte und gab dann widerstrebend zu: «Ja.»

«Na, dann frage ich nochmals – wenn deine Mutter wirklich nichts von deinem Verhältnis mit Balestrieri wußte, warum wollte sie mir einreden, Balestrieri habe ihr den Hof gemacht?»

Sie antwortete schlicht: «Weil das wahr ist.»

«Was ist wahr?»

«Ich selber habe Balestrieri gesagt, er solle meiner Mutter den Hof machen. So würde sie nicht merken, daß er in mich verliebt sei.»

«Sehr richtig und sehr gescheit. Und deine Mutter glaubte an Balestrieris Hofmacherei?»

«Und wie!»

«Dein Vater aber glaubte nicht daran, was?»

«Nein, er nicht.»

«Warum nicht?»

«Einmal hat er uns ertappt, Balestrieri und mich.»

«Wobei hat er euch ertappt?»

«Als er mich küßte.»

«Und hat er das nicht deiner Mutter erzählt?»

«Doch, aber die Mama wollte ihm nicht glauben, denn inzwischen machte Balestrieri doch schon ihr den Hof. Also behauptete sie, Papa habe die Sache aus Eifersucht erfunden.»

«Kam Balestrieri danach noch weiter zu euch?»

«Ja, er kam noch, nur waren wir jetzt vorsichtiger. Und zuletzt glaubte Papa beinahe, sich geirrt zu haben. Trotzdem haßte er auch weiterhin Balestrieri. Sobald er ihn kommen sah, ging er fort.»

Der Tisch war abgeräumt. Cecilia stellte jetzt die Stühle an ihren Platz. Als sie an mir vorbeikam, zog ich sie mit einem Arm an mich und nötigte sie, sich widerstrebend und zerstreut auf meine Knie zu setzen. Ich fragte: «Wir gehen also jetzt bald in mein Atelier?»

Ich sah, wie sie auf ihre Armbanduhr blickte. Dann antwortete sie mir: «Ich erwarte einen Anruf.»

«Was hat das damit zu tun?»

«Von dem Anruf hängt es ab, ob ich mit dir ins Atelier komme oder nicht.»

«Wer soll dich denn anrufen?»

Sie schaute mich einen Augenblick lang mit einem unbeschreiblich nachdenklichen Ausdruck an und sagte dann: «Ein Filmproduzent soll mich anrufen, um mit mir ein Rendezvous zu vereinbaren. Wenn das bald sein soll, fürchte ich, daß wir uns heute nicht sehen können.»

Ich war sogleich sicher, daß sie mich anlog. Das verriet sich im Ton ihrer Stimme, der auf eine Weise natürlich klang, wie das nur bei einer Lüge vorkommt. Ich sagte also: «Warum sagst du mir nicht die Wahrheit? Der Schauspieler will dich anrufen.»

«Was für ein Schauspieler?»

«Luciani.»

«Den habe ich gestern gesehen», sagte sie unerwarteterweise und warf mir dabei, wie ich dachte, eine vierundzwanzig Stunden alte Wahrheit hin, um die eine Minute alte Lüge zu verbergen. «Wir sind zusammen zu einem Produzenten gegangen. Ich brauche Luciani doch nicht jeden Tag zu sehen.»

«Gestern auch ein Produzent?»

«Das ist doch derselbe. Luciani hat mich ihm vorgestellt. Gestern konnte er mich aber nicht empfangen und hat mir sagen lassen, er würde mich heute anrufen.»

Ich bemerkte, wie plausibel das alles schien. Und vielleicht stimmte es auch, zumindest in den Einzelheiten. Ich wußte: Wenn Cecilia lügen mußte, errichtete sie ihr Lügengebäude mit dem Material der Wahrheit. Ich drang weiter in sie: «Unsinn, natürlich wird Luciani dich anrufen. Was kostet es dich denn, das zuzugeben?»

«Es kostet mich nichts, aber es ist nicht wahr.»

«Also, wenn es nicht wahr ist, dann laß mich den Anruf an deiner Stelle annehmen.»

«Tu das nur, wenn es dir Vergnügen macht.»

Ihre Nachgiebigkeit brachte mich auf den Gedanken, daß eine Verabredung zwischen ihr und Luciani bestehe, wie das zwischen Liebesleuten oft der Fall ist: Wenn sie antwortete, gab sich Luciani zu erkennen, in jedem anderen Fall behauptete er, der Produzent zu sein. So sagte ich bitter: «Nein, ich will keine Probe machen. Ich möchte nur, daß du eine Sache verstehst, eine einzige.»

«Nämlich?»

«Ich will nicht deine Liebe, sondern ich will die Wahrheit. Mir ist es angenehmer, du sagst mir, wenn du mit Luciani zusammenkommst – falls das so ist –, als daß du es ableugnest, um mir einen Gefallen zu tun.»

Wir sahen uns an. Dann streichelte sie mir mit einer beinahe zärtlichen Geste die Wange und sagte: «Meine Wahrheit ist die: Ich sehe Luciani heute nicht. Ist es dir lieber, wenn ich deine Wahrheit sage – nämlich, daß ich ihn sehe?»

Ohne es zu wollen, gab mir Cecilia auf diese Weise zu verstehen, daß für sie Wahrheit und Lüge dasselbe waren und daß im Grunde weder Wahrheit noch Lüge wirklich für sie existierten.

Plötzlich tönte vom Korridor her das Schrillen des Telefons. Sogleich erhob sich Cecilia von meinen Knien, rief: «Das Telefon!» und lief hinaus. Ich folgte ihr.

Das Telefon befand sich am entferntesten Ende des Korridors, wo es finster war. Ich sah, wie Cecilia den Hörer abhob, ihn ans Ohr führte und sofort «Guten Tag!» sagte. Ich trat näher, worauf sie – als wollte sie den Hörer verbergen oder verteidigen – mir den Rücken kehrte. Das Telefongespräch nahm seinen Fortgang, doch Cecilia antwortete immer nur einsilbig oder mit völlig nichtssagenden Worten. Plötzlich war ich sicher, daß sich am anderen Ende der Leitung der Schauspieler befand, daß die beiden ein Rendezvous vereinbarten und daß Cecilia mich mit ihm betrog. Zugleich empfand ich eine heftige Begierde nach ihr, da sie mich belog, mir damit entglitt und darum wirklich und anziehend wurde. Mir war, als könnte ich sie im selben Augenblick besitzen, indem sie sich meinem Besitz entzog, wenn ich sie hier auf diesem Korridor nehmen würde, während sie mit ihrem Liebhaber telefonierte. Ich fiel über sie her wie früher im Badezimmer. Aus der Tatsache, daß sich ihr Gesäß an meinem Leib rieb, schloß ich, sie werde sich einer so unbequemen und ungewöhnlichen Umarmung nicht nur nicht widersetzen, sondern sie sogar begünstigen, wie um mich mit falscher Hingabe für die echte Hingabe zu entschädigen, die ihrem Gesprächspartner galt. Schon preßte ich mich voll Wut und Begierde an sie, als mir einfiel, daß Balestrieri sie in der Küche auf ähnliche Weise und wahrscheinlich mit ähnlichen Gefühlen genommen hatte. Brüsk trat ich zurück. Als Cecilia dies fühlte, warf sie mir über die Schulter einen fragenden Blick zu. Dann streckte sie, während sie noch immer telefonierte, die freie Hand aus und drückte die meine. Ich ließ ihr meine Hand und lehnte mich dabei hinter ihr an die Wand, das Gesicht auf die Brust gesenkt, vollkommen verwirrt. Schließlich sagte Cecilia: «Also auf bald!» hängte den Hörer ein und blieb ein Weilchen nachdenklich stehen, ihre Hand in der meinen.

«Es tut mir wirklich leid», sagte sie schließlich und wandte sich nach mir um, «aber heute kann ich nicht in das Atelier kommen. Der Produzent erwartet mich in einer halben Stunde.»

«Gut, dann gehe ich gleich.»

«Warte, komm mit mir.»

Sie ging mir voraus in ihr Zimmer. Kaum war auch ich eingetreten, da schloß sie sorgfältig die Tür. «Wollen wir hier ins Bett gehen?» fragte sie. «Aber wir müssen uns beeilen, denn ich habe wirklich wenig Zeit.»

Angesichts dieses so freundlichen und so zynischen Vorschlages empfand ich wieder eine Begierde, die unersättlich schien, weil ich nicht ihren gefügigen Körper begehrte, sondern ihre ganze Person. Trotzdem sagte ich: «Gar keine Rede! Ich habe nicht gern überhastete Dinge.»

«Wir brauchen uns nicht zu überhasten. Ich muß nur dann gleich fort.»

«Nein, ich bin nicht wie Balestrieri. Ich lege keinen Wert darauf, es mit dir in deiner Wohnung zu treiben.»

«Was hat denn Balestrieri damit zu tun?»

«Weil wir gerade von Balestrieri sprechen, mußt du mir eines sagen.»

«Was?»

«Damals, als ihr euch in der Küche vergnügtet, hatte es da nicht kurz zuvor zwischen euch einen Wortwechsel, einen Streit gegeben?»

«Wie soll ich mich daran jetzt noch erinnern?»

«Versuche, dich zu erinnern.»

«Schön, ja, irgendeine Diskussion wird es schon gegeben haben. Balestrieri war so lästig, er wollte immer alles wissen.»

«Alles?»

«Ja, alles. Mit wem ich zusammenkam, wohin ich ging, was ich tat.»

«Ihr hattet also an diesem Tag eine Auseinandersetzung dieser Art?»

«Ich glaube, ja.»

«Und wie ging sie aus?»

«Auf die gewohnte Art.»

«Nämlich?»

«Daß ich ihm schließlich keine Antwort mehr gab und er daraufhin wild nach mir wurde.»

Ich konnte nicht umhin auszurufen: «Genau wie ich!»

«Nein, du bist das ganze Gegenteil. Du willst nicht mit mir ins Bett. Los, also, warum gehen wir nicht ins Bett?»

Sie schaute mich verführerisch an, als fühle sie sich in meiner Schuld und wolle mich um jeden Preis bezahlen, um nicht mehr an diese Schuld denken zu müssen. Ich hätte am liebsten geantwortet: Ich will nicht dasselbe tun wie Balestrieri! Statt dessen küßte ich sie auf den Hals und sagte: «Besser morgen im Atelier, in aller Ruhe.» Sie schüttelte leicht enttäuscht den Kopf, ging dann zum Schrank, öffnete ihn, zog das Paket mit der Handtasche hervor und wickelte sie aus dem Papier. «Siehst du», sagte sie und lächelte mir zu, «ich trage deine Tasche.»

Wir verließen das Zimmer und dann die Wohnung. Cecilia ging vor mir die Treppe hinunter, und ich folgte ihr nachdenklich. Ich sagte mir, daß ich es mit übermenschlicher Anstrengung gerade noch geschafft hatte, im Korridor nicht über sie herzufallen, obgleich der Drang danach sehr heftig gewesen war. Das heißt, ich hatte wenigstens dieses Mal vermieden, das zu tun, was früher Balestrieri getan hatte. Das aber war nur eine kleine Episode meiner Leidenschaft, die in ihrer allgemeinen Entwicklung der Leidenschaft des alten Malers für Cecilia immer ähnlicher zu werden drohte. Mit einem Wort, ich konnte mich dank meiner größeren Bewußtheit in bestimmten Situationen daran hindern, so zu handeln, wie er gehandelt hatte. Es schien aber doch, als würde ich nicht auf der Straße haltmachen können, die er vor mir bis ans Ende gegangen war. Als wir in die Einfahrt kamen, sagte ich brüsk zu Cecilia: «Also auf Wiedersehen!»

Worte wie Ton schienen sie zu überraschen. «Wie?» fragte sie. «Begleitest du mich nicht?»

«Wohin denn?»

«Ich sagte dir's doch schon, zu dem Produzenten.»

«Schön. Fahren wir.»

Während des ganzen Weges sprach ich kein Wort. Was mich am meisten aus der Fassung brachte, war nicht so sehr, daß sich Cecilia von mir zu ihrem Rendezvous mit ihrem Liebhaber bringen ließ, als vielmehr die Tatsache, daß sie dies ohne jede Bosheit und ohne Grausamkeit tat, aus bloßer Gedankenlosigkeit oder weil es ihr lästig war, den überfüllten Autobus zu nehmen, während ich doch mit meinem Wagen zu ihrer Verfügung stand. Es wurde mir klar, daß ich unter dieser distanzierten, kindischen Gefühllosigkeit viel mehr litt als unter jeder bewußten Perversität.

Endlich kam ich bei der Filmfirma an und sah Cecilia nach, wie sie mit ihrem gewohnten hüftschwingenden Schritt in der Einfahrt verschwand. Die Vereinbarung mit dem Produzenten existierte offenbar wirklich. Aber vielleicht wartete der Schauspieler auf sie im Büro, oder Cecilia begab sich nach der Unterredung mit dem Produzenten zu ihm. In beiden Fällen konnte es für mich nicht schwer sein, die Wahrheit festzustellen: Ich brauchte Cecilia nur in das Haus zu folgen oder zu warten, bis sie wieder zum Vorschein kam. Aber ich verzichtete darauf. Noch war ich an dem Punkt der Eifersucht, an dem ein Rest von Würde einen daran hindert, der Person, auf die man eifersüchtig ist, nachzuspionieren. Während ich mich entfernte, wußte ich jedoch, daß ich Cecilias Überwachung nur hinausgeschoben hatte. Das nächste Mal, so dachte ich, würde ich den Umständen nicht widerstehen können, die es mir nahelegten, ja mich dazu geradezu nötigten, Cecilia zu bespitzeln.

7. Kapitel

Alles, was ich jetzt erzählen will, könnte vielleicht den Eindruck einer recht gewöhnlichen Eifersuchtskrise erwecken. Tatsächlich: Hätte ein nicht sehr hellsichtiger Beobachter mein Verhalten in jenen Tagen mit angesehen, wäre es ihm als das übliche eines Eifersüchtigen erschienen. Der Eifersüchtige nämlich leidet an einem übertriebenen Besitzgefühl und vermutet unausgesetzt, daß ein anderer sich seiner Frau bemächtigen will; und dieser Verdacht gibt ihm ausschweifende Vorstellungen ein und kann ihn bis zum Verbrechen treiben. Ich hingegen litt daran, daß ich Cecilia liebte – denn um Liebe handelte es sich jetzt. Indem ich ihr nachspionierte, wollte ich mich vergewissern, daß sie mich betrog – nicht etwa, um sie zu bestrafen oder sie an der Fortsetzung des Betruges zu hindern, sondern um mich von meiner Liebe und von ihr zu befreien. Der normale Eifersüchtige sucht – auch gegen seinen Willen – seine Versklavung nur immer zu verlängern. Ich aber wollte mich aus dieser Versklavung befreien und sah deshalb keinen anderen Weg, als die Autonomie und das Geheimnis Cecilias zu zerstören, um sie auf Grund einer genaueren Kenntnis ihres Betruges wieder zu etwas Bekanntem, Kommunem und Bedeutungslosem werden zu lassen.

Zuerst dachte ich daran, mich des Telefons zu bedienen. Wie erwähnt, rief mich Cecilia jeden Morgen gegen zehn Uhr an. Anfangs hatte sie das nur getan, um mich zu begrüßen. Nun aber, da ihre Besuche seltener geworden waren – ihr Versprechen, auch weiterhin wie früher alle Tage zu mir zu kommen, hatte sich bald als trügerisch erwiesen –, stellte das Telefonieren ein wesentliches Element in unseren Beziehungen dar. Von Mal zu Mal bestimmte Cecilia jetzt mit dunkler Unregelmäßigkeit telefonisch Tag und Stunde unserer Zusammenkünfte. Schließlich bemerkte ich, daß sich in letzter Zeit die Stunde ihres Anrufs von zehn auf zwölf Uhr verschoben hatte. Cecilias Erklärung hierfür war, daß ihr Apparat ein Gesellschaftstelefon sei und daß der Abonnent, der sich mit ihr in die Benutzung teilte, jetzt am frühen Vormittag viel telefoniere. Ich aber war überzeugt, es müsse sich um ein anderes Motiv handeln: Sie rief mich nicht mehr um zehn Uhr an, weil sie zu dieser Zeit noch nicht mit dem Schauspieler telefoniert hatte, der wie alle Schauspieler sehr lange schlief. Sie wußte infolgedessen noch nicht, was sie während des Tages tun würde, und konnte mir darum nicht sagen, wann sie mich aufzusuchen gedachte.

Die Nummer des Schauspielers stand nicht im Telefonbuch, aber es war leicht, sie durch eine Filmfirma zu erfahren, für die er früher einmal gearbeitet hatte. Im Besitz der Nummer stellte ich auf folgende Weise fest, daß meine Vermutung zutraf: Zuerst rief ich Cecilia gegen Viertel vor zwölf an und fand das Telefon unweigerlich besetzt. Gleich darauf rief ich den Schauspieler an und entdeckte, daß auch er sprach. Nach fünf oder zehn Minuten wiederholte ich die Probe: beide Nummern waren frei. Und wirklich, eine weitere Minute später, mit einer Pünktlichkeit, die mich mit Trauer erfüllte, läutete es bei mir, und Cecilia sagte mir, ruhig und präzise wie eine Sekretärin, wann sie heute kommen würde, oder daß wir uns heute nicht sehen könnten.

Das Telefon diente mir auch dazu, Cecilias Kommen und Gehen zu überwachen. Ich rief methodisch – wenn man in einem solchen Fall von Methode sprechen kann – zu verschiedenen Tageszeiten bei ihr an und erreichte entweder niemanden oder die Mutter, die oft daheim blieb und das Geschäft ihrer Schwester überließ. Dann führte ich ein Gespräch mit der Mutter, die sich gar nichts Besseres wünschte, als klatschen zu können. Und durch das Gerede der Mutter erfuhr ich mehr oder weniger das, was mir am Herzen lag. Ihre Informationen stammten natürlich fast alle von Cecilia, die ihre Mutter genauso belog wie mich und sie nur das wissen ließ, was ihr in den Kram paßte. Ich verstand das alles aber schon hinlänglich gut zu entziffern, um so mehr, als Cecilia ja nicht wußte, daß ich mit ihrer Mutter sprach, und sich daher nicht die Mühe gab, ihre beiderseitigen Lügen aufeinander abzustimmen. So erfuhr ich, daß Cecilia, die wie alle phantasiearmen Menschen an ihren Gewohnheiten hing, daheim ihre Beziehung zu dem Schauspieler ebenso begründet hatte wie die zu Balestrieri und zu mir. Sie erklärte, mit dem Schauspieler zusammenzukommen, weil er ihr Beschäftigung beim Film versprochen habe. Genauso hatte sie erklärt, sie müsse zu Balestrieri und jetzt zu mir, um Zeichenunterricht zu nehmen. Lektionen aber dauern nur eine oder zwei Stunden, während der Umgang mit einem Arbeitsmilieu auch einen ganzen Tag in Anspruch nehmen kann. Infolgedessen kam ich dahinter, daß Cecilia, mit dem Film als Ausrede, den Schauspieler täglich zwei- bis dreimal aufsuchte. Manchmal, besonders bei schönem Wetter, ging sie schon vormittags mit ihm in der Stadt spazieren und trank mit ihm einen Aperitif. Sie sah ihn nachmittags, wahrscheinlich, um mit ihm ins Bett zu gehen. Sie sah ihn abends, um mit ihm zu essen und ein Kino aufzusuchen. Von der angeblichen Filmtätigkeit ihrer Tochter war die Mutter teils beunruhigt, teils geschmeichelt. Sie zog mich ins Vertrauen und fragte mich, ob nicht die Gefahr bestehe, daß das bekannt freie, um nicht zu sagen lasterhafte Filmmilieu Cecilia verderben könne. Dann wieder fragte sie mich ebenso besorgt, ob ich glaube, daß ihre Tochter wirklich das Zeug zu einem Filmstar in sich habe. Sie sprach mit völliger Naivität; ich aber hatte am anderen Ende der Leitung des öfteren den Eindruck, als wisse sie alles – sowohl über mich als auch über den Schauspieler – und vergnüge sich damit, mich mit bewußter, raffinierter Grausamkeit zu quälen. Doch in Wirklichkeit war mir klar, daß die Grausamkeit einzig in den Umständen lag.

So kam es, daß zwischen den Illusionen der Mutter und den Lügen Cecilias das Telefon mir weder völlige Gewißheit gab noch die unbezweifelbaren Beweise lieferte, die ich brauchte, um mich von meiner kleinen Geliebten und von meiner Liebe zu ihr zu befreien. Indirekt und abstrakt, wie das Telefon nun einmal war, erschien es mir jetzt geradezu als Symbol meiner Lage: ein Mittel zur Kommunikation, das mich an der Kommunikation hinderte, ein Kontrollinstrument, das mir kein genaues Wissen ermöglichte, eine automatische Vorrichtung einfachster Art, die sich ständig als tückisch und launenhaft erwies.

Im übrigen schien das Telefon eigens dafür geschaffen, den

unfaßbaren Charakter Cecilias zu bestätigen. Es war fraglos nicht die Schuld des kleinen Apparates aus schwarzem Ebanit, wenn Cecilia mich verspätet oder gar nicht anrief, wenn sie mich belog oder mich enttäuschte. Aber da dies alles durch das Telefon erfolgte, überkam mich mit der Zeit ein besessener Haß gegen dieses unschuldige Objekt. Ich telefonierte jetzt nicht mehr ohne ein heftiges Gefühl des Widerwillens und hörte das Klingelzeichen nie ohne Beklemmung. Im ersten Fall fürchtete ich, Cecilia nicht anzutreffen, was auch meistens stimmte. Im zweiten Fall fürchtete ich, sie wie gewöhnlich lügen zu hören, und auch das war eine Art, sie nicht anzutreffen. Vor allem aber bestätigte mir das Telefon ihre Unfaßbarkeit: Es setzte nämlich an die Stelle von Cecilias ganzer Person nur einen Teil und obendrein den wesenlosesten – ihre Stimme. Auch wenn diese Stimme mich nicht belog, blieb sie für mich zweideutig und ungreifbar, eben weil sie nur eine Stimme war. Und die Stimme Cecilias hatte sich ja immer durch besondere Ausdruckslosigkeit ausgezeichnet.

Was mich aber vor allem dazu trieb, Cecilia unmittelbar zu bespitzeln, war die Müdigkeit. Ich verbrachte jetzt fast den ganzen Tag damit, auf das Telefon zu starren und die Stunde zu erwarten, in der mich entweder Cecilia anrief oder in der ich sie selber mit einiger Aussicht auf Erfolg anrufen konnte. Außerdem gab es da noch die Anrufe, bei denen ich niemanden antraf oder nur das Geflüster des Vaters zu hören bekam. Die Gespräche mit der Mutter wurden ermüdender und aufreizender und halfen mir nur noch wenig, Cecilias Tageslauf zu rekonstruieren. Alle diese telefonischen Unternehmungen wurden immer komplizierter und machten zuletzt jede Erleichterung zunichte, die mir diese Anrufe hätten bringen können. Es erging mir ein wenig wie einem Hungernden, dessen Hunger trotz einer Mahlzeit anzudauern scheint: Ich fühlte mich beklommen und wütend, auch wenn es mir endlich gelungen war, mit Cecilia zu sprechen. Das Ergebnis von alldem war eine Art sinnlicher Tobsucht. Es kam so, daß ich jedesmal plante, Cecilia langsam auszufragen und zu einem Geständnis ihres Betruges zu nötigen. Kaum erschien sie aber auf meiner Schwelle, vergaß ich meine Vorsätze völlig, warf sie auf den Diwan und nahm sie, noch ehe sie sich entkleidet hatte. Ich ließ ihr kaum Zeit zum Atmen, wie sie sich kindlich erfreut ausdrückte. Es war die übliche männliche Illusion, durch den körperlichen Besitz wortlos und mit einem Schlage auch zum Besitz der Gesamtperson zu gelangen. Gleich danach aber sah ich, daß Cecilia noch ungreifbarer war als vorher. Ich erkannte meinen Irrtum und sagte mir: Wenn ich sie wirklich besitzen will, darf ich meine Energie nicht an eine Sache verschwenden, die nur den äußeren Anschein des Besitzes gewährt.

Ein an sich unwichtiger Vorfall war der Anlaß zu dem Entschluß, Cecilia nachzuspionieren. Ich will ihn erzählen, und sei es auch nur, weil er eine Vorstellung von meinem damaligen Zustand geben kann. Eines Vormittags, als ich wie gewöhnlich die Apparate Cecilias und des Schauspielers kontrollierte und beide besetzt gefunden hatte, rief Cecilia mich an. Ich fragte sie ganz unvorbereitet: «Mit wem hast du denn telefoniert? Dein Apparat war mindestens zwanzig Minuten besetzt!»

Sie antwortete sofort völlig natürlich: «Ich habe mit Gianna gesprochen.»

Gianna war eine Freundin Cecilias, und zufällig kannte ich ihren Namen und ihre Adresse. Ich verabschiedete mich eilig von Cecilia und suchte dann im Verzeichnis die Nummer Giannas. Diesmal wollte ich Cecilia der Lüge überführen. Ich wählte die Nummer, und eine Frauenstimme – wahrscheinlich die der Mutter – meldete sich. Ich sagte: «Signorina Gianna, bitte...»

«Die ist ausgegangen.»

«Seit wann?»

«Oh, seit mehr als einer Stunde. Wer spricht?»

Ich hängte ab und wählte wieder die Nummer Cecilias. Kaum hörte ich ihre Stimme, als ich schrie: «Du hast mich angelogen!»

«Was meinst du damit?»

«Du hast mir gesagt, Gianna hätte dich vor einer Minute angerufen. Jetzt habe ich selbst bei ihr angerufen und festgestellt, daß sie schon seit über einer Stunde aus dem Haus gegangen ist.»

«Na und? Gianna hat von auswärts telefoniert. Von einem Automaten.»

Mir blieb der Atem weg. Ich war also schon so überreizt, daß es mir nicht mehr gelang, klar zu denken. Ich hatte mir eingebildet, Cecilia in einer Falle gefangen zu haben, aus der es in Wirklichkeit einen äußerst einfachen Ausweg gab. Betroffen sagte ich: «Verzeih, daran hatte ich nicht gedacht. Seit einiger Zeit verstehe ich überhaupt nichts mehr.»

«Das kommt mir auch so vor.»

Dieser geringfügige Vorfall überzeugte mich davon, daß ich mich auf mein müdes, verwirrtes Gehirn nicht mehr verlassen konnte und daß ich Cecilia genauer überwachen mußte, mit eigenen Augen. Zunächst erschien mir dies die einfachste Sache der Welt, doch kaum machte ich mich an die Ausführung, da merkte ich, daß es keineswegs so einfach war.

Meine Absicht ging dahin, Cecilia von einer Sprechstelle möglichst in der Nähe ihrer Wohnung anzurufen. Wenn ich mich dann vergewissert hatte, daß sie daheim war, wollte ich im Haustor gegenüber Aufstellung nehmen und warten, bis sie wie gewöhnlich um drei das Haus verließ. Eine Menge von Indizien ließen mich vermuten, daß sie sich um diese Zeit zu dem Schauspieler begab. Daraufhin wollte ich ihr nachfahren, beobachten, wie sie das Haus Lucianis betrat, warten, bis sie wieder daraus zum Vorschein kam, und sie schließlich anhalten. Natürlich war es nicht ausgeschlossen, daß Cecilia auch an Ort und Stelle die Möglichkeit fand, mich anzulügen oder – was wahrscheinlicher war – nur einen Teil der Wahrheit zuzugeben: nämlich den harmlosen Teil, der in keiner schuldhaften Handlung fehlt. Aber ich zählte auf die Überraschung und die Flagranz, um ihre Verstellung zu Fall und sie zu einem Geständnis zu bringen. Hatte ich dieses Geständnis einmal erreicht, mußte die Abwertung Cecilias und meine daraus folgende Befreiung ganz von selbst kommen, davon war ich überzeugt.

Ich hatte bemerkt, daß sich die Straße, in der Cecilia wohnte, zwei Häuser weiter mit einer Querstraße kreuzte und daß sich an der Ecke ein Café befand. Dort parkte ich also eines Nachmittags mein Auto, ließ mir eine Sprechmarke geben und rief Cecilias Nummer an. Während der Apparat schrillte, fiel mir ein, daß es keinen rechten Anlaß gab, sie anzurufen. Wir hatten schon am Morgen miteinander telefoniert und verabredet, uns am folgenden Tag zu sehen. Was sollte ich ihr jetzt sagen? Schließlich beschloß ich, sie zu bitten, entgegen unserer Vereinbarung schon heute zu mir zu kommen. Wenn sie einwilligte, so dachte ich zugleich, wollte ich meinen Vorsatz aufgeben und sie nicht beobachten.

Das Telefon schrillte lange. Endlich kam Cecilias neutrale und farblose Stimme: «Du bist's? Ja, was gibt es?»

«Ich hab mir's überlegt. Ich möchte dich doch heute sehen.»

«Heute ist es unmöglich.»

«Warum ist es unmöglich?»

«Weil ich nicht kann.»

«Mußt du auch heute zu diesem Produzenten gehen?»

Sie schwieg, als wartete sie darauf, daß ich mich verabschiedete. Auch ich wartete, in der Hoffnung, Cecilia werde verlogen genug sein, mir etwas Zärtliches zu sagen – wie das jede andere Frau getan hätte, die sich mit Recht verdächtigt weiß. Cecilia aber war bar jeder Phantasie und sagte nie mehr, als unbedingt gesagt werden mußte. So schloß sie nach längerem Schweigen: «Also auf morgen! Grüß dich!»

Ich verließ das Café, stieg wieder in meinen Wagen und postierte mich zwei Häuser weiter, vor dem Haus Cecilias. Es war das erste Mal im Leben, daß ich jemandem nachspionierte. Ich hatte mir, wie gesagt, eingebildet, es sei ganz leicht. Taten dies nicht auch die Frauen, die durch die halbgeschlossenen Fensterladen schauten, und die Gassenjungen, die durch die Schlüssellöcher spähten, bloß um die Zeit totzuschlagen? Ganz abgesehen von den Polizeiagenten und Berufsspitzeln? Aber als ich selber damit begann, entdeckte ich etwas sehr Einfaches, das ich nicht vorhergesehen hatte: berufsmäßig jemanden zu beobachten, wie die Agenten, oder aus müßiger Neugier, wie die Frauen und die Jungen, ist eine Sache – und es ist eine andere Sache, dies aus einem Grund zu tun, der einen selber anging, wie in meinem Fall. Es verstrichen noch keine zehn Minuten, bis ich bemerkte, daß ich viel mehr litt, als wenn ich in meinem Atelier geblieben wäre und meine Verdachtsgründe im Geiste analysiert hätte, ohne sie auf andere Art beweisen zu wollen. Jetzt kam zu dem seelischen Druck des Verdachts noch dieser Vorgang der Bespitzelung. Wenn ich wenigstens über den genauen Zeitpunkt informiert gewesen wäre, an dem Cecilia das Haus zu verlassen beabsichtigte! Dann hätte ich mich bis zur Minute vorher ruhig fühlen können. Da ich aber den Moment ihres Kommens nicht wußte, hatte für mich jeder Augenblick, der verstrich, den schmerzhaften Charakter des einzigen Augenblicks, in dem sie wirklich erscheinen würde. Und die Sekunden meiner enttäuschten Erwartung führten nicht zu der Vorstellung von irgendwelchen leicht zu rechtfertigenden Verspätungen – den üblichen Verspätungen, die man jeder Frau konzediert, zurückzuführen auf die Toilette, auf ein Telefongespräch, auf einen Besuch –, sondern zu einer unablässig wachsenden leeren Spannung. Sie glich einem schrillen Ton, der immer lauter wird, oder einem monotonen Schmerz, dessen Heftigkeit ständig zunimmt.

Die ersten zehn Minuten hindurch wartete ich ruhig. Ich war sicher, daß Cecilia nicht früher zum Vorschein kommen würde, denn sie ging nie vor drei Uhr aus. Diese zehn Minuten verstrichen, ohne daß Cecilia erschien, und ich billigte ihr wiederum zehn zu. Auch die verstrichen, und aufs neue beschloß ich, noch zehn Minuten zu warten, obwohl ich mir ganz und gar nicht vorstellen konnte, was Cecilia zu Hause halten mochte. Die leeren, doch immerhin noch erträglichen weiteren zehn Minuten verstrichen langsamer als die vorausgegangenen dreißig, denn ich war nicht mehr bereit zu warten. Ich hoffte vielmehr, Cecilia würde in der vierten oder fünften Minute erscheinen. Als sie wieder nicht kam, fand ich mich zum fünftenmal einer leeren Zeit gegenüber, die mir so widerwärtig war, wie einem Menschen mit Platzangst ein riesiger menschenleerer Platz sein mag. Ich wartete trotzdem weiter und sagte mir mit einer Art mystischer Hoffnung, diesmal sei es unmöglich, daß Cecilia nicht komme. Aber sie kam nicht. Ich schickte mich darein, neuerlich zehn Minuten zu warten, wobei ich mir zum Trost, in Ermangelung von etwas Besserem, sagte, nun sei bald eine Stunde um, und eine Stunde stelle das äußerste dar; länger dürfe man nicht warten. Aber natürlich – ich sage natürlich, denn ich fühlte jetzt, daß Cecilias Erscheinen ein Faktum gegen die Natur, also ein Wunder gewesen wäre – kam Cecilia auch dieses Mal nicht. Zum siebtenmal machte ich mich daran, zehn Minuten zu warten, wobei ich mich mit dem ebenso zarten wie willkürlichen Gedanken zu rechtfertigen suchte, länger als eine Stunde dürfe man zwar nicht warten, aber schließlich könne ich Cecilia aus Galanterie weitere zehn Minuten einräumen. Da aber bemerkte ich, daß mein Gehirn nicht mehr funktionierte und sich weigerte, mir beim Warten Gesellschaft zu leisten. Ich war allein mit mir, das heißt mit der Beklemmung, die in jenem Moment ausschließlich meine Art des Existierens darstellte. Die einzigen zwei Dinge, die noch für mich zählten, waren die Uhr, die ich am Handgelenk trug, und das Haustor, das ich mit den Blicken überwachte. Ich bemühte mich, alle drei Minuten auf die Uhr zu sehen. Das Haustor aber betrachtete ich so oft wie möglich, als fürchtete ich, daß Cecilia daraus blitzschnell hervorkommen und sich im gleichen Moment verflüchtigen könne, in dem ich den Blick auf die Uhr senkte. Es geschah aber, daß mich die Ungeduld regelmäßig glauben ließ, die drei Minuten seien bereits um, während in Wirklichkeit kaum erst eine verstrichen war. Und die Anstrengung, mit der ich das Hoftor fixierte, wurde mit einemmal unerträglich, wie jede allzu lange andauernde körperliche Mühe. Also sah ich daraufhin zu häufig nach der Uhr und war erstaunt, festzustellen, daß diese Minuten des Wartens unendlich langsamer verstrichen als irgendwelche anderen Minuten, die ich in meinem Leben wartend verbracht hatte. Dabei empfand ich ein fast unbesiegbares Bedürfnis, die Augen von dem Tor abzuwenden. Seine Schwelle sah nur darum so verlassen aus, weil ich hinstarrte, als wüßten diese Steine, diese Ziegel, dieser Verputz von meiner Erwartung und hätten sich boshaft verschworen, mir die Erscheinung Cecilias vorzuenthalten, nur weil ich sie dermaßen ersehnte.

Ich wartete also zehn Minuten über die Stunde hinaus und dann noch weitere zehn, denn ich wußte, daß Cecilias Mutter um zwanzig nach vier in ihr nicht allzuweit entferntes Geschäft ging, das um halb fünf geöffnet wurde. Manchmal wartete Cecilia auf den Weggang ihrer Mutter, ehe sie selber das Haus verließ. Plötzlich aber, um ein Viertel nach vier, ließ ich, ohne nachzudenken – wie auf Grund eines unwillkürlichen Zuckens meiner Muskeln –, den Motor an, schaltete und fuhr davon. Ich fuhr freilich nicht sehr weit. Bei dem Café an der Ecke hielt ich wieder, stieg aus und telefonierte. «Sie muß fortgegangen sein», sagte mir die Mutter unsicher. «In der Küche habe ich sie nicht gesehen. Sie kann ebensogut vor fünf Minuten das Haus verlassen haben wie vor einer halben Stunde.» In aller Eile lief ich aus dem Café, bestieg erneut meinen Wagen und kontrollierte in rascher Fahrt die umliegenden Straßen bis zu der Haltestelle, wo Cecilia gewöhnlich auf den Autobus wartete. Vergebens! Wahrscheinlich hatte die Mutter sich geirrt und Cecilia war von zu Hause nicht vor fünf Minuten und nicht vor einer halben Stunde, sondern erst vor einer Minute fortgegangen und gerade in dem Augenblick aus dem Haustor getreten, in dem ich sie in den umliegenden Straßen suchte. Vielleicht war sie auch auf halber Treppe umgekehrt und aus einem mir nicht vorstellbaren Grund wieder in die Wohnung zurückgegangen. Aber ich hatte keine Lust, weitere telefonische Kontrollen anzustellen. Statt dessen beschloß ich, mich vor dem Haus Lucianis zu postieren. Der Schauspieler wohnte im Stadtteil Parioli, in der Via Archimede. Das ist eine enge, gewundene Straße, die sich zwischen zwei Reihen moderner Häuser rings um den Hügel zieht. Ich hatte diese Straße schon etliche Tage zuvor in Augenschein genommen, nicht um Cecilia zu bespitzeln, sondern um mir den Ort anzusehen, wohin sich Cecilia – wie ich wußte – so oft begab. Ich glaubte mich zu erinnern, daß sich gerade gegenüber Lucianis Wohnung ein Café befand, von dem aus es mir leichtfallen würde, das Haus im Auge zu behalten. Wirklich stellte ich fest, als ich angelangt und ausgestiegen war, daß ich mich nicht geirrt hatte: Hinter dem Glasfenster befanden sich zwei oder drei Tische, von denen aus ich zwischen Flaschen und Kartons mit Süßigkeiten hindurch leicht und unbemerkt das Haustor gegenüber im Auge behalten konnte.

Ich setzte mich also, bestellte einen Kaffee und begann meine Beobachtungstätigkeit – eine Beschäftigung, die ich jetzt bereits aus ganzer Seele haßte. Das mit schwarzem Marmor eingefaßte Haustor des Schauspielers wirkte auf der weißen Fassade wie eine Todesanzeige auf einer Zeitungsseite. Ich stellte aber sogleich fest, daß eine im Schaufenster ausgestellte Whiskyflasche eine gute Hälfte dieses Tores verdeckte. Durch diese mir unsichtbare Hälfte konnte Cecilia ein- und ausschlüpfen, ohne daß ich sie bemerkte. Ich versuchte, meinen Stuhl zu verrücken; aber jetzt sah ich das Tor überhaupt nicht mehr, denn eine große Schachtel englischer Biskuits verdeckte es völlig. Ich fragte mich, ob ich die Hand ausstrecken und die Flasche beiseite schieben sollte; aber das konnte ich wohl nicht tun, ohne den Verdacht des Kellners zu erregen. Schließlich entschloß ich mich, das Hindernis zu entfernen, indem ich die Flasche kaufte. Natürlich konnte es sein, daß der Kellner noch eine zweite Flasche derselben Art in Reserve hatte und mir deshalb die aus der Vitrine nicht gab, doch darauf mußte ich es ankommen lassen. Ich rief also: «Ich möchte diese Flasche!»

Er kam sogleich. Es war ein junger Mann von brutalem Aussehen, hager, sehr bleich und mit einem Merkmal, das einem sofort auffiel: einer unter dem dichten Schnurrbart schlecht verborgenen Hasenscharte. Mit kräftiger, vertraulicher Stimme fragte er: «Die Flasche kanadischen Whisky?»

«Ja, die da.»

Er beugte sich vor, nahm die Flasche vorsichtig aus der Vitrine und vollführte eine Geste, als wollte er eine andere, danebenstehende Flasche an ihre Stelle setzen. Ich sagte rasch und befehlend: «Lassen Sie mich sehen!»

Etwas überrascht reichte er mir die Flasche, und ich tat, als besichtigte ich sie genau – in der Hoffnung, er werde das Loch im Schaufenster inzwischen vergessen. Zum Glück trat in diesem Augenblick ein Kunde ein, der Kellner wandte sich von mir ab und begab sich hinter die Theke. Ein wenig später brachte er mir meinen Kaffee, stellte aber keine neue Flasche an die Stelle der von mir gekauften. Ich atmete auf und widmete mich ganz der Beobachtung des Haustors, das jetzt völlig sichtbar war.

Ich rechnete mir aus, daß Cecilia wohl mit dem Autobus gefahren war, denn sie besaß wenig Geld und hatte es im übrigen nie besonders eilig, zu einem Stelldichein zu kommen. Mit dem Bus brauchte sie mindestens zwanzig Minuten bis nach Parioli – natürlich alles unter der Voraussetzung, daß sie wirklich eine Minute vor meinem Anruf die Wohnung verlassen hatte und wirklich zu Luciani ging. Ich nahm einstweilen diese Voraussetzungen als gegeben an und verbrachte so zwanzig Minuten ganz erträglich, ohne einen Augenblick die Beobachtung des Haustors zu unterbrechen.

Nach diesen zwanzig Minuten wartete ich geduldig noch weitere zehn und fand mich dann vor folgendem Dilemma: Entweder war Cecilia im Taxi vor mir angekommen – nicht unwahrscheinlich, denn ich hatte an drei Kreuzungen Rotlicht gehabt – oder sie war überhaupt nicht gekommen. Was sollte ich tun? Warten, bis sie herauskam, oder weggehen? Da ich so sicher war, daß Cecilia an diesem Tag ein Rendezvous mit Luciani hatte, entschloß ich mich schließlich, noch zu warten. Dabei dachte ich: Wenn Cecilia, sagen wir, fünf Minuten vor mir gekommen ist, habe ich fünfunddreißig Minuten weniger zu warten.

Aber plötzlich, als sollte mir auch dieser klägliche Trost geraubt werden, tauchte vor meinen Augen ein Mann in grünem Mantel auf. Von hinten gesehen kam er mir irgendwie bekannt vor, und als er die Straße überquerte, erkannte ich ihn an den breiten Schultern und vor allem an den allzu hellblonden Haaren: Es war der Schauspieler. Ich sah ihn das Haus betreten und darin verschwinden.

Meine Wartezeit hatte also erst begonnen. Cecilia war entweder vor Luciani gekommen und erwartete ihn in seiner Wohnung, oder sie war überhaupt nicht gekommen. Um das festzustellen, mußte ich aber Gott weiß wie lange warten! Und die dreißig Minuten, die ich bereits hier verbracht hatte, waren sinnlos gewesen.

Ich begriff sogleich: Wenn ich das Warten vor dem Haus Cecilias schon als schmerzlich empfunden hatte, war es hier vor dem Haus des Schauspielers noch hundertmal schmerzlicher. Als ich Cecilia vor ihrer Wohnung auflauerte, wartete ich, bis sie zu Ende gegessen, sich angezogen, mit ihrer Mutter geplaudert hatte – alles ganz unschuldige Dinge. Vor dem Haus Lucianis jedoch wartete ich in Wirklichkeit darauf, daß sie sich aus dem Bett dieses Mannes erhob. Vor einer Stunde hatte ich unter einem formlosen, leeren Warten gelitten, das meine Phantasie nicht ausfüllen konnte; jetzt aber wußte ich genau, warum sich Cecilia hier befand, und litt unter einem Warten, das die Atmosphäre und den Rhythmus des Geschlechtlichen aufwies. Zum Unterschied von früher schien es mir jetzt möglich, wenn ich nach der Uhr schaute, auf die Minute genau auszurechnen, was in dieser Wohnung geschah: Jetzt zieht Cecilia den Pullover über den Kopf, jetzt tritt sie nackt ans Bett, steigt hinein, streckt sich darin aus. In diesem Augenblick hat sie ihren ersten Höhepunkt, zwei oder drei Stromstöße gehen durch ihren Leib. Dann wirft sie den Kopf zurück und gibt sich erschöpft hin. Alle diese Bilder erneuerten natürlich in mir das Gefühl, Cecilia nicht zu besitzen, sie nur besessen zu haben. Bisher hatte ich mir eingebildet, sie zu besitzen, bloß weil ich ihren Körper besessen hatte, jetzt aber war dieser Körper in Lucianis Armen.

Der Eindruck von Cecilias Unfaßbarkeit wurde noch durch die Ungewißheit verstärkt, ob sie sich wirklich bei dem Schauspieler befand. Es konnte ja schließlich auch sein, daß die beiden sich aus mir unbekannten Gründen gerade heute nicht sahen. In diesem Fall wurden meine Phantasien wirklich zu denen eines ganz gewöhnlichen Eifersüchtigen, der auf ein kleines trügerisches Indiz ein ganzes Gebäude von Hypothesen errichtet. Aus alldem jedoch folgte noch keineswegs, daß Cecilia mich nicht betrog. Es bedeutete nur, daß sie mich nicht an diesem Tag betrog.

Ich verfiel auf den Gedanken, Luciani anzurufen. Vielleicht konnte ich aus irgendeinem Geräusch auf die Anwesenheit Cecilias in seiner Wohnung schließen. Zum Glück befand sich das Telefon des Cafés nahe am Eingang, so daß ich telefonieren konnte, ohne die Überwachung des Tors unterbrechen zu müssen. Ich ging also zum Apparat, wählte die Nummer, hörte die Stimme des Schauspielers Luciani und ließ die Sprechmarke fallen. Meine Rechnung erwies sich nicht als völlig falsch. Während der Schauspieler: «Hallo, hallo!» sagte, vernahm ich deutlich Tanzmusik. Dies gab mir einen Stich ins Herz, denn ich wußte, daß Cecilia Musikbegleitung liebte. Der Schauspieler sagte noch ein paarmal: «Hallo!» fügte dann ein «Trottel!» hinzu und hängte ab. Die Musik hatte mir irgendwie die Dimensionen und das Aussehen des Raumes verraten. Die Beschimpfung aber, aus der ich neben der natürlichen Gereiztheit eines sinnlos Gestörten auch etwas von der durch die besondere Situation veranlaßten männlichen Eitelkeit heraushörte, ließ mich Cecilia und den Schauspieler so sehen, wie sie in diesem Augenblick sein mußten: er nackt neben dem Telefontischchen stehend, die mächtige, behaarte Brust und die breiten Schultern gut sichtbar, mit muskulösem Leib und vielleicht noch geschlechtlich erregt, mit athletischen, gewölbten Schenkeln und Beinen; sie nackt, träge auf dem Bett hingestreckt, die Augen auf den Körper ihres Liebhabers geheftet. Ich hängte den Hörer auf und setzte mich wieder an mein Fenster.

Nach einer weiteren Wartezeit von zwanzig Minuten erhielt ich einen neuen Beweis für die Anwesenheit Cecilias in der Wohnung Lucianis. Das Telefon des Cafés schrillte, der Kellner hob ab, horchte und sagte dann mit ölig-martialischer Stimme: «Stets zu Diensten, Herr Luciani!» Kurz darauf sah ich, wie der Laufbursche des Cafés, ein junger Mensch mit rotem Gesicht, ein Tablett wegtrug, auf das ich einen Blick werfen konnte: Eine Flasche Bier, einige in eine Serviette gewickelte

Sandwiches und ein großes Glas Orangensaft. Ich wußte, daß Cecilia nachher gerne den Saft von drei oder vier Orangen trank. Als ich dem Jungen mit den Blicken folgte, beobachtete ich, wie er ins Haus gegenüber ging und eine Minute später mit dem leeren Tablett daraus wieder zum Vorschein kam. Der Junge betrat das Café, und der Kellner sagte sardonisch zu ihm: «Was hast du denn? Was hast du gesehen? Du machst ja einen ganz aufgeregten Eindruck. Wie oft habe ich dir schon gesagt – was du in den Wohnungen der Kunden siehst, geht dich nichts an! Los, wasch diese Gläser aus!» Im selben Augenblick trieb mich, wie vor dem Haus Cecilias, eine ähnliche Revolte meiner Muskeln dazu, das Geld auf den Tisch zu legen, meine Whiskyflasche zu ergreifen und wegzugehen. Ich verstand wohl: Dies bedeutete soviel wie das Zunichtemachen aller Mühen und Leiden dieses Nachmittags. Ich spürte aber auch, daß ich heute nicht mehr imstande war, noch länger zu warten. Später dachte ich mir: Vielleicht wollte ich in Wirklichkeit den Augenblick hinauszögern, in dem ich ganz gewiß sein würde, von ihr betrogen zu werden, und mich für immer von ihr befreien konnte, indem ich sie verurteilte und damit tatsächlich besaß. Wie dem auch sein mochte, der endgültige Beweis für ihren Betrug war hinausgeschoben und somit auch Cecilias Abwertung, ihre Reduktion von einem geheimnisvollen Geschöpf auf eine kleine bedeutungslose Hure.

Ich habe von diesem ersten Tag, an dem ich Cecilia nachspionierte, in allen Einzelheiten erzählt, weil er identisch war mit vielen nachfolgenden, deren ausführliche Beschreibung ich mir daher ersparen kann. Der einzige Unterschied bestand darin, daß ich am ersten Tag noch imstande war, verhältnismäßig methodisch vorzugehen; als aber die Tage verstrichen und das aufreibende Warten sich wiederholte, handelte ich immer planloser und törichter. Um meine selbstgestellte Aufgabe einigermaßen wirksam lösen zu können, hätte ich, wie schon gesagt, über die technische Distanz eines Polizisten oder über Neugier als Selbstzweck verfügen müssen. Doch ich überwachte Cecilia mit dem beklommenen Gemüt des Liebhabers, und wenig machte es aus, daß ich ein Liebhaber war, der seine Geliebte nicht behalten, sondern sich von ihr frei machen wollte.

Wie viele Stunden verbrachte ich während dieser Tage in meinem Wagen vor Cecilias Haustor! Wie viele Stunden in dem Café an dem Tischchen hinter dem Glasfenster! Daß mich die Eifersucht weitgehend verblödet hatte, möge aus folgendem ersehen werden. Erst nach einer Woche entdeckte ich durch einen Zufall eine sehr wichtige Tatsache: Es hatte gar keinen Sinn, das Wohnhaus Cecilias zu überwachen, denn es besaß zwei Eingänge: den einen, wo ich Wache stand, und einen anderen nach einer Parallelstraße, der sogar der wichtigere war, da dort der Autobus vorbeikam und man in der Nähe Taxis finden konnte. Natürlich benutzte Cecilia diesen zweiten Ausgang, der für sie praktischer war. Diese Entdeckung erschien mir bezeichnend. Ich war so verblödet, daß ich eine Woche benötigte, um etwas herauszufinden, woran jeder andere vom ersten Augenblick an gedacht hätte.

Nach der Entdeckung des zweiten Ausganges aus Cecilias Wohnhaus glaubte ich, alles würde einfacher werden, wenn ich meine Überwachung auf das Haus des Schauspielers beschränkte. Aber wieder irrte ich mich. Von allen Minuten des Tages schien ich mir immer gerade diejenige zu wählen, welche die kleine Armbanduhr Cecilias nicht anzeigte. Die Zeit Cecilias und ihres Liebhabers war nicht die meine. Die ihre war die ruhige, sichere, geregelte Zeit der Liebe; die meine war die wütende, regellose der Eifersucht. So geschah es mit großer Wahrscheinlichkeit, daß ich mich in dem Café postierte, wenn Cecilia schon das Haus betreten hatte, und daß ich wegging, noch ehe sie daraus hervorgekommen war. Dabei gelang es mir nie, meinen Widerwillen gegen diese Art des Bespitzelns zu überwinden; ich fühlte genau, wie erniedrigend und zugleich enttäuschend sie war. Dieser Widerwille machte mich träge, wenn ich mich anschickte, das Café aufzusuchen, und ungeduldig, wenn sich meine Wartezeit dem Ende zuneigte.

Während dieser ganzen Zeit sah ich trotz aller meiner Bemühungen Cecilia nicht ein einziges Mal Lucianis Haus betreten oder daraus hervortreten. Das erschien mir fast wie ein unglaubliches, geradezu übernatürliches Phänomen, so daß mir manchmal wirklich der Gedanke kam, Cecilia vermöge sich unsichtbar zu machen. So war sie ja auch wirklich, zumindest für mich – von der Unsichtbarkeit jener Dinge, die zwar für die Sinne evident sind, sich dem Geist aber entziehen.

Aber nicht nur, daß meine Überwachung kläglich fehlschlug: auch mein Forschen nach der Art der Beziehungen Cecilias zu

Luciani scheiterte. Da ich wußte, daß ich sie nicht frontal angreifen konnte, weil sie mich in einer Weise belogen hätte, die sie noch ungreifbarer gemacht hätte, versuchte ich bisweilen, sie ganz allgemein über den Schauspieler zum Sprechen zu bringen. Ihren Antworten hoffte ich zu entnehmen, ob es sich um ein mehr freundschaftliches Gefühl handelte. Hier eines dieser Verhöre:

«Siehst du jetzt Luciani häufig?»

«Ja, ich sehe ihn dann und wann.»

«Du kennst ihn jetzt also schon gut?»

«Na ja, ich kenne ihn ein wenig.»

«Dann sag mir, was du von ihm denkst.»

«Wie meinst du das: was ich von ihm denke?»

«Na, was du von ihm denkst, wie du ihn beurteilst!»

«Ich beurteile ihn gar nicht. Warum sollte ich ihn beurteilen?»

«Nun ja, ich meine den Eindruck, den du von ihm hast – wie du ihn findest.»

«Er ist sympathisch.»

«Ist das alles?»

«Was heißt das: ist das alles?»

«Bloß sympathisch?»

«Na ja, ich finde ihn sympathisch und damit Schluß.»

«Und du gehst nur deshalb mit ihm aus, weil er sympathisch ist?»

«Ja.»

«Aber ich bin sympathisch, du bist sympathisch, dein Vater ist sympathisch. Zu sagen, daß jemand sympathisch ist, bedeutet fast nichts.»

«Was soll ich also sagen?»

«Welche Mängel und Vorzüge er hat, ob er gut oder schlecht, intelligent oder dumm, geizig oder großzügig ist und so weiter.»

Diesmal schwieg sie und beantwortete meine Worte mit einem weder feindseligen noch beleidigten Schweigen, das nahezu tierhaft auf mich wirkte. Ich beharrte: «Na, sagst du gar nichts?»

«Ich habe nichts zu sagen. Du willst wissen, wie Luciani ist, und ich kann dir nichts sagen, weil ich nie darüber nachgedacht habe und es nicht weiß. Ich weiß nur, daß ich mich mit ihm wohl fühle.»

«Man sagt mir, er sei ein miserabler Schauspieler.»
«Möglich. Davon verstehe ich nichts.»
«Wo stammt Luciani eigentlich her?»
«Weiß ich nicht.»
«Wie alt ist er?»
«Das habe ich ihn nie gefragt.»
«Ist er älter oder jünger als ich?»
«Vielleicht ist er jünger.»
«Das ist er bestimmt, um mindestens zehn Jahre. Sag mir: hat er einen Vater, eine Mutter, Geschwister, kurzum eine Familie?»
«Davon haben wir nie gesprochen.»
«Wovon sprecht ihr denn, wenn ihr beisammen seid?»
«Von allem möglichen.»
«Zum Beispiel wovon?»
«Wie soll ich mich daran erinnern? Wir sprechen, das ist alles.»
«Wenn du Luciani beschreiben müßtest, wenn du dazu gezwungen wärest, was würdest du sagen?»
Sie antwortete schlicht: «Es zwingt mich aber niemand dazu – und deshalb muß ich ihn nicht beschreiben.»
«Dann will ich ihn dir beschreiben: hochgewachsen, athletisch, mit breiten Schultern, schwarzen Augen und blonden Haaren, kleinen Händen und Füßen und einem blasierten Gesichtsausdruck.»
«Was heißt das: blasiert?»
«Das heißt eitel, eingebildet.»
Sie schwieg einen Augenblick und bemerkte dann: «Es ist wahr, er hat kleine Hände und Füße. Jetzt, wo du mir's gesagt hast, erinnere ich mich daran.»
«Wenn ich dir's nicht gesagt hätte, hättest du dich also nicht daran erinnert?»
«Ich sehe die Menschen nicht so in den Einzelheiten, wie du das tust. Ich sehe nur, ob sie mir sympathisch oder unsympathisch sind. Das genügt mir ja auch.»
Bei diesem Punkt kam mir natürlich der Gedanke, mich zu fragen, was Cecilia eigentlich von mir dachte. Die Frage lag mir auf der Zunge, aber ich konnte mich nicht entschließen sie zu stellen, denn ich hatte Angst, sie würde mir wie bei Luciani antworten, daß sie gar nichts dachte. An einem dieser Tage ent-

schloß ich mich aber dann doch dazu und erkundigte mich: «Was denkst du eigentlich von mir?»

Ihre unerwartete Antwort lautete: «Oh, eine ganze Menge.»

Sehr erleichtert drängte ich weiter: «Wirklich? Und was zum Beispiel?»

«Ich wüßte nicht, was ich dir sagen sollte; eine Menge.»

«Sag mir wenigstens etwas.»

Sie schien sorgfältig zu überlegen und antwortete dann: «Im Augenblick fällt mir wirklich nichts ein – vielleicht weil du es wissen willst.»

«Was heißt das?»

«Ich meine: im Augenblick glaube ich gar nichts zu denken.»

«Absolut nichts?»

«Nichts.»

«Aber du hast doch gesagt, daß du eine ganze Menge denkst.»

«Das hab ich gesagt, aber offenbar hab ich mich geirrt.»

«Stört dich das nicht, wenn du von dem Mann, mit dem du ins Bett gehst, nichts, absolut nichts denkst?»

«Nein, warum. Was braucht man denn da zu denken?»

So blieb nicht nur Cecilia unfaßbar, sondern es gelang ihr auch, alles unfaßbar zu machen, was sie betraf, ein bißchen wie die Gestalten im Märchen, die unsichtbar sind und auch die Dinge unsichtbar machen, die sie berühren.

Und doch besaß ich sie zwei- oder dreimal in der Woche – das heißt, ich nahm sie. Ein anderer hätte angesichts der wachsenden Unzulänglichkeit des körperlichen Rapports eine andere Erklärung für diesen Durst gesucht, der in dem Maße zunahm, in dem er befriedigt wurde. Ich aber war nun auf einem Weg, von dem ich fühlte, daß er falsch und zugleich schicksalhaft war. Ich versuchte beharrlich, auf dem Weg des körperlichen Besitzes, von dem ich zugleich wußte, wie illusorisch er war, jenen wirklichen Besitz zu erreichen, dessen ich so verzweifelt bedurfte. Indem ich mich auf den Körper Cecilias warf, suchte ich mich in diesen zwei Stunden ihrer trügerischen Anwesenheit für ihre Abwesenheit an den anderen Tagen zu entschädigen. Vielleicht auch suchte ich in ihrer unveränderten Gefügigkeit einen Anlaß zur Langeweile – und damit die Befreiung. Aber der Körper Cecilias war nicht Cecilia selbst, und was Cecilia wirklich war, vermochte ich nicht zu erfahren. Was aber ihre Gefügigkeit anging, so flößte die mir jetzt keine Langeweile ein, sondern ein tiefes Mißtrauen: als handelte es sich dabei um eine Art Falle der Natur, in die ich mit einem Fuß geraten war und aus der ich mich nicht mehr befreien konnte.

Immerhin: nie habe ich, soweit ich mich erinnern kann, Cecilia so heftig geliebt wie in jenen Tagen, in denen ich sie bespitzelte und glaubte, daß sie mich betrüge. Ich stürzte mich auf sie wie auf einen Feind, den ich in Stücke reißen wollte: doch einen geliebten Feind, der mich in zweideutiger Weise dazu reizte, mich so zu verhalten, wie ich mich verhielt. Und nie gab ich mich damit zufrieden, sie nur einmal zu nehmen. Es war bezeichnend, daß mich das Gefühl, sie nicht wirklich zu besitzen, am häufigsten dann befiel, wenn sie schon wieder bekleidet war, sich verabschiedet hatte und zur Tür ging; als ob ihr Weggang mir plötzlich ihre unveränderte Fähigkeit verriet, sich mir zu entziehen, mir zu entfliehen. Dann lief ich ihr nach, packte sie bei den Haaren und warf sie auf den Diwan, unbekümmert um ihre Proteste, die im übrigen nicht allzu energisch waren, und ich nahm sie von neuem, so wie sie war, bekleidet, mit den Schuhen an den Füßen und mit der Handtasche am Arm. Immer hatte ich dabei die Illusion, ich könne, indem ich sie nahm, ihr die Freiheit und das Geheimnis rauben. Natürlich merkte ich gleich darauf, daß ich sie gar nicht besessen hatte. Aber da war es zu spät: Cecilia ging, und ich wußte, daß tags darauf alles von vorne beginnen würde: die zwecklose Überwachung, der unmögliche Besitz und am Ende die Enttäuschung.

Schließlich, nach einem Monat ergebnisloser Bespitzelung und ebenso ergebnisloser sinnlicher Raserei, begriff ich, was ich vom ersten Tag an hätte wissen müssen: daß nämlich eine Überwachung nicht von jemandem durchgeführt werden darf, der an den Ergebnissen persönlich interessiert ist. Wenn ich zu irgendwelchen Ergebnissen gelangen wollte, mußte ich mich an jemanden wenden, der dies berufsmäßig besorgte, also an ein Privatdetektiv-Institut. Cecilia selber brachte mich auf diesen Gedanken. Während ich sie bespitzelte, dachte ich unausgesetzt an Balestrieri. Der alte Maler, um den ich mich nie gekümmert hatte, solange er lebte, war nach seinem Tod für mich ein Gegenstand erschreckender und unbegreiflicher Anziehung geworden. Balestrieri, so sagte ich mir bisweilen, war für mich jetzt das, was ein Spiegel für einen Kranken ist. Besonders dann war das so, wenn ich vermutete, daß ich etwas tat, was Balestrieri bereits getan hatte. In den Tagen, da ich Cecilia beobachtete, widerstand ich also nicht der Versuchung, sie zu fragen, ob auch der alte Maler derselben Lockung erlegen sei. Wir saßen im Auto, ich brachte Cecilia am Abend nach Hause. Als wir in der Straße angelangt waren, wo sie wohnte und wo ich so oft ergebnislos darauf gewartet hatte, daß sie aus dem Haustor träte, hielt ich den Wagen an und fragte sie unvermittelt: «Hat dich Balestrieri jemals bespitzelt?»

«Wie meinst du das?»

«Ist er dir nachgegangen, hat er dich beobachtet?»

«Ja.»

«Das hast du mir nie erzählt.»

«Du hast mich nie danach gefragt.»

«Wie hat er dich beobachtet?»

«Er stellte sich in den Hof und wartete, bis ich ausging.»

Balestrieri war also intelligenter gewesen als ich, dachte ich. Er hatte sofort entdeckt, daß das Haus zwei Eingänge besaß. Ich fragte weiter: «Und dann?»

«Dann, wenn ich ausging, folgte er mir.»

«Tat er das oft?»

«Eine Zeitlang tat er es jeden Tag.»

«Um wieviel Uhr stellte er sich in den Hof?»

«Je nachdem. An gewissen Tagen, wenn er wußte, daß ich zeitig ausgehen mußte, war er schon gegen acht Uhr da.»

«Woher wußtest du das?»

«Ich sah ihn von meinem Zimmerfenster aus.»

«Und was tat er im Hof?»

«Er ging auf und ab, oder er tat, als läse er eine Zeitung, oder er zeichnete in ein Heft.»

«Aber wie fing er es an, nicht von dir gesehen zu werden, wenn du ausgingst?»

«Er stellte sich ins Haustor, in den Schatten, oder hinter einen Baum.»

«Und dann?»

«Dann ging er mir nach.»

Ich schwieg einen Augenblick. Mir war, als sähe ich den alten kleinen, stämmigen Maler mit den breiten Schultern und den großen Füßen, mit dem roten Gesicht und dem silberweißen Haar, wie er den Kragen seines Regenmantels aufstellte, die Hutkrempe ins Gesicht zog und dem sechzehnjährigen kleinen Mädchen nachging, aus dem Hof in die eine Straße und in die andere. Ich spürte dabei Scham, denn ich machte mir klar, daß ich in diesen Tagen ja genau dasselbe tat. «Merktest du, daß er dir nachging?» fragte ich.

«Manchmal ja und manchmal nein.»

«Wenn du es merktest, wie verhieltest du dich da?»

«Ich ging meines Weges, als hätte ich nichts gemerkt. Einmal aber wandte ich mich um und ging ihm entgegen, und dann gingen wir zusammen in ein Café.»

«Was sagte er in diesem Café?»

«Er sagte nichts. Er begann zu weinen.»

Ich verharrte eine Weile in Schweigen. Cecilia, die sich nicht gerne ausfragen ließ, benutzte den Augenblick und versuchte auszusteigen. Aber ich hielt sie zurück. «Warte! In der Zeit, in der er dich überwachte – betrogst du ihn da?»

Beinahe belustigt antwortete sie: «Denk dir, damals betrog ich ihn nicht. Erst ein paar Monate später hatte ich jemanden.»

«Er bespitzelte dich also ohne Grund, zu Unrecht?»

«Ja.»

«Und als du, wie du dich ausdrückst, jemanden hattest, bespitzelte er dich da nicht?»

«Nein, denn er hatte den Beweis erhalten, daß ich ihn nicht betrog.»

«Wieso?»

«Er ließ mich beobachten.»

«Von wem?»

Sie sagte etwas unsicher: «Von einem dieser Büros, weißt du, die solche Nachforschungen anstellen, von einem Detektiv mit einem Wort. Man sagte ihm, daß ich niemand anderen hätte als ihn.»

«Wieso aber wußtest du, daß er dich durch das Büro beobachten ließ?»

«Das hat er mir selber gesagt. Er ließ mich sogar einen Bericht lesen. Der hatte ihn wer weiß wieviel Geld gekostet.»

«War er zufrieden?»

«Glücklich.»

Nach kurzem Schweigen fragte ich: «Und du betrogst ihn sofort, nachdem das Büro ihm bewiesen hatte, daß du ihn nicht betrogst?»

«Ja, einen Monat darauf. Aber ich tat es nicht mit Vorsatz. Es geschah eben.»

«Und er erfuhr davon?»

Sie zögerte und sagte dann: «Ich glaube, daß er irgend etwas erraten hat, aber wirklich sicher war er nicht.»

«Was heißt das?»

«Er sah mich zwei- oder dreimal mit demselben jungen Mann und begann, mich wieder zu beobachten, ohne Büro. Aber er war schon müde und tat es nicht so häufig wie früher. Dann starb er.»

«Warum ließ er dich nicht auch diesmal durch das Büro beobachten?»

Sie meinte nachdenklich: «Wenn er mich hätte beobachten lassen, hätte er alles erfahren. Aber er hatte kein Zutrauen mehr zu dem Büro. Er behauptete, ich hätte ihn immer betrogen, das Büro hätte das nur nicht herausgefunden.»

Nach diesem Gespräch dachte ich immer häufiger daran, ebenfalls meine Zuflucht zu einem Detektivbüro zu nehmen, wie Balestrieri es getan hatte. Seltsam: früher hatte ich gewisse Dinge deshalb nicht getan, weil Balestrieri dies schon besorgt hatte; und jetzt fühlte ich die Versuchung, mich an ein Detektivbüro zu wenden, gerade weil Balestrieri dies getan hatte. Es war, als hätte ich die Zwecklosigkeit meiner Bemühungen erkannt, nicht auf die schiefe Bahn zu geraten, die Balestrieri in den Abgrund geführt hatte. Es war, als bestünde meine einzige Möglichkeit, mich von ihm zu unterscheiden, jetzt darin, daß ich bewußt und aus eigenem Willen dieselben Dinge tat, die er unwillentlich und in einem dem Wahn sehr ähnlichen Zustand getan hatte.

So suchte ich eines Tages die Agentur «Falke» auf. Sie befand sich in einem düsteren Gebäude an der Via Nazionale, das von außen sehr feierlich aussah, mit Ornamenten, Säulen, Statuen und lateinischen Inschriften, innen aber schäbig und finster wirkte. In einem alten, übelriechenden Aufzug fuhr ich ins vierte Stockwerk empor, stieg auf einem finsteren Vorplatz aus und ging auf den Lichtschimmer einer Glastür zu, an der der Name der Agentur und ein kleiner symbolischer Vogel angebracht war, der einen Falken darstellen sollte. Die Glastür öffnete sich, eine Klingel ertönte, und ich trat in einen fast leeren Vorraum, der nur ein paar Korbstühle enthielt. Zwei

Männer kamen im selben Augenblick aus dem Zimmer, zogen die Gürtel ihrer Regenmäntel enger und setzten ihre Hüte auf. Aus ihrem Benehmen und aus ihrer Kleidung schloß ich, daß dies zwei Detektive waren, vielleicht dieselben, denen die Überwachung Cecilias anvertraut werden würde. Die Tür war offengeblieben, und ich trat näher. Im Hintergrund eines großen Raumes sah ich hinter einem Schreibtisch einen glatzköpfigen mageren Mann mit schmalen Schläfen, großer Nase und eingefallenen Wangen sitzen und eine Zeitung lesen. Ich fragte nach dem Direktor. Eifrig antwortete er, als wolle er mich ermutigen: «Ich bin der Direktor. Bitte, kommen Sie doch näher.»

Als ich eintrat, stand er auf, reichte mir die Hand und stellte sich vor: «Major Mosconi.» Ich setzte mich und besah mir zunächst seinen abgenutzten schwarzen Anzug und seine verdrehte Krawatte und dann die alten Tintenflecke, mit denen die Schreibtischplatte bedeckt war. Ich fragte mich, was alles dies mit Cecilia und mit mir zu tun haben könne, und die Antwort war: nichts! Immerhin sagte ich: «Ich möchte eine Person beobachten lassen.»

Der Major antwortete mit prompter, munterer Stimme: «Dazu sind wir ja da. Handelt es sich um einen Herrn oder um eine Dame?»

«Um eine Dame.»

«Ihre Gattin?»

«Nein, ich bin nicht verheiratet. Es handelt sich um eine Dame, an die mich besondere Gefühle binden.»

«Also eine voreheliche Beobachtung?»

«Nennen wir es so.»

Der Major machte eine Geste, die andeutete, daß er nicht näher in mich dringen wolle. Dann fragte er: «Und weshalb wollen Sie diese Dame beobachten lassen?»

Ich sah den Major an. Der Direktor der Agentur, die sich Falke nannte, hatte ein Gesicht, das in jeder Hinsicht diesem scharfäugigen Firmennamen zu widersprechen schien. Seine tiefliegenden, kleinen, ausdruckslosen Augen ließen eher an einen geblendeten Finken denken als an einen Falken. Ich sagte mit einer Brutalität, die mir eine gewisse Genugtuung bereitete: «Ich habe berechtigten Grund zu der Vermutung, daß diese Dame mich betrügt.»

Man sah deutlich, daß der Major mehr um des Dekorums willen zögerte, auf den Kern der Sache zu kommen, als weil er den höchst einfachen Sachverhalt nicht durchschaut hätte. Er fragte: «Ist diese Dame verheiratet?»

«Nein, sie ist ledig.»

«Sind Sie verheiratet?»

«Ich sagte Ihnen schon: nein!»

«Verzeihung, daran erinnerte ich mich nicht mehr. Sie haben also den Eindruck, daß dieses Fräulein... Es handelt sich doch um ein Fräulein, nicht?»

Mit einiger Ungeduld bestätigte ich: «Das ist doch klar.»

«Verzeihen Sie, ich habe mich wohl nicht deutlich genug ausgedrückt. Ich wollte wissen, ob es sich um ein Fräulein aus guter Familie handelt oder um eine weibliche Person, die auf eigene Rechnung und unabhängig lebt.»

«Es handelt sich um ein Fräulein aus guter Familie.»

Er sagte in geheimnisvollem Ton: «Darauf hätte ich schwören mögen!»

Und diesmal konnte ich mich nicht enthalten, meinerseits zu fragen: «Warum hätten Sie darauf schwören mögen?»

«Diese Art von Damen machen einem am meisten zu schaffen. Die sehr jungen Mädchen, die achtzehn- bis zwanzigjährigen. Also Sie haben den Eindruck, daß dieses Fräulein Sie betrügt?»

«Ja.»

«Das übliche Motiv. Sie müssen mich entschuldigen, aber gut neunzig Prozent aller derer, die hierherkommen, erzählen dieselbe Geschichte. Und leider erweist sich der Verdacht in siebzig Prozent der Fälle als begründet.»

«Wenn der Verdacht begründet ist, warum wenden sich die Herren dann an Ihre Agentur?»

«Um die absolute Gewißheit zu erlangen.»

«Und diese Gewißheit können Sie verschaffen?»

Der Major deutete mit einer Kopfbewegung nachsichtiges Mitleid an. «Sehen Sie, Sie mögen vielleicht meinen, daß jeder Beliebige imstande sei, gewisse Nachforschungen vorzunehmen, etwa der Interessierte selbst. Dem ist aber nicht so. Zwischen den Nachforschungen eines Amateurdetektivs und den unseren besteht derselbe Unterschied wie zwischen den Analysen eines Dilettanten ohne Hilfsmittel und denen eines wissenschaftlichen Laboratoriums. Wenn Sie wissen wollten, ob Sie an einer bestimmten Krankheit leiden, würden Sie da zu einem Scharlatan gehen oder zu einem wissenschaftlichen, seriösen, vom Gesetz anerkannten Institut? Natürlich würden Sie das letztere wählen. Und die Agentur Falke ist das seriöse, vom Gesetz anerkannte Institut.» Hier unterbrach sich der Major und deutete auf ein gerahmtes Diplom, das an der Wand hing. «Wir können Ihnen auf wissenschaftliche Weise die Gewißheit vermitteln, die Sie brauchen.»

«Mit anderen Worten», fragte ich, um Zeit zu gewinnen, «Sie sind imstande, die Wahrheit zu entdecken?»

«Immer. Daß eine Ungewißheit bleibt, ist äußerst selten, ja sozusagen nichtexistent. Unsere Agenten sind tüchtig und vertrauenswürdig, alles frühere Carabinieri und Polizeibeamte; und es ist praktisch unmöglich, daß sie über irgend etwas keine Klarheit schaffen.»

«Und wie lange dauert so eine Überwachung?»

Der Major vollführte eine echte Büro-Geste: Er rückte einen Bleistift zurecht, der nicht an seiner Stelle lag, legte das Kinn in die Hand und fixierte mich mit seinen kleinen schwarzen, trüben Augen. «Ich könnte sagen zwei oder drei Wochen. Ich könnte auch mehr sagen. Aber ich will Ihnen nicht das Geld aus der Tasche ziehen. Binnen einer Woche werden wir alles wissen. Wenn eine Frau in einen Mann verliebt ist, trifft sie sich nicht nur einmal in der Woche mit ihm. Sie trifft sich täglich mit ihm, sogar mehrmals am Tag. Wenn wir also beweisen können, daß die Betreffende täglich oder sogar mehrmals am Tag mit einem Mann zusammenkommt, hat unser Kunde alle Beweise in der Hand, die er braucht. Natürlich, wenn der Kunde noch immer nicht überzeugt ist, können wir zusätzliche Erhebungen anstellen und weiter in die Tiefe dringen.»

«Was heißt das – weiter in die Tiefe dringen?»

«Verzeihen Sie, aber das sind Dinge, die man nicht im voraus sagen kann. Da muß man den besonderen Fall kennen. Aber seien Sie beruhigt, eine Woche wird genügen. Ihr Fall ist – nehmen Sie mir das nicht übel – höchst kommun.»

«Kommun?»

«Es ist der einfachste Fall. Sie haben keine Vorstellung von den Komplikationen, denen wir uns manchmal gegenübersehen. Eine Woche wird also, wie gesagt, völlig ausreichen.»

«Ich verstehe», sagte ich und schwieg eine Weile. Ich glaubte dem Major, daß er überzeugt war, dank seiner sogenannten wissenschaftlichen Nachforschungen die Wahrheit herausfinden zu können. Zugleich aber war mir klar, daß die Wahrheit des Majors nicht die meine war. Schließlich erkundigte ich mich: «Was würde diese Sache kosten?»

«Zehntausend Lire pro Tag. Mit einem Zuschlag, wenn sich die zu beobachtende Person eines Wagens bedient; denn dann müssen unsere Agenten auch einen benutzen.»

Ich sagte nachdenklich: «Sie fährt nicht mit dem Auto. Sie geht zu Fuß.»

«Also dann zehntausend Lire pro Tag.»

«Und wann könnten wir anfangen?»

«Schon morgen. Sie geben mir die Daten, ich studiere sie, und morgen früh beginnt mein Agent mit der Beobachtung.»

Unvermittelt erhob ich mich. «Fangen wir in einer Woche an! Denn die Betreffende ist im Augenblick nicht in Rom und kommt erst in einer Woche zurück.»

«Wie Sie wünschen.» Auch der Major hatte sich erhoben. «Aber wenn Sie etwa wegen des Preises zögern – informieren Sie sich bitte, Sie werden sehen, daß die anderen Büros nicht weniger kosten.»

Ich antwortete, es sei nicht wegen des Preises, versicherte, ich würde in einer Woche wiederkommen, und ging.

Mechanisch begab ich mich in mein Atelier zurück und schickte mich an, auf Cecilia zu warten; denn dies war einer von den zwei oder drei Tagen in der Woche, an denen wir uns sahen. Seit einiger Zeit litt ich an Schlaflosigkeit, wegen der Beklemmung, die mir meine Beziehung zu Cecilia verursachte. Für gewöhnlich schlief ich sogleich ein, nachdem ich mich niedergelegt hatte. Aber nach kaum einer Stunde fuhr ich auf, als hätte mich jemand wachgerüttelt. Dann dachte ich unausweichlich an Cecilia und schlief erst wieder ein, wenn es dämmerte. Um die gewohnte Stunde wachte ich dann wieder auf, also viel zu früh. Dafür passierte es mir unter Tags, daß ich plötzlich, von Müdigkeit überwältigt, wo ich mich gerade befand, ein paar Stunden bleiern schlief. Das ereignete sich auch an diesem Tag. Der Vorhang vor dem großen Fenster war herabgelassen, und ein ruhiges, gelbes, warmes Licht erfüllte das Atelier. Ich legte mich auf den Diwan und betrachtete, auf der

Seite liegend, die leere Leinwand, die noch immer am Fenster auf der Staffelei stand. Ich dachte: Diese Leinwand ist leer, weil es mir nicht gelingt, von irgendeiner Wirklichkeit Besitz zu ergreifen – genauso leer wie mein Gehirn bei meiner Beziehung zu Cecilia, die mir entflieht und die ich nicht zu besitzen vermag. Und der Akt, bei dem ich mir oft einredete, Cecilia zu besitzen, war der pornographischen Malerei Balestrieris vergleichbar – das heißt, er war ebensowenig Besitz wie jene Bilder Malerei waren. Und wie ich Cecilia gegenüber zwischen Langeweile und sexueller Manie schwankte, so schwankte ich in der Kunst zwischen schlechter Malerei und gar keiner. Jetzt hatte ich mich an die Agentur Falke gewendet, um etwas Sicheres über Cecilia zu erfahren; aber das war so, als ob ich, um malen zu können, eine wissenschaftliche Abhandlung über Beschaffenheit und Zusammensetzung der Materie gelesen hätte. Die Leinwand war leer – so dachte ich wirr –, weil Cecilia sich mir entzog; mein Geist war leer, weil sich mir die Wirklichkeit entzog. Wirklichkeit und Cecilia – das waren die zwei Worte, die immer schwächer in meinem Kopf widerhallten; es ging um zwei verschiedene Operationen, zwischen denen jedoch, wie ich spürte, ein unbezweifelbarer Zusammenhang bestand. Mir schien, daß dieser Zusammenhang durch die Manie des Besitzenwollens gegeben war und daß beide Operationen an der Unmöglichkeit des Besitzes scheiterten. Während ich, immer müder, über diese Dinge nachgrübelte, schlief ich ein.

Gleich darauf, so kam es mir vor, erwachte ich wieder. Aber das Atelier war fast dunkel, und als ich das Licht andrehte, stellte ich fest, daß ich etwa eine Stunde geschlafen hatte. Es war halb sechs, und von der Agentur war ich gegen halb fünf zurückgekommen. Dieser tiefe Schlaf, den ich gar nicht als solchen wahrgenommen hatte, war für mich jedoch sehr erholsam gewesen. Ich fühlte mich hellwach und – wie mir das früher manchmal geschehen war, wenn ich mich zu malen anschickte – erfüllt von einer exakten und bewußten schöpferischen Energie. Ich hob den Blick zu der Leinwand, und unwillkürlich dachte ich, es sei doch schade, daß ich nicht mehr malte. Das war der richtige Gemütszustand für die Arbeit! Gleich darauf aber sprang ich fast automatisch von meinem Diwan und stürzte aus dem Atelier. Ich war sicher, daß sich Cecilia bei dem

Schauspieler befand, und wollte sie in dem Augenblick überraschen, da sie ihn verließ, um zu mir zu kommen.

Wirklich: bisher hatte ich Cecilia alle Tage überwacht, nur an denen nicht, an denen sie zu mir kam. Aus irgendwelchen Gründen dachte ich, daß sie nicht am gleichen Tag mit dem Schauspieler und mit mir ins Bett gehen werde. Aber an diesem Vormittag hatte mir Cecilia telefonisch gesagt, sie könne nicht vor sechs bei mir sein. Jetzt verstand ich dieses Rendezvous zu so später Stunde: Sie war vor mir bei Luciani! Während ich also an den anderen Tagen nicht gewußt hatte, zu welcher Zeit sich Cecilia zu Luciani begab und wann sie von dort fortging, wußte ich heute zumindest die Stunde ihres Fortgehens mit Sicherheit, denn das war die Stunde, um die sie zu mir kam. Ich wunderte mich darüber, daß ich auf diesen einfachen Gedanken nicht schon früher gekommen war, der überdies so genau zu der unschuldig-grausamen Psychologie Cecilias paßte. Es sah ihr wirklich ähnlich, binnen einer knappen halben Stunde aus den Armen des Schauspielers in die meinen überzuwechseln und sich mir genauso stürmisch hinzugeben wie sie sich ihm hingegeben hatte. Warum hatte ich nicht vorher daran gedacht?

In einer Viertelstunde war ich vor dem Haus des Schauspielers, fand, beinahe vor dem Haustor, einen Parkplatz für meinen Wagen und blieb darin sitzen. Es lohnte sich nicht, den Platz im Café zu beziehen. Nach meiner Rechnung mußte Cecilia in höchstens zehn Minuten zum Vorschein kommen. Ich zündete also eine Zigarette an und starrte dabei auf die erleuchteten Fensterladen des Erdgeschosses. Das waren die Fenster Lucianis. Wahrscheinlich kleidete sich in diesem Moment Cecilia gerade hastig an und erzählte dem Schauspieler dieselbe kindische Lüge, die sie gewöhnlich mir erzählte: «Ich muß gehen, die Mama wartet auf mich!» Ich bemerkte, daß ich beim Betrachten dieser Fensterladen ein Gefühl der Übelkeit empfand, nicht unähnlich dem, das mir die weiße Fläche der Leinwand einflößte, wenn ich mich zu malen anschickte. Aus diesem schwarz umrahmten Haustor würde bald etwas hervorkommen, das mich gleichzeitig mit Appetit und Ekel erfüllte: Cecilia, oder die Wirklichkeit. Ich wußte, daß ich in meinem Auto bleiben mußte, bis ich Cecilia auf der Schwelle sah, zugleich aber verspürte ich den lebhaften Wunsch davonzufahren. Im Lichte dieser widersprechenden Gefühle begriff ich von neuem, daß der Beweggrund, der mich veranlaßt hatte, in den vergangenen Tagen die Überwachung aufzugeben, nicht, wie ich vermeint hatte, eine Aufwallung meiner Würde gewesen war, sondern der Widerwillen gegen Cecilia, so wie sie wirklich war – mit einem Wort: Widerwillen gegen die Wirklichkeit.

Nach fünf Minuten erschien Cecilia wirklich auf der Schwelle, begleitet von dem Schauspieler. Sie hielten einander bei der Hand und schienen beide wie betäubt. Ich bemerkte, daß Cecilia die Hand des Schauspielers auf eine besondere Art drückte, nämlich mit ineinanderverschlungenen Fingern, als wollte sie damit unbewußt die Umschlingung ihrer Körper nachahmen.

Alles läßt sich vorhersehen, nur nicht das Gefühl, das etwas Unvorhergesehenes in uns auslöst. Man kann etwa vorhersehen, daß unter einem Felsblock eine Schlange hervorkommen wird; aber es ist schwierig, im voraus zu wissen, wie starke Angst der Anblick des Reptils hervorrufen wird. Ich hatte mir tausendmal ausgemalt, wie Cecilia aus diesem Haustor treten würde, von dem Schauspieler begleitet oder allein; aber ich hatte die Gefühle nicht vorausgesehen, die ich empfand, als ich Cecilia nun wirklich den schwarzen Marmorrahmen durchschreiten und Lucianis Hand halten sah. Ich war also fast erstaunt, daß mich bei dem Anblick Cecilias und des Schauspielers, die eine wahre Ewigkeit unter dem Haustor stehenblieben, ein scheußliches Gefühl ähnlich einem Ohnmachtsanfall überkam. Ich litt fürchterlich und wunderte mich zugleich darüber, daß ich so heftig und auf so neue Weise litt, nachdem ich mich doch geistig längst auf den Anblick vorbereitet hatte. Das Bild der beiden schien sich meinem Gedächtnis unauslöschlich einzuprägen, und ich spürte einen brennenden Schmerz, als sei das Bild glühendes Eisen und mein Gedächtnis zukkendes Fleisch, das sich unter der Berührung des Prägestempels aufbäumte.

Ich sagte, daß mein Gefühl dem einer Ohnmacht ähnelte. In Wahrheit war ich bewußtlos, abgesehen von dem einen Punkt, in dem meine ganze Lebenskraft zusammenströmte: da war ich nicht nur nicht bewußtlos, sondern in geradezu übermäßiger Weise bewußt. Und darunter gerade litt ich: daß nur dieser empfindliche Punkt in mir mit Bewußtsein ausgestattet schien. Inzwischen hatte ich mechanisch den Motor angelassen, vorsichtig den Parkplatz verlassen und mich hinter Cecilia und Luciani her in Fahrt gesetzt.

Sie gingen langsam, hielten einander noch immer bei der Hand und waren zweifellos in ihrer Schweigsamkeit glücklich. Bei einem Friseurladen blieb der Schauspieler dann stehen, Cecilia sprach ein Weilchen auf ihn ein und reichte ihm die Hand, die Luciani küßte. Hierauf betrat er den Laden, während Cecilia ihren Weg fortsetzte. In langsamer Fahrt, die Augen fest auf sie geheftet, die je nach den Krümmungen des Gehsteigs bald verschwand, bald wieder zum Vorschein kam, folgte ich ihr ein gutes Stück die Straße entlang. Ich betrachtete sie, beobachtete besonders die Bewegungen ihrer Hüften in dem kurzen, engen Kleid, die zugleich täppisch, faul und kräftig wirkten, und bemerkte, daß ich sie noch immer begehrte – als wäre ich noch nicht völlig sicher, daß sie mich betrog. Und ich begriff, daß ich sie, um sie wirklich nicht mehr zu begehren, zu einem Geständnis der Wahrheit zwingen mußte, die allein mich von meiner Liebe befreien konnte. Inzwischen war Cecilia zur Autobushaltestelle gegangen. Ich sah nach der Uhr. Noch fehlten zehn Minuten bis zu ihrem Rendezvous mit mir. Pünktlich wie immer, hatte Cecilia die Zeit gut berechnet. In höchstens einer Viertelstunde mußte der Autobus sie auf der Piazza del Popolo absetzen, wenige Schritte von meinem Atelier entfernt. Dann konnte sie sich in meine Arme werfen.

Ich hielt meinen Wagen brüsk vor ihr an, während sie mit gesenktem Kopf in ihrer Handtasche kramte, öffnete den Schlag und fragte mit normaler Stimme: «Willst du einsteigen?» Cecilia hob den Blick, sah mich, schien etwas sagen zu wollen, verzichtete dann darauf und stieg wortlos ein. Ich gab Gas und fragte sogleich: «Wieso bist du in dieser Gegend?»

Sie antwortete ruhig: «Ich bin zu diesem Produzenten gegangen.»

«Hat der nicht sein Büro in der Via Montebello?»

«Hier hat er seine Privatwohnung.»

Ich warf ihr einen schrägen Blick zu und stellte ungeachtet meiner eigenen Erregung fest, daß auch Cecilia erregt war, sofern sich diese Bezeichnung für eine so ausdrucksarme Person eignete. Ich merkte es an einem leichten Zusammenziehen ihrer Brauen, das, wie ich wußte, bei ihr Ratlosigkeit ausdrückte. Ich entschloß mich also, sie mit wohlbedachter Heftigkeit anzugehen wie in einem Polizeiverhör: «Wie heißt dieser Produzent? Rasch: Vor- und Nachnamen!»

«Er heißt Mario Meloni.»

«Wo wohnt er? Rasch: Hausnummer, Stockwerk, Türnummer!»

«Er wohnt in der Via Archimede», antwortete sie mit schleppender Stimme, wie eine Schülerin, die geprüft wird. «Nummer sechsunddreißig, Tür rechts, drittes Stockwerk.»

Es war die Hausnummer Lucianis, aber weder sein Stockwerk noch seine Türnummer. Ich begriff, daß Cecilia mir diese Hausnummer nannte, um meinen Vorwurf abzufangen, falls ich sie zusammen mit Luciani aus dem Haus hätte kommen sehen. Wie würde sie aber die Gegenwart des Schauspielers erklären? Ich war auf ihre Rechtfertigung neugierig und sagte: «Ich habe dich vor kurzem aus dem Haus Nummer sechsunddreißig herauskommen sehen, aber nicht allein, sondern mit Luciani.»

«Er war auch bei dem Produzenten. Wir sind gemeinsam hingegangen!»

«Warum?»

«Er wollte mit uns über eine Arbeit sprechen.»

«Was für eine Arbeit?»

«Einen Film.»

«Wie heißt dieser Film?»

«Das hat er uns nicht gesagt.»

«Wo hat Meloni euch empfangen?»

«Im Salon.»

«Beschreibe mir diesen Salon, rasch, beginnend mit den Möbeln und ihrer Anordnung.»

Nun wußte ich, daß Cecilia kein Auge für die Dinge und im allgemeinen auch nicht für die Orte hatte, an denen sie sich befand. Ich dachte mir also: Wenn sie mir jetzt in allen Einzelheiten die Einrichtung von Melonis Salon beschrieb, den sie nie gesehen hatte – weil es ihn gar nicht gab –, hätte ich den Beweis dafür, daß sie mich anlog. Aber ich hatte die Rechnung ohne ihre unbesiegbare Denkfaulheit gemacht. Sie sagte trocken: «Ein Salon, wie es so viele gibt.»

Verblüfft und beinahe bewundernd, insistierte ich: «Nämlich?»

«Ein Salon mit Sesseln, Diwanen, Tischchen und Stühlen.»

Es waren dieselben Worte, die sie benutzt hatte, um mir den Salon bei sich daheim zu beschreiben. Ich fragte weiter: «Welche Farbe hatten die Sessel und die Diwane?»

«Darauf habe ich nicht geachtet.»

«Welche Farbe hatte die Unterhose Lucianis? Auf die wirst du doch wenigstens geachtet haben?»

«Da haben wir's! Ich wußte doch, daß du wieder mit diesen Anzüglichkeiten beginnen würdest.»

Wir waren inzwischen in der Via Margutta angelangt. Ich fuhr den Wagen in den Hof, hielt dort an, sprang aus dem Wagen, packte, getreu meinem Programm der systematischen Einschüchterung, Cecilia am Arm, riß sie heftig heraus und sagte: «Jetzt werden wir gleich sehen!»

«Was?»

«Ob du die Wahrheit gesagt hast!»

Ich hielt ihren dünnen Kinderarm fest und ging sehr rasch, so daß ich ihr dann und wann einen Stoß versetzen und sie zum Stolpern und fast zu Fall bringen konnte. Das erste Mal sagte sie: «Manieren sind das!» Und das zweite Mal: «Darf man wissen, was du eigentlich hast?» Dabei wirkte sie aber weder überrascht noch gereizt oder eingeschüchtert. Ich schob den Schlüssel ins Schloß, trat mit dem Fuß die Tür auf und schleuderte Cecilia mit einem letzten heftigen Stoß auf den Diwan. Sie sank dort mit eingezogenem Kopf nieder; ich aber lief zum Telefon und begann wütend, das Straßenverzeichnis des Telefonbuchs aufzublättern. Als ich die Stelle gefunden hatte, hielt ich Cecilia das Buch unter die Nase. «In dem Haus Via Archimede Nummer sechsunddreißig gibt es keinen Meloni!»

«Er steht nicht im Telefonbuch.»

«Warum nicht?»

«Weil er nicht gestört werden will.»

«Aber Luciani wohnt auf Nummer sechsunddreißig!»

«Nicht möglich, er steht auch nicht im Verzeichnis.»

«Nicht in dem nach Namen geordneten, wohl aber im Straßenverzeichnis. Schau her, hier ist er!»

Sie sah widerstrebend in das Buch, sagte aber nichts. Ich kommentierte beißend: «Was für ein Zufall! Meloni und Luciani wohnen im gleichen Haus!»

«Ja, Luciani wohnt im Erdgeschoß und Meloni wohnt im dritten Stock.»

«Ausgezeichnet. Also fahren wir jetzt gleich zusammen zu Meloni!»

Ein langes Schweigen folgte. Cecilia betrachtete mich mit ihren unbestimmt-poetischen Augen, die in Wahrheit nichts sahen, und schwieg. Ich sagte: «Fahren wir! Los, mach dich fertig!»

Da sah ich, wie sie plötzlich errötete, in einem unregelmäßigen Rot, das sich in Flecken vom Hals über die Wangen ausbreitete. Sie sagte: «Ja, es ist wahr.»

«Was ist wahr?»

«Daß Luciani und ich zusammenkommen.»

Auch diesmal hatte ich die Worte dieses Geständnisses längst vorausgesehen; aber zwischen dem Voraussehen im Geiste und dem Hören mit eigenen Ohren war ein großer Unterschied: Wieder, wie in dem Moment, als ich sie mit Luciani aus dem Haus kommen sah, befiel mich ein schwindelerregendes Gefühl, als müßte ich ohnmächtig werden. Töricht stammelte ich: «Was heißt das, ihr kommt zusammen? Das weiß ich ja, daß ihr zusammenkommt.»

«Daß wir zusammen ins Bett gehen.»

«Und das sagst du so einfach?»

«Wie soll ich es denn sagen?»

Ich dachte mir, daß sie recht hatte. Sie liebte mich nicht, sie betrog mich, also war ihr sparsamer und farbloser Ton der richtige. Noch immer aber blieb mir das nicht zu sättigende Bedürfnis, sie in ihr Geständnis einzuschließen wie in einen Käfig der Scham, aus dem sie nicht mehr zu entweichen vermochte. «Warum hast du das getan?» fragte ich.

Ernst und gewissenhaft schien sie nachzudenken, bevor sie mir antwortete. Dann sagte sie schlicht: «Weil es mir Freude gemacht hat.»

«Aber weißt du denn nicht, daß du das nicht hättest tun dürfen?»

«Warum hätte ich es nicht tun dürfen?»

«Weil man einen Mann nicht betrügt, den man liebhat. Und du hast mir doch unzählige Male gesagt, daß du mich liebhast.»

«Ja, ich habe dich lieb, aber ich habe auch Luciani lieb.»

«Du bist also eines von diesen Weibern, die sich jedem hingeben, gestern einem Maler, heute einem Schauspieler, morgen vielleicht einem Elektriker!»

Sie sah mich an und sagte nichts.

«Du bist eine minderwertige Person!» meinte ich.

Auch diesmal schwieg sie. Warum war ich so hartnäckig? Weil ich mich davon überzeugen wollte, daß Cecilia sich mit ihrem Geständnis in meinen Augen abgewertet und zunichte gemacht hatte – während ich in Wirklichkeit spürte, daß dies keineswegs der Fall war. Und doch hätte sich diese Abwertung einstellen müssen, so sagte ich mir. Es hatte Frauen gegeben, die in meiner Achtung und in meinem Gefühl schon wegen eines einzigen Satzes, einer Geste, einer Haltung tief gesunken waren; um so mehr also mußte das bei Cecilia der Fall sein, die mich ganz gemein betrogen hatte! Wütend rief ich: «Bist du dir klar darüber, daß man das ist, was man tut? Was du getan hast, macht einen völlig anderen Menschen aus dir, als du es vorher gewesen bist!»

Ich hätte gewünscht, daß sie fragte: «Was war ich und was bin ich jetzt?» Da hätte ich ihr antworten können: «Du warst ein anständiges Mädchen und bist jetzt eine Hure!» Zugleich hätte ihre Frage ein Bedürfnis erkennen lassen, von mir geschätzt zu werden. Aber meine Hoffnung trog mich. Cecilia tat den Mund nicht auf, und ich begriff, daß Schweigen die einzige Antwort war, die ich von ihr erwarten durfte. Dieses Schweigen bedeutete, daß für sie Lügen und Betrügen Worte ohne Bedeutung waren, nicht, weil sie sie nicht verstand, sondern weil es für sie nichts gab, was diese Worte kennzeichnen konnten. Ich spürte, wie sie mir von neuem entschlüpfte, und außer mir schrie ich, während ich sie an den Armen schüttelte: «Warum sagst du nichts? Sag etwas, gib mir Antwort!»

Sie erwiderte aufrichtig: «Ich habe dir nichts zu sagen.»

«Aber ich», brüllte ich, «habe dir etwas zu sagen! Nämlich, daß du eine ganz gewöhnliche kleine Hure bist!»

Sie sah mich wortlos an. Ich schüttelte sie und fragte: «Du läßt dich also ruhig eine Hure schimpfen und protestierst gar nicht?» Ich sah, wie sie sich erhob. «Dino, ich gehe», sagte sie.

Zu den vielen Dingen, die ich nicht vorhergesehen hatte, gehörte auch dies: daß sie ging. Von plötzlicher Beklemmung befallen, fragte ich: «Wohin denn?»

«Ich gehe fort. Es ist besser, wenn wir uns nicht mehr sehen.»

«Warum denn? Einen Augenblick! Warte! Wir müssen darüber reden!»

«Was nützt das Reden? Wir verstehen uns ja doch nicht. Wir sind zwei allzu verschiedene Charaktere.»

So entwischte mir Cecilia von neuem, und zwar auf zwei Arten: Erstens, indem sie ihr Geständnis entwertete. Zwischen ihr und mir gab es ihrer Meinung nach lediglich Charakterunterschiede, als wäre Betrügen eine Frage des individuellen Temperaments und nicht der Moral. Und zweitens entwischte sie mir, indem sie mich verließ, noch ehe ich sie verlassen hatte. In plötzlichem Umschlag befiel mich Begierde nach ihr, als könnte ich mich in dem Glauben wiegen, nach dem Fehlschlag meines psychologischen Überwältigungsversuches werde mir der körperliche ihren wirklichen Besitz verschaffen. Während sie schon auf dem Weg zur Tür war, faßte ich sie um die Hüfte und sagte ihr ins Ohr: «Wir müssen aber doch noch ein letztes Mal mitsammen ins Bett gehen!»

«Nein, nein, nein», antwortete sie und suchte sich loszumachen, «das ist das Ende!»

«Komm her!»

«Nein, laß mich!»

Sie wehrte sich beharrlich, doch ohne Feindseligkeit, als verweigerte sie sich nur, weil ich ihr meine Liebe auf keine wirksamere Weise antragen konnte. In ihren unbestimmten, regungslosen Augen lag etwas wie eine zweideutige Lockung, und ihr Körper schien unterhalb der Taille auf eine Weise nachgiebig, die nicht bis zu ihrem kindlich-grazilen Oberkörper vorgedrungen war. Immerhin, sie wehrte sich; und als ich sie dahin gebracht hatte, sich wieder auf den Diwan zu setzen, zog sie sich ein wenig zurück, aus der Reichweite meiner Lippen. Da kam mir ein Gedanke oder besser ein Impuls. Ich hatte an diesem Morgen zwanzigtausend Lire in zwei Zehntausendernoten aus meinem Schubfach genommen und zu mir gesteckt. Ich riß Cecilia heftig an mich, und während sie den Kopf abwandte und mein Kuß sich auf ihrem Hals verlor, drückte ich ihr die zwei Banknoten in die Hand. Ich sah, wie sie den Blick rasch nach dem ungewohnten Gegenstand in ihrer Hand senkte, dann schloß sich die Hand, ich spürte, daß ihr Körper keinen Widerstand mehr leistete und sah, daß Cecilia die Augenlider schloß, als wollte sie einschlafen – was ihre Art war, mich wissen zu lassen, daß sie bereit sei.

So nahm ich sie, ohne daß sie sich entkleidete, mit einer Wut und Heftigkeit, die größer war als gewöhnlich, denn mir war, als sei ihre Physis eine Art Kampfplatz, auf dem ich an Kraft und Ausdauer mit dem Schauspieler zu wetteifern hatte. Ich nahm sie schweigend, im Augenblick des Höhepunktes aber sagte ich ihr ins Gesicht: «Drecksau!» Wenn ich nicht irrte, erschien auf ihrem Mund ein leichtes Lächeln; ich konnte aber nicht erkennen, ob sich dieses Lächeln auf ihren Genuß oder auf mein Schimpfwort bezog.

Später, als ich neben ihr lag und sie eingeschlafen war, stellte ich die gewohnten Betrachtungen darüber an, wie wenig mich der körperliche Besitz in Wahrheit befriedigt hatte. Wenn nichts anderes, so bestätigte das zweideutige, vielleicht ironische Lächeln, mit dem sie meine Beschimpfung erwidert hatte, die Minderwertigkeit der körperlichen Beziehung. Aber ich hatte gesehen, wie sie die Geldscheine in der Faust gepreßt hatte, und da sie später mit der Hand die Stirn bedeckt hatte, waren die Scheine die ganze Zeit über vor meinen Augen gewesen. Ich sagte mir, daß nach dem Scheitern meiner vorausgegangenen Versuche vielleicht das Geld die Falle bedeutete, in der sie zu fangen war. Sie hatte sich mir verweigert, bis zu dem Augenblick, da ich ihr das Geld in die Hand gedrückt hatte; also war sie, im Gegensatz zu allem, was ich bisher geglaubt hatte, käuflich. Somit handelte es sich jetzt darum, zu beweisen, daß sie das wirklich war, und damit das Geheimnis ihrer Autonomie auf eine Frage des materiellen Nutzens zu reduzieren.

Cecilia schlief an meiner Seite so lange wie gewöhnlich und auf ihre gewöhnliche Weise. Dann erwachte sie, drückte mir mit ihrer gewohnten mechanischen Zärtlichkeit einen Kuß auf die Wange, stand auf und strich sich das zerdrückte Kleid zurecht. Die zwei gefalteten Geldscheine lagen jetzt auf dem Fußboden, wohin Cecilia sie hatte fallen lassen. Sie nahm sie auf, öffnete ihre Handtasche und steckte das Geld vorsichtig in ihre Börse. Ich fragte: «Willst du also noch, daß wir uns trennen?»

Sie schien die Anspielung nicht erfaßt zu haben, die in diesem «noch» enthalten war. Gleichgültig antwortete sie: «Wie du willst. Wenn du meinst, können wir weitermachen. Wenn du aber willst, daß wir uns trennen, dann trennen wir uns eben.»

Staunend sagte ich mir: Das Geld, das ich ihr gegeben und das sie angenommen hatte, war also nur das eine Mal dienlich gewesen, hatte ihre träge Phantasie jedoch nicht zu dem Gedanken bewegt, daß sie auch in Zukunft auf ähnliche Weise Geld verdienen könne. Ich fragte: «Wenn du aber bei mir bleiben willst, warum würdest du das tun?»

«Weil ich dich gern habe.»

«Und wenn ich von dir verlangte, daß du Luciani verläßt, würdest du das tun?»

«Ah, das nicht!»

Gegen meinen Willen fühlte ich mich durch die Entschlossenheit ihrer Ablehnung verletzt. «Du könntest mir etwas weniger lebhaft antworten», meinte ich.

«Entschuldige bitte.»

«Ich soll also in Zukunft mit Luciani halbpart machen?»

Sie belebte sich sichtlich, als hätte ich endlich einen empfindlichen Punkt bei ihr berührt. «Was macht dir denn das aus?» fragte sie. «Warum ist dir das so unangenehm? Ich werde zu dir kommen wie immer, und nichts wird sich ändern.»

Ich wiederholte bei mir dieses «Nichts wird sich ändern» und mußte zugeben, daß das zumindest für sie richtig war. Jetzt betrachtete sie mich neugierig, fast bedauernd. Schließlich sagte sie: «Weißt du, daß es mir leid täte, dich zu verlassen?»

Die unbezweifelbare Ehrlichkeit dieser Bemerkung traf mich. Ich fragte: «Würde dir das wirklich leid tun?»

«Ja, ich habe mich an dich gewöhnt.»

«Aber es würde dir ebenso leid tun, Luciani zu verlassen, nicht wahr?»

«Ja, sehr.»

«Du hast dich auch an ihn gewöhnt?»

«Ihr beide seid doch ganz verschiedene Menschen.»

Ein Weilchen schwieg ich. Wie konnten wir zwei so verschiedene Menschen sein, wenn Cecilia von beiden dasselbe verlangte, nämlich den einfachen körperlichen Vorgang? Ich erkundigte mich: «Also möchtest du uns alle beide haben?»

Ich sah, wie sie in geheimnisvollem Schweigen nickte und dabei einen Ausdruck kindlicher Habgier zeigte. Dann sagte sie: «Was kann ich dafür, daß ich mich bei euch beiden wohl fühle? Jeder von euch gibt mir etwas anderes.»

Es lag mir auf der Zunge zu antworten: «Ich gebe dir das Geld und Luciani die Liebe, nicht wahr?» Aber ich hielt mich zurück, denn ich spürte, daß es für diese Frage noch zu früh war. Um sie stellen zu können, mußte ich erst die neuaufgetauchte Frage ihrer Käuflichkeit ergründen. Daß sie einmal Geld angenommen hatte, konnte auch bedeutungslos sein. Ich sagte schließlich mit einem Gefühl, das aus Wut und Müdigkeit gemischt war: «Also schön, du sollst alle beide haben! Probieren wir's! Aber du wirst selber sehen, daß es unmöglich ist, zwei Männer gleichzeitig liebzuhaben.»

«Und ich sage dir, daß das sehr gut möglich ist», gab sie zurück, offenbar sehr froh darüber, daß das Problem unserer Beziehungen auf so einfache Weise gelöst schien. Sie beugte sich über mich, hauchte mir einen Kuß auf die Wange und ging zur Tür, wobei sie mir noch sagte, sie würde mich wie alle Tage am folgenden Vormittag anrufen.

Ich wandte mich zur Wand und schloß die Augen.

8. Kapitel

Jetzt mußte ich mir selbst beweisen, daß Cecilia käuflich war. Ich erinnerte mich daran, wie es gewesen war, als ich Prostituierten Geld gegeben hatte, und sagte mir: Wenn Cecilia wirklich käuflich war, mußte ich am Ende für sie dasselbe empfinden, was ich für jene Frauen empfunden hatte, nachdem ich sie bezahlt hatte – ein Gefühl des reichlich aufgewogenen Besitzes, der Reduktion der Person, die das Geld erhalten hatte, zu einem seelenlosen Objekt, ihrer völligen Abwertung eben infolge ihrer Käuflichkeit. Von dort war es nur mehr ein Schritt bis zu der Langeweile, die mich von Cecilia und von meiner Liebe für sie befreien mußte. Es war das sicher eine erniedrigende Art des Besitzes, für die besessene Person ebenso wie für die besitzende, und ich hätte bestimmt eine andere Art vorgezogen, mich von Cecilia zu trennen. Aber ich mußte um jeden Preis den auf mir lastenden Albdruck loswerden, und da war es mir lieber, eine käufliche Cecilia vor mir zu haben als eine geheimnisvolle; denn ihre Käuflichkeit mußte mir ein Bewußtsein des Besitzes geben, das mir ihr Geheimnis verweigerte.

Ich nahm also die Gewohnheit an, Cecilia gleich bei unserem Zusammentreffen wortlos eine Summe in die Hand zu drükken, deren Höhe zwischen fünftausend und dreißigtausend Lire schwankte. Auf diese Weise, so dachte ich, würde sehr bald an die Stelle der unfaßbaren, geheimnisvollen Cecilia, von der ich mich nicht frei machen konnte, eine sehr faßbare und völlig geheimnislose Cecilia treten. Aber diese Verwandlung fand nicht statt. Eher stellte sich das Gegenteil ein: Statt daß das Geld den Charakter Cecilias veränderte, erwies sich Cecilia als die Stärkere und veränderte den Charakter des Geldes.

Wenn ich ihr die zusammengefalteten Banknoten in die Hand

drückte, ballte Cecilia sogleich die Faust, ohne sich im übrigen anmerken zu lassen, daß sie Geld erhalten und angenommen hatte. Es war wirklich so, als befänden sich jenes Geld, die Hand, die es gab, und die Hand, die es entgegennahm, in einer anderen Welt als derjenigen, in der Cecilia und ich uns befanden. Während ich sie dann umarmte, ließ Cecilia die Noten neben dem Diwan zu Boden fallen, und dort blieben sie, deutlich sichtbar für mich, liegen, ein Symbol für eine Art von Besitz, von dem ich glaubte, er sei vollständiger und befriedigender als der, mit dem ich eben beschäftigt war. Nachher lief Cecilia nackt und auf den Zehenspitzen ins Badezimmer, beugte sich dabei graziös und rasch nieder, als höbe sie ein Taschentuch auf, nahm die Noten und warf sie auf den Tisch, in die Nähe ihrer Handtasche. Wenn sie dann wieder bekleidet war, trat sie zu dem Tisch und verstaute die Scheine in der Geldbörse, die sie in die Handtasche steckte. Cecilia tat gern alles auf immer gleiche Weise, sie machte fast einen Ritus aus jeder Handlung. So fügte sich die Sache mit dem Geld sehr natürlich und sogar mit einer gewissen Grazie in ihren üblichen Liebesritus ein. Mit einem Wort: das Hurenhafte, das die Entgegennahme des Geldes meiner Vorstellung nach hätte haben müssen, verlor bei Cecilia, wie alles, was sie tat, jegliche Bedeutung.

In der ersten Zeit gab ich Cecilia, wie gesagt, Beträge zwischen fünftausend und dreißigtausend Lire, um durch diesen Wechsel ihre Reaktionen zu erproben. Ich sagte mir: Wenn sie mich fragt, warum ich ihr das vorige Mal zwanzigtausend Lire gegeben habe und jetzt nur fünftausend gebe, werde ich ein mehr als ausreichendes Motiv haben, sie für käuflich zu halten. Aber Cecilia schien es gar nicht zu beachten, ob der Schein, den ich ihr in die Hand drückte, grün oder rot war, ob es sich um einen oder zwei Scheine handelte; es war, als sei die Geste der Bezahlung völlig belanglos, als hätte sie auch ganz anders ausgeführt oder ganz unterbleiben können, ohne daß dies unsere Beziehungen beeinflußt hätte. Da beschloß ich auszuprobieren, was geschehen würde, wenn ich ihr überhaupt nichts mehr gab. Seltsamerweise entschloß ich mich zu diesem Experiment nur mit Herzklopfen. Ich gestand es mir nicht offen ein, aber da ich beinahe überzeugt war, daß das Geld, das ich Cecilia zusteckte, nun die entscheidende Basis unseres Beisammenseins bildete, fürchtete ich, sie zu verlieren – im gleichen Augenblick, in dem ich hoffte, mir selbst zu beweisen, daß ich nichts zu verlieren hatte, wenn ich sie verlor.

Eines Tages also drückte ich ihr nichts in die Hand. Zu meiner Verblüffung stellte ich fest, daß Cecilia nicht nur nicht enttäuscht wirkte, sondern die Veränderung des üblichen Ritus überhaupt nicht bemerkt zu haben schien. In dem Druck ihrer Finger, die meine leere Hand umfaßten, lag nichts von Überraschung oder Enttäuschung: Es war derselbe Händedruck, mit dem sie mir an anderen Tagen, nachdem sie das Geld in Empfang genommen hatte, zu verstehen gab, daß sie bereit sei. Cecilia gab sich mir also an diesem Tag genauso hin wie in den Tagen, an denen ich sie bezahlt hatte, und sie ging fort, ohne im mindesten darauf anzuspielen, daß ich sie diesmal nicht bezahlt hatte. Ich wiederholte das Experiment noch zwei- oder dreimal, aber Cecilia in ihrer kindhaften Undurchdringlichkeit ließ sich nicht anmerken, ob es ihr aufgefallen war. Ich sah mich also drei Möglichkeiten gegenüber: entweder war Cecilia käuflich, hatte aber die Eleganz und Überlegenheit, sich das nicht anmerken zu lassen; oder sie war zerstreut; und zwar auf eine merkwürdige Art, die sie unfaßbar machte wie immer, trotz des Geldes; oder sie war völlig uninteressiert – und auch in diesem Falle entzog sie sich ganz und gar meinem Besitz. Ich grübelte über dieses Problem eine ganze Weile nach und beschloß zuletzt, ihr die Pistole auf die Brust zu setzen. Ich drückte ihr also eines Tages wieder zwei Noten zu zehntausend Lire in die Hand und sagte gleich darauf: «Schau hin, ich habe dir zwanzigtausend Lire gegeben.»

«Das habe ich bemerkt.»

«Es ist das erste Mal seit einer Woche, daß ich dir wieder Geld gebe. Hast du das auch bemerkt?»

«Gewiß.»

«Und hat es dich nicht geärgert?»

«Ich dachte mir, du hättest kein Geld.»

Hier muß ich sagen, daß Cecilia mit ihrem völligen Mangel an Neugierde nie eine Frage über meine Familie an mich gerichtet hatte, und somit nicht wußte, daß ich reich war. Sie sah mich als das an, was ich schien: ein Maler im Pullover und mit Samthose, der in einem höchst unordentlichen Atelier lebte und einen uralten Wagen fuhr. Ihre Antwort war also wieder die einzig mögliche gewesen. Ich sagte: «Gewiß, ich hatte kein

Geld, aber es hätte dich doch ärgern können, daß du keins mehr von mir bekamst.»

Sie erwiderte ausweichend: «Jedem kann es mal passieren, daß er kein Geld hat.»

«Nehmen wir an, ich könnte dir von jetzt an nichts mehr geben, was würdest du da tun?»

«Heute hast du mir Geld gegeben. Warum an die Zukunft denken?»

Das war, wie ich wußte, eine der fundamentalen Antworten Cecilias. Vergangenheit und Zukunft existierten für sie nicht. Nur die unmittelbare Gegenwart, ja geradezu der flüchtige Augenblick war der Aufmerksamkeit wert. Ich fragte trotzdem weiter: «Angenommen, ich gäbe dir nichts mehr. Würdest du dann weiter zu mir kommen?»

Sie sah mich an und antwortete schließlich: «Bin ich vielleicht nicht gekommen, als du mir noch nichts gabst?» Der Satz war, wie ich dachte, vollkommen klar – aber der Ton, in dem sie ihn sprach, war unsicher und fragend, als wäre sie von dem Gesagten selber nicht ganz überzeugt und müsse vielleicht, wenn ich meine Zahlungen einstellte, die Frage unserer Beziehungen neu erwägen. Aber auch das war keineswegs sicher. Cecilia wußte, wie ich mir klarmachte, tatsächlich nicht, was sie tun würde, wenn ich sie nicht mehr bezahlte, eben weil sie nur in der Gegenwart lebte und mangels ausreichender Phantasie nicht imstande war, das Gefühl vorherzusehen, das eine Einstellung der Zahlungen bei ihr auslösen würde. Vor allem aber wußte sie nicht voraus, ob sie ohne das Geld noch ebenso den Wunsch nach einem Liebesverhältnis mit mir empfinden würde, ob schwächer, anders oder gar nicht.

Ich sagte: «Hör mal, ich möchte dir einen Vorschlag machen. Statt dir bald zehn-, bald zwanzig-, bald dreißigtausend Lire zu geben, wie wir das jetzt halten, könnten wir uns auf eine bestimmte Summe einigen, die ich dir einmal im Monat gebe. Was hältst du davon?»

Sie protestierte sogleich wie jemand, dem man vorschlägt, eine etwas absurde, aber poetische und liebgewordene Gewohnheit durch etwas Vernünftigeres, aber Prosaischeres zu ersetzen: «Nein, nein, lassen wir es so, wie es ist. Du gibst mir soviel, wie du willst und wann du willst, ohne Regel. So ist es wenigstens jedesmal eine Überraschung für mich.»

Es gelang mir also auch diesmal nicht, Cecilia in die Falle der Käuflichkeit zu locken und sie aus einem rätselhaften, unfaßbaren Geschöpf in eine ganz gewöhnliche und langweilige Hure zu verwandeln. Zuletzt sagte ich mir: das Geld, das man einer Prostituierten gibt, hat Besitzcharakter nicht nur für den gebenden, sondern auch für den nehmenden Teil, da beide darin die Gegenleistung für ganz bestimmte Dinge erblicken. Mit anderen Worten: Der Mann weiß, daß die Prostituierte sich ihm nicht hingibt, wenn er sie nicht bezahlt, und die Frau weiß, daß sie sich, wenn sie das Geld annimmt, hingeben muß. Ich aber wußte, daß Cecilia sich mir hingab aus Beweggründen, die mit dem Geld nichts zu tun hatten; und sie schien nicht der Meinung zu sein, daß die Annahme dieses Geldes sie zu irgend etwas verpflichtete. Dafür erhielt ich den Beweis, als sie mir eines Tages, nachdem ich ihr die üblichen Banknoten in die Hand gedrückt hatte, unvermittelt sagte: «Hör mal, heute habe ich keine Lust. Bleiben wir beisammen wie Bruder und Schwester!» Aus diesen Worten sprach keinerlei Berechnung, sondern nur die naivste Gleichgültigkeit. Das Geld war dabei schon in ihrer Hand, und bald danach ließ sie es in ihrer Börse verschwinden. Dasselbe Geld also, das mir, solange ich es in der Tasche hatte, als Symbol des Besitzes erscheinen konnte, wurde, kaum daß es in die Börse Cecilias gewandert war, zum Symbol für die Unmöglichkeit dieses Besitzes.

Im übrigen änderte auch der Umstand, daß sie bei jedem Besuch von mir Geld erhielt, nichts an dem unbestimmten, sprunghaften Charakter ihrer Besuche. Cecilia erschien auch jetzt nicht häufiger als zwei- oder dreimal in der Woche bei mir, genau wie zu der Zeit, als sie noch nichts von mir erhielt; und aus dem unsicheren und zögernden Ton ihrer Stimme am Telefon, wenn sie mit mir ein Stelldichein vereinbarte, glaubte ich schließen zu können, daß unsere Begegnungen wie früher von geheimnisvollen Umständen abhingen, die nichts mit Geld zu tun hatten.

Die erste Auswirkung meiner Idee, Cecilia durch ihre Käuflichkeit besitzen zu können, bestand darin, daß ich zur Deckung der damit verbundenen Ausgaben genötigt war, mich wieder meiner Mutter anzunähern, von der ich bisher nur das unbedingt Lebensnotwendige verlangt hatte. Wie ich merkte, hatte ich sie bei mir an eine Bescheidenheit gewöhnt, von der ich jetzt nicht gut plötzlich abgehen konnte und die mich nötigte, Cecilia gegenüber die Rolle wenn schon nicht des geizigen, so doch des sparsamen Mannes zu spielen. Aber so war es nun einmal: Ich hatte arm sein wollen, ohne vorherzusehen, daß Cecilia in mir den Wunsch wecken würde, reich zu sein; und jetzt war es zu spät, die Vorstellungen meiner Mutter von mir zu ändern, zumal diese Vorstellungen so gut zu ihrer angeborenen Sparsucht paßten. Nun wußte ich zwar, daß meine Mutter bereit war, mir auch weit mehr zu geben als bisher; aber ich wußte auch, daß sie das nicht ohne Gegenleistung tun würde. Hartnäckig wünschte sie, daß ich wieder bei ihr lebte, und ich wußte, daß das Geld, das sie mir früher so oft vergeblich angeboten hatte und das sie mir jetzt auf meinen Wunsch in immer größerem Umfang gab, stets dem Ziel diente, mir ihren Willen aufnötigen zu können. Ich suchte daher den unvermeidlichen Zusammenstoß hinauszuschieben, indem ich die unerwartete Großzügigkeit meiner Mutter mit einem Eifer und einer Zärtlichkeit erwiderte, an die ich sie, glaube ich, früher nicht gewöhnt hatte. Als ich merkte, daß sie mir nicht nur das Geld nicht verweigerte, sondern mich sogar noch dazu ermutigte, mehr zu verlangen, begriff ich plötzlich, daß zwischen ihr und mir im Grunde beinahe dasselbe Verhältnis bestand wie zwischen mir und Cecilia. Auch meine Mutter versuchte, mich auf dem Weg über das Geld zu besitzen. Hier aber hörte die Ähnlichkeit auch schon wieder auf, denn ich war anders als Cecilia, und vor allem war meine Mutter anders als ich. Cecilia und ich maßen beide dem Geld, wenn auch aus verschiedenen Gründen, keinerlei Wichtigkeit bei, und so schien es gar kein Geld zu sein, sondern ein Bestandteil unserer Liebesbeziehung. Zwischen mir und meiner Mutter aber behielt das Geld seinen ursprünglichen Charakter. Mit anderen Worten: Meine Mutter hatte mich zweifellos lieb, war aber doch nicht geneigt, mir Geld einfach darum zu geben, weil sie mich liebhatte. Sie war also nicht bereit, das einzige zu tun, was dem Gelde seine gewohnte Bedeutung hätte nehmen können.

Dieser Unterschied wurde mir bestätigt, als ich eines Tages eine größere Summe von ihr verlangte, und zwar unter einem, wie man sehen wird, nicht sehr glücklichen Vorwand. Es war nach dem Mittagessen. Meine Mutter hatte sich wie gewöhnlich in ihrem Zimmer auf dem Bett ausgestreckt, einen Arm über dem Gesicht und die Beine herabbaumelnd. Ich saß in einem Sessel am Fuß des Bettes und stellte ihr Fragen nach meinem Vater. Es war das ja eines der wenigen Themen zwischen uns, die mich interessierten. Meine Mutter gab mir immer einsilbigere Antworten und schien im Begriffe, einzuschlafen. Plötzlich, ohne jede Vorbereitung, sagte ich ihr: «Apropos, hör einmal, ich könnte dreihunderttausend Lire gebrauchen!»

Ich sah, wie sie langsam den Arm vom Gesicht nahm und mich einen Moment lang mit einem Auge ansah. Dann sagte sie mit einer verschlafenen Stimme, die einen unangenehmen Ton anzunehmen begann: «Ich habe dir Samstag fünfzigtausend gegeben – und heute ist Dienstag. Wozu brauchst du das viele Geld?»

Ich antwortete, wie ich es mir vorher zurechtgelegt hatte: «Das ist nur die erste Rate eines Betrages, den ich auf jeden Fall ausgeben muß. Ich will mein Atelier in Ordnung bringen lassen. Es ist in einem jammervollen Zustand.»

«Und wieviel wird das im ganzen kosten?»

«Wenigstens dreimal soviel. Abgesehen von dem Verputz muß ich das Badezimmer völlig erneuern lassen, frische Vorhänge anbringen, einen neuen Fußboden legen und so weiter.»

Ich hatte das für einen guten Plan gehalten. Das Atelier mußte wirklich neu hergerichtet werden. Ich hatte dadurch einen Vorwand, meine Mutter um eine Million oder auch anderthalb Millionen Lire zu erleichtern. Andererseits wußte ich, daß meine Mutter bei ihrer Abneigung gegen mein Atelier niemals in die Via Margutta kommen würde, um zu kontrollieren, wie ich ihr Geld ausgab.

So wartete ich zuversichtlich auf ihre Antwort. Meine Mutter rührte sich jetzt nicht mehr. Es schien wirklich, als sei sie eingeschlafen. Schließlich aber drang unter dem Arm hervor ihre völlig wache Stimme zu mir: «Diesmal gebe ich dir das Geld nicht.»

«Warum denn nicht?»

«Weil ich die Notwendigkeit nicht einsehe, dem Hausbesitzer eine Million Lire zu schenken, wenn man die Möglichkeit hat, in einer Villa der Via Appia zu leben.»

Ich begriff, wie sie den Schlag zu parieren gedachte, und wurde mir zu spät darüber klar, daß der von mir gewählte Vorwand der einzige gewesen war, den ich unbedingt hätte vermeiden müssen. Trotzdem rief ich mit gespielter Verwunderung: «Was hat denn das damit zu tun?»

«Du hast mir zu verstehen gegeben, daß du die Absicht hättest, hierher zu übersiedeln», sagte meine Mutter mit langsamer, monotoner, harter Stimme. «Ich habe, wie du vielleicht bemerkt hast, die Diskretion besessen, dir viel Zeit für deine Entschlüsse zu lassen. Jetzt aber willst du Geld von mir, um dein Atelier neu herrichten zu lassen. Daraus muß ich wohl schließen, daß du dein Versprechen nicht zu halten beabsichtigst.»

Etwas gereizt erwiderte ich: «Ich habe dir nie etwas versprochen. Im Gegenteil, ich habe dir nie verhehlt, wie sehr es mir widerstrebt, hier zu leben.»

«Dann aber, mein lieber Dino, darfst du dich nicht wundern, wenn ich dir diesmal das Geld nicht gebe.»

Nun hatte ich zwei Tage zuvor Cecilia die letzten dreißigtausend Lire gegeben, die ich noch besaß; und Cecilia sollte noch am gleichen Nachmittag zu mir kommen. Natürlich hätte ich ihr auch nichts zu geben brauchen, wie ja schon oft zuvor, aber plötzlich spürte ich, daß ich dazu nicht mehr imstande sein würde – nicht, weil ich das Gefühl hatte, sie zu besitzen, indem ich ihr Geld gab, sondern aus dem entgegengesetzten Grund. Das Geld fügte jetzt der Unfaßbarkeit Cecilias einen neuen Aspekt hinzu, der sie noch bekräftigte und komplizierte: den Aspekt der Uninteressiertheit. Und gerade weil sie sich nicht auf dem Weg über das Geld besitzen ließ, fühlte ich mich unwiderstehlich dazu gedrängt, ihr immer weiteres Geld zu geben – ganz so, wie meine Unfähigkeit, sie mit Hilfe des physischen Vorgangs zu besitzen, mich dazu getrieben hatte, ihn immer zu wiederholen. Das Geld wie der physische Akt gaben mir für einen Augenblick die Illusion des Besitzes, und ich konnte auf diese Illusion nicht mehr verzichten, wenn ich auch wußte, daß darauf regelmäßig tiefe Enttäuschung folgte.

Ich sah meine Mutter an, die noch immer auf ihrem Bett lag und den Arm über das Gesicht hielt. Dann dachte ich an Cecilia, die in dem Augenblick, in dem sich ihre Hand um das Geld schloß, ihren Mund meinem Kuß öffnete, und ich spürte, daß ich, um das Geld zu bekommen, auch zu einem Verbrechen fähig gewesen wäre. Was meine Aufmerksamkeit besonders auf sich zog, war die Hand, die meine Mutter über die

Augen hielt. Jeder der mageren Finger trug massive Ringe mit kostbaren Steinen. Es hätte genügt, ihr einen dieser Ringe vom Finger zu ziehen, um Cecilia Monate hindurch alles Geld zu geben, das sie nur wünschte. Dann fiel mir aus irgendeinem Grund die zurückhaltende, wenngleich interessierte Haltung meiner Mutter an dem Tag ein, an dem ich mich in etwas wie ein Abenteuer mit dem Dienstmädchen Rita eingelassen hatte. Da änderte ich plötzlich meinen Plan, erhob mich, setzte mich an das Bett und sagte mit wohlberechneter Sanftheit: «Mama, ich will aufrichtig zu dir sein. Ich brauche dieses Geld nicht, um mein Atelier herrichten zu lassen. Ich brauche es aus einem anderen Grund.»

«Und was ist das für ein Grund?»

«Es wäre mir lieber, du könntest mir das Geld geben, ohne lange zu fragen. Gewisse Dinge lassen sich nicht so leicht erklären.»

«Eine Mutter hat das Recht, zu wissen, wie ihr Sohn sein Geld ausgibt.»

«Ein Sohn von sechzehn Jahren vielleicht, aber nicht ein Sohn von fünfunddreißig.»

«Die Mutter ist in jedem Alter die Mutter.»

«Na, also ich brauche das Geld für eine Frau.»

Nachdem ich dies gesagt hatte, blickte ich wieder meine Mutter an. Sie war noch immer regungslos und schien von neuem eingeschlafen zu sein. Dann drang ihre Stimme an mein Ohr: «Zweifellos irgendein Weibsbild aus der Gosse!»

«Aber Mama, glaubst du, daß ich für ein Weibsbild aus der Gosse dreihunderttausend Lire brauchen würde?»

«Eine ordentliche Frau läßt sich nicht bezahlen.»

«Nehmen wir an, daß diese Frau das Geld wirklich braucht.»

«Nimm dich in acht, Dino. Gewisse Frauen sind imstande, ganze Romane zu erfinden, um zu Geld zu kommen.»

«Es handelt sich nicht um Romane, sondern um lebensnotwendige Dinge: Essen, Miete, Kleider.»

«Mit anderen Worten, du mußt diese Frau völlig erhalten?»

«Das gerade nicht, aber ich muß ihr ein wenig unter die Arme greifen, und zwar für eine gewisse Zeit.»

«Eine Bettlerin, mit einem Wort», sagte meine Mutter. «Wieviel besser wäre es da noch gewesen, Dino, du hättest eine Beziehung zu einer verheirateten Dame aus deiner Welt angeknüpft, die wenigstens nichts von dir verlangt und dich nicht belastet hätte.»

Ich antwortete nicht ohne Ironie: «Meine Welt ist nicht die, in der man solchen Damen begegnet.»

«Deine Welt ist die meine», erwiderte meine Mutter. «Außerdem nimm dich in acht, Dino: Bei diesen Abenteurerinnen, die es heutzutage gibt, kann man sich leicht eine Krankheit holen.»

«Ich habe mir bis heute nichts geholt und werde mir auch in Zukunft nichts holen.»

«Was weißt denn du, zu wem diese Frau geht, wenn du nicht da bist? Nimm dich in acht, Dino, das sage ich dir. Du weißt doch zweifellos, daß man in gewissen Fällen bestimmte Vorsichtsmaßregeln ergreifen kann und sogar muß.»

«Jetzt wirst du mir noch erzählen wollen, wie ich mich mit einer Frau zu verhalten habe!»

«Das nicht, aber ich will dich warnen. Schließlich bist du mein Sohn, und deine Gesundheit geht mich etwas an.»

«Kurz und gut, Mama, willst du mir dieses Geld geben?»

Meine Mutter nahm die Hand von den Augen und schaute mich an: «Wer ist diese Frau?»

Ich antwortete mit einem Satz, der Cecilias würdig gewesen wäre: «Diese Frau ist eine Frau.»

«Siehst du? Du willst Geld von mir haben, aber vertrauen willst du mir nicht!»

«Es handelt sich nicht darum, ob ich dir vertraue. Aber was kann es dir ausmachen, ob diese Frau Maria, Clara oder Paola heißt?»

«Ich habe dich nicht nach ihrem Namen gefragt, ich habe dich gefragt, wer sie ist. Das heißt: ist sie ein Mädchen oder eine verheiratete Frau, arbeitet sie, studiert sie oder tut sie nichts? Wie alt ist sie? Wie sieht sie aus?»

«Was du alles für deine elenden dreihunderttausend Lire wissen willst!»

«Du vergißt: wenn wir eine Aufstellung von all dem machten, was ich dir gegeben habe, dann müßten wir diese von dir so verachteten dreihunderttausend Lire mehrfach multiplizieren.»

«Ah, du hast das Geld genau gezählt?»

«Natürlich.»

«Na, Mama, ich will dir nicht antworten, wenigstens im Augenblick nicht. Aber antworte du mir jetzt endgültig: Gibst du mir dieses Geld – oder nicht?»

Meine Mutter starrte mich an. Ich machte offenbar einen hinlänglich entschlossenen, um nicht zu sagen verzweifelten Eindruck, so daß sie es für zweckmäßig hielt, nicht länger an der Schnur ihrer Indiskretion zu ziehen. Also tat sie, als unterdrükte sie ein Gähnen und sagte: «Also gut, da ist der Schlüssel, geh ins Badezimmer, du weißt ja, wo die Geldkassette ist und wie man sie öffnet. Du findest darin einen roten Briefumschlag, den nimm und bring ihn her.»

Ich erhob mich, ging ins Badezimmer hinüber, drehte an dem bewußten Haken und öffnete die Tarn-Kacheln und dann das Kassenfach. Über den Rollen der Wertpapiere lag tatsächlich ein orangeroter Umschlag. Ich wog ihn in der Hand; er mochte dem Gewicht nach mindestens eine halbe Million Lire in Zehntausendernoten enthalten. Ich kehrte zu meiner Mutter zurück und reichte ihr den Umschlag. Sie saß verschlafen auf dem Bettrand, öffnete den Umschlag und zog mit spitzen Fingern zwei, drei, vier, fünf Zehntausendernoten daraus hervor. «Da», sagte sie, «nimm einstweilen das.»

Ich konnte mich nicht enthalten zu bemerken: «In dem Umschlag sind mindestens fünfhunderttausend Lire.»

«Sogar erheblich mehr. Aber für heute kann ich dir nicht mehr geben. Trag jetzt den Umschlag zurück, schließ das Kassenfach, bring mir den Schlüssel und laß mich dann allein. Ich bin todmüde und möchte schlafen.»

Ich tat, wie sie mir befohlen hatte. Dabei wunderte ich mich im stillen über das Vertrauen meiner sonst so mißtrauischen Mutter. Schließlich hätte ich sehr wohl den Umschlag wieder öffnen und weiteres Geld herausnehmen können. Gleich darauf begriff ich, daß meine Mutter mir in dieser Hinsicht vertraute, weil ich seit meiner Kinderzeit immer nur Interesselosigkeit und Verachtung für das Geld an den Tag gelegt hatte. Jetzt hatte sich, wie ich begriff, nicht meine Mutter geändert, sondern ich; denn ich fühlte mich nun durchaus imstande, ihr das Geld zu entwenden, das ich brauchte, um Cecilia zu bezahlen, und ich hielt es für möglich, daß ich dieses Geld tatsächlich stehlen würde, wenn sie es mir nicht freiwillig gab.

Ja, ich war anders geworden; aber meine Mutter war noch

nicht zur Entdeckung dieser Veränderung erwacht und vertraute mir immer noch wie früher. Ich schloß also das Kassenfach, drehte die Kacheln an ihren Ort und kehrte in das Zimmer zurück. Meine Mutter lag jetzt auf dem Rücken, den Arm über den Augen.

Ich beugte mich über sie und legte den Schlüssel in ihre Hand, doch ihre Finger erfaßten ihn nicht, und er fiel auf das Kissen. Ich küßte sie leicht auf die geschminkte, hagere Wange und sagte: «Auf Wiedersehen, Mama!» Sie antwortete mir mit einem leisen Stöhnen; diesmal war sie wirklich eingeschlafen. Ich verließ den Raum auf den Zehenspitzen.

Ich beschloß, diese fünfzigtausend Lire in zwei Teile zu teilen: zwanzigtausend für mich und dreißigtausend für Cecilia. Aber, wie gesagt, ich spürte, daß Cecilia mir in dem Maße entfloh, in dem ich sie bezahlte; und je mehr ich sie bezahlte, desto weniger schien sie mir zu gehören. Andererseits kam jetzt zu dem beklemmenden Gefühl, sie nicht zu besitzen, noch der ebenso beklemmende Verdacht hinzu, daß sie sich vielleicht von meinem Rivalen besitzen ließ. Immer mehr quälte mich der Gedanke, ob es nicht Luciani gelinge, Cecilia tatsächlich zu besitzen, und zwar auf dem Wege jenes einfachen Vorgangs, der sich mir als unzureichend erwiesen hatte. Ich befürchtete, mit einem Wort, daß der Schauspieler, der weniger intellektuell und dafür instinktsicherer war als ich, dort Erfolg gehabt haben könnte, wo ich gescheitert war. Da ich mir sagte, der Besitz bestehe nicht sosehr in dem physischen Akt als solchem, als vielmehr in der Wirkung, die er auf sein Objekt ausübte, wurde ich nicht müde, Cecilia nach ihren Beziehungen zu Luciani auszufragen. Hier, als Beispiel, eines dieser Verhöre:

«Gestern hast du Luciani gesehen?»

«Ja.»

«Hast du ihn nur gesehen oder bist du auch mit ihm ins Bett gegangen?»

«Du weißt doch, wenn ich sage, ich habe ihn gesehen, meine ich, daß ich mit ihm ins Bett gegangen bin.»

«War's schön?»

«Wie gewöhnlich.»

«Ist es gewöhnlich schön?»

«Je nachdem.»

«Gehst du lieber mit mir oder mit ihm ins Bett?»

«Ihr seid zwei ganz verschiedene Menschen.»
«Was heißt das?»
«Verschieden eben.»
«Aber worin besteht diese Verschiedenheit?»
«Er ist liebenswürdiger als du.»
«Und es gefällt dir, daß er liebenswürdig ist?»
«Es ist seine Art.»
«Gefällt es dir, oder gefällt es dir nicht?»
«Wenn es mir nicht gefiele, würde ich doch nicht mitmachen.»
«Gibt es sonst keine Unterschiede zwischen mir und ihm?»
«Doch! Er spricht währenddessen.»
«Und was sagt er?»
«Was man eben sagt, wenn man verliebt ist.»
«Das habe ich dir auch manchmal gesagt.»
«Nein. Du schweigst die ganze Zeit. Ein einziges Mal hast du mir etwas gesagt, nämlich: Drecksau!»
«Hat dich das geärgert?»
«Nein, es hat mich nicht geärgert.»
«Aber die Dinge, die er dir sagt, sind dir lieber?»
«Wenn ich mit ihm zusammen bin, freue ich mich über das, was er mir sagt, und wenn ich bei dir bin, gefällt mir dein Schweigen.»
«Was empfindest du eigentlich, wenn er dich nimmt?»
«Das sind Dinge, die sich nicht erklären lassen.»
«Spürst du mehr als bei mir?»
«Das weiß ich nicht.»
«Wieso weißt du das nicht?»
«Ich habe nie darüber nachgedacht.»
«Dann denk jetzt darüber nach!»
«Na ja, ich spüre, daß er mich liebt.»
«Das freut dich?»
«Es freut jede Frau, wenn sie spürt, daß sie geliebt wird.»
«Dieses Gefühl ist also stärker als das, was du bei mir empfindest?»
«Auch bei dir spüre ich, daß du mich liebst.»
«Und das freut dich?»
«Natürlich freut es mich.»
«Mehr oder weniger als bei Luciani?»
«Das sind zwei verschiedene Dinge.»
«Ich verstehe. Jetzt sag mir: Wenn du aus irgendeinem Grund

Luciani nicht mehr sehen könntest, wäre dir das unangenehm? Würde es dir sehr fehlen?»

«Das ist noch nicht vorgekommen. Wie soll ich wissen, wie das sein würde?»

«Aber wenn es vorkommen würde?»

«Dann würde ich sehen, wie es wäre. Ich glaube aber, ich wäre traurig.»

«Und wenn du mich nicht mehr sehen könntest?»

«Auch das ist noch nicht geschehen.»

«Schön, stell dir's vor!»

«Ich erinnere mich, daß ich traurig war, als ich dir sagte, wir sollten einander nicht wiedersehen.»

«Sehr traurig?»

«Wie soll man solche Dinge messen? Ich war traurig.»

«Mit einem Wort: hast du ihn lieber oder mich?»

«Ihr seid doch ganz verschieden.»

Da es mir nicht gelingen wollte, Cecilia mit dem Thema ihrer Bettgefühle in die Enge zu treiben, versuchte ich jetzt ein harmloseres Problem näher zu untersuchen:

«Gestern bist du mit Luciani ausgegangen?»

«Ja, wir haben zusammen zu Abend gegessen.»

«Wo?»

«In einem Gasthaus in Trastevere.»

«Mit mir hast du nie abends ausgehen wollen.»

«Da hatte ich keine Ausrede. Zeichenstunden kann man nur bei Tag nehmen. Bei Luciani kann ich aber immer sagen, daß er mich einem Produzenten vorstellen will.»

«Du willst mir doch nicht einreden, daß deine Eltern dir nicht erlaubt hätten, mit mir auszugehen? Ich habe deine Eltern schließlich kennengelernt.»

«Meine Mutter hätte nichts dagegen gehabt. Aber Papa schon. Und er ist so krank, daß ich nichts gegen seinen Willen tun kann.»

«Na, lassen wir das. Ihr seid also in ein Restaurant in Trastevere gegangen?»

«Ja.»

«Worüber habt ihr gesprochen?»

«Über eine Menge Dinge.»

«Wer hat mehr gesprochen, du oder er?»

«Das weiß ich nicht mehr.»

«Bemühe dich, dich daran zu erinnern! Es war doch schließlich erst gestern abend.»

«Du weißt doch, daß ich kein gutes Gedächtnis habe! Ich erinnere mich nicht einmal an das, was du mir vor fünf Minuten gesagt hast.»

«Schön, da kann man nichts machen. Wie war denn das Restaurant?»

«Ein Gasthaus wie viele andere.»

«Wie heißt es?»

«Das weiß ich nicht.»

«War es groß oder klein, voll oder leer, mit einem einzigen Raum oder mit mehreren, elegant oder ländlich?»

«Das weiß ich nicht. Ich habe nicht darauf geachtet.»

«Während ihr spracht, hieltet ihr euch da bei den Händen?»

«Ja, wieso hast du das erraten?»

«War es dir angenehm, daß er deine Hand hielt?»

«Ja.»

«Sehr oder nur ein wenig?»

«Es war mir angenehm. Wie sehr, kann ich nicht sagen.»

«Berührten sich eure Knie unter dem Tisch?»

«Nein, wir saßen nebeneinander.»

«Hat Luciani dich gestreichelt – abgesehen davon, daß er deine Hand hielt?»

«Ja, er streichelte mein Gesicht und küßte mich auf den Hals.»

«An das, was ihr gesprochen habt, erinnerst du dich nicht, aber an seine Zärtlichkeiten schon.»

«Ich erinnere mich daran, weil ich sie nicht wollte.»

«Habt ihr euch gestritten?»

«Nein, aber er will immer, daß ich Dinge tue, die ich nicht tun mag.»

«Zum Beispiel?»

«Das sage ich dir lieber nicht, du ärgerst dich bloß.»

«Ich ärgere mich nicht, sag mir's ruhig.»

«Na ja, er wollte, daß ich die Hand – du weißt schon wo – halten sollte. Verstehst du?»

«Ja, ich verstehe. Und?»

«Kurze Zeit habe ich es getan, aber ich konnte ja nicht mit einer Hand essen und hörte auf. Aber was hast du denn?»

«Nichts. Hattest du Vergnügen daran?»

«Ich hatte Vergnügen daran, daß es ihm Vergnügen machte.»

«Nehmen wir an, ich verlangte von dir dasselbe, würde es dir auch Vergnügen machen, wenn ich Vergnügen daran hätte?»

«Ich glaube schon. Viele Dinge tut man deshalb gern, weil man weiß, daß sie jemand anderem Freude machen.»

«Jemand anderem? Also jedem beliebigen?»

«Nein! Wenn ich sage ‹jemand anderem›, so meine ich damit Luciani und dich.»

«Ich verstehe. Und was geschah dann?»

«Wir haben gegessen und getrunken. Im Gasthaus ißt und trinkt man doch, nicht?»

«Was hast du gegessen?»

«Daran erinnere ich mich nicht. Ich achte nie auf das, was ich esse. Die üblichen Dinge eben.»

«Und weiter?»

«Luciani hat die Musiker herbeigerufen, und sie haben uns neapolitanische Lieder vorgesungen.»

«Was für Lieder?»

«Das weiß ich nicht mehr.»

«Gefallen dir die neapolitanischen Lieder?»

«Ich denke schon.»

«Was heißt das? Gefallen sie dir oder gefallen sie dir nicht?»

«Tja, das hängt davon ab. Im Gasthaus schon. Wenn man sie mir aber vorspielte, während ich schlafen möchte, dann nicht.»

«Und was habt ihr dann getan?»

«Was wir getan haben? Nichts weiter.»

«Ich möchte wetten, daß Luciani dir eine Rose mit in Silberpapier gewickeltem Stengel gekauft hat, wie sie von den Mädchen in den Lokalen angeboten werden.»

«Ah ja, das stimmt! Wieso weißt du das?»

«Ich weiß eine ganze Menge Dinge. Ich weiß auch, daß du an der Rose gerochen hast. Stimmt's?»

«Das tut man doch immer, wenn man eine Blume bekommt, nicht?»

«Hat es dir Freude gemacht, daß Luciani dir eine Rose schenkte?»

«Ja.»

«Und nach dem Abendessen, wo seid ihr dann hingegangen?»

«Ins Kino.»

«Wie hieß der Film, den du gesehen hast?»
«Das weiß ich nicht.»
«Was für Schauspieler haben darin mitgespielt?»
«Das könnte ich nicht sagen. Ich kenne nicht alle diese Namen.»
«Aber du wirst doch wenigstens wissen, was in diesem Film vorging.»
«Ich glaube, es war ein amerikanischer Film, weißt du, einer von denen, wo die Leute reiten und mit Revolvern schießen.»
«Also ein Wildwestfilm. Und habt ihr euch im Kino bei der Hand gehalten?»
«Ja.»
«Habt ihr euch geküßt?»
«Ja.»
«Habt ihr Unzucht getrieben?»
«Ja.»
«Wieso? Im Kino –?»
«Wir saßen ganz hinten, hinter einer Säule, und das Kino war halb leer.»
«Und was habt ihr gemacht?»
«Ich habe mich auf seine Knie gesetzt.»
«Und war es dir angenehm?»
«Nein! Ich hatte solche Angst. Ich mag solche Dinge an öffentlichen Orten nicht.»
«Warum hast du's dann getan?»
«Weil ich Lust dazu hatte.»
«Also hat es dir doch gefallen?»
«Nein, ich hatte Lust dazu, aber gefallen hat es mir nicht.»
«Und was habt ihr gestern abend noch getan?»
«Wir sind in ein Nachtlokal gegangen.»
«In welches?»
«Ich weiß nicht, wie es heißt. Es liegt hinter der Via Veneto.»
«Wie war es dort?»
«Sehr voll.»
«Nein, ich meine, wie sah der Saal aus, wie war er eingerichtet und dekoriert?»
«Darauf habe ich nicht geachtet.»
«Habt ihr getanzt?»
«Ja.»
«Viel?»

«Ja.»

«Hast du dich beim Tanzen dicht an ihn gedrängt?»

«Nein.»

«Warum nicht?»

«Wir haben Tänze getanzt, bei denen man getrennt ist.»

«Was habt ihr sonst noch getan?»

«Nichts. Gegen zwei hat er mich nach Hause gebracht.»

«Hat er einen Wagen?»

«Er hat einen gehabt, hat ihn aber verkauft.»

«Dann hat er also nicht viel Geld?»

«Jetzt nicht, denn er ist arbeitslos.»

«Gibst du ihm manchmal Geld?»

«Ja, manchmal gebe ich ihm welches.»

«Mein Geld?»

«Ja. Das, was du mir gibst.»

«Du gibst also das Geld, das du von mir bekommst, nicht für dich selber aus?»

«Nein, nur dann und wann eine Kleinigkeit. Das meiste gebe ich mit ihm aus.»

«Hat gestern abend er gezahlt oder hast du gezahlt?»

«Abwechselnd. Er hat das Kino bezahlt und ich den Rest.»

«Mit anderen Worten, du hast beinahe alles bezahlt?»

«Viele andere Male hat dafür er bezahlt.»

«Wie hast du ihm das Geld gegeben?»

«Im Gasthaus habe ich es ihm unter dem Tisch zugeschoben. In dem Lokal hat er es selber aus meiner Handtasche genommen.»

«Und dann hat er dich im Taxi nach Hause gebracht?»

«Ja.»

«Ist er mit dir noch in den Hof mitgekommen?»

«Ja.»

«Seid ihr zusammen die Treppen hinaufgestiegen?»

«Ja.»

«Habt ihr auf den Treppen Unzucht getrieben?»

«Ein bißchen – auf meinem Treppenabsatz.»

«Was heißt das – ein bißchen?»

«Ohne besonders weit zu gehen.»

«Hat dir das Freude gemacht?»

«Jedenfalls mehr als im Kino, weil ich weniger Angst hatte.»

«Und dann?»

«Dann haben wir uns getrennt.»
«Bist du zu Bett gegangen?»
«Ja.»
«Und hast du vor dem Einschlafen an ihn gedacht?»
«Nein, ich habe an dich gedacht.»
«An mich?»
«Ja, an dich. Ich habe an dich gedacht, bis ich einschlief.»
«Was hast du denn da gedacht?»
«Daran erinnere ich mich nicht mehr. Ich habe an dich gedacht, das ist alles.»

Wie als Bestätigung für das Gefühl der Unfaßbarkeit, das Cecilia mir einflößte, ereignete sich eines Tages ein Vorfall, den ich berichten will. Oft, besonders wenn ich wußte, daß Cecilia nicht zu mir kommen würde, ging ich in das Atelier Balestrieris hinüber, das sich noch immer in dem Zustand befand, in dem der alte Maler es bei seinem Tode zurückgelassen hatte. Die Witwe hatte sich keine Mühe gegeben, es neu zu vermieten, oder, was wahrscheinlicher war, sie hatte keinen Untermieter gefunden. Ich drang in das Atelier mit dem Schlüssel ein, den Balestrieri Cecilia gegeben und den ich von ihr übernommen hatte. So streifte ich also zwischen den staubbedeckten Möbeln umher, es roch nach alten und wenig sauberen Dingen, und ich hatte in dem düsteren großen Raum voll schwärzlicher Möbel und roter Bespannungen, in dem sich die Liebesszenen zwischen Cecilia und Balestrieri abgespielt hatten, ein niederdrückendes Gefühl – als befände ich mich gar nicht im Atelier Balestrieris, sondern in meinem eigenen, sei schon gestorben und kehrte als Gespenst zu den Schauplätzen meiner erotischen Abenteuer zurück.

Nicht nur die abstoßende Ähnlichkeit der Beziehungen zwischen mir und Cecilia einerseits und Cecilia und Balestrieri andererseits schuf dieses Gefühl, sondern mehr noch die innere Überzeugung, daß auch ich bereits tot war, vielleicht sogar endgültiger als der Maler, der wenigstens an seiner Kunst nie gezweifelt und sozusagen bis zum letzten Atemzug gemalt hatte. Ich hingegen war, wie ich beim Betrachten der enormen, aufregenden Aktbilder Cecilias dachte, die hier die Wände bis an die Decke füllten, für die Malerei schon gestorben, bevor ich Cecilia kennenlernte. Und wenn ich, wie Balestrieri, um Cecilias willen gestorben wäre, so hätte ich damit nur im Leben bestätigt, was mir bereits in der Kunst zugestoßen war. Wie immer fühlte ich, daß ein Zusammenhang bestand zwischen der Krisis in meiner Malerei und der Beziehung zu Cecilia, zwischen meiner Unfähigkeit, auf der Leinwand etwas darzustellen, und der Unmöglichkeit, Cecilia auf den Kissen des Diwans zu besitzen – so wie ein Zusammenhang zwischen der miserablen Malerei Balestrieris und dem Charakter seiner Beziehungen zu Cecilia bestanden hatte. Es war dies ein dunkler, drohender Zusammenhang, nicht unähnlich der Bedeutung, die für den in der Wüste verirrten Wanderer die weißen Skelette im Sand annehmen.

An einem dieser Nachmittage, als ich die häßlichen Aktbilder Balestrieris betrachtete, wie man die geheimnisvollen Zeichen einer nicht entzifferten Schrift betrachtet, öffnete sich die Tür ein wenig, die ich angelehnt gelassen hatte, und in dem Spalt erschien ein Frauenkopf. Als die Frau sich vergewissert hatte, daß ich da war, trat sie ein und kam auf mich zu. Ich erkannte sie fast sofort. Es war die Witwe Balestrieris, deren Gesicht am Tag des Begräbnisses von einem dichten schwarzen Schleier verhüllt gewesen war, die ich aber später mehrmals getroffen hatte. Es war eine große, üppige Frau, die einmal schön gewesen sein mußte und die mit fünfzig Jahren noch die Farben der Jugend erkennen ließ, wenn auch gedämpft und wie aufgelöst in dem alternden Fleisch: die leuchtendweiße Helle der Haut, die klare Schwärze der etwas kuhhaften Augen, das leuchtende Kirschrot der feuchten Lippen. In ihrer Jugend war sie ein Malermodell gewesen, vielleicht die einzige Frau vor Cecilia, die Balestrieri geliebt oder die er zu lieben geglaubt hatte. Jedenfalls hatte er sie geheiratet und zwanzig Jahre mit ihr gelebt. Sie stammte aus einem Ort in Latium, der für die traditionelle Schönheit seiner Malermodelle berühmt ist, und sie hatte sich ihre ländliche Schlichtheit bewahrt.

Ich bemerkte sogleich, daß sie von meiner Anwesenheit in dem Atelier ihres Mannes weder überrascht noch peinlich berührt war. Mit der leisen, warmen Stimme einer Bäuerin stellte sie sich vor: «Ich bin Frau Balestrieri.»

Ich beeilte mich, eine Entschuldigung vorzubringen: «Verzeihen Sie», sagte ich, «die Tür war geöffnet, und ich bin eingetreten, um einen Blick auf die Bilder zu werfen.»

Eifrig erwiderte sie: «Aber ich bitte Sie, Meister, Sie können natürlich hier eintreten, so oft Sie wollen! Ich weiß, daß mein armer Mann mit Ihnen befreundet gewesen ist!»

Ich wagte nicht, ihr zu widersprechen. Sie sah mich an und lächelte, und in ihrem Lächeln schien etwas wie eine liebevolle Nachsicht zu liegen, die ich nicht ganz verstand. Sie sagte: «Ich wollte Sie in Ihrem Atelier aufsuchen, Meister, weil ich über eine Sache mit Ihnen sprechen möchte, die Sie interessieren könnte. Ich fand Ihre Tür offen, sah, daß Sie nicht da waren und dachte mir gleich, daß ich Sie hier finden würde.»

«Warum nahmen Sie an, Sie würden mich hier finden?»

«Weil ich wußte, daß Sie den Schlüssel zu dem Atelier meines Mannes haben.»

«Wer hat Ihnen das gesagt?»

«Die Portiersfrau hier im Haus, Meister.»

«Und Sie wollten mit mir sprechen?»

«Ja», sagte sie ruhig. «Ich habe Sie schon neulich aufgesucht, aber Sie waren nicht daheim.» Dann änderte sie plötzlich das Gesprächsthema und fragte ländlich-unbekümmert: «Diese Bilder gefallen Ihnen, was, Meister?»

Etwas verlegen antwortete ich: «Ihr Gatte war zweifellos ein Maler von hoher Qualität.»

«Schön, diese Bilder, nicht wahr?» fragte sie und ging dabei im Atelier auf und ab. «Wissen Sie, Meister, daß die alle nach einem einzigen Modell gemalt sind?»

Ich gab keine Antwort. Nach einem Augenblick des Schweigens sprach sie von neuem in ihrem ländlich-ironischen und beziehungsreichen Tonfall: «Hübsches Mädchen, was, Meister? Sehen Sie nur, was für ein Busen, was für Beine, Schultern, Hüften! Wirklich das, was man ein hübsches Mädchen nennt!»

Ich suchte das Gespräch in andere Bahnen zu lenken und fragte: «Hat Ihr Mann denn Sie nie gemalt?»

«Seinerzeit sehr oft. Aber hier hängt kein Bild von mir. Als wir uns trennten, nahm mein Mann alle Bilder von mir von der Wand und schickte sie mir nach Hause. Ich habe sie alle. Aber ich war nicht so hübsch wie dieses Mädchen. Meine Schönheit war mehr von der klassischen Art, ich hatte einen Körper wie eine Statue. Die da ist mehr eine moderne Schönheit, halb Kind, halb Frau. Das ist der Typ, der heutzutage gefällt.» Mit einem Seufzer sagte sie noch einmal: «Ja, wirklich ein hübsches Mädchen. Schade, daß sie nicht ebenso gut wie schön ist.»

Ich konnte nicht umhin, die keineswegs allzu naive Frage zu stellen: «Kennen Sie sie denn?»

«Und ob ich sie kenne! Wie könnte ich sie nicht kennen! Mein armer Mann ist ja sozusagen ihretwegen gestorben.»

«Das erzählt man.»

Sie korrigierte mich mit Würde: «Ja, ich weiß, was man sich erzählt: die üblichen Schweinereien. Vielleicht ist etwas Derartiges auch wirklich geschehen, aber das hätte mit jeder beliebigen Frau passieren können. Nein, ich meinte nicht das. Ich wollte sagen, daß er dieser Frau wegen gestorben ist, weil sie ihm das Herz brach.»

«Wie das?»

«Sie war schlecht zu ihm.»

«Ja? Ist dieses Mädchen wirklich so schlecht?»

Vernünftig und gemäßigt antwortete sie: «Das will ich nicht unbedingt sagen. Man weiß ja, die Frauen sind schlecht oder gut – je nachdem, ob sie lieben oder nicht. Zu meinem Mann ist sie jedenfalls schlecht gewesen. Vielleicht ist sie zu Ihnen gut.»

Endlich verstand ich, warum ihre Blicke und ihre Worte voll dunkler Anspielungen waren. Sie wußte, daß Cecilia meine Geliebte war!

Ich stellte mich erstaunt und fragte: «Was habe denn ich damit zu tun?»

Sie hob die Hand und schlug mir mit einer Bewegung ländlichen Mitgefühls auf die Schulter: «Armer Meister, eh, eh, armer Meister!» Dann trat sie von mir zurück, deutete nach der Wand und fragte unvermittelt: «Gefällt Ihnen dieses Bild, Meister?»

Ich trat näher hin und schaute. Es war insofern ein ungewöhnliches Bild, als Balestrieri, der sich in der Regel darauf beschränkt hatte, Cecilia allein zu malen, hier eine zweite Gestalt angedeutet hatte. Auf dem üblichen schmutzig-teerigen Grunde war eine nackte Cecilia zu sehen, die in einem geisterhaften Licht auf einem unklar zu erkennenden menschlichen Wesen ritt. Es war ein besonders albernes Gemälde: Um eine Vorstellung von dem Triumph Cecilias zu geben, war Balestrieri nichts Besseres eingefallen, als sie eine Hand sieghaft erheben zu lassen, während sie mit der anderen das Halsband des unförmigen Caliban hielt, der ihr als Reittier diente. Ich sagte trocken: «Ja, gar nicht schlecht.»

«Wissen Sie, wer der Mann ist, der hier auf allen vieren kriecht?» fragte die Witwe, trat ganz nahe an das Bild heran und betrachtete es mit rachsüchtiger Aufmerksamkeit. «Man kann das nicht so recht erkennen, denn das Gesicht ist undeutlich. Aber ich weiß, wer es ist. Er selbst, mein Mann. Sie glauben vielleicht, er wollte damit, daß er sich so malte, zu verstehen geben, daß das Mädchen auf ihm herumtrat? Keineswegs. Er tat das wirklich.»

«Was denn?»

«Er ließ sich auf alle viere nieder, sie stieg auf seinen Rücken, und er sprang mit ihr im Atelier umher. Wie kleine Jungen, die Pferdchen spielen. Dann bäumte er sich vielleicht auf und warf sie ab, daß sie dalag mit den Beinen in der Luft. Ich habe das selber gesehen, mit diesen meinen Augen, als ich einmal zum Atelierfenster hineinschaute.» Sie schwieg einen Augenblick und betrachtete von neuem das Bild. Dann fügte sie hinzu: «Wenn Ihnen dieses Gemälde gefällt, Meister, bin ich bereit, es Ihnen zu verkaufen.»

Ich war auf einen Vorschlag dieser Art so wenig gefaßt, daß ich zunächst nicht wußte, was ich sagen sollte. Dann verstand ich: Die Witwe wußte von meiner Leidenschaft für Cecilia und versuchte darauf zu spekulieren. Und plötzlich empfand ich eine Art Scham, nicht unähnlich dem Gefühl eines Menschen, der von einem geheimen Laster befallen ist und dem plötzlich auf der Straße ein Päckchen obszöner Fotografien angeboten wird, die gerade dieses Laster zum Gegenstand haben. Gereizt fragte ich: «Warum, zum Teufel, sollte ich denn dieses Bild kaufen wollen?»

Heiter antwortete sie mir: «Ich sage Ihnen das nur für den Fall, daß es sie interessiert. In ein paar Tagen muß ich nämlich die Bilder von hier fortschaffen lassen, denn ich habe das Atelier weitervermietet, und der neue Mieter will die Sachen nicht. Er sagt, sie seien zu gewagt. Nun, da dachte ich mir, vielleicht wollten Sie eines davon als Erinnerung.»

«Als Erinnerung? An wen? An Ihren Mann? Wir kannten einander kaum.»

Wieder machte sie eine Geste listigen Mitleids, indem sie mir mit der Hand auf die Schulter schlug und den Kopf schüttelte: «Versuchen wir doch, uns miteinander zu verständigen, Meister! Warum wollen Sie nicht aufrichtig sein, zu mir, die ich nun schon weiße Haare habe?» Dabei deutete sie auf ihr rabenschwarzes Haar, das in zwei glatten Bändern um ihren Kopf geführt und hinten zu einem Knoten geschlungen war. Da und dort war darin ein weißes Haar zu sehen. «Ich könnte sehr gut die Mutter dieses Mädchens sein. Warum wollen Sie nicht offen mit mir reden?»

Ich setzte mich an den Tisch, auf dem das Telefon stand, und forderte auch die Witwe durch eine Handbewegung auf, Platz zu nehmen. Ich tat, als hätte ich ihre Ermahnung zur Aufrichtigkeit überhört, und ich sagte mit leicht drohendem Ernst: «Frau Balestrieri, ich ersuche Sie, mir genau zu sagen, worum es sich eigentlich handelt. Sie haben da ein paar Anspielungen gemacht, die ich nicht verstehe. Bitte, erklären Sie mir sie!»

Ein wenig eingeschüchtert, zog sie sich, eine typische Bäuerin, auf die klagende Tonart zurück: «Mein Mann hat mich leider nicht in sehr guten finanziellen Verhältnissen zurückgelassen. Da dachte ich mir, Sie als Maler würden die Bilder meines Mannes besser verstehen und wenigstens eins davon kaufen wollen. Ich habe versucht, sie zu verkaufen, aber die Leute begreifen diese Art Kunst nicht.»

Ich sagte: «Ich habe doch kein Geld! Ich bin bloß ein Maler – und obendrein ein Maler, der nicht malt!»

Sie schien aufrichtig verwundert: «Sonderbar», sagte sie. «Man hat mir doch erzählt, Ihre Mutter sei sehr reich.»

«Meine Mutter schon, aber ich nicht.»

«Dann betrachten Sie das alles als nicht gesagt, Meister.»

«Einen Augenblick», sagte ich, «Sie haben da vorhin eine Andeutung gemacht... Warum sollte ich dieses Bild als Erinnerung kaufen? Erinnerung an wen?»

Sie sah mich an und riß dabei ihre schönen schwarzen Augen auf: «An dieses Modell natürlich!»

«Und warum?»

«Das wissen Sie doch selber, Meister!»

«Frau Balestrieri, ich verstehe Sie nicht!»

«Na ja, Sie wissen doch, Meister, was man erzählt? Daß dieses Mädchen Ihre Geliebte ist!»

«Wer erzählt das?»

«Alle – angefangen bei der Hausbesorgerin.»

Ich tat, als wäre ich betroffen, und erklärte dann fest und

langsam: «Das ist es also? Nun, Sie irren sich. Dieses Mädchen bedeutet mir gar nichts!»

Sie lächelte wie eine Mitverschworene: «Meister ...»

Ich fiel ihr ins Wort und sagte mit erhobener Stimme in pathetischem Ton: «Wenn ich etwas behaupte, können Sie sich darauf verlassen!»

Wieder zog sie sich wie eine verängstigte Schnecke in ihr Gehäuse zurück. Doch dann kam sie gleich wieder daraus zum Vorschein und sagte: «Ich glaube Ihnen, Meister – und wissen Sie, was ich sage? Es freut mich für Sie!»

«Warum?»

«Ich sagte es Ihnen schon: Dieses Mädchen ist hübsch, aber nicht gut.»

«In welchem Sinn?»

Sie seufzte: «Mein Mann hätte Ihnen das besser sagen können als ich. Mein Mann ist tot. Ich weiß nichts Genaues, wohlverstanden. Ich weiß nur eines: Mein Mann besaß eine Fünfzimmerwohnung in der Nähe der Piazza Bologna, im Wert von etlichen Millionen Lire. Aber nach seinem Tod stellte sich heraus, daß er diese Wohnung verkauft hatte. Die Millionen jedoch waren nicht aufzufinden. Hingegen wurde ein Notizbuch gefunden, in dem mein Mann seine Ausgaben aufgezeichnet hatte. Fast auf jeder Seite stand zu lesen: Cecilia soundso viel.»

«Wollen Sie damit sagen, daß dieses Mädchen Ihren Mann ausbeutete?»

«Genau das, Meister.»

Sie seufzte von neuem und fügte dann leise und hastig hinzu: «Ein stilles Wasser, dieses Mädchen, Meister. Ohne Herz, falsch und geldgierig. Und obendrein betrog sie meinen Mann. Von ihm nahm sie das Geld und gab es einem anderen.»

Ich konnte nicht umhin auszurufen: «Sie gab das Geld einem anderen?»

«Freilich, einem Hungerleider, mit dem sie sich am Abend traf, nachdem sie tagsüber bei meinem Mann gewesen war.»

«Und wer war dieser andere Mann?»

«Ein Saxophonist in einem Nachtlokal. Zusammen mit ihm gab sie das Geld meines Mannes aus. Er hat sich davon sogar einen Wagen gekauft.»

«Dann gab Ihr Mann dem Mädchen also viel Geld?»

«Millionen, Meister! Steht alles in seinem Notizbuch. Und wissen Sie, Meister...»

«Was?»

«Mein Mann und ich lebten zwar getrennt, waren aber doch gute Freunde geblieben. Manchmal suchte er mich auf und dabei sprach er immer von diesem Mädchen. Er konnte nicht anders, ich war nun einmal seine Vertraute. Und denken Sie sich: Ein Mann wie er, der so viele Frauen gehabt hatte, ein Mann mit seiner Erfahrung und seiner Intelligenz – er weinte!»

Ich erinnerte mich, daß mir auch Cecilia von dem weinenden Balestrieri berichtet hatte, und sagte: «Ihr Mann weinte wohl leicht...?»

«Keine Rede von leicht! In all den Jahren, in denen wir zusammen lebten, habe ich ihn nie eine Träne vergießen sehen! Er weinte, weil dieses Mädchen ihn zur Verzweiflung trieb. Wissen Sie, was er sagte? Daß dieses Mädchen sein Tod sein würde! Das fühlte er richtig voraus, wie?»

«Wie hieß dieser Saxophonist, dem Cec..., dem das Mädchen Geld gab?»

Sie merkte, daß mich die Sache interessierte. Würdevoll richtete sie sich auf und sagte: «Nennen Sie sie doch ruhig beim Namen, Meister, nennen Sie sie einfach Cecilia. Dieser Saxophonist hieß Tony Proietti. Er spielt im Canarino, einem Lokal unweit der Via Veneto. Ich bitte Sie nochmals um Entschuldigung, aber wenn die Bilder Sie interessieren, finden Sie mich immer in meiner Wohnung. Ich stehe im Telefonbuch: Assunta Balestrieri. Vielleicht könnten Sie Ihre Mutter dazu veranlassen, daß sie eins von den Bildern kauft, wie, Meister? Bleiben Sie noch, oder gehen Sie mit mir?»

Ich blieb nicht, verabschiedete mich von ihr und suchte wieder mein Atelier auf, wo ich mich auf den Diwan warf und in tiefes Nachdenken versank. Die Beweise dafür, daß Cecilia käuflich war, mehrten sich – aber seltsamerweise bewiesen diese Beweise nichts. Immer, wenn Cecilias Käuflichkeit festzustehen schien, tauchte sogleich etwas Neues auf, das dem widersprach. Das Geld Balestrieris gab sie, nach Aussage der Witwe, ihrem Geliebten Tony Proietti. Dafür, daß das stimmte, sprach auch die Armseligkeit ihrer Garderobe und die Tatsache, daß Cecilia nicht das kleinste Schmuckstück besaß. Wenn sie das viele Geld Balestrieris nicht diesem Proietti gegeben hatte, wo war es dann geblieben?

Eines Tages, kurz nach der Unterredung mit der Witwe Balestrieri, fragte ich Cecilia, kaum daß sie in meinem Atelier erschienen war, ohne jede Vorbereitung: «Wer ist Tony Proietti?»

Sie zögerte nicht, sondern antwortete sofort: «Ein Saxophonist aus dem Canarino.»

«Ja, aber was ist er für dich gewesen?»

«Mein Verlobter.»

«Wie, ihr wart verlobt?»

«Ja.»

«Und dann?»

«Was dann?»

«Was ist dann geschehen?»

Widerstrebend antwortete sie: «Er hat mich verlassen.»

«Warum?»

«Er hat sich in eine andere verliebt.»

«Wußte Balestrieri, daß du mit Proietti verlobt warst?»

«Natürlich wußte er das. Ich hatte mich ja mit Tony in meinem vierzehnten Jahr verlobt, also ein Jahr bevor ich Balestrieri kennenlernte.»

Verblüfft stammelte ich: «Aber du hast mir doch erzählt, daß Balestrieri von nichts wußte, daß er eifersüchtig war und sich darum an ein Detektivbüro wandte.»

Sie erwiderte schlicht: «Balestrieri war nicht auf Tony eifersüchtig, denn er kam ja später als Tony und wußte von Anfang an, daß ich mit Tony verlobt war. Eifersüchtig wurde er erst, als er vermutete, daß ich ihn mit jemand anderem betrog.»

«Und hat es jemand anderen gegeben?»

«Ja, aber das dauerte nicht lange.»

«Gleichzeitig mit Tony?»

«Nein, das war, nachdem Tony und ich auseinandergegangen waren.»

«Und wußte Tony von Balestrieri?»

«Was glaubst du denn? Wenn er davon gewußt hätte, hätte er mich umgebracht.»

«Wer war denn eigentlich dein erster Mann?»

«Wie meinst du das – mein erster Mann?»

«Der erste, mit dem du ins Bett gegangen bist.»

«Tony.»

«Wie alt warst du da?»

«Ich sagte dir doch schon: vierzehn.»

«Und siehst du Tony jetzt auch noch?»

«Manchmal begegnen und grüßen wir uns.»

«Sag mir noch etwas: Balestrieri gab dir Geld?»

Sie sah mich einen Augenblick an und antwortete dann mit der gewohnten sonderbaren Zurückhaltung: «Ja.»

«Viel oder wenig?»

«Je nachdem.»

«Was heißt das?»

Sie schwieg wieder ein Weilchen und sagte dann: «Ich wollte das Geld nicht, aber er nötigte es mir auf.»

«Wieso?»

«Er hatte erfahren, daß Tony nicht eine Lira besaß und daß wir nicht einmal ins Kino gehen konnten, wenn wir abends ausgingen. Da wollte er unbedingt, daß ich das Geld annahm und es Tony gab.»

«Hat er dir gesagt, du solltest es Tony geben?»

«Ja.»

«Wie war das, als er es dir zum erstenmal gab?»

«Ich erzählte ihm, daß wir die Abende auf der Straße verbringen müßten, weil wir kein Geld hätten. Da nahm er einen Zehntausend-Lire-Schein, drückte ihn mir in die Hand und sagte, das sei für das Kino.»

«Und du?»

«Ich wollte das Geld nicht nehmen, aber er nötigte mich dazu. Er drohte mir sogar, wenn ich es nicht nähme, würde er Tony erzählen, daß ich mit ihm ins Bett ging. Da nahm ich es.»

«Und dann gab er dir weiter Geld?»

«Ja.»

«Auch größere Summen?»

«Er wußte, daß Tony und ich heiraten sollten und eine Wohnung einrichten mußten. Da wollte er unbedingt, daß ich mit seinem Geld die Möbel für die Wohnung kaufte.»

«Was ist aus diesen Möbeln geworden?»

«Die hat Tony in seiner Wohnung. Ich habe sie ihm gelassen.»

«Und der Wagen?»

«Was für ein Wagen?»

«Hat Balestrieri nicht auch einen Wagen bezahlt?»

«Ja, er hat Tony einen Kleinwagen gekauft. Woher weißt du denn das?»

«Von der Witwe Balestrieris.»

«Ah, die!»

«Kennst du sie?»

«Ja, sie kam zu mir und verlangte das Geld zurück.»

«Und was sagtest du ihr?»

«Ich sagte ihr die Wahrheit. Daß ihr Mann mir das Geld aufgenötigt hatte und daß mir davon nichts übriggeblieben war, weil ich alles Tony gegeben hatte, wie ihr Mann es wollte.»

«Wie lange gab dir Balestrieri Geld?»

«Fast zwei Jahre hindurch.»

«Und wie erklärtest du Tony die Herkunft dieses Geldes?»

«Ich sagte ihm, ich hätte einen reichen Onkel, der mich liebhätte.»

«Und nachdem dich Tony verlassen hatte, gab dir Balestrieri da noch weiter Geld?»

«Ja, manchmal, wenn ich ihn darum bat.»

«Und dem anderen Mann, der nach Tony kam und den Balestrieri verdächtigte, gabst du kein Geld?»

«Der brauchte keins. Der war der Sohn eines Industriellen.»

«Auch der verließ dich?»

«Nein, ich verließ ihn, weil ich ihn nicht mehr liebte.»

«Wen liebtest du denn da?»

«Dich. Erinnerst du dich daran, wie wir einander auf dem Korridor begegneten und ich dich ansah? Tja, damals verließ ich den anderen.»

«Hat Balestrieri jemals bemerkt, daß du ein Auge auf mich geworfen hattest?»

«Nein.»

«Hast du nie mit ihm über mich gesprochen?»

«Doch, einmal. Er konnte dich nicht ausstehen.»

«Was sagte er von mir?»

«Daß du sehr eingebildet seist.»

«Eingebildet?»

«Ja. Er haßte deine Malerei und behauptete, du könntest nichts.»

Von diesem Gespräch blieb mir die Überzeugung zurück, daß auch dieser Versuch, mir die Käuflichkeit Cecilias zu beweisen, gescheitert war. Cecilia war nicht käuflich, das heißt, ihre Motive ließen sich nicht auf reine Zweckmäßigkeitserwägungen reduzieren. Es war klar, daß Balestrieri versucht hatte, seine Überlegenheit über Tony herauszukehren, indem er ihm über Cecilia Geld zukommen ließ, ohne daß der Saxophonist dessen Herkunft kannte. Cecilia wiederum hatte bei diesem psychologischen Manöver Balestrieris mitgewirkt, ohne überhaupt zu verstehen, worum es dabei ging. Wie bei mir hatte es Cecilia fertiggebracht, instinktiv die beiden Welten des Geldes und der Liebe auseinanderzuhalten. Balestrieri und ich hätten mit Recht behaupten können, wir hätten sie bezahlt; sie ihrerseits aber konnte mit Recht erklären, daß sie nicht bezahlt worden sei. Und mein Verhalten Cecilia gegenüber ähnelte immer mehr dem Balestrieris, nur mit dem Unterschied, daß der alte Maler weitergegangen war als ich. Dafür war mein Wahnsinn schlimmer als der seine, denn er hatte keinen Vorgänger gehabt, in dem er sich hätte spiegeln können, und so war es fast zu verstehen, daß er nicht innezuhalten vermochte. Ich aber hatte ihn vor Augen, der mich bei jedem meiner Schritte warnen und auf die Gefahren hinweisen konnte. Trotzdem wiederholte ich alle seine Irrtümer – ja ich hatte fast meine Freude daran, sie zu wiederholen.

9. Kapitel

Inzwischen kam Cecilia alle Tage mit Luciani zusammen – die Tage inbegriffen, an denen sie zu mir kam. Ihre Unfaßbarkeit war also jetzt keine Hypothese mehr; sie war zu einer Gewißheit geworden, zu einer Art festen Charakterzugs, mit dem ich rechnen und dem ich mich anpassen mußte. Dabei fühlte ich, wie meine Liebe, hervorgegangen aus meiner Unfähigkeit, sie zu besitzen, nach heftigem Schwanken zwischen Langeweile und Schmerz langsam die Merkmale eines Lasters in vier aufeinanderfolgenden Phasen annahm: Versuch einer Besitznahme, anders als die rein sexuelle, Scheitern dieses Versuchs, wütender und sinnloser Rückfall in die sexuelle Beziehung, neuerliches Scheitern, neuerlicher Wiederbeginn. Das einzige, wozu ich nicht fähig war, bestand darin, mich in die Unfaßbarkeit Cecilias zu fügen, sie zu akzeptieren und mich ruhig mit Luciani in ihre Gunst zu teilen. So wie Balestrieri nicht auf Tony Proietti eifersüchtig gewesen war, weil er glaubte, daß er es sei, mit dem Cecilia ihren Tony betrog, suchte ich mich zu trösten, indem ich mir sagte: Ich weiß zwar, daß Cecilia mit dem Schauspieler schlafen geht, aber er weiß nicht, daß ich dasselbe mit ihr tue! Mit anderen Worten, ich befand mich Luciani gegenüber ein wenig in der Lage, in der sich ein Liebhaber gegenüber dem ahnungslosen Gatten befindet. Kein Liebhaber ist je auf den Gatten eifersüchtig gewesen – eben weil in gewissen Fällen Wissen gleichbedeutend ist mit Besitzen, Nichtwissen aber mit Nichtbesitzen. Es war das ein trauriger Trost, aber ich vertrieb mir die Zeit mit Überlegungen folgender Art: Ich wußte von Luciani, und Luciani wußte nichts von mir, folglich betrog Cecilia ihn mit mir und nicht mich mit ihm. Andererseits aber war er nach mir gekommen, und so besehen hatte Cecilia mich mit ihm betrogen und nicht ihn mit mir.

Schließlich gab es da noch das Geld, wie im Falle Balestrieris. Ich gab Cecilia Geld, und Luciani gab ihr nicht nur keins, sondern er gab mit ihr auch noch mein Geld aus. Folglich ließ Cecilia sich von mir, nicht aber von ihm bezahlen und betrog daher in gewissem Sinne ihn mit mir. Es war aber auch nicht unmöglich, daß sie zu Luciani aus Liebe ging und zu mir wegen des Geldes. Also betrog sie mich mit Luciani. Nur daß Cecilia, wie ich inzwischen festgestellt hatte, dem Geld keinerlei Wichtigkeit beimaß. Demnach hatte das Geld zwischen ihr und mir nur eine Gefühlsbedeutung, und da der Schauspieler ihr keins gab, betrog sie vielleicht Luciani mit mir. Und so fort – bis ins Unendliche.

Am Ende dieser prächtigen Überlegungen blieb aber doch immer, unabänderlich und ununterdrückbar, die nackte Tatsache, daß Cecilia mit Luciani ins Bett ging und daß ich, solange sie das tat, Cecilia nie wirklich besitzen konnte, weil es unvollständigen Besitz nicht gibt. Wenn Cecilia es doch wenigstens versucht hätte, mich diese Unvollständigkeit des Besitzes vergessen zu lassen! Aber sie war völlig überzeugt, das Problem der zwei Männer in ihrem Leben befriedigend gelöst zu haben, und sprach mit mir nicht nur frei und obenhin von ihren Beziehungen zu dem Schauspieler, sondern sie gab sich nicht einmal Mühe, die Spuren zu verbergen, die Lucianis Umarmungen bei ihr hinterlassen hatten. Es war weder Selbstgefälligkeit noch Grausamkeit in ihrer Stimme, wenn sie auf eine Frage von mir gleichgültig antwortete: «Das ist Luciani gewesen. Er hat mich gebissen.» Sie sagte das mit der Heiterkeit eines Menschen, der es einfacher und bequemer findet, die Wahrheit zu sagen, als Lügen zu erfinden. Cecilia war so völlig davon überzeugt, ich litte nicht mehr unter dem Wissen um ihre Beziehung zu Luciani, daß sie in meiner Gegenwart telefonische Vereinbarungen mit ihm traf und dann noch von mir verlangte, ich solle sie zu ihm begleiten. Eines Tages, als ich sie im Auto in die Via Archimede brachte, wo Luciani sie erwartete, sagte sie plötzlich zu mir: «Es würde mich so freuen, wenn du und Luciani euch kennenlerntet und Freunde würdet!» Ich sagte nichts, dachte mir aber, daß eine Welt nach dem Bilde Cecilias sehr verschieden von der sein müßte, in der wir leben, eine Welt der Promiskuität, ohne Grenzen und Umrisse, formlos, dem Zufall anheimgegeben und unwirklich, eine Welt, in der alle Frauen allen Männern gehörten und keine Frau nur einem Mann.

Aber ich litt. Und durch mein Leiden hindurch brach sich schließlich ein Gedanke Bahn, von dem es mich wunderte, daß ich ihn nicht schon früher gehabt hatte: Vielleicht bestand die einzige Art, mich von Cecilia zu befreien, das heißt sie wirklich zu besitzen und mich folglich mit ihr zu langweilen, darin, daß ich sie heiratete. Es war mir nicht gelungen, mich mit Cecilia zu langweilen, solange ich sie zur Geliebten gehabt hatte; aber ich war fast sicher, daß ich ihrer überdrüssig werden würde, sobald sie meine Frau war. So begann mich der Gedanke einer Heirat immer mehr anzuziehen, mit einem Ausblick, der völlig verschieden war von dem eines Mannes, der sich normalerweise anschickt zu heiraten. In der Regel hegt man dann den Traum der unbegrenzten Liebe; ich aber träumte vom Ende meiner Liebe. Mit Vergnügen malte ich mir aus, wie Cecilia, einmal verheiratet, zu einer beliebigen Gattin werden würde, voll hausfraulicher Sorgen und gesellschaftlicher Interessen, zufrieden und ohne Geheimnis. Sie würde, mit einem Wort, «gesetzt» werden. Vielleicht war die gegenwärtige Unfaßbarkeit Cecilias nichts anderes als der Ausdruck des Wunsches nach einer Ehe? Vielleicht suchte sie instinktiv unter ihren Liebhabern den Mann, bei dem sie zur Ruhe kommen konnte. Ich dachte daran, sie mit allen religiösen und bürgerlichen Zeremonien zu heiraten und mit ihr dann zahlreiche Kinder zu haben, die auch dazu beitragen würden, sie in den keineswegs rätselhaften Kreis der Mutterschaft einzuschließen.

Vielleicht könnte an diesem Punkte jemand sagen, diese Idee, es dort, wo die Versuche mit der körperlichen Beziehung und dem Geld gescheitert waren, mit der Ehe probieren zu wollen, sei absurd und in jedem Fall unangemessen. Das war, als steckte man sein Haus in Brand, um sich eine Zigarette anzuzünden. Aber ich fühlte mich, wie ich ja wohl klargemacht habe, an keine Gesellschaft gebunden und hatte insbesondere keinerlei Beziehungen zu der Gesellschaft, der meine Mutter angehörte. In diesem völligen Mangel an Verwurzelung und Verantwortung, in dieser absoluten Leere der Langeweile hatte die Ehe für mich etwas Lebloses und Bedeutungsloses, das auf diese Weise wenigstens zu einem guten Zweck dienen mochte.

Natürlich rechnete ich damit, nach der Hochzeit in der Villa an der Via Appia mit meiner Frau und mit meiner Mutter leben zu können. Die Heirat, die Villa, meine Mutter, die Gesellschaft, der meine Mutter angehörte, das alles zählte für mich mit zu der infernalischen Apparatur, in die Cecilia als rätselvoller, leichtfertiger Dämon eintreten und aus der sie als irgendeine beliebige bürgerliche Dame herauskommen sollte.

Außerdem war mir ganz spontan der Gedanke gekommen, daß eine Heirat das sicherste Mittel wäre, die Beziehungen zwischen Cecilia und Luciani zu unterbinden. Ich sagte mir, Cecilia würde bereit sein, auf Luciani zu verzichten, wenn sie darauf einging, meine Frau zu werden. Aber ich konnte mir auch vorstellen, daß es mir nicht mehr wichtig sein würde, ob Cecilia als meine Frau Luciani oder wen immer sonst zum Liebhaber hatte.

An diesem Punkte muß ich sagen, daß das Eheprojekt mich nicht nur mit der Hoffnung erfüllte, mich von meiner Liebe zu Cecilia zu befreien, sondern mir auch die Idee eingab, ich würde wieder malen können, wenn Cecilia, einmal im Hause meiner Mutter untergebracht, mir nicht länger den Horizont verstellte. Ich dachte sie mir voll beschäftigt mit Kindern und dem mondänen Leben. Inzwischen wollte ich mich in dem Atelier am Ende des Gartens ganz meiner teuren, reinen, höchst intellektuellen Malerei hingeben. Das würde etwas anderes sein als Balestrieris unsaubere, von Sinnlichkeit triefende Aktbilder! Ich fühlte, daß ich die abstraktesten Bilder malen würde, die seit dem Bestehen der abstrakten Malerei jemals gemalt worden waren. Zu guter Letzt gedachte ich Cecilia mit einer Schar Kinder bei meiner Mutter zu lassen und wieder allein in der Via Margutta zu leben.

Man wird sagen, daß dies alles im Widerspruch stand zu dem, was ich bisher gewesen war und getan hatte, und daß mein Problem gar nicht hier lag. Cecilia lieben und Malen waren ja nicht voneinander abhängige Dinge, sondern unabhängig voneinander und äquivalent. Das heißt, es war nicht meine Liebe zu Cecilia, die mich am Malen hinderte, sondern ich war genauso unfähig zu malen, wie ich unfähig war, Cecilia zu besitzen. Mich von meiner Liebe zu Cecilia zu befreien, bedeutete also keineswegs, daß ich in der Lage sein würde, die Malerei wiederaufzunehmen. Außerdem hatte ich ja stets das Haus meiner Mutter, die Gesellschaft, zu der meine Mutter gehörte, und das Geld meiner Mutter gehaßt und war in die Via Margutta gezogen, weil ich gefühlt hatte, daß ich in der Villa an der Via Appia unfähig war zu malen. Und jetzt dachte ich daran, wieder bei meiner Mutter zu leben, in ebendiesem Haus, in dieser Welt, die ich verabscheute. Alles das kann ich nicht anders erklären als damit, daß der Widerspruch den fluktuierenden und undurchschaubaren Grund der menschlichen Seele bildet. In Wirklichkeit war ich verzweifelt; und mir war, als sei diese Art Selbstmord, der für mich die Rückkehr ins Haus meiner Mutter bedeutete, meiner gegenwärtigen Lage noch immer vorzuziehen – wenn er nur dazu diente, mich von Cecilia zu befreien.

Es war mittlerweile Sommer geworden, und eines Tages sagte ich Cecilia während unseres vormittäglichen Telefongesprächs, wir könnten doch einmal einen Autoausflug aus der Stadt unternehmen. Ich wußte, daß sich Cecilia gern im Freien aufhielt. Trotzdem war ich erstaunt über den überschwenglich warmen Ton, mit dem sie meinen Vorschlag aufnahm. «Wir können heute sogar den ganzen Tag beisammenbleiben», sagte sie völlig unerwartet. «Ich bin bis in die Nacht hinein frei.»

«Was ist denn los?» fragte ich sarkastisch. «Gestattet dir dein gestrenger Herr Papa, mit mir auszugehen?»

Offenherzig, fast verwundert darüber, daß ich mich an die Lüge erinnerte, mit der sie mir ihre Beziehungen zu Luciani hatte verbergen wollen, antwortete sie: «Das ist es nicht. Aber Luciani kann mich heute abend nicht sehen. Da dachte ich mir, es würde dir Freude machen, den ganzen Tag mit mir beisammenzubleiben.»

«Danke Luciani in meinem Namen von ganzem Herzen für seine Großzügigkeit!»

«Siehst du, wie du bist! Es ist also doch nicht wahr, daß man dir alles sagen kann.»

«Schön, ich hole dich also um elf Uhr ab, wir können dann zusammen Mittagessen.»

«Nein, nicht um elf! Ich bin zum Mittagessen mit Luciani verabredet.»

«Es hätte mich doch gewundert, daß du ihn einen ganzen Tag lang nicht sehen solltest.»

«Ich komm zu dir ins Atelier, gegen drei.»

«Gut, um drei.»

Pünktlich wie immer stellte sich Cecilia bei mir ein. Sie trug ein neues, grünes, zweiteiliges Kleid, und ich sagte ihr, es stünde ihr gut. Sogleich erwiderte sie mit einer eifrigen Dankbarkeit, die mich dunkel verwunderte: «Das habe ich mit deinem Geld gekauft, und auch diese Schuhe und diese Strümpfe. Mit einem Wort», schloß sie, «von oben bis unten ist alles von dir.»

Während ich den Wagen aus dem Hof hinaussteuerte, fragte ich: «Warum sagst du mir das?»

«Weil du mir einmal erklärt hast, daß es dir Freude macht, wenn ich dir so was sage.»

«Das stimmt. Aber es würde mir noch mehr Freude machen, wenn du mir sagtest, daß du nicht nur oben und unten mir gehörst, sondern auch innen.»

«Wo innen?»

«Innen!»

Sie lachte ihr etwas kindliches Lachen, wobei sie die Lippen über die spitzen Schneidezähne emporzog. «Innen gehöre ich niemandem! Innen sind die Lungen, das Herz, die Leber, die Eingeweide. Was willst du damit anfangen?»

Sie war fröhlich, und ich machte sie darauf aufmerksam. Sie sagte leichthin: «Ich bin fröhlich, weil ich bei dir bin.»

«Danke, sehr freundlich.»

Ich überquerte die Piazza del Popolo, fuhr über den Tiber, die ganze Via Cola di Rienzo entlang, rings um die Vatikanmauern und schlug die Via Aurelia in der Richtung nach Fregene ein. Cecilia saß regungslos an meiner Seite, den Hals in die Höhe gereckt, die Masse ihres dichten Krepphaares um das runde Gesicht, die Hände im Schoß. Während ich den Wagen lenkte, warf ich ihr von Zeit zu Zeit einen Seitenblick zu und stellte wieder einmal die Züge an ihr fest, die sie mir zugleich so begehrenswert und so unfaßbar erscheinen ließen: die Kindlichkeit des Gesichts, der die feinen harten Fältchen um den kleinen Mund widersprachen; die spitzige Zartheit der Schultern im Gegensatz zu dem schweren, vollen Busen; die biegsame Schlankheit der Taille, die nicht zu der Rundung der Hüften und der Kompaktheit der Oberschenkel passen wollte. Und im Schoß diese häßlichen großen Hände, von unreiner Weiße, die doch etwas Anziehendes und vielleicht sogar Schönes an sich hatten, sofern man sagen kann, daß etwas Häßliches schön ist. Nie hatte sie mir so gefallen – in einer Weise, die so ganz ihrem Wesen entsprach, nämlich aufreizend und flüchtig. Wir waren noch kaum aus Rom hinaus, da dachte ich schon, daß ich es nicht bis sechs Uhr aushalten würde, bis zu der Stunde, da wir in das Atelier zurückkehren wollten. Ich verfügte über zehn Stunden. Wir konnten also zweimal miteinander schlafen, jetzt und dann in der Nacht, nach dem Abendessen. Jetzt auf irgendeiner Wiese und nach dem Abendessen in meinem Atelier.

Die Straße ging bergauf und bergab, zwischen baumlosen Hügeln, bedeckt mit üppigem Gras von fast blauem Grün. Es war das Gras, das in den letzten Monaten unter den reichlichen Regengüssen auf dem wasserdurchtränkten Erdreich gewachsen war. Der Himmel war noch immer nicht wirklich klar. Schwarzes Gewölk, das zu regenschwer aussah, als daß es sich hätte erheben können, hing in reglosen Schichten über diesem noch frühlingshaften Graswuchs. Trotz unserer raschen Fahrt hielt ich Ausschau nach der geeigneten Stelle, ohne sie zu finden. Bald war der Platz zu nahe an der Straße, bald zu sehr dem Einblick geöffnet, bald nicht weit genug von einem Bauernhaus entfernt, bald zu abschüssig. Ich fuhr also noch einige Kilometer schweigend weiter und lud mich in diesem Schweigen mit zorniger Begierde auf. Bei der ersten Seitenstraße bog ich schließlich ein. Cecilia fragte: «Wollten wir denn nicht ans Meer?»

Ich antwortete: «Jetzt suchen wir einen abgelegenen Ort für uns, dann fahren wir ans Meer.»

Sie sagte nichts, und ich fuhr mit größter Geschwindigkeit über die weiße steinige Landstraße dahin. Nach kaum einem Kilometer Fahrt über holperigen Steingrund begann sich die Landschaft, wie ich gehofft hatte, zu verändern. Hier gab es keine grasbewachsenen Anhöhen ohne Bäume mehr, sondern Wäldchen am Rande kleiner Wiesenstücke, auf denen Pferde und Schafherden weideten. Gerade das hatte ich gesucht. Ich hielt plötzlich bei einem Zaun an und sagte zu Cecilia: «Steigen wir aus!»

Sie tat dies und trat beiseite, um mir den Vortritt zu lassen. Ohne eigentlichen Grund sagte ich: «Es wäre mir lieber, wenn du vorausgingst.» Sie erhob keinen Einwand, stieß ein Gatter auf und betrat einen Fußpfad, der durch das hochgewachsene dichte Gras dahinführte. Jetzt erst verstand ich, warum ich sie vorausgehen ließ: Ich wollte die zugleich machtvolle und träge Bewegung ihrer Hüften vor mir sehen. Ich wußte, daß diese Bewegung nicht mir galt, sondern nichts anderes war als der Ausdruck weiblicher Lockung, gerichtet an das Männliche im allgemeinen. Wäre ich vorausgegangen, hätte ich mir vielleicht noch einbilden können, daß ich sie führte. So aber bekräftigte ich mich noch in der Idee, daß jene Bewegung sich nicht auf mich bezog, sondern auf das Vergnügen, das irgendwo in diesem Wald auf sie wartete. Zwar würde ich es sein, der ihr dieses Vergnügen verschaffte, aber ich spielte dabei doch nur die Rolle eines mehr oder minder zufälligen Werkzeugs.

Schweigend gingen wir so zwischen dem wildwuchernden Gras dahin. Das Gewölk über unseren Häuptern schien jetzt in Nebelschwaden überzugehen, tief und geschwollen wie ein aufgetriebener Bauch. Ich betrachtete Cecilias Hüften; je mehr wir uns dem Wäldchen näherten, desto mehr schienen sich die Kraft und das Gleichmaß ihrer Bewegungen zu verstärken, nicht unähnlich einer Maschine, die den rechten Rhythmus gefunden hat. Zwischen ihrer jetzigen Bewegung, so dachte ich, und der, die sie bald im Liegen vollführen würde, bestand kaum ein Unterschied. Cecilia war sozusagen immer bereit, ganz wie eine gut mit Brennstoff versorgte Maschine immer bereit ist zu funktionieren. Sie spürte offenbar meine Blicke, denn plötzlich wandte sie sich um und fragte: «Was hast du denn? Warum sagst du nichts?»

«Ich begehre dich zu sehr, um sprechen zu können.»

«Begehrst du mich denn immer?»

«Hast du was dagegen?»

«Nein, ich fragte nur.»

Wir gingen noch eine Weile weiter, bis an die Stelle des Wiesengrases die spärlichere, doch höherwachsende Vegetation des Waldbodens trat und die ersten Bäume aus dem ungleichmäßigen Boden aufstiegen. Nach wenigen weiteren Schritten befanden wir uns in einer kleinen Schlucht zwischen zwei Anhöhen, mit Bäumen ringsum und mit Gestrüpp und Unterholz auf den Höhen und in den Senkungen des bewegten Terrains. Meine Blicke suchten nach einer geeigneten Stelle, wo wir uns niederlegen konnten. Schließlich glaubte ich sie gefunden zu haben: ein ebener Platz mit Moos, umgeben von hohen Farnkräutern und dichten Ginsterbüschen. Ich wollte Cecilia gerade diesen Platz zeigen, als sie sich umwandte und leichthin meinte: «Ach, ich vergaß dir zu sagen, daß es heute nicht geht.»

Mir war, als wäre ich mit dem Fuß in eine Falle getreten. Ich fragte: «Warum denn nicht?»

«Ich bin unwohl.»

«Das ist doch nicht wahr!»

Sie gab keine Antwort und ging mit ihrem langsamen, kräftigen Schritt weiter, bis sie einen kleinen gerundeten Hügel erreicht hatte. Sie bestieg ihn, wandte sich dann zu mir um, beugte sich nieder, faßte mit beiden Händen den Saum ihres Rokkes und zog ihn empor. Es erschienen die geraden, geschlossenen Oberschenkel in ihren Seidenstrümpfen, und am tiefsten Punkt des Bauches ließ das durchscheinende Gewebe des Höschens das trübe Weiß einer Wattebinde erkennen. «Glaubst du mir jetzt?»

Ich antwortete wütend: «Ja, es ist wahr! Bei dir ist es immer wahr!»

Schweigend zog sie sich ihr Kleid zurecht und fragte dann: «Warum sagst du das? An den anderen Tagen habe ich mich dir nie verweigert.»

Ich war jetzt fast von Sinnen. Meine Enttäuschung darüber, sie heute nicht besitzen zu können, floß zusammen mit meiner üblichen fixen Idee, ich sei überhaupt unfähig, sie zu besitzen, als wäre das augenblickliche Hindernis nur eine von den vielen Unmöglichkeiten einer immer gleichbleibenden Situation. Ich sagte: «Du bist mit mir gekommen und hast mich glauben lassen, du seist zu allem bereit. Warum hast du mir nicht gleich gesagt, daß du unwohl bist?»

Sie sah mich gleichgültig an, fast wie ein Geschäftsmann, der einem Kunden an Stelle eines ausgegangenen Artikels einen völlig anderen, weniger wertvollen anbietet. Dabei sagte sie: «Wir können doch den ganzen Tag zusammenbleiben.»

«Aber ich wollte etwas anderes.»

«Ein andermal. Vielleicht schon morgen.»

«Ich wollte es aber jetzt.»

«Du bist wie ein kleines Kind!»

Ein Schweigen folgte. Cecilia ging mit gesenktem Kopf durch das Gebüsch, als suchte sie nach etwas. Dann bückte sie sich, riß einen Grashalm aus und nahm ihn zwischen die Zähne. Ich sagte wütend: «Darum hast du mir vorgeschlagen, den ganzen Tag mit mir zusammen zu sein! Du wußtest, daß du nicht mit Luciani ins Bett gehen konntest!»

«Luciani wollte dasselbe wie du, und ich habe ihm dieselbe Antwort geben müssen.»

«Aber Luciani hat dich gestern gehabt, ich vor drei Tagen!»

«Luciani hat mich nicht gestern gehabt, sondern auch vor drei Tagen, ganz wie du.»

Immer noch ging sie wie irrend vor mir her, ihren Grashalm zwischen den Zähnen. Zuletzt fragte ich sie zornig: «Wo gehst du denn hin? Was willst du machen?»

«Was du willst.»

«Was ich wollte, weißt du!»

«Aber ich hab dir doch gesagt, daß das nicht möglich ist.»

«Wenn das nicht möglich ist, weiß ich wirklich nicht, was wir tun sollen.»

«Willst du, daß wir in die Stadt zurückfahren und ins Kino gehen?»

«Nein.»

«Willst du ans Meer fahren?»

«Nein.»

«Willst du, daß wir hierbleiben?»

«Nein.»

«Willst du, daß wir fortgehen?»

«Nein.»

«Also was willst du dann?»

«Ich hab dir's schon gesagt: ich will dich!»

«Und ich hab dir's auch schon gesagt: heute nicht!»

«Dann gehen wir zurück zu dem Wagen.»

«Und wohin fahren wir?»

«Das weiß ich nicht. Wir fahren eben.»

So kehrten wir um. Diesmal schritt ich voraus, obwohl ich gar nicht wußte, wohin wir eigentlich gingen, zum Unterschied von ihr, die das, wenn nicht bewußt, dann zumindest instinktiv immer zu wissen schien.

Als wir wieder im Wagen saßen, raste ich los, ehe noch Cecilia den Wagenschlag ganz geschlossen hatte. Ich empfand eine wachsende Wut, die nicht erlosch, gleich einem Feuer, das immer neue Nahrung findet. Diese Wut erweckte in mir beharrliche Zwangsvorstellungen: Ich suchte die Cecilia, die ich nicht hatte haben können, töricht und starrköpfig überall dort, wo der kleinste Schein einer Ähnlichkeit dies zuließ – so ließen mich gewisse bald gemähte, bald bewachsene Wiesenstücke an Cecilias Leib denken, gewisse runde Hügel an ihre Brüste, gewisse Formen des Terrains an das Profil ihres Gesichts und an ihre Haare. Wenn die Straße vor mir zwischen zwei lange Hügelzüge eintauchte, war mir, als seien das die Beine der liegenden Cecilia, zwischen denen der Wagen auf die Mitte ihres Leibes zufuhr. Dann plötzlich, als ich eben dabei war, mich mit dem Wagen auf eine riesenhafte Cecilia aus Erde zu stürzen, veränderte sich die Perspektive, statt der zwei Höhenzüge gab es deren vier, und ich sah keine Beine, keinen Leib mehr, sondern bloß eine nichtssagende Landschaft. Dabei hatte ich, wie gesagt, überhaupt keine klare Vorstellung davon, wohin die Fahrt eigentlich ging. Mir war es, als jagte ich auf der Suche nach irgend etwas vorwärts, das immer vor mir und unerreichbar war. Es war in jener Baumgruppe, auf jenem Hügel, in jenem Tal, auf jener Brücke – aber wenn ich dann dort angelangt war, war nichts davon mehr da, und ich mußte wieder neuen fiktiven Zielen zueilen. Dabei hatte ich in diesem Wahn und in meiner ohnmächtigen, dumpfen Wut das deutliche Bewußtsein, daß Cecilia hier an meiner Seite saß, in nächster Nähe und doch gleichzeitig unfaßbar.

Ich weiß nicht, wie lange ich so aufs Geratewohl dahinraste, ohne bestimmte Richtung, von einer Straße zur anderen, Kilometer um Kilometer längs des Meeres oder durch irgendwelche Wälder. Vielleicht dauerte das alles eine Stunde, vielleicht auch mehr. Plötzlich, auf einer beliebigen Straße, vor einer Wiesenfläche mit Pappelreihen am Rand, bremste ich brüsk, wandte mich zu Cecilia und sagte: «Ich muß dir einen Vorschlag machen.»

«Welchen?»

Während dieser ganzen Fahrt hatte ich nie daran gedacht, aber ich hatte das an den vorausgegangenen Tagen und noch an diesem Morgen vor dem Zusammentreffen mit Cecilia getan. So war mir jetzt, als sagte ich etwas ganz Natürliches, als ich erklärte: «Ich möchte, daß du meine Frau wirst.»

Ich sah, wie sie mich anblickte, ohne jede Überraschung, mit ruhigem Mißtrauen: «Möchtest du, daß wir heiraten?» fragte sie.

«Ja.»

«Warum sagst du mir das jetzt plötzlich?»

«Ich denke daran schon seit einer Weile, und jetzt ist der Augenblick gekommen, davon zu sprechen.»

Sie sah mich an, und ich empfand unterdessen das genußreiche Schwindelgefühl eines Menschen, der sich nach langem Zagen kopfüber ins Leere gestürzt hat. Ich erfaßte ihre Hände und sagte hastig: «Du wirst meine Frau werden, und wir werden bei meiner Mutter leben. Vielleicht weißt du nicht, daß ich reich bin.»

«Du bist reich?»

«Ja – oder besser gesagt: meine Mutter ist reich. Und wenn wir erst einmal bei ihr in ihrer Villa an der Via Appia leben, wird ihr Reichtum auch mir, das heißt uns, gehören.»

Sie sagte nichts. Ich aber begann von neuem: «Wir wollen mit aller Feierlichkeit heiraten. Trauung in der Kirche, Geschenke, Konfekt, Blumen, Festessen, Empfang und so weiter. Gleich danach machen wir eine schöne Hochzeitsreise, nach Norden, nach Skandinavien, oder nach Süden, nach Ägypten. Du wirst eine Dame der römischen Gesellschaft sein, eine von denen, die auf der Via Veneto oder auf der Piazza di Spagna zu sehen sind.»

Wieder blieb sie stumm. Ich sprach mit steigender Wut weiter, indem ich ihre Hände umfaßte: «Wir werden Kinder haben, denn ich will Kinder. Du siehst mir ganz so aus, als könntest du Gott weiß wie viele in die Welt setzen: zwei, vier, sechs, acht, soviel du willst.»

Ihr Schweigen begann mich zu beunruhigen. So fragte ich plötzlich: «Was hältst du davon?»

Endlich entschloß sie sich zu antworten. Mit langsamer Stimme sagte sie: «So zwischen Tür und Angel kann ich dir darauf nicht antworten. Ich muß darüber nachdenken.»

«Denk darüber nach. Gib mir deine Antwort morgen oder übermorgen, ist's recht? Inzwischen», fügte ich hinzu, «fahren wir gleich zu meiner Mutter, und ich stelle dich ihr als meine Verlobte vor.» Mir war der Gedanke gekommen, daß Cecilia vielleicht meine Angaben über den Reichtum meiner Mutter anzweifelte, und ich wollte, daß sie sich mit eigenen Augen davon überzeugte. Und wenn ich Cecilia andererseits als meine Verlobte einführte, legte ich sie in gewissem Sinne fest und nötigte sie, meinen Antrag ernst zu nehmen.

Sie fragte: «Warum zu deiner Mutter? Du kannst mich doch ein andermal mit ihr bekannt machen.»

«Nein, es ist besser so. Wenn du sie gesehen hast, wirst du dir ein Bild davon machen, um was es sich handelt.»

«Aber du kannst mich doch nicht als deine Verlobte vorstellen, ehe ich das wirklich bin.»

«Was macht das aus? Wenn wir dann nicht heiraten, sag ich meiner Mutter einfach, du hättest dir's anders überlegt.»

«Die Antwort gebe ich dir noch heute», sagte sie unversehens, in sonderbarem Ton, als hätte sie den Entschluß bereits gefaßt, den sie mir in einigen Stunden bekanntgeben sollte. «Heute abend.»

«Warum heute abend? Warum nicht gleich jetzt?»

«Nein, heute abend.»

Ich sagte nichts, löste die Bremsen, ließ den Motor wieder an und fuhr los. Ich empfand jetzt eine solche Begierde nach ihr, daß die Heirat, die ich ihr angetragen hatte, mir fast als angemessener Preis für eine einzige, flüchtige Umarmung erschien. Um sie auch nur ein einziges Mal zu besitzen, aber wirklich zu besitzen, hätte ich sie nicht nur geheiratet, sondern, wie mir schien, einen Pakt mit dem Teufel geschlossen und meine Seele verkauft.

Man wird sagen, das sei eine Phrase und obendrein eine sehr romantische Phrase. Aber die Verdammnis war für mich in diesem Augenblick eine reale Tatsache, die nicht einer anderen Welt angehörte, an die ich nicht glaubte, sondern dieser Welt, in der ich zu leben hatte. Seltsamerweise aber war das Gefühl dieser Verdammnis verknüpft mit einer fernen Hoffnung auf Erlösung – jene Erlösung, die ich zu erreichen mir einbildete, wenn ich Cecilia wahrhaft besitzen würde.

Es war nun schon beinahe Abend, und die Zypressen und die Pinien der Via Appia zeichneten sich schwarz wie Tinte gegen den Hintergrund eines langen roten Streifens ab, der aussah wie der Rand einer Feuersbrunst unter den dunklen Wolken. Langsam fuhr ich die schmale römische Straße hinan, in der unter dem Asphalt das antike Pflaster zum Vorschein kam. Da und dort verweilte mein Blick auf den alten Überresten, dann auf den Gartentoren, auf den Autos, die an dem rasenbewachsenen Straßenrand hielten. Ich dachte dabei über den Heiratsantrag nach, den ich Cecilia gemacht hatte, und wurde mir darüber klar, daß ich die Ehe vielleicht allzu leichtfertig als ein Mittel angesehen hatte, zu einem Ziel zu gelangen, das diesem Mittel nicht nur wesensfremd war, sondern geradezu entgegengesetzt. Ich befürchtete jetzt, meinen Gemütszustand und meine Absichten allzu deutlich verraten zu haben. So hatte ich vielleicht Cecilia nicht überzeugt, ja ihr geradezu den unangenehmen Eindruck geboten, ich wolle sie heiraten, um sie loszuwerden. Schließlich und endlich, so dachte ich, war es ja durchaus möglich, daß Cecilia in ihrem Herzen eine Idealvorstellung von der Ehe bewahrte, die ich mit meiner Art, ihr eine Heirat vorzuschlagen, vielleicht verletzt hatte. So sagte ich nach einer Weile: «Im übrigen tust du recht daran, mir nicht gleich zu antworten. Die Ehe ist keine Sache, die man so leichthin beschließen soll.»

Sie gab keine Antwort, und ich fuhr fort: «Heiraten heißt, sich fürs ganze Leben mit jemandem verbinden. Ich wenigstens verstehe das so. Darum möchte ich auch, daß wir uns in der Kirche trauen lassen.»

Plötzlich und völlig unerwartet fragte sie: «Warum in der Kirche?»

«Weil wir mit einer kirchlichen Trauung wirklich vereint werden, ohne Möglichkeit, uns je wieder zu trennen.»

«Aber du glaubst doch nicht daran.»

«Ich würde es um deinetwillen tun.»

«Ich glaube auch nicht daran.»

«Du glaubst nicht daran? Aber du hast mir doch erzählt, daß du bis zu deinem zwölften Lebensjahr bei den Nonnen erzogen worden bist!»

«Das hat gar nichts zu sagen. Auch als ich bei den Nonnen war, glaubte ich nicht daran.»

«An was glaubtest du denn?»

Sie schien einen Moment nachzudenken und antwortete dann trocken und exakt: «An nichts. Aber es war nicht so, daß ich darüber nachgedacht und dabei bemerkt hätte, daß ich nicht daran glaubte. Ich glaubte nicht daran, weil ich nie daran dachte. Und auch jetzt denke ich nie daran. Ich denke an alle möglichen Dinge, nur nicht an die Religion. Wenn man aber an eine bestimmte Sache nie denkt, so heißt das, daß diese Sache für einen nicht existiert. Nicht daß die Religion mir gefällt oder nicht gefällt – sie existiert nicht für mich.»

Ich verlangsamte die Fahrt des Wagens, bis wir beinahe standen. Dabei sagte ich: «Jetzt denkst du nie daran – aber du kannst nicht ausschließen, daß du eines Tages doch daran denken wirst.»

Nach einem Augenblick des Schweigens antwortete sie: «Das glaube ich nicht. Ich dachte bei den Nonnen nicht daran, wo es doch sozusagen nichts anderes gab als Religion. Warum sollte ich außerhalb des Klosters daran denken, wo es doch so viele andere Dinge gibt, an die man denken kann? Weißt du, woran ich dachte, während ich bei den Nonnen meine Gebete hersagte?»

«Woran denn?»

«An die Uhr.»

«Was für eine Uhr?»

«Es gab dort eine Pendeluhr. Die sah ich immer an, während ich betete, und zählte dabei die Sekunden und die Minuten.»

«War dir das Beten so langweilig?»

«Ja.»

«Warum?»

«Von vielen langweiligen Dingen weiß man doch, wozu sie gut sind. Das Gebet aber war, wenigstens für mich, zu nichts gut.»

«Das kann man nicht wissen! Vielleicht wird es eines Tages auch für dich gut sein.»

«Das glaube ich nicht. Ich kann mir nicht denken, daß ich eines Tages ein Bedürfnis nach Religion empfinden sollte. Sie ist etwas Überflüssiges.»

«Etwas Überflüssiges?»

«Ja, wie soll ich das erklären... Mit Religion sind die Dinge so – und ohne sie sind sie genauso. Nichts ändert sich. Folglich ist sie etwas Überflüssiges.»

«Das könnte man von vielen Dingen dieser Welt sagen.»

«Wovon zum Beispiel?»

«Nun, zum Beispiel von der Kunst. Die Dinge, wie du sagst, würden genauso sein, wie sie sind, auch wenn es keine Kunst gäbe.»

«Aber die Kunst macht dem, der sie ausübt, Freude. Sie machte Balestrieri Freude. Sie macht dir Freude. Die Religion hingegen ist langweilig. Im Kloster hatte ich immer den Eindruck, daß die Nonnen sich langweilten und auch die Priester und überhaupt alle Leute, die sich mit Religion beschäftigen. In den Kirchen langweilen sich die Leute doch schrecklich. Sieh sie dir an, während sie in der Kirche sitzen, und du wirst sehen, daß es keinen gibt, der sich nicht zum Sterben langweilt.»

Es war das erste Mal, daß Cecilia zu mir von der Langeweile sprach, und ich konnte nicht umhin, mich neugierig zu erkundigen: «Langweilst du dich eigentlich?»

«Ja. Manchmal.»

«Und was empfindest du, wenn du dich langweilst?»

«Ich empfinde Langeweile.»

«Was ist die Langeweile?»

«Wie soll ich dir das erklären? Langeweile ist Langeweile.»

Am liebsten hätte ich ihr gesagt: «Langeweile ist die Unterbrechung jeglicher Beziehung. Und ich will dich heiraten, damit du mir langweilig wirst, damit ich nicht mehr leide, damit ich dich nicht mehr liebe – mit anderen Worten, damit du für mich nicht mehr existierst, wie für dich die Religion und eine Menge anderer Dinge nicht existieren.» Ich hatte aber nicht den Mut zu diesem Geständnis. Übrigens unterbrach sie unser Gespräch in unerwarteter Weise, indem sie eine Hand hob und meine Wange streichelte. «Gehen wir jetzt zu deiner Mutter», sagte sie, «sonst wird es zu spät.»

Ich sagte: «Gut!» Zugleich fragte ich mich nach dem Grund für ihren plötzlichen Wunsch, zu meiner Mutter zu gehen, während Cecilia noch kurz zuvor geradezu Abneigung gegen diesen Besuch an den Tag gelegt hatte. Nach einigem Nachdenken glaubte ich zu verstehen, daß Cecilia mir den Vorschlag nur gemacht hatte, um sich einem ihr unangenehmen Gespräch zu entziehen. Ich wußte, daß sie ungern von sich selber sprach. Vielleicht, so dachte ich mir, hing ihre obstinate Zurückhaltung mit ihrer Antipathie gegen die Art von Gesprächen zusammen, zu denen ich sie nötigte. Cecilia war zwar bereit, sich in jedem beliebigen Augenblick und unter allen möglichen Umständen physisch hinzugeben, war aber, sobald die Rede auf sie kam, mit einer Auster vergleichbar, die sich um so fester schließt, je mehr man sich bemüht, sie zu öffnen. Ich wußte, daß Cecilia gewöhnlich ihr unangenehme Gespräche unterbrach, indem sie mir erotische Dinge vorschlug. So ergriff sie etwa meine Hand, legte sie auf ihren Leib und schloß wollüstig die Augen. Sie bot mir also ihren Körper, um mir alles übrige um so besser entziehen zu können. Heute aber war von Erotik nicht die Rede, und da sie das dringende Bedürfnis empfand, nicht von sich selbst sprechen zu müssen, schlug sie mir das erstbeste vor: den ihr unsympathischen Besuch bei meiner Mutter.

In solche Gedanken versunken, fuhr ich eine Weile schweigend dahin. Dann fragte ich: «Balestrieri hat mit dir nie über dich gesprochen?»

«Nein, nie.»

«Wovon sprach er vorwiegend?»

«Von sich.»

«Was sagte er da?»

«Er sagte, daß er mich liebte.»

«Und weiter?»

«Weiter nichts. Er sprach von sich, das heißt von dem, was er für mich empfand. Du weißt ja, die üblichen Dinge, die verliebte Männer eben sagen.»

Endlich, so dachte ich, hatte ich einen Unterschied zwischen Balestrieri und mir gefunden: Ich sprach mit Cecilia von ihr, Balestrieri hingegen, gleich allen Erotomanen, sprach von sich. In Wirklichkeit, so dachte ich plötzlich, hatte Balestrieri Cecilia gar nicht wirklich geliebt. Ich erkundigte mich: «War dir das angenehm, daß er von sich sprach?»

«Wenn er mir sagte, daß er mich liebte, war mir das zuerst angenehm, aber dann wiederholte er immer dieselben Dinge, und zuletzt hörte ich gar nicht mehr hin.»

«Wäre es dir lieber gewesen, wenn er von dir gesprochen hätte?»

«Nein.»

«Warum nicht?»

«Das weiß ich nicht.»

«Es ist dir also unangenehm, daß ich dir unaufhörlich Fragen über dich stelle?»

«Ja.»

Mir blieb fast der Atem weg, angesichts dieser so entschiedenen Einsilbigkeit. «Vielleicht haßt du mich, wenn ich von dir spreche?»

«Nein, ich hasse dich nicht, aber ich kann es gar nicht erwarten, daß du endlich aufhörst.»

«Was empfindest du, wenn ich dich über dich ausfrage?»

Sie überlegte einen Augenblick und sagte dann: «Ich empfinde den Wunsch, dir nicht zu antworten.»

«Das heißt zu schweigen?»

«Ja – oder dir etwas zu sagen, was gar nicht wahr ist, nur um dich zufriedenzustellen.» Sie schwieg einen Moment und begann dann mit plötzlicher Redseligkeit: «Denk dir, als ich im Kloster war und zur Beichte gehen mußte, erfand ich Sünden, die ich gar nicht begangen hatte, nur um nicht von mir zu sprechen. So stellte ich den Geistlichen zufrieden, und er sagte mir dann, ich müsse bereuen und soundso viele Gebete an die Muttergottes und an den heiligen Josef richten, und ich sagte immer ja und tat nichts von dem, was er mir aufgetragen hatte, denn ich hatte ja gar nichts Böses getan und brauchte nicht zu bereuen.»

Ich sagte mir plötzlich, daß dieser Geistliche im Grunde etwas Ähnliches versucht hatte wie ich: Cecilia zu packen, sie auf eine Sünde festzunageln. Alarmiert fragte ich: «Hast du auch mir gegenüber Dinge erfunden, die du nie getan hast?»

Sie erwiderte unbestimmt: «Ja, manchmal habe ich etwas erfunden.»

«Was heißt das? Hast du mich belogen? Wann denn?»

«Vielleicht. Jetzt erinnere ich mich nicht.»

«Versuch, dich zu erinnern.»

«Ich erinnere mich nicht.»

«Hast du mich zum Beispiel über deine Beziehungen zu Balestrieri belogen?»

«Ich schwöre dir, ich erinnere mich nicht.»

«Alles, was du mir von deiner Vergangenheit erzählt hast, kann also auch gelogen sein?»

«Nein, das nicht. Ich habe dir nur dann Lügen erzählt, wenn das notwendig war.»

«Wann, zum Beispiel?»

«Jetzt erinnere ich mich nicht. Wenn es notwendig war.»

«Und wann ist es nötig zu lügen?»

«Wie soll ich dir das erklären? Es ist nötig, wenn es nötig ist.»

«Na gut, wir fahren also jetzt zu meiner Mutter, ich stelle

dich als meine Verlobte vor, und in einem Monat spätestens heiraten wir.»

Schweigend nahmen wir die Fahrt wieder auf, und bald erschien vor uns das bekannte Gartentor zwischen den beiden mit antiken Überresten geschmückten Pfeilern. Es war aber nicht geschlossen wie gewöhnlich, sondern sperrangelweit offen. Die beiden Laternen auf den Pfeilern brannten, und gerade in diesem Augenblick schickten sich drei oder vier Wagen an, einzufahren. Enttäuscht sagte ich: «Ich fürchte, daß meine Mutter wieder einmal eine Cocktailparty gibt. Was sollen wir tun?»

«Was du willst.»

Ich sagte mir, daß für meine Zwecke diese Party ganz nützlich war: Cecilia konnte sich dabei gleich eine Vorstellung von der Welt machen, in die ich sie mit unserer Heirat einführen würde. Und wenn sie, wie ich hoffte, ehrgeizig war, konnte diese Vorstellung nur günstig sein. Ich sagte also obenhin: «Komm hinein, ich stelle dich meiner Mutter vor, du trinkst etwas, siehst dir das Haus an und dann gehen wir wieder. Ist dir das recht?»

«Schön.»

Hinter den anderen Autos her fuhr ich die Auffahrt entlang, um nicht ohne Schwierigkeit auf dem bereits vollen Vorplatz zu parken. Cecilia stieg aus, und ich folgte ihr. Sie ging auf den Eingang der Villa zu und hob dabei mit beiden Händen das Haar vom Hals empor, um es über den Schultern zu ordnen. Ich wußte, daß diese Geste bei ihr Schüchternheit und zugleich den Willen ausdrückte, diese Schüchternheit zu überwinden. Ich holte sie ein, ergriff sie beim Arm und flüsterte: «Das ist das Haus, in dem wir nach unserer Heirat wohnen werden. Gefällt es dir?»

«Ja, es ist ein schönes Haus.»

Wir betraten den Vorraum und gingen von dort in den ersten der vier oder fünf Salons, die das Erdgeschoß einnahmen. Es waren bereits zahlreiche Gäste erschienen. Sie standen in Gruppen umher, hatten Gläser in der Hand, sprachen miteinander und sahen zu den anderen hinüber, wie dies bei einer Cocktailparty zuzugehen pflegt. Ich schob Cecilia am Arm durch Mengen von steifen und eitlen Leuten hindurch und besah mir dabei die wohlbeleibten, geschleckten Männer und die bemalten, nach der letzten Mode gekleideten Frauen. Ich sah, daß Cecilia zu einem Bestandteil dieser hassenswerten Menge wurde, so daß sie dazuzugehören schien, und ich dachte: Wenn dies nach unserer Heirat wirklich der Fall sein sollte, dann wäre ich nicht nur frei von Cecilia und meiner Liebe zu ihr, sondern ich würde sie hassen wie die Gäste meiner Mutter. Da erfaßte mich Reue darüber, daß ich gehofft hatte, sie an diese schreckliche Menge zu verlieren, und beinahe wünschte ich, daß sie mich nicht heiraten würde. Ja, ich wollte Cecilia langweilig finden, aber hassen wollte ich sie nicht. Und auf jeden Fall hatte ich sie zu lieb, als daß ich gewünscht hätte, mich von ihr auf diese Weise zu befreien – um den Preis ihrer Verwandlung aus einem armen graziösen Mädchen in eine reiche Harpyie.

Unter solchen Gedanken schob ich Cecilia immer weiter durch die Menge, von einer Gruppe zur anderen, aus einem Kreis von Gesichtern zum nächsten. In dem Zigarettenrauch und inmitten des Stimmengewirrs kamen wir an Tabletts mit Getränken verschiedener Größe und Farbe vorbei, die von Kellnern herumgereicht wurden. Es war wirklich eine sehr gut besuchte Party, und man merkte, daß meine Mutter die Sache groß aufgezogen hatte, ohne auf die Kosten zu achten. Aber das Geld, das meine Mutter aufgewendet hatte, um ihre Gäste würdig zu empfangen, war wenig im Vergleich zu dem fast unberechenbaren Geld, das hinter allen diesen Gästen stand. Ich erinnerte mich an die Frage, die ich einmal vor vielen Jahren bei einem ähnlichen Anlaß gehört hatte. Ein rotgesichtiger, dicker und fröhlicher alter Herr hatte sie an einen anderen alten Herrn gestellt, der mager, bleich und traurig aussah: «Was glaubst du, welches Kapital ist innerhalb dieser vier Wände vertreten? Nenne irgendeine Ziffer!» Worauf der andere antwortete: «Was weiß denn ich? Ich bin doch kein Steuerbeamter!» Oft schon hatte ich mich gefragt, warum ich eine so tiefe Abneigung gegen die Welt meiner Mutter empfand. Als ich mich jetzt an jene Sätze erinnerte und sie mit den Gesichtern konfrontierte, die ich in der Runde sah, begriff ich endlich. Während ich die Gesichter dieser Gäste meiner Mutter betrachtete, drängte sich mir plötzlich der deutliche Eindruck auf, daß es da nicht einen Zug, nicht eine Färbung der Stimme, nicht ein Lachen, ja, daß es da wirklich nichts gab, was nicht durch das Geld bestimmt wurde, das, wie jener alte Herr gesagt hatte, hier in größerer oder geringerer Menge «vertreten» war. Ja, dachte ich, in dieser Menschenansammlung war das Geld zu Fleisch und Blut geworden. Ob mit ehrlicher und glücklicher Arbeit verdient oder mit Schlauheit und Rücksichtslosigkeit erräubert, das Geld schien mir immer das gleiche Ergebnis herbeizuführen: eine unmenschliche Gemeinheit, die ich hinter üppigem Fett ebenso zu erkennen glaubte wie hinter ausgetrockneter Magerkeit. Und wenn es wahr war, daß das Geld keine Trennung vom Geld zuläßt und daß der Reiche unfähig ist, so zu tun, als sei er es nicht, dann, so begriff ich von neuem, gehörte auch ich, wenngleich gegen meinen Willen, dieser Gesellschaft von Reichen an. Das Geld, auf das ich verzichtet hatte, ohne es loszuwerden, hatte die Krise meiner Kunst herbeigeführt und in weiterem Sinne die Krise meines ganzen Lebens. Ich war also nichts weiter als ein Reicher, der nicht reich sein wollte. Selbst wenn ich Lumpen anzog, Brotrinden aß und in einer Höhle wohnte, mußte das Geld, das ich besaß, meine Lumpen in elegante Anzüge, meine Brotrinden in raffinierte Leckerbissen, meine Höhle in einen Palast verwandeln. Sogar mein altes, klappriges Auto war luxuriöser als so mancher Luxuswagen, denn es war das Auto eines Mannes, der, wenn er nur wollte, einen ganz anderen, funkelnagelneuen Wagen besitzen konnte.

Ich fuhr beim Klang der Stimme meiner Mutter zusammen. Sie sagte: «Oh, Dino, was für eine freudige Überraschung!»

Sie stand vor mir, und ich hatte sie nicht gesehen. Oder vielleicht hatte ich sie zwar gesehen, sie aber nicht von der Menge ihrer Gäste unterscheiden können, denn sie schien mir in diesem Augenblick völlig mit ihnen zu verschmelzen, ohne den mindesten Zusammenhang mit mir. Allein genommen, war meine Mutter meine Mutter; aber in der Menge, die ihre Salons erfüllte, ging sie auf wie ein Vogel oder ein Fisch im Schwarm. Ihre ökonomische Bestimmtheit, die als ein individueller Zug erschien, solange meine Mutter allein war, enthüllte inmitten dieser Gäste ihren unpersönlichen, kollektiven Charakter. Und wie bei allen Menschen in den Salons dieser Villa konnte man auch bei meiner Mutter darauf schwören, daß hinter dem gläsernen Funkeln der blauen Augen, hinter der Aufdringlichkeit ihres massigen Schmucks, hinter ihrer Nervosität, hinter der äußersten Künstlichkeit ihres Make-ups und hinter dem unangenehmen Klang ihrer Stimme weit mehr der Konformismus der Gesellschaft und ihres Geldes stand als die Eigenständigkeit einer einsamen Erfahrung.

Wie sie ihren Gästen äußerlich glich, so glich sie ihnen auch in ihrem Betragen während unserer kurzen Begegnung. Wenn sie allein war, war sie in der Regel sehr aufmerksam. Jetzt aber, bei dieser Cocktailparty, deren Gesetz eine allgemeine Unachtsamkeit, Gleichgültigkeit, Hast und Betäubung zu sein schien, benahm sich auch meine Mutter wie alle anderen; das heißt, sie blickte, ohne zu sehen, und sie sprach, ohne zu hören. Gleich nach ihrem ersten Ausruf freudiger Begrüßung verlor sie sich in irgendwelche unzusammenhängende Worte über den großen Trubel, der sie daran hinderte, sich an diesem Nachmittag mir zu widmen. Ohne jede Neugier sagte sie dann hastig und wie pro forma: «Ich mache dich darauf aufmerksam, daß du mir die junge Dame noch nicht vorgestellt hast.»

Ich ergriff Cecilia beim Arm und sagte mit einer gewissen Feierlichkeit: «Das ist Cecilia, meine Verlobte!»

Da geschah etwas Unvorhergesehenes. Entweder hatte meine Mutter meinen Satz nicht gehört, oder sie hatte ihn nicht begriffen, das heißt, sie hatte nur seinen Klang aufgenommen, nicht seinen Sinn. Jedenfalls ließ sie ihre grausam funkelnden Augen sekundenlang auf Cecilia ruhen und rief dann plötzlich: «Entschuldigt mich, wir sehen uns später, jetzt habe ich zu tun!» Und ohne eine Antwort abzuwarten, bewegte sie sich durch die Menge mit der Entschiedenheit, mit der ein Haifisch in den Tiefen des Meeres auf sein Opfer zustößt. Ich glaubte zu verstehen, daß irgendwer gekommen war, vielleicht jemand Wichtiges; denn gerade in dem Moment, in dem ich ihr Cecilia vorstellte, hatten ihre Augen im Hintergrund, bei einer der Türen, eine Wirbelbewegung bemerkt, wie der Zustrom neuer Gäste sie bewirkt.

Ich nahm vom Tablett eines Kellners zwei Gläser und reichte eines davon Cecilia. Dann schob ich sie in eine Fensternische und fragte: «Nun, was sagst du?»

«Wozu?»

Ich schwieg einen Augenblick betroffen. Ich wußte nicht, was ich von Cecilia wissen wollte. Eigentlich alles – denn ich wußte ja nichts. Aufs Geratewohl fragte ich: «Zu dieser Party?»

«Es ist eben eine Party.»

«Gefallen dir solche Parties?»

Nach einem Weilchen antwortete sie leicht verwirrt: «Nicht allzusehr. Der Rauch und der Lärm sind mir unangenehm.»

«Was denkst du von allen diesen Leuten?»

«Ich denke nichts. Ich kenne ja keinen Menschen.»

«Manche von den Personen, die hier sind, könnten dir nützlich sein. Wenn du willst, mache ich dich mit ihnen bekannt.»

«Nützlich in welchem Sinn?»

«Gesellschaftlich.»

«Was heißt das?»

«Nun ja, sie könnten sich mit dir anfreunden, dich liebgewinnen, dich zu ähnlichen Parties einladen oder, wenn es sich um Männer handelt, mit dir flirten – alles das kann nützlich sein. Viele Leute gehen deshalb zu Parties. Willst du also, daß ich dich mit Leuten bekannt mache?»

«Nein, das hat wenig Sinn. Ich werde sie ja doch nie wiedersehen.»

«Du wirst sie sicher wiedersehen, da wir doch heiraten.»

«In diesem Fall kannst du mir sie ja dann vorstellen.»

Ich wollte die Rede auf das Thema des Reichtums bringen, wußte aber nicht, wie ich das anstellen sollte. Zuletzt sagte ich: «Die Menschen, die du hier siehst, sind alle sehr reich.»

«Das sieht man.»

«Woran sieht man das?»

«An den Kleidern und an dem Schmuck der Damen.»

«Würdest du gern auch so sein wie sie?»

«Das weiß ich nicht.»

«Wieso weißt du das nicht?»

«Ich bin nicht reich. Um zu wissen, ob es mir gefallen würde, müßte ich es erst mal sein. Nur wenn ich es ausprobiert hätte, könnte ich dir sagen, ob es mir gefällt oder nicht.»

«Aber du kannst dir das doch vorstellen, nicht?»

«Wie soll man sich etwas vorstellen, was man nicht kennt?»

«Aber das Geld freut dich doch?»

«Wenn ich es brauche, ja.»

«Und brauchst du etwa kein Geld?»

«Jetzt nicht, mir genügt das, was du mir gibst.»

«Kurz und gut, wenn du mich heiratetest, hättest du viel Geld und würdest den Damen ähnlich werden, die du hier siehst. Was sagst du dazu?»

Ich sah, wie sie die Blicke der großen, dunklen Augen über die Menge schweifen ließ, und wieder einmal fragte ich mich, was sie eigentlich sah, und ob das, was sie sah, in irgendeiner

Weise dem ähnelte, was ich sah. Zuletzt sagte sie langsam: «Hier sind keine jungen Mädchen. Es sind alles Damen im Alter deiner Mutter.»

«Meine Mutter empfängt ihre Freundinnen. Folglich ist es ganz natürlich, daß die Damen, die heute hier sind, mehr oder weniger das Alter meiner Mutter haben. Aber du hast mir noch nicht geantwortet. Was sagst du also zu der Aussicht, mich zu heiraten und ähnlich zu werden wie diese Frauen?»

«Das kann ich dir nicht sagen. Daran habe ich noch nicht gedacht.»

«Denk jetzt daran.» Ich sah, wie sie sich wieder im Raum umsah, dann ihr Glas an die Lippen führte, einen Zug tat und schweigend verharrte. Das war auch eine von ihren Arten, mir zu entkommen: das Stillschweigen. Ich fragte: «Darf man wenigstens wissen, woran du denkst?»

Fast brüsk antwortete sie: «Ich dachte mir, daß es vielleicht besser wäre, wenn wir einen ruhigeren Ort aufsuchten. Dort kann ich dir auch die Antwort geben, die du von mir verlangt hast.»

«Was für eine Antwort?»

«Wegen unserer Heirat.»

«Wohin willst du gehen?»

«Das ist mir gleich.»

«Gehen wir in den zweiten Stock hinauf. Dort haben wir Ruhe. Bei dieser Gelegenheit kannst du auch gleich das Haus sehen.»

Wir stellten unsere Gläser auf das Fensterbrett, dann nahm ich Cecilia wieder beim Arm und steuerte sie durch die Menschenmenge hindurch zu einer Tür am Hinterende des Salons und auf einen Korridor hinaus. Sogleich wich der Lärm der Menge der gewohnten reinen, verlassenen und stillen Atmosphäre des Hauses. Ich führte Cecilia zur Treppe und stieg mit ihr hinauf, eine Hand auf dem Messinggeländer, die andere auf ihrer Schulter. Ich fragte sie: «Würde es dir gefallen, hier zu wohnen?»

«Hier oder anderswo – das ist mir egal.»

«Aber hier ist meine Mutter.»

«Sympathisch, deine Mutter.»

Verblüfft rief ich: «Du lieber Himmel, was findest du an meiner Mutter sympathisch?»

«Das weiß ich nicht, sie ist sympathisch.»

Wir waren inzwischen im zweiten Stock angelangt. Ich fragte: «Willst du mein Zimmer sehen?»

«Ja.»

Ich öffnete die Tür und zeigte ihr den Raum. Er war geblieben wie an jenem Tag, an dem ich davongelaufen war: mit geschlossenen Fensterladen und der zusammengerollten Matratze auf dem Bett. Sie sah sich das alles ohne jede Neugier an und fragte schließlich: «Jetzt wohnt hier niemand?»

«Es gibt hier oben ein paar leere Zimmer. Die könnten wir uns nehmen, wenn wir heiraten. Glaubst du nicht, daß du dich in einem Zimmer wie diesem hier wohler fühlen würdest als dort, wo du jetzt wohnst?»

Ihre Antwort bestätigte meine Überzeugung, daß für sie zwischen den kostbaren Empiremöbeln meiner Mutter und dem Trödlermobiliar ihrer Wohnung keinerlei Unterschied bestand. «Warum?» fragte sie nämlich. «Das sind doch zwei ganz gleiche Zimmer. Da und dort gibt es ein Bett, einen Schrank und Stühle.»

«Du wirst aber doch wenigstens zugeben, daß das Zimmer hier größer ist?»

«Das schon.»

Ich schloß die Tür wieder und sagte: «Gehen wir in das Schlafzimmer meiner Mutter. Sie hat mit ihrer Cocktailparty zu tun, also können wir dort reden, soviel wir wollen.»

Ich führte sie zu dem Zimmer, öffnete die Tür und schob sie in das Dunkel; es war, als stieße ich sie in ein Gefängnis, um sie dort für immer einzusperren. Dann drehte ich das Licht an. Der große, bequeme Raum, in dem es nicht eine Handbreit kahler Wand oder unbedeckten Fußbodens gab, sondern lauter Vorhänge, Tapeten und Bespannungen, wirkte erstickend auf mich. Ich trat zu einem der Fenster, öffnete es und schaute einen Augenblick lang hinaus. Das Fenster ging auf den Garten, der von hier oben ganz zu überblicken war, mit seinen Wegen, seinen Bäumen, seinem Springbrunnen, seiner Pergola. Es war jetzt Nacht geworden, und der schwarze sternenlose Himmel wurde dann und wann unsicher erhellt von den Blitzen eines fernen Gewitters. Die Luft draußen war etwas weniger drückend und heiß als im Zimmer. Die in dem Garten zwischen Hecken verborgenen Lampen warfen eine falsche, vibrierende Helligkeit über die Füße der zahlreichen Gäste, die aus den Salons im Erdgeschoß herausgetreten waren und sich im Garten verstreut hatten. Bis zu den Knien erhellt, machten diese Gäste einen geisterhaften Eindruck: was über den Knien war, blieb im Dunkeln, und man hätte meinen können, der Garten sei bevölkert mit weiblichen und männlichen Beinen, ohne die dazugehörigen Körper. Während ich dieses Schauspiel betrachtete, ließ mich Cecilias Stimme zusammenfahren: «Wo ist das Badezimmer?»

«Dort, hinter dieser Tür.»

Wortlos verschwand sie dorthin. Ich trat vom Fenster zurück, setzte mich in einen Sessel zu Füßen des Bettes und zündete mir eine Zigarette an.

Mein Blick fiel auf ein großes Gemälde, das links vom Bett hing. Es stellte Danae und den Goldregen dar, wahrscheinlich eine Neuerwerbung meiner Mutter, die, wie ich wußte, ihr Geld auch in Kunstwerke «investierte»; ich erinnerte mich nämlich nicht, es je zuvor gesehen zu haben. Danae lag auf einem Bett, nicht unähnlich dem meiner Mutter, niedrig und breit, mit goldenen Kopf- und Fußenden. Sie lehnte mit dem Rücken gegen einen Haufen von Kissen, den Oberkörper zurückgebeugt, den Bauch vorgestreckt, ein Bein auf dem Bett, das andere abgebogen und im Leeren hängend. Freudig blickte sie auf ihren Schoß, auf den sich aus dem Dunkel des schweren Baldachins ein Goldregen ergoß, ebenso hell und leuchtend wie das Haar der Sünderin über den weißen Schultern und dem rosafarbenen Busen. Es war ein übliches mythologisches Bild, und unter anderen Umständen hätte ich gar nicht weiter darauf geachtet. In diesem Augenblick aber frappierte es mich wie etwas, das mich anging, wenn auch auf eine indirekte und unklare Art. Ich betrachtete das Bild also und fragte mich dabei, warum es mich neugierig machte und welche Bedeutung diese Neugier haben mochte. Plötzlich tat sich die Tür des Badezimmesr auf, und Cecilia erschien im Zimmer.

Sie hatte sich entkleidet und ihren Körper in ein Handtuch gehüllt, das kaum ihre Hüften und Brüste bedeckte, nicht unähnlich den spärlichen Gewändern, die Frauen in den Tropen tragen. Auf den Zehenspitzen näherkommend, sagte sie: «Weißt du, daß mein Unwohlsein vorbei ist? Wenn du willst, könnten wir ins Bett gehen.»

«Hier?»

«Warum nicht? Hier ist es ja sehr bequem.»

Plötzlich hatte ich den Eindruck, als handle es sich da um eine tückische und berechnende Großzügigkeit, als ob Cecilia, nachdem ich doch bereits verzichtet hatte, sich mir so unerwartet anbiete, um mich im voraus für einen Verlust zu entschädigen, von dem ich noch nichts wußte. Ich sagte brüsk: «Schön – aber zuerst mußt du mir diese Antwort geben.»

«Was für eine Antwort?»

«Ob du bereit bist, meine Frau zu werden.»

Sie sagte nichts, ging ein wenig im Zimmer umher, setzte sich dann mit plötzlichem Entschluß auf meine Knie und begann, den Knoten meiner Krawatte zu lösen und meinen Halskragen aufzuknöpfen. Dabei sagte sie langsam: «Du, Dino, bist der einzige Mann, den ich heiraten könnte, denn mit dir kann ich natürlich und aufrichtig sein und brauche dir nichts zu verheimlichen.»

«Wirklich?» rief ich, ein wenig verblüfft durch diese Einleitung. «Ich habe doch immer den Eindruck, daß du mir alles oder beinahe alles verheimlichst. Wenn du mit mir schon so bist, kann man sich vorstellen, wie du mit den anderen bist.»

Als hätte sie nichts gehört, zupfte sie weiter mit gesenktem Kopf an mir herum, nahm meine Krawatte ab und löste die Manschettenknöpfe. «Dieses Haus ist sehr schön», sagte sie. «Es wäre mir recht, mit dir darin zu leben.»

«Also?»

«Und dann», sagte sie weiter und zog dabei meinen Arm aus dem Jackenärmel, «hast du mir eine Menge schöner Sachen versprochen: Reisen, Kleider, Feste.»

«Folglich?»

«Aber ich muß dir sagen, daß ich dich nicht heiraten kann. Ich hätte dich darüber gleich aufklären sollen, als du davon sprachst, aber ich hatte nicht den Mut dazu, weil du doch so großen Wert darauf legtest.» Es war ihr jetzt gelungen, meine Jacke und mein Hemd abzustreifen. Sie faltete beides zusammen und warf es auf das entfernte Ende des Bettes.

Ich war ungeheuer überrascht, so als hätte ich wirklich geglaubt, Cecilia werde von dem Gedanken, meine Frau zu werden, sehr geschmeichelt sein. In Wirklichkeit, dachte ich nun, hatte ich wie früher gehofft, Cecilia mit Hilfe des Geldes besitzen zu können, und ich hatte mir eingebildet, denselben Zweck zu erreichen, indem ich ihr etwas anbot, was Frauen meist über das Geld stellen: die Heirat. Wütend fragte ich: «Warum willst du denn nicht?»

«Ich will nicht, weil ich nicht will.»

«Aber warum?»

«Wegen Luciani», sagte sie trocken. «Ich will mich nicht von ihm trennen.»

«Willst du ihn heiraten?»

«O nein, daran denke ich gar nicht. Übrigens ist er schon verheiratet.»

«Luciani ist verheiratet?»

«Ja, und er muß seine Frau noch erhalten.»

Zur Verzweiflung gebracht, rief ich: «Was kümmert mich Luciani! Von mir aus kannst du ihn sehen, soviel du willst!»

«Nein. Ich habe nein gesagt, und es bleibt bei nein.»

«Aber warum nur?»

In der gleichen Art, in der sie mir geantwortet hatte, als ich ihr eine feste monatliche Summe angeboten hatte, sagte sie mir jetzt, als wolle sie eine liebgewordene Gewohnheit nicht aufgeben: «Aber Dino, warum sollen wir denn heiraten? Bleiben wir, wie wir sind, es geht doch so sehr gut!»

Mit unglaublicher Hartnäckigkeit klammerte ich mich an den Gedanken der Heirat, vielleicht gerade darum, weil sie davon nichts wissen wollte: «Aber wenn ich dir erlaube, mit Luciani oder wem immer zusammenzukommen – wenn sich alles nur zum Besseren ändert –, wenn du statt bei deiner Familie in einer jämmerlichen Wohnung hier in dieser Villa mit mir leben kannst – warum sagst du dann nein? Was veranlaßt dich, das alles abzulehnen?»

Sie antwortete in definitivem Ton: «Es paßt mir nicht, zu heiraten – und damit Schluß!» Dann glitt sie von meinen Knien und zog mich bei der Hand. «Komm, komm zu mir!»

Mechanisch, fast gegen meinen Willen, erhob ich mich. Da geschah etwas Lächerliches: Meine Hose, deren Gürtel Cecilia inzwischen gelöst hatte, fiel herunter, und ich verwickelte mich darin. Auf dem Höhepunkt der Wut rief ich: «Nein, ich habe keine Lust! Ich will wissen, warum du nicht meine Frau werden willst!»

Sie stand gleichfalls da und sah mich an. Dann sagte sie in

zweideutigem Ton: «Wie du willst! Aber wenn's heute nicht ist, wird es einige Zeit lang nicht sein können.»

«Warum?»

«Ich wollte es dir eigentlich nicht sagen, um dich nicht zu ärgern. Ich hätte dir eine Postkarte geschrieben, und daraus hättest du es erfahren. Aber schließlich ist es doch besser, daß du es weißt. Ich fahre morgen früh nach Ponza, zusammen mit Luciani, und wir bleiben vierzehn Tage.»

Ich war schon wütend genug, aber diese Enthüllung steigerte noch meine Wut, da sie endlich Cecilias Verhalten am ganzen heutigen Tag erklärte. Sie hatte beschlossen, mit Luciani vierzehn Tage auf Ponza zu verbringen. Darum, und nur darum – das heißt, um mich irgendwie zu entschädigen –, hatte sie mir heute morgen vorgeschlagen, den ganzen Tag mit ihr zu verbringen. Darum und nur darum hatte sie sich mir jetzt angeboten. Schließlich, so seltsam das anmuten mochte, hatte sie es auch nur darum abgelehnt, meine Frau zu werden. Ich kannte Cecilia jetzt gut genug, ich kannte ihren völligen Mangel an Phantasie und ihre gleichgültige, apathische Interesselosigkeit. Ich wußte, daß sie außerstande war, an mehr als eine Sache gleichzeitig zu denken. Sie dachte immer nur an die nächstliegende, die ihr gerade am angenehmsten war. In diesem Fall war der Ausflug nach Ponza mit dem Schauspieler das Nächstliegende und Angenehmste für sie. Um dieses Ausflugs willen zögerte sie also nicht, eine Heirat abzulehnen, die sie vielleicht in einem anderen Augenblick akzeptiert hätte.

Ich spürte, daß ich litt, und während ich noch vor kurzem um jeden Preis gewollt hatte, daß sie meine Frau würde, wäre ich jetzt schon zufrieden gewesen, wenn sie nicht nach Ponza fuhr. Mit beklommener Stimme sagte ich: «Fahr nicht!»

Sie gab mir keine Antwort, ging zu dem Bett und streckte sich langsam und ruhig darauf aus, den Rücken gegen die Kissen gelehnt, ein Bein auf der Matratze, das andere im Leeren hängend, genauso wie Danae auf dem Bild. Dann wickelte sie sich aus dem Handtuch und sagte: «Warum denkst du an die Zukunft? Komm jetzt her, neben mich!»

«Ich will aber nicht, daß du wegfährst!»

«Wir haben schon das Zimmer bestellt.»

«Gut, sag Luciani, daß du dich nicht gut fühlst, und fahr nicht!»

«Das ist nicht möglich.»

«Warum denn nicht?»

«Weil es mir Freude macht, nach Ponza zu fahren, und ich nicht einsehe, warum ich es nicht tun sollte.»

«Wenn du nicht fährst, mache ich dir ein Geschenk.»

Sie war jetzt nackt, in entspannter Haltung, der Leib auf der Matratze hingegossen. Mit kindlicher Neugier blickte sie zu der Bettbespannung hinauf. Ohne die Augen zu senken, fragte sie mit zerstreuter Stimme: «Was für ein Geschenk?»

«Alles, was du willst.»

«Zum Beispiel?»

«Zum Beispiel Geld.»

Ihre großen, dunklen Augen senkten sich mit ausdruckslosem Blick zu mir. Unsicher und fast staunend fragte sie: «Wieviel würdest du mir geben?»

Ich sah sie an, und plötzlich brachte mich die Ähnlichkeit ihrer Haltung mit der jener Danae auf eine Idee. «Ich würde dir so viel Geld geben, wie man braucht, um dich damit zuzudekken.»

«Wie meinst du das?»

«Ich meine das so: Du bleibst ruhig liegen, und ich decke dich vom Kopf bis zu den Füßen mit Geldscheinen zu. Wenn du darauf verzichtest, nach Ponza zu fahren, gebe ich dir genau das Geld, das nötig ist, dich vom Kopf bis zu den Füßen zuzudecken.»

Geschmeichelt begann sie zu lachen. Man hätte sagen können, daß der Reiz des neuen Spiels sie mehr anzog als sein Einsatz. «Ideen hast du!» sagte sie.

Ich erwiderte, obgleich mir dabei nicht recht wohl war: «Das sind eben die Ideen eines Malers.»

«Wo hast du denn dieses Geld?»

«Warte nur!»

Ich erhob mich, eilte ins Badezimmer und tat schnell das, was ich in allen diesen Tagen hatte kommen sehen: Ich verschob die Kacheln, legte die Tür des Kassenschrankes frei, drehte an den Knöpfen und öffnete sie. Dabei hoffte ich bloß, daß das Geld noch da war. Andernfalls, so dachte ich, würde ich Cecilia mit Aktien zudecken, die ja, wie meine Mutter oft gesagt hatte, dem Bargeld gleichwertig waren.

Aber das Geld war da. Auf den zwei oder drei Rollen mit

Wertpapieren lag der wohlbekannte Umschlag, bis zum Bersten gefüllt. Ich nahm ihn, zog die Banknoten heraus und kehrte in das Zimmer zurück. Cecilia schielte zu mir herüber, während ich mich ihr näherte, und ihr Blick hatte wirklich etwas Mythologisches, fast so, wie Danaes Blick gewesen sein mußte, als ihr die erste Goldmünze in den Schoß regnete. Lächelnd sagte ich: «Jetzt streck dich aus!»

Sie tat dies mit einem neugierig-belustigten Lächeln, das mir auch ein wenig beunruhigt schien. Das Banknotenbündel, das ich aus dem Umschlag gezogen hatte, war dick. Ich schätzte, daß es etwa fünfzig Noten zu zehntausend Lire enthielt. Symbolisch begann ich damit, daß ich eine Note auf ihre dunkle Scham legte. Dann ging ich nach oben weiter und bedeckte ihren weißen kindlichen Bauch, die schlanke Taille und den schönen Busen mit Geldscheinen, wobei über jeder Brustwarze eine Zehntausendernote lag. Eine andere Note wand ich um den Hals, vier legte ich auf die Schultern und vier auf die Arme. Dann kamen die Beine an die Reihe, bis hinab zu den kleinen Füßen. Cecilia hatte diese ganze Operation zunächst mit einer kindlich neugierigen Aufmerksamkeit verfolgt, als handelte es sich um ein Spiel. Dann brach sie plötzlich in ein nervöses, nicht zu beherrschendes Gelächter aus. Es war, wie ich hoffnungsvoll dachte, das Gelächter einer Frau, die endlich einem Liebhaber nachgibt, nachdem sie ihn lange Zeit hindurch abgewiesen hat. So mußte Danae gelacht haben, sagte ich mir, als sie den göttlichen Goldregen niedergehen und sich wollüstig darin eingehüllt fühlte. Noch immer lachend, verfolgte Cecilia das Spiel weiter und deutete nach den Stellen, die noch nicht bedeckt waren: «Hier ist noch Platz, leg hier etwas hin!» Zuletzt lag sie regungslos da, einem seltsamen Fabeltier ähnlich, das Gesicht mir zugewendet, die Augen aufgerissen. Ich sagte kurz: «Es sind vierundzwanzig Noten zu zehntausend Lire. Wenn du nicht nach Ponza fährst, gebe ich sie dir alle.»

Sie begann wieder zu lachen und rief dann: «Ich dachte, es seien mehr!»

Ich glaubte, sie fände die Summe zu gering, und sagte: «Ich gebe dir das Doppelte – das heißt: so viel, wie nötig ist, dich unten und oben zu bedecken. Das ist nur gerecht, denn du hast ja eine Unter- und eine Oberseite.»

Unter den Geldscheinen liegend, regungslos, als fürchte sie,

sie zu verschieben und damit das Spiel zu stören, sah sie mich fragend und bedauernd an. Zuletzt sagte sie: «Es tut mir leid, Dino, aber es ist nicht möglich.» Dann, nach einer kleinen Pause, fügte sie mit außerordentlicher Weichheit hinzu, die nicht erkünstelt sein konnte: «Komm jetzt zu mir! Und wenn ich aus Ponza zurückkomme, will ich dir häufiger als bisher gehören. Ich verspreche dir, daß wir uns dann mehr sehen werden.»

Ich verstand, daß aus der Weichheit ihrer Stimme eine Erregung sprach, die durch das Spiel mit den Banknoten in ihr geweckt worden war. Diese Erregung hätte mir, meiner Absicht gemäß, eigentlich die Möglichkeit geben müssen, sie auf dem Weg über das Geld zu besitzen. Durch ihre Weigerung aber wurde Cecilia nur immer unfaßbarer. Ich fragte: «Du willst also wirklich nicht?»

«Nein, es ist nicht möglich.»

Sie lag ausgestreckt da und bemühte sich, keine Bewegung zu machen, als ob das Spiel noch andauerte und sie die Schlußphase erwartete. Da plötzlich erfaßte mich der gewohnte, blinde männliche Trieb, der mich dazu drängte, sie, die ich nicht besitzen konnte, so zu nehmen, als ob ich sie dadurch besitzen könnte. Ich warf mich über sie und bedeckte mit meinem Leib den ihren und die Banknoten. Cecilia gab sogleich zu erkennen, daß sie diesen Abschluß des Spieles erwartet hatte. Mit Armen und Beinen klammerte sie sich an mich, und zwischen unseren glühenden, schweißbedeckten Körpern knisterten die schrecklichen, schmutzigen, fremden Geldscheine. Die anderen Banknoten hatten sich inzwischen rings um uns auf der Decke verstreut, auf dem Kopfkissen, zwischen Cecilias Haaren.

Später lag Cecilia mit weit von sich gestreckten Beinen da, unbeweglich und gesättigt wie eine große Schlange, die ein noch größeres Tier verschlungen hat. Ich lag nicht minder regungslos, und als ich darüber nachdachte, wurde mir klar, daß meine Regungslosigkeit die Reaktion auf eine sinnlose, erschöpfende Anstrengung war, daß die Unbewegtheit Cecilias hingegen den Charakter ruhevoller, tiefer Befriedigung besaß. Plötzlich fiel mir die Zeit ein, in der ich noch gemalt hatte. Nach einem vollen Arbeitstag hatte ich mich damals müde, aber nicht erschöpft gefühlt wie jetzt, sondern befriedigt wie Cecilia. Da sagte ich mir, daß unser Verhältnis in Wirklichkeit darin bestand, daß sie mich besaß und ich besessen wurde, mochte uns auch die Natur das Gegenteil vorspiegeln. So war ich also ein erledigter Mann: nicht nur, daß ich nie mehr würde malen können – es war mein Schicksal, mich bei der Verfolgung des Trugbildes zugrunde zu richten, das mir aus Cecilias Schoß aufzusteigen schien wie aus dem Wüstensand. Zuletzt mußte ich, wie Balestrieri, in die Finsternis des Wahnsinns abgleiten.

Cecilias Stimme riß mich aus diesen Betrachtungen. «Du wirst wenigstens zugeben müssen», sagte sie, «daß ich keine gewinnsüchtige Person bin.»

Erstaunt fragte ich: «Warum sagst du das?»

«Eine andere an meiner Stelle hätte das Geld genommen und wäre dann doch gefahren.»

«Na und?»

«Folglich mußt du zugeben, daß du in gewissem Sinn viel Geld gespart hast.»

«Nicht ich habe es gespart», sagte ich, fast in der Hoffnung, Cecilia habe sich die Sache überlegt und wolle auf meinen Vorschlag eingehen. «Du hast es eingebüßt.»

«Wie du willst. Ich möchte dich jetzt um einen Gefallen bitten.»

«Welchen?»

«Du warst vorhin bereit, mir beinahe eine halbe Million zu geben, wenn ich nicht verreist wäre. Leihe mir statt dessen eine kleinen Teil dieser Summe: vierzigtausend Lire.»

Töricht fragte ich: «Wozu brauchst du denn dieses Geld?»

«Du weißt doch, daß Luciani arbeitslos ist. Wir haben sehr wenig Geld, und diese vierzigtausend Lire könnten wir für Ponza gut brauchen.»

Ehe ich noch Zeit hatte, mir darüber klarzuwerden, was eigentlich geschah, stürzte ich mich auf Cecilia, preßte meine Hände um ihren Hals und schrie ihr die erstbesten Beschimpfungen zu, die mir in den Kopf kamen. Es heißt, daß man in gewissen, besonders intensiven Augenblicken gleichzeitig verschiedene Dinge denken und durchleben kann. In dem Moment, in dem ich ihren Hals umklammerte, dachte ich, daß die einzige Art, Cecilia zu besitzen, wohl darin bestand, sie umzubringen. Damit konnte ich sie aus allem herausreißen, was sie unfaßbar machte, und sie in das endgültige Gefängnis des Todes einschließen. So dachte ich sekundenlang daran, sie zu erdrosseln, auf dem Bett meiner Mutter, zwischen den Banknoten, die sie zurückgewiesen hatte, in dem Haus, in dem wir im Falle unserer Heirat gewohnt hätten. Ich hätte das vielleicht getan, wenn mir nicht im gleichen, überwachen Augenblick der Gedanke gekommen wäre, daß dieses Verbrechen für meinen Zweck völlig sinnlos wäre. In Wirklichkeit hätte ich sie auf diese Weise nicht besessen und mich nicht von ihr befreit, sondern ihr nur eine endgültige Eigengesetzlichkeit gesichert: in ein Mysterium gehüllt, das nun das Siegel des Todes trug, wäre sie mir für immer hoffnungslos entrückt gewesen. So lockerte ich meinen Griff um ihren Hals und sagte leise: «Verzeih, ich habe einen Augenblick lang den Kopf verloren.»

Cecilia schien die Gefahr gar nicht begriffen zu haben, in der sie geschwebt hatte. Sie sagte: «Du hast mir weh getan! Was fällt dir denn ein, derartig wütend zu werden?»

«Ich weiß es nicht und bitte nochmals um Verzeihung.»

«Schon gut. Das macht ja nichts.»

Ich richtete mich auf einen Ellbogen auf, raffte rasch einige Noten zusammen, reichte sie ihr und sagte: «Das sind siebzigtausend Lire. Ist das genug?»

«Zuviel. Ich brauche nur vierzigtausend.»

«Nimm sie nur, du wirst sie schon brauchen können.»

«Danke schön.»

Sie küßte mich mit naiver, entwaffnender Dankbarkeit, und ich empfand neuerlich Begierde nach ihr, aus dem immer gleichen Grund, daß sie in meinen Armen lag und zugleich nicht da war. Wer weiß, vielleicht, wenn ich sie nochmals nahm, würde sie wirklich da sein und da bleiben! So schob ich sanft und zärtlich, diesmal ohne Wut, den Arm unter ihren Rücken und achtete dabei darauf, daß ich ihr nicht mit meiner Armbanduhr weh tat. Dann, als meine Hand ihre schmale Taille umfaßt und sich mit dem anderen Arm vereinigt hatte, drängte ich meine Beine zwischen die ihren, und als ich sie völlig umschlossen und eingeschlossen hatte, geschah alles ganz langsam, als hoffte ich, mit dieser Langsamkeit den Besitz zu erreichen, der mir die anderen Male entgangen war. Zuletzt fragte ich: «War's nicht schön?»

«Ja, es war schön.»

«Sehr oder wenig?»

«Sehr.»

Eine junge Römerin . . .

. . . widerlegt einen alten Römer: Cicero behauptete einst, keine Festung sei so stark, daß Geld sie nicht erobern könne.

Zeus zwar vermochte als Goldregen den bronzenen Turm zu stürmen, in dem der orakelgeschreckte Acrisios seine Tochter verwahrte. Doch: Quod licet Jovi . . .

Immerhin: Auch dem Sterblichen bleibt genügend Spielraum für die Anlage seines Geldes. Man braucht «Geld anlegen» ja nicht so wörtlich zu nehmen . . .

Pfandbrief und Kommunalobligation

Meistgekaufte deutsche Wertpapiere - hoher Zinsertrag - bei allen Banken und Sparkassen

Verbriefte Sicherheit

«Schöner als sonst?»

«Ja, vielleicht schöner als sonst.»

«Bist du zufrieden?»

«Ja, ich bin zufrieden.»

«Hast du mich lieb?»

«Ja, du weißt doch, daß ich dich liebhabe.»

Ich hatte diese Dinge schon wer weiß wie oft gesagt, doch noch nie mit einem so endgültigen Gefühl der Verzweiflung. Ich dachte dabei, daß Cecilia nach Ponza fahren und daß diese Reise, das Symbol ihrer Unfaßbarkeit, meiner Liebe neue Kraft verleihen würde und damit meinem Wunsch, mich von ihr durch den Besitz zu befreien. Nach ihrer Rückkehr mußte also alles genauso oder noch schlimmer wieder von vorn beginnen. Plötzlich empfand ich das Bedürfnis, nicht mehr mit ihr zusammen zu bleiben, mich von ihr zu trennen. So sanft wie ich konnte, sagte ich: «Es wird wohl Zeit, daß wir gehen. Sonst könnte es passieren, daß meine Mutter uns hier antrifft, und das wäre peinlich.»

«Ich zieh mich sofort an.»

«Du brauchst dich nicht allzusehr zu beeilen. Ich sagte, es wäre peinlich – aber im Grunde genommen hat es keine Bedeutung. Meine Mutter würde höchstens wegen der Art und Weise protestieren, nicht so sehr wegen der Sache selbst.»

«Was soll das heißen?»

«Meine Mutter hält viel auf das, was sie Form nennt. Dadurch, daß wir in ihr Schlafzimmer gingen und nicht in mein Atelier, haben wir gegen die Form verstoßen.»

«Was ist das, die Form?»

«Das weiß ich nicht. Wahrscheinlich das, was übrigbleibt, wenn man viel an Geld denkt.»

Wir kleideten uns schweigend an. Dann sammelte ich die über das Bett verstreuten Banknoten ein, ging ins Badezimmer und schrieb mit Bleistift auf den Umschlag: «Entnommen 70 000 Lire. Danke. Dino.» Dann legte ich den Umschlag wieder in das Kassenfach. Cecilia brachte inzwischen das Bett in Ordnung. Dann fragte sie: «Wohin fahren wir jetzt?»

Von plötzlichem Ärger erfaßt, antwortete ich: «Wir fahren nirgends mehr hin! Das hat ja jetzt alles keinen Sinn mehr. Ich bringe dich heim.»

Beinahe hoffte ich, sie würde über diese plötzliche Änderung des Programms betrübt oder verdrossen sein. Aber sie antwortete gleichgültig: «Wie du willst.»

«Wie ich will?» gab ich zurück. «Nein, wie du willst! Du reist ja morgen ab. An dir wäre es, zu sagen, ob wir bis Mitternacht beisammenbleiben sollen oder nicht!»

«Mir ist es gleich.»

«Warum ist es dir gleich?»

«Weil ich weiß, daß ich dich in zwei Wochen wiedersehen werde.»

«Bist du dessen so sicher?»

«Ja.»

«Gut, ich bringe dich also heim.»

Während dieser kleinen Diskussion hatten wir das Zimmer verlassen und waren ins Erdgeschoß hinuntergestiegen. Wir durchschritten den Korridor. Hinter der geschlossenen Tür war ein starkes Gesumme zu hören, wie in einem aufgestörten Bienenstock. Die Party ging immer noch weiter. Durch den Korridor gelangten wir in den Vorraum und von dort traten wir auf den Vorplatz hinaus.

Die unerwartete Frische der Sommernacht ließ mich instinktiv den Blick zum Himmel erheben, während ich den Wagenschlag öffnete. Das Gewitter, das den ganzen Tag hindurch über der Stadt gehangen hatte, war anderswo niedergegangen. Jetzt war der Himmel rein und hell bestirnt. Nur da und dort verschwamm ein Wölkchen in der Weiße der Milchstraße. Cecilia würde schönes Wetter bei ihrer Fahrt nach Ponza haben, dachte ich, und wieder empfand ich in meinem Herzen den Stich der Eifersucht. Ja, ich würde auf ihre Rückkehr warten, ich würde die Tage, die Stunden, die Minuten und Sekunden zählen und dabei wissen, daß sie während dieser Tage, Stunden, Minuten und Sekunden lachte, spazierenging, Bootsfahrten unternahm, mit Luciani ins Bett ging, mit anderen Worten: mir entzogen war. Und nach ihrer Rückkehr blieb mir nichts anderes übrig, als hinter ihr herzulaufen wie Balestrieri, dessen Erfahrungen zu wiederholen offenbar mein Schicksal war.

Ich glaube, ich sprach während der ganzen Fahrt von der Villa meiner Mutter zu dem Haus Cecilias nicht öfter als zwei- oder dreimal und stets nur ganz kurze Sätze. Einmal bat ich sie törichterweise, mir zu schreiben, obwohl ich mir völlig darüber im klaren war, daß sie, wortarm wie sie schon im Gespräch war, mir nicht einmal eine Ansichtskarte schicken würde. Wir kamen endlich in ihrer Straße an. Ich stoppte, sie stieg aus, und ich sagte ihr Lebwohl, nachdem ich einen leichten Kuß auf ihren Mund gedrückt hatte. Während sie die Straße überquerte, blickte ich ihr nach und dachte: Hoffentlich dreht sie sich wenigstens auf der Schwelle um, lächelt und winkt mir zu! Aber auch diese Hoffnung wurde enttäuscht. Cecilia ging durch das Tor und verschwand, ohne sich umgewandt zu haben.

Gleich darauf wurde mir klar, daß ich gar keine Lust hatte, in das Atelier oder sonst irgendwohin zu fahren. Der einzige Ort, wo ich zu sein wünschte, war die Wohnung Cecilias; mir war, als sei ich noch nicht zu Ende mit ihr. Ich wollte zu ihr hinaufsteigen, mir öffnen lassen, mit ihr in ihr Zimmer gehen und sie dort zum drittenmal an diesem Tag nehmen. Ich wußte, das war reiner Wahnsinn – ich würde sie auch beim drittenmal so wenig besitzen wie vorher, weil das, was sich mir entzog, ja nicht ihr nur allzu gefälliger Körper war, sondern etwas ganz anderes, das mit diesem Körper nichts zu tun hatte. Das alles wußte ich, und doch war es das einzige auf der Welt, was ich zu tun wünschte.

Ich weiß nicht, wie lange ich über dieses Problem grübelte, während ich in meinem Auto auf der menschenleeren Straße vor ihrem Haus saß. Schließlich sagte ich mir, Cecilia habe doch beinahe darauf bestanden, daß wir bis Mitternacht zusammenblieben. Es war also nichts Besonderes, mit ihr zu Abend zu essen. Wie ich wußte, war Cecilia fast unbegrenzt geduldig, und wenn sie nein sagte, tat sie das nie, weil sie keine Lust hatte, sondern nur, weil es dann nicht anders ging. Ich entschloß mich plötzlich, schaltete den Rückwärtsgang ein, fuhr zur nächsten Ecke, stieg aus und betrat das kleine Café.

Aber am Telefon stand eine von diesen Personen, von denen man nicht erwarten kann, daß sie rasch wieder abhängen: eine Frau von schlichtem Aussehen, vielleicht ein Dienstmädchen, das mit ganz leiser Stimme sprach und antwortete und dabei lange nachdenkliche Pausen einschaltete, wie jemand, der in einer sentimentalen Unterhaltung begriffen ist. Ich zögerte keinen Augenblick, ging sofort davon und wandte mich dem Haustor Cecilias zu. Warum erst telefonieren? Ich wollte zu ihrer Wohnung hinauf, mit ihr sprechen, sie in ihre Kammer drängen.

Im Laufschritt nahm ich die Treppen, läutete hastig und wartete dann keuchend darauf, daß mir geöffnet würde, um mich in die Wohnung zu stürzen. Es war aber nicht Cecilia, die mir öffnete, sondern die Mutter, auf deren abgekämpftem, geschminktem Gesicht, wie ich sogleich bemerkte, ein Ausdruck von Betroffenheit lag. Ich fragte: «Wo ist Cecilia?»

In traurigem Ton antwortete sie: «Cecilia ist nicht da, Herr Professor!»

«Wieso ist sie nicht da?»

«Sie ist gerade vor zwei Minuten fortgegangen.»

«Wohin denn?»

«Sie ißt auswärts.»

«Und um wieviel Uhr kommt sie wieder?»

«Sie kommt überhaupt nicht wieder, Herr Professor. Sie hat ihr Köfferchen mitgenommen. Sie fährt mit einer Freundin nach Ponza. Heute nacht schläft sie bei ihr. Sie kommt erst in vierzehn Tagen wieder.»

So war Cecilia also, während ich noch darüber nachgrübelte, ob ich anrufen sollte, nach Hause geeilt, hatte den schon vorbereiteten Koffer genommen, war durch den anderen Ausgang davongeeilt und zu Luciani gegangen. Ich blickte zu ihrer Mutter auf und bemerkte, daß sie in ihr Taschentuch biß und daß ihre Augen voller Tränen waren. Ich konnte nicht umhin zu fragen: «Was ist denn geschehen?»

«Cecilia ist weggegangen, während ihr Vater im Sterben liegt! Sie läßt mich allein in diesem leeren Haus. Mein Mann ist gestern in die Klinik gebracht worden, und es besteht keine Hoffnung mehr für ihn.»

«Keine Hoffnung mehr?»

«Nein, die Ärzte geben ihm höchstens noch zwei oder drei Tage zu leben.»

«Aber Cecilia hängt doch an ihrem Vater?»

«Ach, Cecilia hängt an niemandem, Herr Professor!»

Ich weiß nicht, warum ich plötzlich daran denken mußte, daß Cecilia einen Tag nachdem Balestrieri gestorben war, zu mir gekommen war. Ich sagte: «Das tut mir leid, das tut mir wirklich leid!» Dann hörte ich mir mit verschlossenem Gesicht und voll Unrast weitere Klagen der Mutter an und ging.

Als ich zu meinem Auto zurückging, wurde mir klar: die Vorstellung, daß Cecilia bei dem Schauspieler war, ertrug ich ganz einfach nicht. Ich spürte die gewohnte Unmöglichkeit, irgend etwas anderes zu tun als das, was ich nicht tun durfte. Ich bestieg meinen Wagen und merkte bald, daß ich in voller Fahrt nach der Via Archimede begriffen war, wo sich Lucianis Wohnung befand. Ich sage «merkte», denn ich handelte ganz automatisch, im Automatismus der Wut. In der Via Archimede fuhr ich in Windeseile die gewundene enge Straße hinunter bis vor das Café. Dort hielt ich an und schaute zu den Fenstern Lucianis hinauf. Dann stieg ich aus, betrat das Haus und läutete an der Tür des Schauspielers. Ich weiß nicht, was mir durch den Kopf ging, während ich die Klingel lange Zeit in der leeren Wohnung läuten hörte. Ich weiß nur, daß ich zwei Minuten später in dem Café war und am Telefon die Nummer einer Kupplerin wählte, an die ich mich in der Vergangenheit mehrfach gewandt hatte, um mit käuflichen Mädchen zusammenzukommen. Diese Frau meldete sich am anderen Ende der Leitung und sagte, das Mädchen sei verfügbar und der Ort des Stelldicheins sei die gewohnte Villa in der Via Cassia.

Als ich wieder im Wagen saß, dachte ich mir, daß das Mädchen, das ich jetzt aufsuchen wollte, das genaue Gegenteil Cecilias war. Sie stand für eine bestimmte Geldsumme ganz zu meiner Verfügung, und ich konnte sie völlig besitzen, ohne geheimnisvolle autonome Grenzgebiete. Was mir in der Villa an der Via Appia mit einem Heiratsantrag und einer halben Million Lire nicht gelungen war, würde ich jetzt mit einer geringen Ausgabe in dem Haus an der Via Cassia erreichen. Aber das Mädchen war nicht Cecilia. Warum also ging ich zu ihr?

Bei dieser Frage bemerkte ich erstaunt, daß ich bei meinem absurden Anruf bei der Kupplerin eine seltsame, fast unglaubliche Hoffnung gespürt hatte. In meiner Raserei glaubte ich nämlich, glaubte ich tatsächlich, ich würde in der Villa an der Via Cassia Cecilia treffen, auf mich wartend und bereit, sich mir hinzugeben und sich endlich von mir besitzen zu lassen. Ich weiß wirklich nicht, woher ich diese Hoffnung hatte; vielleicht beruhte sie zum Teil auf den Versprechungen der Kupplerin, die immer gerade das in Aussicht zu stellen pflegte, was sie einem nie und unter gar keinen Umständen verschaffen konnte, nämlich die Liebe. Zum Teil aber mochte mein

Wahn auch daher rühren, daß ich jetzt, da sich alle rationalen Mittel als eitel erwiesen hatten, nur mehr auf ein Wunder hoffte.

Unter solchen Betrachtungen, oder besser gesagt, in diesem zornigen, fast mythischen Gemütszustand, fuhr ich aus der Stadt hinaus und die Via Cassia entlang. Die Villa lag auf dem offenen Land. Nach einer Fahrt von etwa zwanzig Minuten kam ich zu einem geöffneten ländlichen Gartentor, hinter dem eine ungepflasterte Straße zu einer Anhöhe mit einem weißen Gebäude hinaufführte. Ich fuhr durch das Gartentor und zwischen den halbhohen, offenbar erst vor kurzem gepflanzten Bäumchen entlang. Wenn ich mich auf das Lenkrad niederbeugte, konnte ich die Villa mit ihren dunklen Fenstern erblicken. In einem dieser Fenster flammte jetzt ein Licht auf. Mein Wagen kam auf den Vorplatz, hielt an, und ich stieg aus.

Die Villa war von sehr einfacher Bauart, zweistöckig, mit drei Fenstern in jedem Stockwerk und einer ländlichen Außentreppe zum Obergeschoß. Sie führte zu einem kleinen Umgang, auf dem in dem Augenblick, als ich aus dem Wagen stieg, plötzlich eine Laterne aufleuchtete. In deren gelbem Licht zeichnete sich eine kleine schwarze Gestalt ab, ein Mädchen mit dichtem Haar, üppiger Brust und schlanker Taille. Ich war sicher, daß dies Cecilia war.

Sie ist es! dachte ich und eilte die Treppe hinauf. Die kleine schwarze Gestalt erwartete mich, die Ellbogen behaglich auf die Balustrade gestützt. Als ich oben angelangt war, richtete sie sich auf, kam mir entgegen und sagte: «Guten Abend!»

Sie stand gegen das Licht, so daß ich ihr Gesicht nicht erkennen konnte, doch ihre Stimme klang mir wie die Cecilias, und ich schlang die Arme um sie. Da sah ich das hübsche, dickliche Gesicht eines sehr jungen Mädchens, bedeckt mit dem gerade modernen leichenhaft weißen Puder, mit lilagefärbten Lippen, schwarzumränderten Augen und strohblondem Haar. Ihr Busen war üppig wie der Cecilias; die Taille, die meine Arme umschlangen, war ebenso schlank wie die Cecilias – aber es war nicht Cecilia.

Betroffen sagte ich: «Cecilia!»

Das Mädchen lächelte und antwortete: «Ich heiße nicht Cecilia. Ich heiße Gianna.»

«Aber ich wollte Cecilia!»

«Ich weiß nicht, wer Cecilia ist, hier gibt es keine Cecilia. Also willst du hereinkommen?»

Ich rief: «Cecilia! Ich bin wegen Cecilia gekommen!» Dann riß ich mich von dem Mädchen los, eilte die Treppen hinab, lief über den Vorplatz und sprang in meinen Wagen. Eine Minute später fuhr ich bereits wieder auf der Via Cassia, doch nicht in der Richtung nach Rom, sondern aufs flache Land hinaus.

Schon seit einer Weile hatte ich bemerkt, daß ich beim Autofahren häufig die Versuchung empfand, von der Straße abzuweichen und den Wagen in voller Geschwindigkeit gegen das erste beste Hindernis zu lenken. Es war das eine Versuchung, der fast nicht zu widerstehen war, lockend und zugleich beruhigend, ähnlich der eines Kindes, das mit dem Revolver des Vaters spielt und ihn immer wieder an die Schläfe setzt. Dabei aber dachte ich nicht an Selbstmord. Der Wunsch nach dem Tode entstammte nicht meinem Hirn, sondern meinem bis zum äußersten gequälten Körper. So spürte ich oft, wie leicht es wäre, dem Lenkrad jene halbe Drehung zu geben, die genügen würde, den Wagen an einer Mauer oder an einer von diesen weißgestrichenen Platanen zerschellen zu lassen. Wie gesagt, das war eine fast unwiderstehliche, süße und beruhigende Versuchung. Sie erinnerte an die Versuchung des Schlafes, der uns bisweilen wider unseren Willen überkommt, so daß wir träumen, wach zu sein und dem Schlaf zu widerstehen, während wir in Wirklichkeit bereits eingeschlafen sind. So wußte ich im voraus: Wenn ich mit dem Wagen verunglükken sollte, dann würde ich dies tun, ohne es zu bemerken oder zu beabsichtigen, so als wollte ich auf einer eingebildeten Straße fahren, auf der es keine Einfassungsmauern, keine Bäume und keine Häuser, also keine Todesgefahren gab.

Während ich an diesem Abend den Wagen über die Via Cassia lenkte und planlos in das Land hineinfuhr, kam mir ein Satz in den Sinn, den ich irgendeinmal irgendwo gehört hatte: «Die Menschheit teilt sich in zwei große Kategorien: die einen empfinden vor einer unüberwindlichen Schwierigkeit den Impuls zu töten, die anderen hingegen den Impuls, Selbstmord zu begehen.» Ich sagte mir, daß ich den ersten Teil dieses Dilemmas ausprobiert hatte und dabei gescheitert war: Ich war unfähig gewesen, Cecilia auf dem Bett meiner Mutter zu töten. Jetzt blieb mir also nichts anderes übrig als Selbstmord. Dabei sagte ich mir, daß ich mich dann genauso benehmen würde wie irgendein verzweifelter Verliebter: Cecilia fuhr mit Luciani nach Ponza – und ich beging Selbstmord. Aber gerade die Erkenntnis, wie üblich und banal meine Situation im Grunde war, versetzte mich in eine Zerstörungswut, die heftiger war denn je. Ich befand mich in diesem Augenblick auf einem geraden Straßenstück, flankiert von Bäumen. Ein Lastwagen fuhr langsam vor mir. Ich schaltete, und vielleicht rettete mir die daraus folgende Verlangsamung der Fahrt mein Leben. Gleich nach dem Schalten war mir, als sähe ich zu meiner Linken eine andere Straße. Ich bog ab und fuhr gegen eine Platane.

Epilog

Gegenüber meinem Fenster in der Klinik, wohin man mich nach dem Unfall gebracht hatte, erhob sich im Garten ein großer Baum, eine Libanonzeder mit langen, herabhängenden Ästen von einem fast blauen Grün. Stundenlang schaute ich diesen Baum an, während ich mit dem Rücken in meinem Bett lag – alle die Stunden, in denen ich nicht schlief oder aß. Denn ich war fast immer allein, da ich meiner Mutter und meinen wenigen Freunden hatte mitteilen lassen, daß ich keine Besuche wünschte. Ich schaute auf den Baum und empfand dabei eine sonderbar ruhige, sozusagen stabilisierte Verzweiflung, wie man sie nur empfinden kann, wenn man durch eine Krise hindurchgegangen ist, die zwar nichts gelöst hat, von der man aber das Gefühl hat, sie sei das Maximum dessen, was man aushalten könne. Das, was man in Ermangelung eines passenderen Ausdrucks meinen Selbstmordversuch nennen mußte, hatte nichts gelöst. Aber da ich diesen Versuch unternommen hatte, konnte ich mir sagen, ich hätte getan, was in meinen Kräften stand, und mehr hätte ich nicht tun können. Mit anderen Worten: Die Tatsache, daß ich versucht hatte, meinem Leben ein Ende zu machen, bewies die Ernsthaftigkeit meiner Bemühung. Ich war nicht gestorben, hatte aber doch wenigstens mir selber bewiesen, daß ich den Tod der Fortsetzung meines bisherigen Lebens vorzog, und zwar in vollem Ernst. Das minderte das Gefühl der Verzweiflung nicht, das meine Seele erfüllte, aber es schuf darin eine gewisse todesähnliche, resignierte Heiterkeit. Ich war wirklich am Rande der dunklen Region des Todes gewesen und von dort zurückgekehrt. Jetzt blieb mir nichts anderes übrig als weiterzuleben, wenn auch ohne Hoffnung.

Wie gesagt, verbrachte ich Stunden damit, den Baum zu betrachten, zur großen Verwunderung der Schwestern und Pflegerinnen, die erklärten, noch nie einen ruhigeren Patienten gesehen zu haben. In Wirklichkeit war ich nicht ruhig, sondern stark beschäftigt mit dem einzigen, das mich in diesem Augenblick wirklich interessierte: der Betrachtung des Baumes. Ich dachte an nichts, fragte mich nur, wann und wie ich die Wirklichkeit dieses Baumes erkannt hatte, das heißt seine Existenz als Objekt, das von mir verschieden war, keinerlei Beziehungen zu mir hatte und doch da war und nicht ignoriert werden konnte. Offenbar war etwas geschehen, genau in dem Moment, in dem ich den Wagen gegen das Hindernis gelenkt hatte. Dieses Etwas ließ sich in armseligen Worten als Zusammenbruch einer unhaltbaren Ambition bezeichnen. Jetzt schaute ich diesen Baum mit unerschöpflichem Vergnügen an, als bereite mir das Wissen um seine Verschiedenheit und Unabhängigkeit von mir die größte Freude. Dabei begriff ich, daß es nur ein Zufall war, wenn mich in der Klinik der Gipsverband nötigte, auf dem Rücken zu liegen und durch das Fenster gerade auf diesen Baum zu schauen. Jeder beliebige Gegenstand, dessen war ich jetzt gewiß, hatte mich zu derselben Art von Betrachtung und zu demselben unerschöpflichen Vergnügen inspiriert.

Und wirklich: kaum begann ich, von neuem an Cecilia zu denken, da geschah es, daß ich das gleiche empfand wie beim Betrachten des Baumes. Seit meinem Unfall waren zehn Tage vergangen, und Cecilia befand sich sicher noch mit Luciani auf Ponza. Ich dachte anfangs vorsichtig und selten an sie, dann häufiger und mit größerem Selbstvertrauen. Und ich stellte fest, daß ich mir sehr gut alles vorstellen konnte, was sie tat, während ich hier in der Klinik im Bett lag. Vorstellen ist ein zu schwaches Wort – ich sah sie. Wie durch ein umgekehrtes Fernrohr sah ich die kleinen, entfernten, aber sehr deutlichen Gestalten Cecilias und des Schauspielers, wie sie liefen, sich umarmten, spazierengingen, lagen, verschwanden und wieder zum Vorschein kamen, in hundert Stellungen, mit dem leuchtendblauen Meer als Hintergrund. Ich wußte aus eigener Erfahrung, wie beglückend es ist, mit einem geliebten und liebenden Menschen an einem schönen, stillen Platz zu sein; ich war sicher, daß auch Cecilia in ihrer sparsamen und ausdruckslosen Art glücklich war, und zu meinem Staunen bemerkte ich, daß ich mich darüber freute. Ja, ich freute mich darüber, daß sie glücklich war, vor allem aber freute ich mich, daß sie existierte, dort auf der fernen Insel Ponza, in einer Art, die die ihre war, von der meinen verschieden und zu ihr im Widerspruch, mit einem Mann, der nicht ich war, fern von mir. Ich lag hier in der Klinik, so sagte ich mir dann und wann vor, und sie war dort auf Ponza, mit dem Schauspieler. Wir waren zwei völlig verschiedene Menschen, sie hatte nichts mit mir zu tun, und ich hatte nichts mit ihr zu tun, und sie war außerhalb von mir, so wie ich außerhalb von ihr war. Und alles in allem: ich wollte sie nicht länger besitzen, sondern sie nur leben sehen, so wie sie war – das hieß: sie genauso anschauen, wie ich den Baum im Fenster anschaute. Diese Anschauung würde nie enden, denn ich wünschte ihr Ende nicht; ich wünschte nicht, daß der Baum oder Cecilia oder irgendein anderes Objekt außerhalb meiner selbst mich langweilte und damit zu existieren aufhörte. Ich hatte, das stellte ich plötzlich mit Staunen fest, endgültig auf Cecilia verzichtet. Und seltsamerweise hatte mit diesem Verzicht Cecilia für mich plötzlich zu existieren begonnen.

Ich fragte mich, ob ich mit dem Verzicht auf Cecilia auch aufgehört hatte, sie zu lieben, das heißt: für sie dieses immer irregeleitete und immer enttäuschte Gefühl zu empfinden, das ich bisher für sie empfunden hatte und das ich in Ermangelung eines geeigneteren Wortes doch wohl Liebe nennen muß. Da stellte ich fest, daß diese Art Liebe in mir erstorben war, daß ich Cecilia zwar noch immer liebte, doch mit einer neuen und anderen Liebe. Und diese Liebe konnte mit einer körperlichen Beziehung Hand in Hand gehen oder auch nicht – sie hing aber nicht von ihr ab und bedurfte ihrer nicht. Wenn Cecilia wiederkam, konnten wir unser früheres Verhältnis wiederaufnehmen oder auch nicht; ich würde in jedem Falle nicht aufhören, sie zu lieben.

An diesem Punkte muß ich gestehen, daß meine Ideen sich verwirrten. Ich erinnerte mich, daß es mir von Anfang an so vorgekommen war, als unterscheide sich mein Verhältnis zu Cecilia in keiner Weise von meinem Verhältnis zur Wirklichkeit – mit anderen Worten: daß ich aus denselben Gründen aufgehört hatte zu malen, aus denen ich versucht hatte, mich umzubringen. Und jetzt? Ich sagte mir schließlich, daß ich zunächst noch mehr als einen Monat im Bett bleiben mußte und daß es zu früh war, irgendwelche Entscheidungen zu treffen. Nach meiner Heilung aber wollte ich in mein Atelier zurückkehren und wieder zu malen versuchen. Ich sage «versuchen», denn ich war keineswegs sicher, daß es den Zusammenhang zwischen Cecilia und der Malerei, an den ich so lange Zeit geglaubt hatte, auch wirklich gab und daß meine neue Art, Cecilia zu lieben, mit dem Wiederbeginn meiner Malerei gleichbedeutend sein müsse. Auch hier konnte nur die Erfahrung eine Antwort geben.

Das einzig wirklich sichere Resultat bestand also darin, daß ich gelernt hatte, Cecilia zu lieben oder, besser gesagt: zu lieben, ohne mehr zu wollen als das. Zumindest hoffte ich das gelernt zu haben, denn auch bei diesem Aspekt meines Lebens gab es noch Zweifel. Und um völlig sicher zu sein, mußte ich warten, bis Cecilia von ihrem Ausflug ans Meer zurückgekommen war.

Ein großes Buch von Alberto Moravia. Auf Anhieb Italiens Bestseller Nr. 1. Mit ihm gelang dem bedeutenden Romancier nach langem Schweigen der große Wurf.

ALBERTO MORAVIA

ICH UND ER

Roman

400 Seiten · Leinen · DM 28,–

»Ich und Er« ist nicht nur Moravias bester und fesselndster Roman, sondern auch sein witzigstes und kühnstes Buch. Es führt die moderne Sexwelle zum Höhepunkt – und darüber hinweg ins Absurde, überwindet sie mit Esprit, Ironie, mit Humor – und literarischer Bravour.
»Ich und Er« ist zugleich das subtilste und originellste Werk Moravias, dieses unübertroffenen Meisters des psychologischen Realismus. Der Autor ersann diesmal eine virtuos erzählte moderne Geschichte, ein amüsantes, satirisches Werk mit souveräner Gesellschaftskritik sowohl am Establishment wie an der ›Neuen Linken‹, die hier vorwiegend aus Söhnen und Töchtern der reichen Familien besteht.
Alberto Moravias Freizügigkeit in den erotischen Passagen, in der Vergangenheit schon häufig angegriffen, mündet hier in die Auseinandersetzung des Helden, eines Mannes von heute, mit den Fallstricken seines übermächtigen Trieblebens, ja seiner nackten Sexualität.

DESCH VERLAG · MÜNCHEN

Alberto Moravia

«Alberto Moravia, ‹Moralist ohne Moral›, kann den Ruhm für sich in Anspruch nehmen, der meistgelesene unter den modernen Autoren Italiens zu sein. Seine Romane enthalten alle erzählerischen Elemente, die Moravia inzwischen nicht nur die begehrtesten Literaturpreise Italiens, sondern wiederholt auch die Anwartschaft auf den Nobelpreis eingetragen haben.»

Welt am Sonntag, Hamburg

Gefährliches Spiel
Roman · [331]

Die Römerin
Roman · [513]

Die Gleichgültigen
Roman · [570]

Cesira
Roman · [637]

Die Mädchen vom Tiber
Geschichten aus Rom · [673]

Römische Erzählungen
[705]

La Noia
Roman · [876]

Inzest
Roman · [1077]

Ich und Er
Roman · [1666]

Das Paradies
Erzählungen · [1850]

Gesamtauflage der Werke Alberto Moravias in den rororo Taschenbüchern: über 1,1 Mill. Exemplare

97/20

rororo

GRAHAM GREENE

«Graham Greene gibt keine Anweisungen zum Leben, er will niemanden bekehren, er schildert das Leben, verdichtet es, indem er so spannend und fesselnd wie nur möglich erzählt. – Die Romane Greenes sind Dichtung.»
Sonntagsblatt, Hamburg

Die Kraft und die Herrlichkeit
Roman · rororo Nr. 91

Das Herz aller Dinge
Roman · rororo Nr. 109

Der dritte Mann
Roman · rororo Nr. 211

Der stille Amerikaner
Roman · rororo Nr. 284

Heirate nie in Monte Carlo
Roman · rororo Nr. 320

Unser Mann in Havanna
Roman · rororo Nr. 442

Die Stunde der Komödianten
Roman · rororo Nr. 1189

Leihen Sie uns Ihren Mann?
Komödien der Erotik · rororo Nr. 1278

Die Reisen mit meiner Tante
Roman · rororo Nr. 1577

Eine Art Leben
rororo Nr. 1671

Das Ende einer Affäre
Roman · rororo Nr. 1787

Schlachtfeld des Lebens
Roman · rororo Nr. 1806

Ein Sohn Englands
Roman · rororo Nr. 1838

Zentrum des Schreckens
Roman · rororo Nr. 1869

Der Honorarkonsul
Roman · rororo Nr. 1911

Das Attentat
Roman · rororo Nr. 1928

Orientexpress
Roman · rororo Nr. 1979

Kleines Herz in Not
Roman · rororo Nr. 4051

57/17

Henry Miller

Wendekreis des Krebses
Sonderausgabe. Roman. 368 Seiten. Geb.

Wendekreis des Steinbocks
Sonderausgabe. Roman. 336 Seiten. Geb.

Sexus
Sonderausgabe. Roman. 608 Seiten. Geb.

Plexus
Roman. rororo Band 1285

Nexus
Roman. rororo Band 1242

Stille Tage in Clichy
Roman. Vorwort von Toni Miller. Mit 28 Fotos von Brassaï
Sonderausgabe zum Film. 200 Seiten. Br.

Jugendfreunde
Eine Huldigung an Freunde aus lang vergangenen Zeiten
160 Seiten mit 7 Fotos. Geb.

Mein Leben und meine Welt
Mit 110 Abb. im Text, 16 Farbtafeln u. 5 Faksimiles
rororo Band 1745

Land der Erinnerung
rororo Band 934

Der Koloß von Maroussi
Eine Reise nach Griechenland
rororo Band 758

Big Sur und die Orangen des Hieronymus Bosch
rororo Band 849

Lachen, Liebe, Nächte
Sechs Erzählungen. rororo Band 227

Schwarzer Frühling
Erzählungen. rororo Band 1610

Sämtliche Erzählungen
Sonderausgabe. 352 Seiten. Geb.

Vom großen Aufstand
Henry Miller über Rimbaud. rororo Band 1974

Henry Miller Lesebuch
Herausgegeben von Lawrence Durrell. rororo Band 1461

Lawrence Durrell / Henry Miller: Briefe 1935–1959
Herausgegeben von Georges Wickes. 352 Seiten. Geb.

Walter Schmiele, Henry Miller
In Selbstzeugnissen und Bilddokumenten. rm Band 61

Insomnia oder Die schönen Torheiten des Alters
Mit 12 Aquarellen von Henry Miller. rororo Band 4087

Die Welt des Sexus
Mit einem Vorwort von Lawrence Durrell. 160 S. Pappband

Rowohlt

93/30

ALBERT CAMUS
NOBELPREISTRÄGER

FRAGEN DER ZEIT
Sonderausgabe. 224 Seiten. Geb.

LITERARISCHE ESSAYS ·
Licht und Schatten. Hochzeit des Lichts. Heimkehr nach Tipasa
Sonderausgabe. 208 Seiten. Geb.

GESAMMELTE ERZÄHLUNGEN
Inhalt: Der Fall / Das Exil und das Reich
Sonderausgabe. 256 Seiten. Geb.

TAGEBUCH I
Mai 1935–Februar 1942
208 Seiten. Geb.

DER GLÜCKLICHE TOD
Roman. (Cahiers Albert Camus I)
Nachwort und Anmerkungen von Jean Sarocchi
Sonderausgabe. 192 Seiten. Geb.

DRAMEN
Caligula. Das Mißverständnis.
Der Belagerungszustand. Die Gerechten. Die Besessenen
Sonderausgabe. 352 Seiten. Geb.

Als Taschenbuch-Ausgaben erschienen:

DIE PEST
Roman. «rowohlts rotations romane» Band 15

DER FREMDE
Erzählung. «rowohlts rotations romane» Band 432

KLEINE PROSA
«rowohlts rotations romane» Band 441

DER FALL
Roman. «rowohlts rotations romane» Band 1044

VERTEIDIGUNG DER FREIHEIT
Politische Essays. «rowohlts rotations romane» Band 1096

DER MENSCH IN DER REVOLTE
Essays. Neu bearbeitete Ausgabe. «rowohlts rotations romane» Band 1216

TAGEBÜCHER 1935–1951
«rowohlts rotations romane» Band 1474

DER MYTHOS VON SISYPHOS
Ein Versuch über das Absurde. «rowohlts deutsche enzyklopädie» Bd. 90

Ferner erschien:

Morvan Lebesque, ALBERT CAMUS
Dargestellt in Selbstzeugnissen und 70 Bilddokumenten
«rowohlts monographien» Band 50

ROWOHLT

20/21

Erzählungen großer Autoren unserer Zeit in Sonderausgaben

James Baldwin · Gesammelte Erzählungen

Gottfried Benn · Sämtliche Erzählungen

Albert Camus · Gesammelte Erzählungen

John Collier · Gesammelte Erzählungen

Roald Dahl · Gesammelte Erzählungen

Hans Fallada · Gesammelte Erzählungen

Ernest Hemingway · Sämtliche Erzählungen

Kurt Kusenberg · Gesammelte Erzählungen

Sinclair Lewis · Gesammelte Erzählungen

Henry Miller · Sämtliche Erzählungen

Yukio Mishima · Gesammelte Erzählungen

Robert Musil · Sämtliche Erzählungen

Vladimir Nabokov · Gesammelte Erzählungen

Jean-Paul Sartre · Gesammelte Erzählungen

James Thurber · Gesammelte Erzählungen

John Updike · Gesammelte Erzählungen

Thomas Wolfe · Sämtliche Erzählungen

Rowohlt Verlag

367/21